LA IRA DE LOS RÍOS

LAS SIETE ISLAS
LIBRO TRES

A.R. KNIGHT

1

LA CIUDAD DEL RÍO

Wax, Renovación Vis, potencial salvador del mundo, estaba sin blanca. Su bolsa colgaba vacía de sus hombros, ondeando con el viento ocasional de Rana, y sus Guardianes no estaban mucho mejor. Se sentaban, vestidos con capas de lino áspero compradas al intercambiar su botín restante de Foti, alrededor de una fuente dorada. Seis pequeños chorros que salpicaban en la fría mañana rodeaban un géiser más grande, etiquetado con el nombre de su isla de origen. Edificios de alabastro con ángulos afilados jugaban con la vista, mientras ondeaban estandartes que declaraban nombres familiares y negocios en un esplendor radiante. La plaza a su alrededor parecía no preocuparse lo más mínimo por la difícil situación de su héroe, con comerciantes, trabajadores y familias aprovechando al máximo los menguantes días que quedaban antes de que el invierno se asentara por completo.

Y ese era el problema.

—Ni uno solo —dijo Torny, la bandida subiendo las rodillas y rodeándolas con sus brazos mientras se sentaba

—. Pregunté a todos los conductores de nuevo esta mañana, y los pocos que dijeron que podían llevarnos al norte exigían más de lo que tenemos.

«¿Incluso cuando prometiste más después?», signó Bliss, aunque sus dedos descuidados sugerían que ya sabía la respuesta.

—Parece que los Rana solo creen en el pago por adelantado. —Torny se encogió de hombros y suspiró—. ¿Tienes algo guardado para el almuerzo, Wax, o debería yo...?

Ese final dejaba entrever una sugerencia que Torny había estado haciendo los últimos dos días, una vez que quedó claro que la no tan alegre banda de Wax no conseguiría un viaje de celebración hasta el Remolino, el vórtice eterno donde se guardaban los skars de Rana, esas misteriosas piedras. La bandida no había olvidado su vida anterior cuando se unió al grupo de Wax, cuando él aceptó su petición de convertirse en Guardiana, y ahora cada necesidad aparentemente podía resolverse con unos dedos ligeros, unas cuantas bolsas levantadas.

—Sabes lo que los Rana les hacen a los ladrones —gruñó Quik, el hermano mayor de Wax y el miembro malhumorado y musculoso de su grupo—. Te colgarán o te arrojarán al mar sin hacer preguntas. Como deberían.

—Solo si me atrapan. Apuesto a que no lo harían.

—Acepto esa apuesta.

—Nadie va a robar una maldita cosa —dijo Wax, cortando la discusión—. Necesitamos ir al norte, y no podemos caminar. —Esa había sido la primera cosa segura que habían aprendido desde que el galeón Foti los dejó en Riroca hace cuatro días. Rana, la isla, funcionaba gracias a sus omnipresentes vías fluviales, y aunque existían puentes, una caminata hasta el Remolino sería tanto peligrosa como larga—. Lo que significa que tenemos que ganar nuestro pasaje de la manera difícil.

«Que es lo que hemos estado haciendo», signó Bliss, «Nunca es suficiente».

Cierto. Los pocos trabajos que Rana ofrecía a los forasteros apenas les dejaban lo suficiente para comprar refugio y comida. Wax y Quik habían gastado días moviendo carga de los barcos, y incluso después de un turno exitoso, el capitán del puerto de Riroca ofrecía poco más que una miseria y ninguna promesa de trabajo para el día siguiente. Suplicar por otra ronda parecía una opción casi insoportable, pero ¿qué otra cosa tenían?

—¿Esta vez no hay peleas callejeras para ti? —preguntó Quik a su hermana menor, y Bliss negó con la cabeza.

«Ninguna que pueda encontrar. No es que me dejen entrar en los lugares donde creo que las habría».

—Esta maldita isla. —Quik golpeó con la mano plana la fría piedra gris—. ¿Podríamos intercambiar nuestras armas?

¿La espada Foti, el bastón de Bliss, los guanteletes de Quik y las dagas de Torny? Podría ser suficiente para conseguir el pasaje, pero los demonios estaban por todas partes estos días. Emprender un viaje con las manos y los pies desnudos parecía estar pidiendo una muerte rápida.

Riroca también lo sabía. Las sinuosas avenidas de Rana, estrechas y alternando con canales y sus botes, tenían guardias apostados por todas partes. Tríos marchaban o navegaban en góndolas, dos sables y un ballestero en cada grupo. Sus esfuerzos tampoco habían sido del todo exitosos: el puerto había perdido tres muelles y dos almacenes por ataques de demonios, y durante sus caminatas, Wax había visto más daños a lo largo de las afueras de la ciudad.

Pocas risas flotaban en el aire. Un miedo seco e inevitable se aferraba al lugar, a pesar de los colores.

—No podemos hacer eso —dijo Wax.

—Lo que significa que, ¿qué, seguimos como siempre? —preguntó Torny—. Porque si vamos a quemar otro día, mejor ponerse en marcha. Quiero algo más sabroso que sopa esta noche.

—Róbalo, entonces —añadió Quik.

—Si lo hago, me lo comeré muy despacio frente a ti. Saborearé cada bocado.

Wax se puso de pie. Fue a rascarse el hombro y encontró el lino allí. Acostumbrarse a llevar ropa completa todo el tiempo requería, bueno, tiempo. Suspiró. Tanta aventura.

—Quik y yo iremos de nuevo a los muelles. Torny, tú y Bliss ved si podéis conseguir un turno en una posada. ¿Quizás el Descanso del Pescador de nuevo?

—Si ese cocinero vuelve a insinuárseme, Wax, lo destriparé —dijo Torny.

Wax hizo una mueca, vio una ira latente en los ojos de Bliss mientras signaba una acusación similar.

—Entonces una diferente —respondió Wax—. Ya se nos ocurrirá algo. Nos encontramos aquí al atardecer.

—Como digas, jefe. —Torny se levantó de un salto, Bliss junto a ella, y el par se fue hacia la derecha, adentrándose más en la ciudad.

—Esas dos —murmuró Quik, viéndolas alejarse—. Torny se está metiendo en su cabeza.

—¿Con qué? —preguntó Wax, empezando a caminar hacia el muelle.

—Ideas.

Wax se rio. —¿Y eso cómo es peligroso?

—No lo sé, pero Torny no es una de nosotros, Wax. No es de Vis.

—Ya lo sé, gracias. Cuando haya algo de lo que deba preocuparme, Quik, dímelo, ¿de acuerdo?

Los muelles bullían de actividad al igual que la ciudad de arriba. Riroca se extendía en una pendiente descendente donde el agua que fluía se encontraba con el océano en un delta arremolinado, uno ahora superpoblado con enormes muelles llenos de barcos de todas las islas excepto una: Whent.

Wax probablemente no se habría dado cuenta de eso excepto que todo lo que salía mal en estos muelles provocaba una maldición dirigida hacia la isla maciza del noreste. El estornudo de un comepiedras había hecho caer esta caja, el tropiezo de otro había empujado un barco un poco demasiado lejos de su amarradero. Si un sello forjado por los Foti fallaba, era porque algún Whent lo había estropeado primero.

Wax y Quik aprendieron a ignorar las bromas, incluso a añadir algo cuando tenían la oportunidad, aunque solo fuera porque hacía que el resto de los trabajadores los miraran con un poco menos de ira.

Los hermanos tuvieron suerte cuando llegaron al puerto, ya que el capataz les hizo señas y les señaló un enorme galeón Foti cargado de armas y armaduras frescas, metales para ser teñidos del verde mar de Rana. Había que mover caja tras caja, y los dos Vis se habían ganado el derecho de trasladar los paquetes más grandes y pesados de las bodegas más profundas del galeón.

—Qué suerte la nuestra —dijo Quik.

—Así es —respondió el capataz—. Pónganse a ello.

Wax no protestó, guardando en secreto su propio alivio por el trabajo. La labor simple tenía ahora un beneficio adicional, uno que dependía de moverse de la misma manera durante horas. Levantar, caminar, subir rampas y dejar cerca de los carros que llevarían el equipo a los artesanos de Riroca. Lo suficientemente fácil como para hacerlo sin pensar mucho.

Lo cual dejaba a Wax tiempo para escuchar los susurros en su cabeza.

Dos skars yacían ocultos en un collar bajo su desgastada túnica gris, una esmeralda Vis y un rubí Foti, aunque ninguno de los dos se parecía a la belleza serena de una gema verdadera. En su lugar, pulsaban con vida, cálidos al tacto, y hablaban como si tuvieran historias que contar.

Al principio, Wax encontraba sus susurros intercambiables, un alboroto en su cabeza como el sonido estático de una tormenta de lluvia. Después de días y noches, sin embargo, había logrado distinguir las diferencias. El skar Foti divagaba en sus susurros, como si buscara y se lanzara a una frase solo para esperar, murmurando, hasta que la siguiente idea se enfocara. Su contraparte Vis adoptaba un zumbido más agradable, un parloteo continuo que se replegaba sobre sí mismo, una repetición tartamudeante que se construía, después de horas, hasta un rápido final crepitante.

En cuanto a lo que significaba todo esto, Wax no tenía idea. Las palabras no estaban en ninguna lengua que hubiera escuchado jamás, y la cadencia, las pausas, parecían estar en desacuerdo con cualquier idioma que conociera.

Pero los skars le daban a Wax otras pistas, como lo hacía el Vis justo ahora, agitándose mientras Wax se esforzaba por subir esta siguiente caja por la última rampa hasta el muelle. Mientras lo hacía, Wax sintió que sus músculos cansados recobraban energía, una oleada como la que había sentido al balancearse entre los árboles en Vis. Una descarga, pero lo que el skar proporcionaba no le costaría más tarde. Cuando dejó la caja, el skar Vis se retiró al silencio, pero sus piernas y brazos se sentían tan fuertes como siempre.

Quik, mientras tanto, respiraba con dificultad, sus brazos cubiertos de sudor. Miró a Wax de arriba abajo mientras el Renewal se estiraba.

—Ten cuidado. Se darán cuenta.

Wax se miró a sí mismo. Las manchas del trabajo estaban ahí, pero no había rasguños, poco sudor, y ciertamente ningún signo de agotamiento por un duro día de trabajo.

—Lo siento. Es fácil olvidarlo —respondió Wax, fingiendo una leve cojera mientras volvían a entrar por la última caja.

Desde que los bandidos en Foti habían tomado como rehenes a Wax y a sus hermanos solo por el skar y su valor, mantener la piedra en secreto había sido una prioridad. La consecuente incursión de los Najahn contra esos mismos bandidos hizo que mantener en secreto su estatus de Renewal fuera una absoluta necesidad.

Wax no necesitaba más muertes en su conciencia, por merecidas que fueran.

—Oye —dijo Quik después de que dejaron la última caja cerca del carro—. ¿No vimos ese barco cuando salimos de Foti?

El navío Kance al que Quik señalaba tenía una opulencia etérea, como si el barco se dignara a atracar, a tocar el agua. Las enormes velas entrecruzadas atrapaban el viento de maneras que Wax no podía comprender, sometiendo a los mares como ni siquiera los Rana podían dominar. Sin embargo, tan lejos de Kance, incluso sus barcos ligeros eran raros, un acontecimiento lo suficientemente grande como para atraer las miradas de más que solo Wax y su hermano.

—La Renewal Kance —dijo Wax—. Nos ha alcanzado.

—Te ha pasado, creo. —Quik cruzó los brazos mientras observaban el barco, el mismo orden de guardia-Renewal-guardia liderando el desembarco, aunque esta vez les seguía un tercer soldado. Todos vestidos con la regia armadura plateada de Kance—. Debe tener ya el skar Kance.

—¿Estás diciendo que soy lento?

—Estoy diciendo que te diriges a un futuro mejor que el de ella.

Recolectar todos los skars primero, ganar el encarcelamiento de tu corta vida en Noctia. El Aegis, protegiendo la tierra de los demonios hasta que se marchitaran. Un honor para tu isla, para ti, aunque Wax no estaba seguro de que algún Aegis se sintiera orgulloso al final.

—Tal vez —murmuró Wax, frotándose la barbilla y observando a la imperiosa Renewal hacer su camino por el muelle—. O tal vez solo necesito ponerme al día.

—Difícil hacer eso cuando no puedes permitirte un barco.

La Renewal Kance tenía cierta gracia mientras el sol se ponía, sus sueltas túnicas azul plateado atrapando un fuego brillante mientras los diamantes celestiales en sus dobladillos abrazaban la luz naranja que se desvanecía. La mujer no parecía darse cuenta, su boca en línea recta, sus ojos al frente, las manos a los costados y tensas con un propósito sereno.

Kance, una tierra de dos Reinas. Una, según decían los rumores, siempre era elegida para ser la Renewal. La que, según continuaban los rumores, ansiaba el poder, la influencia.

—Quik, apuesto a que es rica —dijo Wax.

—No es una apuesta que vaya a hacer, hermano.

—No, pero podría ser una que podamos usar de todos modos.

Quik negó con la cabeza, se dio la vuelta para visitar al capataz, cobrar su escasa paga en forma de patatas y granos apilados en sacos detrás del hombre.

Desde el principio, esta búsqueda había recompensado el ingenio, el riesgo, la invención. Wax tenía todo eso, y ahora tenía una nueva idea.

Mientras el Renewal Vis se alejaba tras la Reina Kance, el skar Foti chasqueaba y agitaba sus susurros en la cabeza de Wax. Aprobando, o eso pensaba él.

2

EL CAMINO CONGELADO

Maena, capitana Rana, comandante de su propio barco y líder de docenas de marineros, se limpió la nariz con una manga cubierta de mugre mientras el viento de Whent azotaba su cabello seco y lacio contra su rostro. El resto de ella no estaba en mejores condiciones, las semanas en las cuevas se aferraban a ella tan fuertemente como las cuerdas que ataban sus muñecas y tobillos a los aros metálicos del carromato en movimiento.

Compartía el traqueteante viaje a través de la accidentada tundra de Whent con aquellos que la habían seguido hasta las profundidades del Oscuro Abajo, o al menos con los últimos que habían permanecido hasta el final: Svarde, el imponente Guardián Foti y su leal Ferrita, sentados en pensativo silencio hacia el frente del carromato. Cerca de ellos, Rasslebeck y Pennifer, dos luchadores Rana que deberían estar degollando gargantas Whent en lugar de estar retenidos por los comerocas, se sentaban uno frente al otro intercambiando viejas historias. La risa amarga parecía ser su modo predeterminado en este cuarto día atravesando la vasta isla de Whent.

Varios prisioneros sin nombre llenaban los bancos, aquellos con los que Maena no había hablado, y compartían su falta de interés, pasando el tiempo espulgándose los piojos y perdidos en sus propias mentes medio congeladas.

Al menos ellos probablemente solo tenían una.

Maena desvió su mirada hacia la derecha, hacia la escasa parte trasera del carromato. El tren de prisioneros Whent continuaba, otros cuatro carromatos les seguían y cinco más iban delante, todos dirigiéndose hacia esa mazmorra Whent conocida como las Fosas.

Aunque, Maena podría ni siquiera saber cuándo llegara, ya que pasaba tanto tiempo encerrada en una lucha con su propia cabeza.

El demonio del Oscuro Abajo había destrozado su memoria, había sorbido el pasado de Maena como si fuera un aperitivo. Lo que había quedado atrás construyó, en el poco tiempo que existió, una versión de ella. Una que luchaba por mantenerse viva incluso cuando Svarde había aplastado a la Maena original de vuelta a la existencia.

¿Por qué no mueres?

Porque apenas tuve la oportunidad de vivir.

Las conversaciones se sucedían sin cesar a través de los minutos, las horas, los días. Cada pensamiento que Maena tenía provocaba una interjección de su otro yo, una opinión, una sugerencia, una exigencia.

Nunca me recuperarás.

Ya sucedió una vez. Puede volver a pasar. Esperaré.

Maena resopló. Se limpió la nariz por segunda vez. Parpadeó para apartar las lágrimas provocadas por el viento. No era de las que lloraban, pero con la piel agrietada, sin refugio contra las ráfagas cortantes y las ocasionales ventiscas nevadas, su cuerpo adoptaba otras medidas.

¿Podemos vivir la una con la otra?

No contigo al timón.

Eso sí que era gracioso. Un timón. Maena había acordado con todos los demás marineros renunciar a esa vida con la expedición, un acuerdo que se deshilachó poco después de que la oscuridad se volviera demasiado profunda y los gritos del demonio demasiado fuertes. Había renunciado a lo que amaba solo para fracasar en lo que quería.

Ni siquiera tuve la oportunidad de intentarlo.

Los rugidos anunciaron su llegada antes de que el carromato disminuyera la velocidad, los ecos elevándose sobre las llanuras como el lamento de una cascada. Pronto el paisaje cambió en consecuencia, el carromato rodando a través de una puerta de empalizada, una con las estacas de madera apuntando hacia adentro, los guardias en las torres de vigilancia dirigiendo sus ojos en la dirección equivocada.

Antes de la puerta, las tiendas brotaban por todo el paisaje, sus sitios ofreciendo fogatas y alegres Whents vestidos de pieles disfrutando de sus días después de la temporada de cosecha. Algunos levantaban jarras para brindar por los carromatos que llegaban, otros lanzaban burlas.

Al otro lado de la puerta se encontraba lo que el buen comercio podía conseguirte. Edificios reales, apilados con troncos Whent y reforzados con la piedra de la rocosa isla. El humo se elevaba alto desde cientos de chimeneas, pero el aire no contenía nada del hedor minero de Foti. Maena vio tiendas, carnicerías, posadas y restaurantes en abundancia, todos sustentados por ganado errante y robustos huertos de verduras, la mayoría ahora en barbecho para el invierno.

Los carromatos provocaron más vítores de los transeúntes mientras rodaban. Maena solo pudo estremecerse en respuesta, la alegría en esas miradas era una violencia maníaca que justificaba todas las incursiones Rana que ella había lanzado contra los bárbaros Whent. A esta gente le encantaban sus deportes sangrientos, siempre y cuando pudieran observarlos desde sus cornisas rocosas.

Cuando los carromatos se detuvieron, su destino parecía menos una celda de prisión que otro agujero de piedra. El estómago de Maena se revolvió ante la entrada en pendiente descendente, las antorchas ardiendo a lo largo de sus paredes.

No puedes tener miedo de eso ahora, ¿verdad? Yo viví toda mi vida en uno. Sé valiente, ladrona.

¿Ladrona? Esta es mi vida.

Piensa lo que quieras.

—Presta atención —le gritó un hombre Whent, desatando sus cuerdas de los aros e inmediatamente pasándolas por otra cadena más delgada. Esta ataba sus tobillos al prisionero detrás de ella, formando una línea serpenteante—. Me seguirás de cerca, ¿entiendes?, o recibirás una paliza. No retrasarán tu turno tampoco, así que si quieres tener la oportunidad de salir de aquí, mejor mantén tu lengua quieta y tus ojos bien abiertos.

Otro hombre a su lado, en la boca de la pendiente bajo esa empalizada amenazante, se rió. En una mano, jugueteaba con un cuchillo de desollar.

—Barten —dijo el hombre—, les estás dando esperanzas cuando no hay ninguna. ¿Por qué los torturas así?

Barten puso los ojos en blanco, un gesto exagerado dado el tamaño de sus ojos, anidados en su rostro arrugado y barbudo.

—Son más divertidos cuando tienen algo que perder,

Tross —Barten retrocedió del carromato, tiró de Maena para ponerla de pie—. Hay una ferrita en este lote también. Maldito lagarto de fuego Foti no quiere dejar a su amo.

—¿No podemos matarlo?

—Jochi dice que no, dice que será un luchador interesante.

Otro tirón y Maena dio un paso fuera del carromato. Más lejos de lo que pensaba, y sus piernas aún no estaban del todo despiertas. Se cayó hacia adelante, pero Barten la atrapó con una mano, levantándola de nuevo.

Tross maldijo, guardó su cuchillo y se dirigió hacia el frente del convoy de carretas. Los ojos de Maena lo siguieron mientras Barten bajaba a los demás de la carreta.

—Va a tener unas palabras con su jefe de caravana —dijo Barten, respondiendo a una pregunta formulada por Rasslebeck—. Todos ustedes parecen estar en mal estado. Los Fosos solo quieren a los que estén sanos, y parece que tendremos que pasar unos días cuidándolos para que estén en forma para competir.

¿Competir?

Los Fosos, según sabía Maena, ofrecían a los prisioneros y criminales de Whent una oportunidad de justicia a través de la destreza. Si tenías éxito en tal o cual prueba, te dejarían ir. Cuán posible era esto realmente, Maena no lo sabía.

Nunca había conocido a nadie que hubiera escapado.

Entonces podríamos ser los primeros, si me dejas manejar las cosas.

Maena se rio con una risa ronca. Era una idea. En su estado, cansada, medio congelada y con voces hablando en su cabeza, Maena tendría suerte si sobrevivía al cruzar espadas con un bebé.

Vamos, eso es una exageración, ningún bebé podría levantar una espada.

No suenas como yo, ¿lo sabes?

Soy tú, así que eso es imposible, Maena.

Barten condujo su tren de prisioneros por el agujero y bajo tierra. Al menos, con todas las antorchas, el frío desapareció. El aire viciado lo reemplazó, pero Maena lo prefería con tal de sentir sus dedos de las manos y los pies.

Los guardias metieron a todos los de su carreta en una sola celda, una con láminas de paja dispersas y mohosas. Un agujero en la esquina servía como letrina.

—Las comidas vendrán cuando lo consideremos oportuno —dijo Barten—. Será mejor que las coman cuando lleguen, ya que necesitarán cada bocado para mantenerse con vida. —Pasó el extremo de la cuerda por un hueco en la puerta de madera y luego dio un tirón fuerte. Con ese tirón, todos los nudos alrededor de sus muñecas y tobillos se deshicieron, dejando una cuerda serpenteante que Barten recogió.

—Si causan algún alboroto o nos dan problemas, serán la cena de algo más —continuó Barten, recorriendo a todos con su mirada desaliñada—. Ahora están entre los condenados, pero aún no entre los muertos. Cuánto tarde eso depende de ustedes. —Un destello, un ligero alzamiento entre esos rizos desgreñados—. Algunos afortunados incluso podrían salir con vida. —Ese brillo se desvaneció con un ceño fruncido—. Aunque no veo a ninguno aquí.

—Un momento, whent. —El gruñido atrajo la atención de Maena hacia su izquierda, hacia la figura de Svarde, aún imponente a pesar de haber perdido su armadura y sus hachas—. ¿Dónde está el ferrite?

—El lagarto tiene la misma oportunidad que ustedes. Si se gana su libertad, lo enviaremos de vuelta a su maldita isla.

Con eso, Barten giró una llave en la puerta de madera, encerrándolos en la tierra y el polvo.

Siete personas en una celda lo suficientemente grande para el doble significaba que había paja para todos, aunque el olor de la letrina arruinaba la poca comodidad que eso proporcionaba. La primera comida llegó bastante rápido, al menos, y Maena tuvo que mirarla largo rato para entender lo que veía.

Mejor que lo que comíamos allá abajo, te lo aseguro.

Carne de verdad. Cocinada y mezclada con patatas. Zanahorias al lado. No había cerveza, pero vino un barril de agua con tazas de barro junto con la comida. Uno de los otros prisioneros comenzó a llorar al verla, metiéndosela en la boca con las manos.

—Lávense las manos primero —anunció Svarde a la habitación, un poco tarde para el primero—. Vayan a Tamas y se lo dirán. La forma más rápida de morir viene de la enfermedad en un lugar como este.

Otra prisionera, una mujer delgada que tenía la nariz rota tres veces, se rio.

—Si crees que la enfermedad te llevará antes que una espada aquí, o las fauces de una bestia, entonces envidio tu esperanza.

Pero se lavó las manos, al igual que Maena y todos los demás. Incluso el primer prisionero, una vez que terminó de llenarse la boca, limpió sus sucias manazas.

Entonces, ¿qué vas a hacer, ladrona? ¿Sentarte aquí en silencio?

Después de la advertencia de Svarde, el grupo se había acomodado en sus lugares. Maena sentía los ojos del hombre foti cruzarse con los suyos de vez en cuando, miradas que ignoraba. Él había intentado reconstruir su relación durante la caminata fuera de la Oscuridad de

Abajo, pero Svarde había conocido a la antigua Maena, la que aún estaba entera.

Esa ya no existía.

¿Qué, tienes una mejor idea?

No tomé el control en esa cueva, y morí por ello. No me mates una segunda vez.

Maena se tensó. Su segundo yo tenía razón. Los Fosos podían ser una sentencia de muerte, pero también podían ser algo más grande. Si pudiera reunir la energía para intentarlo.

¿Reunir? Si hubiera sabido que la verdadera yo era tan patética, me habría disparado a mí misma en lugar de a ese demonio.

Maena soltó una risa silenciosa. De nuevo, el segundo yo tenía razón. ¿Cuántas incursiones había liderado? ¿Cuántas espadas había cruzado para ganar las medallas en su armadura perdida? Este sería solo un desafío más en una vida llena de ellos.

Ahora, eso está mejor. Muéstrame quién soy realmente.

Terminando su comida, Maena arrojó el cuenco contra la puerta y se puso de pie. El estruendo atrajo la atención hacia ella, los prisioneros observando cómo su forma andrajosa, sucia y vestida con harapos encontraba su columna vertebral.

—No sé ustedes —dijo Maena, desapareciendo la ronquera mientras forzaba su garganta cansada—, pero dejé un trabajo sin terminar allá atrás, y pienso verlo concluido. Eso significa luchar para salir de aquí, sin importar lo que estos bastardos de Whent nos lancen. ¿Quién está conmigo?

La prisionera se carcajeó de nuevo, abrió la boca y luego la cerró cuando Svarde se puso de pie, el hombre mirándola fijamente por un largo momento antes de asentir hacia Maena.

—Hasta el final, Rana. Hasta el amargo y violento final.

—Si tuviera un sable, lo pondría a tu disposición —añadió Rasslebeck, poniéndose de pie.

Pennifer también se levantó.

—Mis puños son tuyos, aunque serían mejores con una ballesta en ellos.

Los otros tres prisioneros miraron al cuarteto con confusa cautela, pero bajo la mirada de Svarde, debieron encontrar una medida de confianza, porque pronto ellos también estaban de pie.

Justo a tiempo para que sonara el tañido de una campana.

3
PASEO POR LOS TEJADOS

Las noches de Rana emitían un resplandor que Foti nunca había tenido. Los ríos que serpenteaban alrededor de Riroca captaban la luz rosada de Sichi y la proyectaban en óvalos de cristal que bordeaban los canales, cada uno teñido de diferentes colores para que cada río pintara su ruta en un oro, azul, verde o rojo único. Los reflejos bailaban en los edificios, brillaban en las barandillas doradas y, en general, ayudaban a Bliss a guiar a su cuarteto por los tejados.

Comparado con columpiarse en lianas, saltar de un tejado de pizarra a otro resultaba tan fácil como Bliss podía desear: aterrizajes estables, sin hojas resbaladizas y líneas de visión claras hasta su destino.

Sí, por favor.

Se había ofrecido como voluntaria para liderar después de que Wax expusiera el plan, declarando que podría ser mejor que Bliss se arriesgara a cualquier caída o a ser vista por los guardias de Rana en lugar del propio Renewal. Con Quik respaldándola, la posición habitual de Wax a la cabeza del grupo se desvaneció. Ahora iba tercero, con Torny vigilando la retaguardia.

Su objetivo esperaba a varias manzanas de distancia, descansando en el río mientras sus pasajeros cargaban su equipo. Mientras Bliss y Torny sufrían otro turno sirviendo platos y lavándolos en una posada insípida, Wax y Quik habían estado observando a la tripulación de Kance, rastreando su intención de despegar esta noche, justo antes que ellos.

Cuando Wax había preguntado por la partida de Kance, la capitana del barco fluvial declaró que no se llenarían habitaciones vacías, especialmente no a una tarifa con descuento.

Así que Wax ofreció una alternativa durante su escasa cena: saltar a bordo cuando el barco zarpara, suplicar clemencia como Renewals y esperar lo mejor.

Como plan, los otros tres estuvieron de acuerdo en que apestaba. Sin embargo, comparado con otro día trabajando un turno en la ciudad, apestar no parecía tan malo.

—Lo peor que puede pasar —dijo Torny— es que nos dejen en la orilla del río y tengamos que caminar. No está tan mal.

Con el invierno acercándose, una marcha paso a paso por las tierras salvajes de Rana podría no ser la mejor ruta, pero era mejor intentarlo y fracasar que quedarse aquí, perdiendo día tras día sin lograr nada.

Bliss lo expresó con señas, e incluso Quik accedió a darle una oportunidad a la opción temeraria.

Ahora Bliss esperaba en el borde de un tejado plano, observando cómo un trío de guardias de Rana doblaba una esquina a media manzana de distancia, desapareciendo de la vista. Para subir desde aquí, tendrían que saltar un canal, un salto intimidante para cualquiera sin mucha experiencia lanzándose al vacío.

Afortunadamente, Bliss tenía un bastón.

«Observadme», señaló Bliss, retrocediendo varios pasos.

Los otros tres le hicieron espacio. Torny tenía preocupación en su rostro iluminado por la luna. Wax y Quik solo mostraban un aburrido aire de confianza. Abajo, los resplandores dorados mostraban la distancia, un ligero descenso hacia la casa del otro lado.

Bliss tomó un respiro lento, dejó que el aire fresco jugara a su alrededor, dándole energía. Rebotó sobre sus pies. Afirmó su bastón en la mano derecha con un extremo cubierto de metal apoyado en su hombro.

Con una exhalación se movió, levantando el bastón en el primer paso y plantándolo en el tercero, su extremo hundiéndose en el tejado, corriendo contra el borde poco profundo en su lado plano. Bliss se impulsó, voló por el aire, los árboles y el canal pasando por debajo de ella. Recogió las rodillas, se inclinó hacia adelante y rodó al golpear la casa del lado opuesto.

La pizarra dolía más que la acogedora tierra de la jungla, pero la rodada funcionó igual, permitiendo que Bliss disipara su impulso en el tejado. Se detuvo con la espalda contra el suelo, mirando directamente al cielo.

Bueno, no fue un aterrizaje perfecto, pero había sobrevivido, había demostrado que podía hacerse.

Ahora el siguiente truco.

Poniéndose de pie, dirigiéndose de vuelta al borde del tejado, Bliss levantó el bastón, retrocedió unos pasos más, luego corrió y lo lanzó hacia atrás. El bambú, ligero pero fuerte, demostró ser tan ágil en el aire como Bliss, volando sobre el hueco hasta las manos expectantes de Quik.

Los siguientes dos saltos fueron tan buenos como el primero, Wax y Quik uniéndose a su hermana al otro lado del canal. Sin embargo, cuando Quik fue a lanzar el bastón de vuelta para Torny, la ladrona negó con la cabeza. Levantó un solo dedo y luego desapareció en la oscuridad.

—¿Qué está haciendo? —preguntó Quik—. ¿Finalmente se rinde en este juego?

«No se está yendo», señaló Bliss.

—Espero que no. Ahora también es mi Guardiana —Wax le quitó el bastón de las manos a Quik y se lo dio a Bliss —. A menos que le guste romper juramentos.

—¿Eso realmente te sorprendería? —dijo Quik.

—¿Sabes qué me sorprendería realmente? Que fueras algo más que un idiota con Torny.

Quik frunció el ceño y miró hacia otro lado. Wax le dirigió a Bliss una mirada de qué-se-le-va-a-hacer, luego se alejó hacia el otro lado del tejado, con Bliss siguiéndolo.

—Dos saltos más y llegamos —dijo Wax.

«Tres. Te estás olvidando del salto al barco».

—Eso es más bien una caída.

«¿Por qué crees que esto funcionará, Wax?»

—Porque la vi —respondió Wax—. No parecía feliz.

«¿Y eso significa?»

Wax esbozó una sonrisa. —Significa que un bromista como yo puede ganarse su simpatía. Una vez que eso suceda, estamos dentro.

Torny apareció dos edificios más allá, señalando al trío sosteniendo un largo cuchillo para que captara la luz de la luna. Cómo había llegado tan lejos sin ser atrapada, sin levantar sospechas, era una incógnita, pero incluso Quik no podía discutir los resultados.

—Parece que tenemos que alcanzarla —murmuró Quik cuando vio a la bandida—. Sabe moverse.

Los últimos saltos fueron rápidos sin más canales que cruzar. Las casas, todas construidas para albergar a familias de Rana en multitudes, ofrecían amplio espacio para aterrizar, y pronto el grupo miraba hacia un verdadero río de Rana, uno que envolvía el lado este de la ciudad y continuaba hacia el norte. Una arteria principal, según los mapas que Bliss había espiado en las diversas posadas.

—¿Estás seguro de que querían partir ahora? ¿En la oscuridad? —preguntó Torny mientras miraban el agua vacía y fluyente.

El banco cerca de ellos se iluminó de naranja, con faroles de cristal en espiral espaciados a lo largo de una barandilla metálica que marcaba el borde de la ciudad. Poca gente paseaba por allí, tanto por el frío como, según Bliss, por la creciente amenaza de los demonios. Cualquier paseo romántico o tranquilo podría verse interrumpido por un horror escupidor, algo que acababa con la alegría.

—La capitana me dijo que no podría acosarla mañana cuando le pregunté —dijo Wax, y luego soltó una risita—. Le dije que tendría suficiente pasta para comprar el pasaje después de mi próximo turno. Creo que eso la asustó y por eso me lo contó.

"Apuesto a que no fue tanto la pasta como la idea de tenerte en su rodador", signó Bliss.

—¿Desde cuándo los Guardianes pueden darle basura a su Renovación?

"Desde siempre".

La información de Wax resultó ser correcta pocos minutos después. Un crujido agitado rompió el flujo burbujeante del río, la gran rueda del rodador surcando el agua. Manteniéndose en el canal central más profundo, el rodador se elevó por encima de la barandilla metálica, su cubierta principal ofreciendo espacio para una escasa tripulación y abundantes pasajeros. Pequeños faroles adornaban los ligeros costados metálicos del barco, convirtiendo la embarcación en un faro naranja en su camino hacia el norte.

—Te lo dije —dijo Wax—. Esa Reina no está perdiendo el tiempo.

Bliss frunció el ceño, calculando la distancia mientras el rodador avanzaba hacia ellos. "El salto va a ser demasiado largo. No tendremos tiempo de usar el bastón de nuevo".

La esperanza había sido que el tamaño del rodador lo mantuviera lo suficientemente cerca de la barandilla para hacer viable un salto. Desde aquí, sin embargo, Bliss necesitaría todo su esfuerzo solo para alcanzar el costado de babor del barco. Tal como estaba, se estrellaría directamente contra la pared, una promesa que ya le hacía doler la cabeza.

—Entonces lo haremos a mi manera —dijo Torny.

Los tres se giraron y vieron a Torny desenrollando una cuerda fina, con un extremo atado a su largo cuchillo. Bliss había notado la cuerda enrollada antes, metida en la bolsa de Torny, pero la bandida llevaba todo tipo de cosas raras encima y tenía la costumbre de eludir cualquier pregunta que se le hiciera.

—Tú haces el salto —le dijo Torny a Bliss—. Clava mi cuchillo en el costado y nos deslizaremos por la cuerda para reunirnos contigo.

—Así que así es como lo hiciste —dijo Quik, señalando los edificios detrás de ellos—. Lanzaste esto y lo usaste para...

—No —Torny negó con la cabeza—. Estos edificios tienen agarraderas por todas partes. Fáciles de escalar. Si ustedes tres pudieran escabullirse como es debido, habría dicho que podríamos simplemente correr todo el camino hasta aquí.

Como siempre, Torny deslizaba un insulto en su respuesta.

—¿Bliss? —preguntó Wax—. ¿Crees que puedes hacerlo?

"No tenemos muchas opciones".

Nadie discutió eso, así que Bliss se preparó con la bolsa de Torny, entregando la suya a la bandida. Una vez más, el bastón encontró su camino hasta el hombro de Bliss mientras ella calculaba el tiempo y la distancia hasta el rodador. De cerca, el barco se veía más grande que antes, y Bliss podía distinguir la figura de la capitana en la cabina delantera del barco, mirando hacia afuera con una mano en el timón.

Con suerte, la mujer no se asustaría tanto como para encallar la balsa.

Quik ofreció una oración a Vis mientras Bliss se preparaba, esas palabras sonando extrañas tan lejos de casa. Aunque, Bliss aceptaría cualquier ayuda que su dios muerto hace tiempo pudiera ofrecer.

Corrió hacia adelante, clavó el bastón y voló por el aire. La familiar sensación de vértigo regresó, la ráfaga de ingravidez sin nada a su alrededor mientras Bliss daba vueltas, la bolsa alterando su peso.

Su peso, pero no su distancia.

Bliss golpeó el borde de babor del rodador, volteando sobre él para aterrizar en la estrecha cubierta. Su espinilla izquierda explotó de dolor, impidiéndole ponerse de pie mientras los gritos estallaban en el barco a su alrededor.

Tiempo de lidiar con eso después.

Aún sosteniendo su bastón, Bliss se apoyó en él, plantó su extremo en la cubierta del rodador para ponerse de pie temblando. La cuerda salía de la bolsa, Torny y Quik sosteniendo el otro extremo en el tejado. Un extremo que se desenrollaba rápidamente mientras el barco avanzaba río arriba.

Bliss sacó la daga y la clavó en el suelo de la cubierta. El movimiento sacudió su pierna izquierda de nuevo, el extremo romo del bastón resbalando y enviando a Bliss una vez más a la cubierta.

Pasos se acercaban a ella, Bliss rodó para ver a un guardia de Kance aproximándose, con estoque ya en ambas manos. Vestido con armadura completa, pareciendo cristal andante, el guardia le dio a Bliss una mirada estrecha antes de fijarse en la cuerda que se tensaba.

Oh, no lo harás.

Con su mano derecha, Bliss blandió su bastón. En el suelo, con un apalancamiento mínimo, el arma no hizo más que rebotar en las espinillas blindadas del hombre de Kance. Sin embargo, logró captar la atención del hombre, que apuntó la punta de su estoque al rostro de Bliss.

—¿Qué estás haciendo? —preguntó el guardia, su voz un gruñido emplumado, como si el hombre quisiera ser amenazante pero no supiera muy bien cómo.

"Pidiendo aventón", signó Bliss, aunque el guardia no entendería.

El guardia parpadeó hacia ella, y luego se tambaleó hacia adelante con una maldición. Rebotando contra él, aterrizando de trasero en la cubierta, estaba el hermano mayor de Bliss y compañero guardián. Quik se puso de pie de un salto, levantando los puños —una sabia elección mantener sus guanteletes guardados ahora— y gritándole al guardia que mantuviera sus espadas para sí mismo.

No es que el guardia y sus amigos que se acercaban parecieran dispuestos a escuchar. Sin embargo, se detuvieron y gritaron cuando Wax siguió a Quik, haciendo una entrada más suave en el barco.

—¡Corten la cuerda! —gritó la capitana a través de una ventana abierta en la cabina delantera del rodador—. ¡No dejen que suba nadie más!

El primer guardia, de pie junto a Bliss, cumplió la orden, incluso cuando Quik se movió para detenerlo. El estoque cortó la cuerda, y por el costado del barco, en las oscuras aguas del río, se escuchó un chapoteo por encima del movimiento turbulento del rodador.

Torny.

4
LA LLAMADA DE LA AVENTURA

Sawi observó el diseño en el dorso de su mano mientras se estiraba para arrancar el mango de su rama. Líneas anaranjadas recorrían sus venas antes de extenderse como una telaraña, muy parecido al árbol del que colgaba ahora. Esas líneas marcaban su lugar en Kitaye, su mundo. Tan vívidas como siempre hoy. Su cuerda mantenía a Sawi suspendida mientras recogía la fruta y la dejaba caer en su morral. Una cosecha tardía antes de la llegada del invierno, que se anunciaba frío por las últimas noches.

Wax, dondequiera que estuviera, quizás incluso estaría viendo nieve ahora. ¿No sería eso algo extraordinario, una experiencia? Vis solo veía esa masa blanca y esponjosa en sus montañas más altas, muy lejos al este y al oeste, lugares a los que Sawi nunca iría. Ya no.

Sawi frunció el ceño mientras su mirada se desplazaba del árbol al suelo, el bosquecillo no muy lejos de la frontera occidental de Kitaye, extendiéndose a lo largo de los acantilados que dominaban el océano. No hacía mucho tiempo, cuando se unía a los recolectores más experimentados para aprender el oficio, trepar a los árboles y recoger los frutos era un ejercicio pacífico. Una oportunidad para estar en armonía con la naturaleza en la que Vis florecía.

Ahora, los cazadores merodeaban entre los árboles con ellos. Portaban lanzas, arcos, ojos agudos y cuerpos tensos. Silenciosos salvo por gritos cronometrados, llamadas que indicaban que todo estaba en orden de vez en cuando. Los primeros días, esos gritos encendían los nervios de Sawi. Había dejado caer fruta. Casi pierde un morral.

Pero eso es lo que sucede cuando un monstruo casi te mata, o eso decían sus padres. O así lo proclamaron los ancianos de la aldea a la ciudad mientras más y más gente llegaba de todas partes de la isla.

Los monstruos habían llegado, y estaban convirtiendo a Vis en un lugar peligroso. Tal vez Wax se había marchado justo a tiempo.

No obstante, Kitaye tenía bocas que alimentar y rostros valientes para responder a ese llamado. Sawi lo hacía, se mantenía fiel al juramento que la tinta en sus hombros y manos exigía. Salía al amanecer cada mañana con una escolta de cazadores, recogiendo frutas, hierbas, granos y hongos, llenando morral tras morral con la generosidad que Vis proporcionaba.

Los resultados llenaban su estómago, traían felicidad a muchos más además, pero la paz nunca parecía llegar con ello.

Aunque, ¿cómo podías encontrar paz cuando el mundo parecía estar desmoronándose a tu alrededor?

Sawi, con su morral lleno y el sol bajando, se lo echó al hombro y se descolgó, un apoyo cuidadoso tras otro —Wax simplemente habría saltado, confiando en el destino y sus instintos para mantenerse con vida— y aterrizó en el suelo ablandado por la lluvia con su cosecha intacta.

Se llevó dos dedos a la boca y silbó. Era hora de volver a casa.

Kitaye zumbaba con una melodía diferente cuando Sawi y su escolta de varios cazadores regresaron. Las especias para cocinar, las canciones y los gritos de los grupos que volvían llegaban como siempre, pero una corriente subterránea de emoción corría bajo lo familiar, su explicación yacía en las miradas hacia la ensenada.

—¿Un nuevo barco? —preguntó Sawi a un cazador que había regresado con ella. El joven —cada vez eran más jóvenes ahora, con tantos heridos— negó con la cabeza. Había estado con ella, ¿cómo iba a saberlo?

Sin embargo, ¿qué otra explicación había? Kitaye y Vis, con todos sus suaves placeres, seguían una rutina regular. Las estaciones llevaban a cazadores y recolectores a responsabilidades rotativas, mientras las familias engordaban creando la próxima generación. Las otras Siete Islas hacían lo suyo, libraban sus pequeñas guerras y jugaban sus juegos políticos, dejando en paz a Vis y sus importantísimos alimentos y medicinas.

Así que si querías despertar la emoción en Kitaye, el verdadero entusiasmo, tenías que traer algo realmente nuevo. Como un barco, y no solo un buque mercante, rebosante de metales de Foti o joyas de Kance.

Incluso Sawi no pudo creerlo a primera vista. Había dejado sus morrales con los recolectores y se había unido al flujo constante que se dirigía hacia la ensenada, muchos estirando el cuello para ver qué estaría saliendo de los muelles.

Un barco najahn, y uno grande. Una mezcla del tamaño de un galeón de Foti con las líneas elegantes de un balandro de Rana, la madera negra sellada con metal trazaba una línea imponente en la bahía. El solitario cúter de Kance que compartía la bahía con el gran barco parecía diminuto, aunque hermoso, pero ninguna belleza podía compararse con un día en la jungla, así que la atención debida a ese pequeño barco era escasa.

En cambio, Sawi observaba a los soldados najahn bajar el aparejo del gran barco, recoger las velas, lanzar un ancla y amarrar la enorme nave. Sawi contó cuatro cubiertas completas de arriba a abajo, con tres mástiles monstruosos que se elevaban tan alto como un árbol de la jungla hacia el cielo. ¿Qué querría un barco así de un lugar como Kitaye?

La respuesta no llegó con los que desembarcaban, aunque ciertamente surgieron más preguntas. Varios guardias con uniforme completo, las voulges curvas y los anillos con cuchillas en sus espaldas complementando la armadura púrpura, negra y dorada. Equipo pesado, tanto que Sawi imaginó que el trío debía estar sudando a pesar del aire más fresco de la tarde. Su marinero dio paso a la estrella del barco, anunciada como tal por su descenso al muelle, seguido por varios eruditos con túnicas que llevaban libros, morrales y un gran baúl.

Los guardias se desplegaron en el borde del muelle, sin decir una palabra a los ancianos de Kitaye que esperaban para saludarlos. En su lugar, permanecieron en silencio, imperiosos e impenetrables mientras su líder caminaba por el sendero de madera hacia tierra firme.

El hombre parecía hecho para una vida de ocio. A pesar de sus ropajes, Sawi vio poca agilidad en el corpulento físico del hombre. Svarde, el Guardián de Foti, había sido igualmente grande, pero llevaba su volumen como si esperara la oportunidad de golpear algo con él. Este, este esperaba que el destino viniera a él.

Cuando los ancianos finalmente tuvieron la oportunidad de hablar con el hombre, el líder najahn los apartó con palabras apaciguadoras. Con una mano en el brazo y un educado asentimiento de cabeza, los ancianos retrocedieron, dándole al hombre najahn la oportunidad de observar a la multitud reunida.

Y Sawi, que se había escabullido hasta el frente, esperando y temiendo que este emisario najahn tuviera noticias de Wax, hizo un ajuste.

Este líder najahn no era blando, a pesar de cómo pudiera parecer. El hombre, con las manos entrelazadas frente a él y los ojos arrugados pero duros mientras recorría con la mirada a su alrededor, era definitivamente un cazador, aunque de un tipo diferente al que Sawi conocía.

—Una gran bienvenida —comenzó el hombre, dando un tono marmóreo a las palabras mientras las pronunciaba — de un gran pueblo. Los viajes son cosas agotadoras, y lamento no tener noticias especiales que compartir, solo una parada en mi camino hacia nuestro puesto avanzado un poco más adelante. Por favor, continúen, y no permitamos que interfiramos más en su velada.

Murmullos de decepción recorrieron la multitud, lo suficientemente fuertes como para que el hombre najahn los notara, aunque no dio señales de ello, limitándose a hacer un gesto a sus guardias y su equipaje para que lo siguieran.

¿Sin noticias especiales? ¿Era eso algo bueno? Sawi se escabulló de la multitud, empujada por los espectadores que volvían a sus fogatas, cerraban sus puestos comerciales o se dirigían a las interminables tareas necesarias para mantener un hogar funcionando en estos tiempos sombríos.

Sawi dejó atrás a su propia familia, evitó la arboleda de su vecindario y su cena para seguir al hombre najahn. Sus guardias ahuyentaban a los niños y a otros como Sawi, personas que lanzaban preguntas u ofertas de tesoros para vender. Su objetivo parecía no darse cuenta, salvo para rechazar las peticiones mientras avanzaba con dificultad. Pasando, al parecer, las principales posadas de Kitaye.

¿Pretendía el hombre continuar a pie todo el camino ahora, en la oscuridad?

La pregunta ralentizó los pasos de Sawi, obligándola a considerar lo que estaba haciendo. El hombre dijo que no tenía noticias, y ella tenía un día completo de cosecha por delante. Seguir al najahn podría no conseguirle nada más que menos sueño y más frustración. Incluso si pudiera decir que ningún Renovación había muerto, las noticias viajaban lentamente entre las islas. Cualquier cosa que ofreciera sería vieja antes de que saliera de su boca.

Y sin embargo.

La selva se espesaba mientras el najahn se adentraba en la ciudad, Sawi lo seguía, mezclándose con la multitud a medida que avanzaba. Las grandes hojas sobre sus cabezas, sombras negras en una noche nublada, traían consigo preguntas pasadas, conversaciones pasadas.

¿Cuántas veces habían hablado ella y Wax sobre aventuras entre esas hojas, esas ramas? ¿Cuántas veces se habían insistido mutuamente que irían, perseguirían la acción y vivirían sus días en el rizo ondulante de una liana, saltando hacia lo desconocido?

Wax lo había hecho. Aunque, Sawi tenía que recordar, había sido empujado allí por Pan. Aun así, a pesar de la tragedia, Wax continuó. Se embarcó en el bote Kance y zarpó, dirigiéndose a un lugar nuevo mientras Sawi, esa mañana, aprendía qué campos y árboles serían los suyos para preservar.

¿Qué promesas importaban más, las hechas a su yo más joven o a su ciudad, su tribu?

Quince najahn formaban la comitiva, eruditos y guardias, estos últimos duplicando a los buscadores de conocimiento, bullendo y parloteando alrededor de su líder. El grupo llegó al borde de Kitaye, donde los últimos destellos de las antorchas forzaron una parada.

Sawi esperó, observando detrás de un árbol. Varios otros vis también se aferraban cerca, uno continuaba pregonando comida y agua, necesarias para el viaje de los najahn, y ganándose algo de comercio de los suministros de los viajeros.

—Acamparemos aquí —dijo el líder najahn, echando un vistazo alrededor—. Los demonios hacen que viajar de noche sea peligroso, y cualquier dificultad esta noche nos traerá el apoyo de la ciudad.

—¿No había posadas no muy lejos? —preguntó un erudito—. Seguramente podríamos...

—Habrá pocas comodidades en el camino hacia nuestro puesto avanzado, amigo mío —respondió el líder—. Necesitaremos lo que tenemos para llegar allí. No lo gastaré en lujos innecesarios ahora.

El erudito extendió los brazos.

—Somos la isla más rica, seguramente podemos permitirnos...

—Cuando asciendas a mi posición, Noctia no lo quiera, podrás gastar su generosidad como mejor te parezca —replicó el líder—. Nuestro tiempo aquí puede ser corto o largo. Me preparo para lo segundo. Si eso es demasiado difícil de entender para ti, te sugiero que vuelvas al barco y esperes con los marineros.

Ante eso, el erudito abandonó su argumento y comenzó, como los demás, a desempacar un saco de dormir. Los soldados najahn encendieron una fogata y ahuyentaron a los comerciantes restantes, dejando a Sawi sola observando su grupo, reuniendo el valor.

Después de todo, ¿qué era lo peor que podían hacerle?

Dio un paso adelante, el pequeño campamento inmerso en sus preparativos para la cena. Un guardia la vio primero, se levantó y la despidió con un gesto, declarando que no se harían más tratos esta noche.

—No estoy interesada en comerciar —respondió Sawi—. Tengo una pregunta.

—Hazla, entonces.

—¿Tienen noticias de los Renovaciones? Mis amigos representan a los vis, y viajaron a Foti hace semanas. No he...

El guardia se suavizó, le dio una sonrisa a la luz de la antorcha.

—Entonces descansa tranquila. Solo el Renovación Tamas ha abandonado el campo hasta ahora, y eso debido a una lesión, no a la muerte, al escalar las crestas de Kance. Hasta donde Noctia sabe, tu amigo aún vive.

—Una cosa afortunada, ¿no es así? —intervino el líder najahn, mirando por encima de su cuenco de sopa. Los eruditos siguieron su mirada, imitando a su líder como bebés a sus madres—. Con los demonios tan salvajes como están, que tantos Renovaciones sigan con vida.

El tono no llevaba consigo un rechazo, y la mirada del líder parecía escudriñar a Sawi, como si viera profundamente en su corazón.

—Lo es —dijo Sawi, y se demoró. Frutas y granos. Las alforjas de la cosecha la esperaban. Y sin embargo, aquí yacía otra posibilidad, otra oportunidad de una elección anterior. El pensamiento le revolvió el estómago, una fría traición incluso mientras su voz hacía la pregunta—. Si necesitan una guía, estaría a su servicio.

El líder najahn se rió, miró alrededor del fuego a los demás.

—De todas las ofertas que hemos escuchado desde que desembarcamos aquí, ni una sola ha sido para mostrarnos el camino. Si tuviera que adivinar por qué, es el miedo a los demonios lo que retiene a tu gente. ¿Por qué eres diferente?

La ansiedad que se arremolinaba se disipó ante la pregunta del najahn. Había dado el primer paso. Ahora todo lo que Sawi necesitaba hacer era caminar.

—Porque conozco ese miedo lo suficientemente bien como para enfrentarlo de nuevo.

—¿De verdad? —Los ojos del najahn brillaron, pozos negros contra la sombra del fuego—. Entonces yo, Gladdring, Precepto de Noctia, agradecería tus servicios. Guíanos bien y serás recompensada. Falla, y estoy bastante seguro de que no sobrevivirás para sufrir las consecuencias.

5
LOS GUARDIAS DE LA REINA

A medida que los planes avanzaban, Wax empezaba a considerar la carrera y el salto a la balsa entre sus peores ideas. Claro, habían sido emocionantes las carreras por los tejados, los saltos, esquivar a los guardias, pero era difícil sentirse bien con todo eso mientras Torny se debatía en el agua y la barcaza avanzaba.

Los dedos de Bliss se movían rápidamente, aunque sus palabras en señas no tenían ningún impacto en los soldados de Kance, tan hermosos en su armadura, tan severos en su ánimo. Ojos duros, almas duras. Ignoraron también la petición de Wax, simplemente permaneciendo allí con las espadas desenvainadas, esperando alguna señal oculta.

En unos segundos más, Torny estaría demasiado lejos para que esa señal importara.

—Es nuestra Renovación —dijo Wax, señalando con la cabeza hacia la forma que chapoteaba, ahora más borrosa a medida que la luz se alejaba—. Si la dejan ahogarse, las esperanzas de Vis se irán con ella.

El guardia frente a él se estremeció, su rostro ensombrecido por el casco afilado. Sin embargo, el control prevaleció y su estoque se mantuvo firme, con la punta apuntando directamente al estómago de Wax.

—Por favor —repitió Quik, en el suelo cerca de Bliss con espadas apuntando a sus propios pechos. La emoción de su hermano no parecía tan genuina como la del propio Wax, pero al menos lo intentaba.

—Ayuden a la chica.

La orden vino de abajo, de una escalera que conducía a la cubierta principal. De ella emergió la Renovación de Kance, aquella reina gélida que no parecía menos fría ahora, incluso con ropas delgadas envueltas por una apresurada bata azul y blanca.

Repitió las palabras cuando ningún guardia se movió. Esta vez, el que tenía su estoque apuntando a Wax se hizo a un lado, aunque mantuvo el arma lista.

—Haz lo que puedas —dijo el guardia, con una voz aflautada que rezumaba una amenaza burlona—. Haz cualquier otro movimiento y haré que tus tripas manchen la cubierta.

—Eso sería una pesadilla de limpiar —murmuró Wax, liberando la cuerda que acababan de usar para bajar al bote y corriendo hacia la parte trasera de la barcaza. Al pasar junto a la Reina, Wax le hizo el más leve asentimiento que pudo.

Al menos, en comparación con los barcos de alta mar, la barcaza no tenía tanta longitud. Unas pocas zancadas largas llevaron a Wax a la popa, con la cuerda arrastrándose detrás de él como una serpiente color arena.

—¡Atrapa esto! —gritó Wax, haciendo girar la cuerda en un amplio arco y lanzándola.

El extremo desapareció más allá de la luz, pero Wax

conocía las cuerdas, conocía su propia fuerza, y se preparó para cuando llegó el primer tirón fuerte.

—La tiene —dijo Wax, sin darse la vuelta—. ¡Podría usar algo de ayuda para subirla!

La velocidad de la barcaza y el peso mojado de Torny pusieron los músculos de Wax a prueba, una tarea difícil para la que un día de trabajo cargando cajas ayudaba poco. Sus brazos ardían después de un solo tirón, esos callos frescos amenazando con romperse y sangrar.

Y lo habrían hecho de no ser por un nuevo tirón detrás de él. La cuerda se tensó, moviéndose a través de los propios dedos de Wax. Todavía pesada, pero con la ayuda, viable. Wax tenía los pies presionados contra el borde trasero de la balsa, un sólido tablón dorado, sus ojos hacia adelante observando, buscando cualquier señal.

—Gracias —dijo Wax, tratando de proyectar su voz hacia atrás—. Estoy seguro de que no fue idea tuya.

—Todas mis ideas son mías —llegó la respuesta, con el mismo tono medido y completamente acerado que había comandado a los guardias un momento antes—. Aguanta, maldita sea.

Wax se aferró a la cuerda, las fibras secas casi resbalando de sus manos después de escuchar la voz de la Reina. ¿Qué estaba haciendo ella aquí atrás? ¿Y cómo se preguntaba eso?

Mejor ceñirse a lo que conocía, a quién era.

Vis no tenía realeza. Nunca le habían enseñado cómo tratar con una.

—Lo siento, no esperaba, ya sabes...

—Concéntrate en tu amiga.

Cierto. Torny. Wax se inclinó hacia adelante, el proceso de subirla iba más rápido ahora que el éxito impulsaba sus esfuerzos. La bandida emergió en la estela de luz de la barcaza después de unos momentos más, aferrándose a la cuerda con la cabeza sumergiéndose por encima y por debajo de la superficie. Sus brazos no se movían, no decía palabra.

—Está ahí —dijo Wax—. Aunque no puedo decir si está viva.

—Una pregunta que responderemos a su debido tiempo.

Si Quik hubiera dicho esas palabras, Wax habría respondido con algo sarcástico. Ahora se tragó la lengua y se concentró en tirar. Otro cuerpo llegó por detrás, relevó a la Reina con una orden silenciosa, mientras que un segundo, este no vestido con armadura de Kance pero con aspecto tan enojado como los guardias, tomó su lugar junto a Wax en la popa del bote.

—La salvarás —dijo la capitana de la barcaza—, y luego los arrojaré a todos de vuelta al río.

—Hace que todo esto sea inútil, ¿no? —dijo Wax. Responderle a la imbécil de la capitana se sentía mucho más cómodo—. ¿Qué tal si nos dejas seguir el viaje y nadie se entera de que arrojaste a una Renovación por la borda mientras los demonios nos devoran a todos?

La capitana se sonrojó, puso sus manos en la tabla trasera y observó cómo la forma de Torny alcanzaba la barcaza, comenzando a salir del agua.

—A nadie le va a importar, porque ninguna Renovación que no pudiera pagar por un viaje va a vivir hasta el final de todas formas —dijo la capitana antes de inclinarse sobre el costado, agarrar a Torny y, con una maldición, levantar a la bandida y dejar caer su forma empapada en la cubierta.

Los ojos de Torny parpadearon mientras sus cuatro rescatadores, Wax y la Reina, su guardia y la capitana, se inclinaban sobre la bandida.

—Supongo que estoy a salvo, ¿entonces? —balbuceó, escupiendo agua.

—No, solo has encontrado un problema diferente —respondió la capitana.

—Les dejarás secarse —dijo la Reina, enunciando las palabras como si fueran un hecho y no una orden—. Luego tráelos de vuelta aquí y decidiremos, todos nosotros, el curso de acción correcto.

—Palabras sabias, mi reina —murmuró el guardia mientras Wax ayudaba a Torny a ponerse de pie—. Haré que Akido los vigile mientras discutimos.

—¿Quién es Akido? —preguntó Wax, mientras Torny tosía.

La Reina solo asintió.

Akido resultó ser el primer guardia que había encontrado a Bliss, y trataba sus estiletes menos como espadas que como sus propios brazos: siempre fuera, siempre listos.

El astuto cuarteto se reagrupó en la proa de la balsa bajo la atenta mirada de Akido. Wax no tenía mucho que hacer salvo confirmar que su bolsa y la hoja Foti habían sobrevivido intactas al pasaje. Torny requirió la mayor atención, con Bliss ayudando a la bandida a cambiarse de su ropa empapada a telas secas. Una tarea difícil, según Torny, cuando todos tus huesos están entumecidos.

—¿Qué crees que harán? —preguntó Quik, moviendo los dedos hacia Wax.

—La Reina no parece inclinada a matarnos —respondió Wax—. Aunque la capitana quiere que acabemos en el agua.

—Mantened vuestras palabras a la vista donde pueda oírlas —dijo Akido, apuntando con un estilete a los dedos de Wax—. No habrá secretos aquí.

—Oh, solo estábamos diciendo que eres feo —replicó Wax.

Aquellos ojos se entrecerraron aún más. Ahora eran meras rendijas.

—¿Puedes ver cuando estás tan enfadado? —preguntó Wax, enfrentando a Akido directamente—. De verdad, estoy impresionado.

—Hermano —advirtió Quik.

—No, lo digo en serio. Está tan entrecerrado ahora —se rio Wax, señalando la mano derecha de Akido—. Mira, hasta le tiembla.

Con su izquierda, Wax envió un simple mensaje a Quik. «Prepárate».

Akido sacudió la cabeza y apuntó con el estilete de su mano derecha al pecho de Wax. Ya no había ni rastro de temblor. —No me provocarás, chico.

—Si yo soy un chico, alguien con tu desequilibrio emocional debe ser, ¿qué, un bebé?

Akido dio un paso hacia Wax, su mano derecha elevándose para un golpe de revés. El estilete izquierdo del guardia mantuvo su punta sobre Wax, sin dejar espacio para esquivar. Torny y Bliss detrás bloqueaban una retirada.

Nada impidió que Quik realizara un agarre libre. El cazador Vis agarró las muñecas de Akido, empujando el brazo derecho del hombre alrededor de su cuello y sujetando el izquierdo a la cintura de Akido. Wax desenvainó su hoja Foti, apuntando la espada de zafiro a la abertura en el casco del hombre de Kance.

—Mira eso —dijo Wax—. Parece que el chico tiene el control.

—Estarás muerto en un minuto —replicó Akido mientras Quik lo empujaba contra el costado del rodador.

—¿Cuánto tiempo puedes nadar con todo este equipo?

—preguntó Quik—. He oído que los de Kance pueden flotar en el viento. Estoy ansioso por verlo.

Akido se tensó, y sus insultos murieron ante las palabras de Quik. Wax agitó su hoja Foti frente al guardia.

—Suelta tus estiletes, entonces tendremos una verdadera negociación.

—No hará nada de eso.

La Reina, flanqueada por los dos guardias restantes y la capitana del rodador, se acercó a ellos. —Soltarás a mi hombre ahora, Vis.

—¿Qué conseguiremos con eso salvo un estilete en el estómago? —preguntó Wax, adelantándose a responder antes de que Quik pudiera molestarse.

Algunas personas sabían cómo manejar una guerra de palabras. Quik, en la experiencia de Wax, prefería sus batallas en arenas más físicas.

—Os conseguirá pasaje en esta embarcación —dijo la Reina—. Algo que iba a concederos de todos modos. Junto con el uso de un camarote abajo. Ahora, creo que pasaréis el viaje aquí en cubierta.

Wax echó una mirada a Torny y Bliss. Aún estaban recomponiéndose. No estaban listas para una pelea.

—¿Eres consciente de que aún tenemos a este tipo contra una barandilla, verdad? —preguntó Wax—. Podríamos lanzarlo por la borda.

—Entonces moriríais. —La Reina no entrecerró los ojos, no se sonrojó, no hizo nada salvo exponer el hecho y dejarlo ahí.

—No estamos negociando, ¿verdad?

—Wax —dijo Quik—, acepta el maldito trato.

—Tu amigo...

—Hermano —espetó Wax.

—Hermano, entonces —la Reina hizo un breve gesto de

asentimiento a Wax—. Te está dando un buen consejo. Tómalo.

—¿Alguna vez no consigues lo que quieres?

Allí, por el más breve momento bajo la luz amarillenta de las linternas, Wax captó una grieta en la fría compostura de la Reina. Un temblor en los labios, un estremecimiento en esas pupilas.

—Más de lo que crees —dijo la Reina. Deslizó una mano en su túnica. La sacó con un único y reluciente estilete—. Suéltalo, o tu vida llegará a su fin.

La punta de diamante, larga y estrecha, apuntaba hacia el suelo, pero en su agarre Wax vio al Maestro del Viento de Kance de su primer viaje, aquel lo suficientemente hábil en esgrima como para lograr cualquier muerte que deseara.

Quizás, solo quizás, Wax podría resolver esto, salir con todos ellos vivos.

—Trato hecho, entonces —dijo Wax, dando un paso atrás más allá de Quik mientras su hermano soltaba a Akido.

El guardia, sin embargo, no parecía estar de acuerdo con los términos. Liberado, apuntó su estilete hacia Quik y fue a apuñalar, solo para congelar el golpe a un pelo del estómago de Quik.

La razón brillaba como una línea brillante en la oscuridad. El estilete de la Reina, con su punta dirigida justo debajo del casco de Akido hacia su cuello.

—Tenemos un trato, esta pelea ha terminado —dijo la Reina—. Capitana, déjalos en la proa. Bloquearemos la puerta a las cubiertas inferiores. Si la fuerzan, tienes mi permiso para hacer con ellos lo que quieras. Akido, conmigo.

La Reina retiró su hoja y Akido, con un último escupitajo a los pies de Quik, se dio la vuelta y la siguió. Solo quedó la capitana, con una impresionante mueca en sus facciones.

—No me gusta mucho que los polizones viajen gratis —dijo la capitana una vez que la Reina y su séquito habían desaparecido—. Así que así es como vais a pagar por ello. Cada día, tendré tareas para vosotros, ya sea pescar o limpiar mi rodador. Si lo hacéis lo suficientemente bien, os dejaré comer nuestras sobras. Si no, y maldita sea lo que ella diga, os echaré de este barco a la primera oportunidad que tenga.

Cuando la capitana terminó, Wax se encogió de hombros. —Podrías haberme hecho esa oferta esta tarde y nos habrías ahorrado a todos muchos problemas.

—¿Problemas? —La capitana se rio, aunque sin alegría—. Hay cosas mucho peores que los problemas en camino, chico. La Reina no pagó este viaje con su bolsa. Esos guardias suyos me dieron la misma opción que tuvisteis vosotros. Una muerte rápida o un viaje hacia el norte.

—¿No podían pagarte?

La capitana echó una mirada atrás, asegurándose de que el grupo de Kance se había ido.

—Podrían pagar de sobra, pero los rumores que vienen de donde nos dirigimos ahora... Dicen que ninguno de nosotros va a volver. Ni una maldita alma.

6

HACIA LOS FOSOS

Barten tuvo la decencia de parecer y sonar arrepentido mientras los conducía fuera de su celda. Había prometido varios días para que se recuperaran y estuvieran en forma, pero eran promesas que no tenía poder para cumplir. Los Fosos, al parecer, necesitaban clasificar rápidamente a sus recién llegados.

—Eso —dijo Barten, guiando al grupo a través de amplios túneles iluminados con antorchas—, y los eventos principales de la tarde terminaron temprano.

—¿Por qué? —preguntó Maena, al frente después de su pequeño discurso.

—El gran ganador resbaló y perdió la cabeza después de menos de un minuto. —Barten sacudió la suya—. Decepcionante. Tenía un par de comidas apostadas por él.

—¿Cómo perdió la cabeza?

—Oh, lo descubrirás por ti misma a su debido tiempo. Si tienes suerte.

Más allá de las antorchas, los túneles perdían su aspecto de mazmorra. Cortes ocasionales en la superficie ofrecían vistas del cielo gris del atardecer, con líneas de barro corriendo por las paredes y los bordes del túnel mostrando un tosco trabajo de drenaje.

Una construcción Rana desviaría esa agua hacia algún lugar útil.

Filas de prisioneros pasaban junto a ellos en dirección contraria, algunas tan largas como la suya, mientras que otras solo contenían uno o dos. Joichi, el señor de la guerra que los había estado esperando a la salida del Abismo Oscuro, afirmaba haber capturado a todos los Rana que salían de su expedición asesina de demonios, pero Maena aún no había visto a ningún viejo amigo aquí. Aunque, la mayoría de los prisioneros que pasaban parecían tan golpeados, cubiertos de barro y agotados que eran irreconocibles.

Pronto ella estaría igual.

Como si no estuviéramos acostumbrados.

Hubo un tiempo en que estábamos limpios. En el agua.

Nunca tuvimos la oportunidad de saber cómo es eso.

Aún podrías descubrirlo.

Todo el fatalismo que se había apoderado de Maena durante el viaje en carreta se desvaneció durante la caminata por el túnel y la comida previa. Había pasado días con poco que hacer y poca esperanza, pero ahora la perspectiva de la acción trajo algo de vida a sus miembros adoloridos y débiles. Maena mantuvo la cabeza en alto en lugar de dejarla hundirse entre sus brazos.

Así es como estaba cuando volvimos por el demonio. Ya sabes cómo resultó eso.

Sin embargo, el destino de Barten no albergaba demonios. Una arena excavada en la tierra, con paredes de tierra alisadas para dificultar los asideros. Arcilla roja profunda cubría todo el espacio. Arriba en las paredes y sobre el borde había bancos de madera. Una escasa multitud cubierta de pieles se reunía, derramando bebida y comida en sus bocas mientras el espectáculo entraba marchando.

Alrededor del borde de la arena había ocho cajas, un número igual al de prisioneros. Cada caja coincidía en anchura con los hombros de Maena y llegaba hasta sus espinillas. Sin asideros, y sus profundas impresiones en la arcilla sugerían que no habían sido movidas en mucho tiempo.

En el centro del foso había un montón de piedras, cada una era una bola rugosa no más grande que la cabeza de Maena. Grises y negras, moteadas de tierra y tiempo, las piedras habían sido apiladas en un montón suelto. A diferencia de las cajas, ninguna parecía bien asentada.

Maena sintió un tirón en sus manos, la cuerda que las ataba caía de nuevo. Se frotó las muñecas, devolviendo la sensibilidad completa a sus dedos mientras Barten gritaba las instrucciones.

—Cada uno de vosotros, id a una caja. Sin compartir —dijo Barten, más alto de lo necesario para los prisioneros. La audiencia también escuchaba la historia—. Os pondréis de pie frente a ella, con los talones tocando el borde de la caja. Nada de trampas. —Barten se rio y señaló al hombre que se había metido la comida en la boca—. Sé que ya has estado aquí antes, así que nada de estropear la sorpresa.

¿Alguien lo suficientemente listo como para salir de aquí, pero lo suficientemente tonto como para que lo atrapen de nuevo?

Las Siete Islas tienen de todo.

—Conmigo —murmuró Svarde, pasando junto a Maena y dándole un ligero empujón—. En un lugar como este, es mejor que nos mantengamos juntos.

—Creía que eras un lobo solitario —replicó Maena, aunque fue con Svarde al lado opuesto de la arena.

—Lo intenté. No funcionó. Mi misión no ha terminado.

La suya tampoco. A pesar de la batalla que se libraba en su cabeza, Maena podía ver con demasiada claridad a los demonios, los que habían tomado...

—Aquí está el juego, entonces —gritó Barten de nuevo cuando todos estaban frente a sus cajas, con los talones contra la madera suave y podrida—. En un minuto, silbaré. Entonces será un todos contra todos. Los dos primeros que consigan meter tres piedras en sus cajas obtendrán la salida fácil. Se pone más difícil a partir de ahí. —Barten sacó su cuchillo de desollar y señaló hacia la audiencia—. Si alguien intenta trepar para salir, mi amigo de allá arriba tiene una pica desagradable para ensartaros. No lo intentéis. Por lo demás, haced lo que tengáis que hacer. Vale la pena.

Barten retrocedió hasta el borde de la arena y deslizó el cuchillo en su cinturón.

—Los golpearemos con fuerza —dijo Svarde—. Yo los apartaré, tú agarras tus piedras.

La mano de Barten fue a su boca, dos dedos dentro. Una respiración profunda.

—Tú juega tu juego, yo jugaré el mío —respondió Maena cuando el silbido del hombre sonó alto y agudo.

Svarde se lanzó hacia adelante, soltando algún grito de batalla Foti y esparciendo arcilla fría por todas partes con sus pies descalzos. Maena dio un paso y luego se detuvo, mirando fijamente.

¿Qué estás haciendo? ¿Intentando perder?

Observa.

Los otros siete, incluidos Rasslebeck y Pennifer, hicieron una frenética carrera hacia las piedras del centro. Se abalanzaron unos sobre otros, con las manos arañando, empujando y forcejeando. A Pennifer le patearon la pierna, su cabeza golpeando contra la tierra. El glotón se encontró con el hombro de Svarde en un mal aconsejado salto hacia una piedra y se hundió en el suelo, aturdido.

Maena mantuvo su ojo en la mujer que se reía, cuya caja estaba a la derecha de Maena, observó cómo la astuta señora agarraba una piedra del borde del montón y comenzaba a volver con ella a su caja.

Vamos a perder si no te mueves.

Maena ignoró su yo más simple. Vio a Svarde emerger del montón con una piedra en cada mano. El Guardián Foti se liberó con fuerza, regresando lentamente hacia su caja. Rasslebeck y el otro prisionero que Maena no conocía también tenían piedras, una cada uno de camino a casa.

El objetivo de Maena llegó a su caja, gruñendo mientras levantaba la piedra para meterla. La mujer se volvió hacia el centro y corrió, agitando los brazos salvajemente, con la familiar carcajada brotando de sus labios.

Y ahora, vamos.

La capitana Rana entró en acción, dirigiéndose no al montón sino a la caja de la otra mujer. Alcanzando con ambas manos, Maena sacó la piedra, se giró y la arrastró el corto trayecto hasta su propia caja. La colocó dentro.

Vaya, eso es una jugada ruin.

—¿De dónde sacaste esa? —preguntó Svarde, y Maena notó que había venido a su caja antes que a la suya propia.

—Pon esas piedras en tu propia caja, Svarde. No necesito tu caridad.

Svarde parecía que iba a discutir, así que Maena empujó al hombre. Eso le dio una pista al luchador Foti, y Svarde tropezó en la dirección correcta.

Lo que permitió a Maena examinar el campo. La mujer de la carcajada y Pennifer se enredaron entre sí, un choque inadvertido mientras iban por la misma piedra. Rasslebeck casi tenía su segunda piedra libre del montón, un movimiento bloqueado cuando el glotón, volviendo en sí, se lanzó sobre el luchador Rana. El tercer prisionero, libre para anotar su segunda piedra, la levantó y regresó a su caja, dos más allá de la de Maena.

¿Por qué están todos peleando en lugar de simplemente agarrar las piedras?

Por la misma razón que yo robé la mía. Retrasar a la competencia, salvarte a ti mismo.

Maena esprintó hacia la izquierda, cortando el paso a Svarde mientras el corpulento bárbaro se dirigía de vuelta al centro. El prisionero que cargaba su segunda piedra la dejó caer en su caja, se giró ante el acercamiento de Maena y levantó las manos en una defensa cobarde.

A pesar de todo su discurso sobre salir con vida, Maena no dejó que los sentimientos de culpa la frenaran. Barten había dejado claro que los Fosos no eran un juego de equipo.

Con un amago hacia la cara del prisionero, Maena hizo que levantara los brazos escuálidos, dejando un codo bien abierto hacia el estómago del hombre. Él se dobló, y Maena pasó su brazo derecho sobre el prisionero, empujándolo hacia abajo y sobre su pierna para dejarlo desparramado en la arcilla.

Sin detenerse, metió la mano en la caja y levantó la piedra. Era lo suficientemente pesada como para requerir ambas manos, así que vaciar completamente la caja del hombre no era una opción. Maena giró sobre sus talones en la arcilla y se dirigió de vuelta por donde había venido.

A la izquierda, Rasslebeck había ganado su pelea, dejando al glotón una vez más aturdido en el barro. Su segunda piedra estaba casi en casa. Pennifer y la mujer de la carcajada se habían separado, con Pennifer ganando la lucha por su primer premio. La otra mujer fue más profundo, recogió su piedra y estaba empezando a regresar.

Svarde, siempre metódico, nuevamente tenía dos piedras en sus brazos, avanzando pesadamente hacia su hogar.

Maena pasó velozmente a su lado otra vez, dejando que la superficie suave de la arcilla la deslizara tanto como corría. Inclinándose hacia adelante, dejó caer la segunda piedra en su caja y miró a Svarde.

—¿Sabes qué? He cambiado de opinión. ¿Puedo tener una? —preguntó Maena.

Svarde hizo rodar la piedra en su brazo izquierdo, la levantó mientras su palma encontraba el borde y la envió en un corto vuelo hasta caer en la arcilla a medio camino entre sus cajas.

Un viaje rápido para una victoria.

Maena cerró la distancia mientras Svarde alcanzaba su propia caja y dejaba caer la tercera piedra.

—¡Tenemos al primer ganador! —gritó Barten sobre el continuo alboroto—. ¡La Bestia Foti reclama la victoria!

¿La Bestia Foti? Suena bastante acertado.

Maena alcanzó la piedra lanzada por Svarde y la recogió. Empezó a regresar a su caja solo para oír a Svarde gritar su nombre.

El tono del hombre le dijo a los instintos de Maena qué hacer, y se agachó, abrazando la piedra mientras la mujer de la carcajada, ahora escupiendo maldiciones, golpeaba a Maena. Uñas incrustadas, dientes mordedores, pies pateadores asaltaron a Maena como un torbellino podrido, uno que Maena soportó el tiempo suficiente para balancear la piedra.

Claro, las bolas de roca podían usarse para ganar el juego, pero las cosas tenían peso, tenían volumen, y cuando el golpe de dos manos de Maena alcanzó a la mujer atacante en la barbilla, esta se desplomó inmóvil en el barro.

Con arañazos sangrantes y una espinilla magullada, Maena se tambaleó hasta su caja, hizo rodar la tercera piedra dentro. Se sentó en la arcilla.

Notó, por primera vez, los furiosos gritos de la multitud. Maldiciones, abucheos, la saliva enojada de apuestas frustradas en el último minuto.

—¡Alto! —gritó Barten, y luego silbó de nuevo—. Alto, mis amigos, mis animados competidores. El juego ha terminado. La Bestia Foti fue la primera en llegar a tres, pero en cuanto al segundo lugar, tenemos una disputa. —Barten señaló con una mano a Maena y con la otra a Rasslebeck. El otro luchador Rana, al igual que Maena, estaba de pie sobre su caja, con tres piedras descansando dentro—. Todos sabemos cómo se rompen los empates en los Fosos, ¿no es así?

La multitud rugió en respuesta.

—Exactamente, exactamente —dijo Barten—. Siempre un deleite. Todos los demás, despejen la arena. Sí, tú también, Foti. Este concurso ya no te concierne.

Aparecieron dos guardias Whent más, con cuerdas en mano, en la salida. Los largos cuchillos en sus cinturas dejaban claro lo que pasaría si alguien tuviera la idea equivocada. Pennifer y los otros tres prisioneros, con la mujer que Maena había noqueado siendo arrastrada por Svarde, se dirigieron fuera de la arena.

Rasslebeck le dio a Maena una mirada casi de disculpa y se encogió de hombros.

Oh, esto se está poniendo interesante.

Maena no compartía el sentimiento. La multitud estalló en un cántico constante, uno que aumentaba en volumen mientras Barten se dirigía al centro de la arena, esquivando las piedras mientras caminaba. El hombre mantenía ambas manos en alto, moviendo los dedos como si quisiera llevar al público a un frenesí.

—Muy bien, mis estimados amigos —dijo Barten—. Es hora de resolver nuestro juego. Como en cada concurso en los Fosos, los empates se rompen en un encuentro de habilidad, de talento físico y agudeza mental.

La mano de Barten fue a su cintura y sacó el cuchillo de desollar que llevaba enfundado allí. Lo dejó caer en el centro, con la punta sobresaliendo de la arcilla.

Tendrán que matarse entre sí, ¿no?

Maena tragó saliva, moderó su respiración. Mantuvo sus ojos en Rasslebeck. ¿Cuántas incursiones habían hecho juntos, cuántas temporadas navegando por las islas?

Ahora esto, esto sí puedo respaldarlo. Lucha pura. Que gane el mejor. Muéstrame de lo que somos capaces, capitana.

Barten entonces se llevó una mano a la oreja y asintió. La multitud creció en intensidad. Un nuevo sonido se deslizó más allá de ellos, amplificado cuando algo nuevo se empujó contra el borde superior de la arena. Una caja, y dentro de ella, una criatura.

Una que Maena conocía.

—Así es, un hallazgo verdaderamente raro. ¡Una ferrita, directamente desde Foti! —aulló Barten—. Una vez que sea liberada, aquel de ustedes que aseste el golpe mortal se llevará la victoria. —Barten bajó la voz hasta una risa ahogada—. Esperemos que alguno lo logre.

Barten hizo otro ligero gesto y la puerta de la jaula se abrió de par en par. Alguien levantó la parte trasera de la jaula, arrojando a la ferrita por el frente en una caída rodante hasta el suelo de la arena.

Kivi, la amiga de Svarde y su leal guía en la oscuridad, se sacudió, resopló y buscó a Maena con sus curiosos ojos color zafiro.

7
EL PRISIONERO IMPROBABLE

Libre. Si Bliss tuviera que describir su vida antes de embarcarse en este viaje con una palabra, esa sería. O algo parecido. Torny, sin embargo, cuestionaba la idea, pareciendo deleitarse en mostrar todas las formas en que Kitaye, su familia y su sociedad habían mantenido a Bliss atada.

Las dos estaban sentadas contra la proa del rodante, dominada por la gigantesca rueda delantera mientras el amanecer se acercaba, la luz de Sichi tornándose naranja al mezclarse con el día. Se avecinaba un día sin nubes, fresco y brillante. A su alrededor, el paisaje urbano de Riroca hacía tiempo que se había desvanecido dando paso a los parajes salvajes de la ribera. Los pinos se alzaban a lo largo de las orillas, con sus ramas de agujas extendiéndose sobre las aguas murmurantes. Pequeños roedores corrían, acosados por graznantes pájaros negros. Unas criaturas que la capitana llamaba Okam seguían su progreso, cuadrúpedos de cola gruesa con fauces dentadas. De vez en cuando, uno de ellos se lanzaba al agua, hundía su hocico puntiagudo y emergía con un pez que se retorcía.

—Fibrosos y secos —dijo la capitana cuando Bliss señaló el primero—. Si te estás muriendo de hambre, servirán. De lo contrario, cualquier cosa es mejor.

—Parece que habla por experiencia —había respondido Torny.

—Una experiencia que quizás compartan pronto.

La capitana no ofreció nada más, salvo volverse hacia su timón y el río que se extendía frente a ellas. A Wax y Quik los habían llamado a popa, atrapados allí para manejar las redes de pesca del rodante, con las varas arrastrando el cebo en el agua.

Según la capitana, no habían tenido tiempo de abastecer el barco lo suficiente para el viaje tal como estaba, mucho menos con cuatro bocas más que alimentar. Tendrían que buscar comida por el camino.

«Como si no hubiera pueblos en el camino», señaló Bliss.

Ella y Torny, a pesar de la hora, tenían su propia tarea: limpiar ramas y otros desechos de esa gran rueda que giraba sin cesar en la parte delantera. Bliss no estaba segura de cómo funcionaba, qué la hacía moverse, aunque Torny dijo que requería una caldera y explicó por qué los otros dos miembros de la tripulación de la capitana raramente subían a cubierta.

—Nos robamos los mejores trabajos del barco —dijo Torny mientras usaban un par de palos de madera con escobas en el extremo para atrapar los escombros—. Apuesto a que no están contentos con nosotras.

«¿Por qué la capitana no nos daría los peores?»

—Porque si la fastidiamos, la rueda se raya. Si arruinas la caldera, todo el rodante explota. —Torny, envuelta como Bliss en gruesos linos de Foti, parecía un montículo gris con un palo agitándose—. Hemos estado girando toda la noche y el día hasta ahora. La capitana no podría seguir moviéndose así sin nuestra ayuda.

En cierto modo, saber que no eran simples parásitos en el viaje le dio un impulso a Bliss. A pesar de toda la confianza de Wax en su intento de colarse en la balsa, Bliss no había robado mucho en su vida.

Como dijo la capitana, funcionaba para sobrevivir, pero si no era necesario...

—Ustedes los Vis realmente se mantienen en la oscuridad —continuó Torny—. ¿Nunca han visto la energía de vapor? Concedo que es bastante rara, pero si pasas el rato en cualquier isla civilizada, lo notarás.

«¿En serio estás llamando incivilizada a Vis?»

Torny tuvo la gracia de arrugar la cara, avergonzada. Su cabello, atado hacia atrás como el de Bliss para evitar que el viento les golpeara los ojos con el flequillo, dejaba al descubierto la frente de la bandida, lisa salvo por una ligera línea roja que iba desde una oreja hasta el cuero cabelludo. Otra cicatriz con otra historia que Bliss no se había ganado.

—Sabes lo que quise decir. No moderna.

«Cada vez peor».

Torny suspiró.

—Mira, nunca he estado en Vis, ¿de acuerdo? Todo lo que tengo son rumores. Lo que he oído. Dicen que tu isla es un paraíso, pero que todos ustedes son raros. No como el resto de nosotros.

«¿Como el resto en qué sentido?»

Torny miró fijamente la rueda.

—Dicen que no les importa el poder.

«¿Eso nos hace extraños?»

—A ustedes y a los Tamas, sí.

«¿A *ti* te importa el poder?»

Torny asintió.

—No es que quiera ser reina ni nada. Pero quiero controlar mi vida. Protegerme. A mis amigos.

La bandida le lanzó a Bliss una mirada peculiar al terminar. Sin saber qué hacer con el repentino silencio, la extraña mirada, Bliss barrió con su palo hacia la derecha, golpeando a Torny en el hombro.

—¡Oye! ¿Qué haces? —gritó Torny, soltando su propio palo para frotarse el lugar.

«Lo siento, estaba tratando de atrapar una hoja que te perdiste».

—Gracias, idiota.

Al mediodía, el bosque de pinos dio paso a colinas ondulantes cubiertas de cardos y vías fluviales serpenteantes, con el río uniéndose y separándose de otros. A veces parecía lo suficientemente ancho como para tragarse a Kitaye, otras veces la balsa se canalizaba a través de canales tan estrechos que Bliss contenía la respiración mientras la capitana maniobraba alrededor de una curva cerrada.

Sin los escombros obstruyendo la rueda, Bliss y Torny volvieron para ayudar a Quik y Wax a administrar el suministro de alimentos, una tarea que Quik atacó con entusiasmo encantado. El cazador le había dado a Wax el cargo de las varas, eligiendo para sí mismo una pistola lanza arpones.

—Me tomó algunos intentos, pero ya lo tengo —dijo Quik—. Mira.

Bliss se paró junto a Quik mientras este levantaba el arma hasta su hombro, con la cuerda colgando suelta pero ordenada cerca de sus pies. Entrecerrando un ojo y colocándolo cerca del cañón del arma, Quik apuntó hacia las oscuras aguas. Después de apenas unos segundos, el cazador apretó el gatillo, enviando el arpón destellando hacia el agua río abajo.

Algo salpicó y se retorció mientras Quik dejaba el arma, tomaba la cuerda y comenzaba a tirar.

—Siéntete libre de ayudar si solo vas a quedarte ahí parada —dijo Quik, con una sonrisa plasmada en su rostro.

Bliss sabía por qué. Este era el elemento de Quik, lo que amaba, lo que había planeado hacer desde que pudo caminar por primera vez en la jungla. Los dos recogieron el pez juntos, arrojándolo dentro de un grueso cofre cerca de la parte trasera, uno lleno de hielo fresco de Rana.

Eso, al menos, la capitana había logrado conseguir antes de su partida el día anterior.

—¿Te sientes mejor? —signó Bliss mientras comenzaban a recargar el arpón.

—¿Qué? —preguntó Quik, y luego vio hacia dónde miraba Bliss. El lugar cerca de su estómago, donde Eggrad, el líder de los bandidos, había apuñalado a Quik no hace mucho tiempo—. Sí. Queda una pequeña línea, pero el skar ha sido increíble.

—Tenemos suerte —signó Bliss, y luego asintió hacia Wax. Su hermano y Torny estaban lidiando con un enredo de líneas que parecía una auténtica pesadilla—. Sin el skar, tú...

—¿Sin él? No estaríamos aquí si Wax no estuviera intentando esto.

—Pensé que querías aventura —Bliss recogió una línea, una pluma arrugada.

—Quiero. Pero todo esto es tan aleatorio —respondió Quik—. Llegamos a Foti, no sabemos nada, y luego nos secuestran. Repetimos lo mismo aquí, y ahora somos carroñeros en un barco contratado por otra Renovación. —Quik suspiró—. Tal vez solo estoy cansado de que me zarandeen. Se supone que deberíamos estar salvando el mundo, no arponeando peces.

—Sigue las huellas, no el sueño.

Quik se rio entre dientes.

—Está bien, anciana. No creo que estuvieran hablando de Renovaciones.

—¿Cómo lo sabes?

—Supongo que no lo sé. Aun así. ¿Recuerdas a esos Najahn con los que estuvimos? Ellos entendían. Nos dieron lo que necesitábamos, nos ayudaron. Además, nadie les causó problemas.

—Sí, porque son Najahn. Todos tienen miedo de lo que podrían hacer.

—No es miedo, Bliss. Creen que los Najahn son su única esperanza. Eso es lo que deberíamos ser nosotros. Esperanza. Fuerza. El futuro. —Quik, con el arpón recargado, se puso de pie junto a Bliss y le entregó el arma—. ¿No es eso lo que quieres ser?

—Me conformo con que Wax salga vivo de esta. Parece que eso podría ser lo suficientemente difícil.

—Estoy de acuerdo contigo. Ahora, sostenlo así, y siente la culata aquí...

El sueño no fue difícil de encontrar esa noche para la mayoría de ellos. Torny y Wax se quedaron dormidos primero. A Quik le tomó más tiempo, acostado en la cubierta. La capitana les dio algunas mantas ásperas, sugiriendo que usaran sus propias alforjas como almohadas. Bliss, sin embargo, se quedó despierta de última, observando las estrellas.

Salvo por el frío, las cosas se sentían bien, y esa sensación parecía ajena. La última vez que Bliss podía decir que había estado en paz fue en Kitaye, antes de que los demonios los visitaran. Antes de la Renovación, Pan, y su propio intento apenas sobrevivido de acabar con esos monstruos.

Pero aquí, con la rueda girando detrás de ella, su rumor

mezclándose con el río para crear buenas vibraciones, Bliss podía soltar su bastón, podía estirarse sin necesidad de saber quién estaba de guardia. Ningún bandido atacaría aquí, y la capitana dijo que aún estaban a un par de días de territorio realmente peligroso.

Aprovechar el momento, entonces. Dejarse relajar.

O lo habría hecho, de no ser por los pasos en la cubierta. Silenciosos, pero más de dos. Dirigiéndose a popa.

Bliss se incorporó, miró alrededor y vio que ninguno de los otros tres estaba despierto. Los suaves ronquidos de Wax se perdían en el ruido del río. Torny tenía la cara aplastada contra su alforja, mientras que Quik tenía un descanso de cazador, el sueño rápido de alguien que necesitaba aprovechar lo que pudiera de breves siestas.

Una palabra cortó el ruido. No lo suficientemente clara para distinguirla, pero el tono se percibía. Enojo, irritación. Tal vez algo más duro. Los pasos continuaron hacia popa.

¿Irse y dejar las cosas como están?

Bliss miró a Torny de nuevo. No había manera de que la bandida tomara esa decisión. Diría algo como que cualquier información sobre los demás era útil.

Bueno, Bliss podía ser condenadamente silenciosa si quería.

Levantándose sobre sus pies descalzos, Bliss se mantuvo agachada. La cabina delantera tenía una linterna encendida, el tripulante nocturno en el timón, pero el hombre tenía los ojos fijos en el agua, no en Bliss mientras se movía alrededor de la esquina hacia el lado de babor de la balsa.

El estrecho pasillo a lo largo del costado de la balsa no le daba mucha cobertura a Bliss, así que adoptó una postura diferente. De pie, con una expresión somnolienta en el rostro. Lista para argumentar que solo estaba buscando un lugar para orinar si alguien la encontraba. Aun así, mantuvo su andar silencioso, notó que la puerta de la escalera que bajaba estaba cerrada.

Pero las palabras volvieron a escucharse, cortantes, desde la popa. Y ahora, con la rueda amortiguada por la distancia y el volumen de la balsa, Bliss podía distinguirlas.

—Dije que necesitaba aire. —Los tonos helados de la Reina. Solo que ahora, carecían del mando férreo que Bliss había escuchado antes. Más frustrados, inciertos—. No pueden mantenerme allá abajo todo el día.

—Es por tu propia seguridad —un tipo diferente de discurso férreo aquí. Una madre hablando a un niño, tonos que Bliss conocía bastante bien por haber crecido con ellos—. Harás lo que necesitemos, y el Aegis será tuyo.

—Y Kance será de ella.

Bliss llegó a la popa, se mantuvo presionada contra la pared interior de la balsa. Escuchó.

—Ten cuidado con lo que dices, alteza —dijo la guardia—. Estás muy lejos de casa.

—Mátame ahora, Silvrin, y sellarás tu propio destino.

—Entonces, ¿qué tal si ambas acordamos ser amables, y nadie tiene que salir lastimada?

Bliss retrocedió un paso. No se consideraba una experta en Kance, su política, o cómo funcionaba nada fuera de Vis, pero parecía extraño que una guardia le hablara así a la Reina.

¿Y la Reina había dicho matar? ¿Como si la guardia fuera a matarla?

—Disculpa, Bliss.

Detrás de ella, Wax pasó empujando, obligando a Bliss a dar la vuelta a la esquina al descubierto. La Reina y Silvrin dirigieron miradas fulminantes hacia ellos, aunque ambas ignoraron a Wax mientras llenaba su odre de agua del barril, y mantuvieron sus ojos en Bliss.

—¿Qué haces por aquí? —le preguntó Wax, con su odre lleno.

—Eres un idiota —signó Bliss, girando sobre sus talones y regresando a proa.

Siempre hay que contar con los tontos, decían en casa. Algo que Bliss necesitaba recordar cada vez que Wax estaba cerca.

8

DIENTES DE LA JUNGLA

Ruido: lo único que Sawi podía decir para describir a los najahn después de su primera mañana viajando juntos. A pesar del camino despejado hacia el sureste, un viaje de varios días hasta el puesto avanzado najahn y el Gran Sana, el escuadrón de Gladdring llevaba equipaje como si se preparara para una expedición de meses, y una peligrosa, además.

Cada paso ahogaba el canto de la jungla con tintineos y choques, armaduras y equipos rebotando entre sí. La conversación najahn también contribuía, sílabas duras y jerga citadina chocando con la exuberante vida silvestre que los rodeaba. Sawi se estremecía cada vez que veía a un soldado patear una planta a un lado o cortar una enredadera molesta.

Los recolectores que mantenían estas rutas lo hacían con respeto, moviendo las plantas a donde pudieran crecer sin interferencia, no matándolas sin pensar.

Los najahn estaban más que felices de tomar también, aceptando la comida ofrecida por Sawi, pescado recién horneado y fruta para el desayuno, con apenas un agradecimiento y sin ofrecer nada a cambio. Los niños que habían seguido a Sawi para ver partir a los najahn, esperando una baratija o dos, se fueron con las manos vacías.

Al menos Gladdring y sus eruditos hacían su parte para mantener su atención. Bombardeaban a Sawi con preguntas sobre esto y aquello, desde las costumbres de Vis hasta los nombres de plantas y animales que encontraban en su viaje. Los eruditos, con extraños pergaminos de papel, anotaban todo lo que ella decía.

Toda esta combinación curó a Sawi de cualquier timidez, convirtiendo la fascinación en una curiosidad cruda y una mordacidad ácida, lo que llevó a Sawi, durante su descanso para almorzar bajo un cálido sol en un bosquecillo con flores moteadas de rosa y blanco, a preguntarle a Gladdring qué querían.

—Cada uno aquí tiene diferentes objetivos —dijo Gladdring, más cordial ahora que la noche anterior. El sudor empapaba su rostro, pero Gladdring parecía no importarle. Sus túnicas negras y púrpuras, ahora sucias, seguían puestas—. Varios de estos guardias van a reforzar el puesto avanzado o a hacer rotaciones con los que ya están allí. Estos eruditos pertenecen a diferentes Preceptos, algunos registran información para compartirla en casa, mientras otros buscan formas de utilizarla.

—¿Utilizarla?

—Tal como lo harías tú en Kitaye, Sawi. —Gladdring aceptó algo de carne curada de un guardia y le ofreció un trozo a Sawi, quien lo rechazó—. ¿Solo comes tus propios alimentos?

—Es lo que conozco.

—¿Y aventurarte más allá de lo que conoces es algo aterrador?

Con Wax, Sawi no lo habría dicho así. Juntos, habían

descubierto que lo desconocido era un lugar para explorar y conquistar. ¿Sola?

—Estoy aquí —dijo Sawi—. Dejémoslo así por ahora.

—Por supuesto. Aunque si te resulta difícil probar siquiera un poco de algo nuevo, te va a resultar muy difícil dejar Vis.

—¿Quién dice que pienso irme?

Gladdring soltó una risita, un burbujeo como de rana.

—Quizás me sorprendas, Sawi, no apareciendo en nuestro barco el día de la partida, pero no lo creo.

La tarde transcurrió muy parecida a la mañana, una caminata constante que se ralentizó cuando el sol se hundió dando paso a una temprana lluvia invernal. El camino se embarró y el ánimo de los najahn se agrió. Sawi señaló los doseles más espesos para refugiarse, pero la mayoría de los najahn eran demasiado tercos o desdeñosos para seguir su consejo.

Gladdring, sin embargo, seguía sus pasos exactamente.

La noche encontró la tormenta amainando, un campamento levantado en una oscuridad lúgubre y plagada de insectos. Las fogatas resultaron difíciles de encender, cosas humeantes y chisporroteantes. Sawi simplemente habría escalado un árbol, se habría atado a una rama y habría disfrutado de algo de fruta y un sueño temprano. En su lugar, ayudó a los intrusos a encontrar algo de comodidad en el suelo húmedo y musgoso del bosque.

—¿Qué es eso? —preguntó un guardia najahn, lo suficientemente alto como para llamar la atención de todos.

El hombre tenía su voulge desenvainada, apuntando la lanza curva a través de los árboles. Su objetivo: seis pequeños orbes parpadeantes bien espaciados mientras se movían, bastante atrás y ocultos en la oscuridad.

Antes de que Sawi pudiera hablar, otro soldado najahn

dio un silbido agudo, enviando al campamento a un frenesí. Gladdring y los eruditos se dirigieron al centro, los guardias najahn desenvainaron sus armas y formaron un anillo.

Sawi, arqueando las cejas durante todo el proceso, observó y se rio cuando la formación terminó, dejándola fuera.

—Ponte detrás de nuestras lanzas, niña —espetó el guardia que había dado la orden—. No podemos protegerte de los demonios si estás ahí fuera.

—¿Demonios? —preguntó Sawi, manteniendo la risa en su voz—. ¿No es extraño que la nativa no parezca preocupada?

—Dinos, entonces —anunció Gladdring desde el centro —. Si no deberíamos preocuparnos, ¿por qué?

—Esas cosas no les harán daño —respondió Sawi—. Son varios hanoko. Una madre y sus crías. Este es su territorio, al menos durante el invierno hasta que las crías se vayan por su cuenta. Los hanokos no cazarán a un grupo como nosotros. —Sawi dejó escapar una sonrisa astuta—. Aunque sugiero ir en parejas si necesitan alejarse del fuego por la noche.

—Si es peligroso, deberíamos ahuyentarlos —dijo el guardia najahn, dirigiendo las palabras a Gladdring—. No podemos quedarnos aquí si hay posibilidad de que ataquen.

—¿Estos hanokos responderán a una amenaza? —le preguntó Gladdring a Sawi.

—Este es su hogar —respondió Sawi. Consideró y descartó una docena de ideas diferentes, juzgando cada una demasiado avanzada para estos soldados urbanos—. No los asustarán. Es más probable que los asusten y los lleven a una pelea, lo cual no querrán.

—¿Entonces crees que estamos a salvo?

—Hay presas más fáciles aquí que nosotros. Estarán bien.

Gladdring, erguido sobre sus guardias, asintió a Sawi.

—Confiaremos en la nativa, capitán. Relajen sus armas, aunque el vigía debería estar más alerta.

—Yo mismo haré el primer turno —dijo el capitán, quien se parecía a todos los demás salvo por un prendedor circular dorado en su peto. Clavó su alabarda en el suelo mientras hablaba, como si eso lo hiciera intimidante.

Sawi intentó no reírse y lo logró en su mayor parte.

Mientras el resto del campamento se acomodaba, Gladdring se acercó a Sawi, quien intentaba decidir qué árbol sería una cama más cómoda.

—¿Puede llevarme a encontrarlos? —preguntó Gladdring—. ¿Estos hanokos?

Los ojos habían desaparecido poco después del silbido de pánico del capitán. Encontrar el rastro de los grandes felinos en la oscuridad no sería fácil, ni siquiera para un cazador Vis veterano.

—No es buena idea —respondió Sawi—. Probablemente tropezaríamos en la humedad hasta que, aburridos, exhaustos y sucios, volviéramos aquí sin nada que mostrar.

La decepción drenó el rostro de Gladdring, y el brillo urgente en su paso murió en un suspiro.

—¿Eso es un no, entonces?

—Tenemos una larga caminata mañana, Tenet. Y pasado mañana. Mejor descansemos mientras podamos.

Los ojos de Gladdring se estrecharon, sus manos, con los dedos fuertemente cerrados entre sí y, si Sawi adivinaba correctamente, algún pequeño objeto entre ellos.

—No confía en mí allá afuera en la oscuridad —dijo Gladdring. No era una pregunta—. No me cree capaz.

Sawi parpadeó. El hombre decía la verdad, aunque era

una que ella no había puesto en palabras conscientes hasta que él mismo lo dijo.

—Usted y su gente no pertenecen aquí —dijo Sawi—. No están en casa en la jungla. No es tan peligroso para mí, que he pasado cada día de mi vida en ella, pero ¿usted? Un tobillo roto, un pinchazo de una espina venenosa...

—No es su preocupación —dijo Gladdring—. Lo que sea que piense de los Najahn, de mí, sepa que somos más que capaces de manejar sus plantas y animales.

—Entonces, ¿por qué llevarme con ustedes?

—Por esto, justo aquí. —Gladdring asintió detrás de Sawi, hacia la oscuridad—. Por favor, aunque sea por un corto tiempo. Me gustaría mucho ver una de estas criaturas.

Sawi nuevamente comenzó a expresar su objeción, pero encontró que el desacuerdo se desvanecía incluso mientras se formaba en su garganta. Así que el hombre quería dar un paseo tonto en la oscuridad. ¿Qué importaba? Alejarse de todos los gruñidos de los Najahn, sus maldiciones y quejas, podría ser algo bueno antes de una noche de descanso.

—Un paseo corto —accedió Sawi.

El capitán Najahn hizo saber su desaprobación, pero Gladdring lo desestimó con un gesto. Declaró que él y la Vis podían arreglárselas solos, que se mantendrían lo suficientemente cerca para que el capitán pudiera efectuar un rescate si algún enemigo se acercaba.

Así que, con la lluvia goteando, armada con su cuerda y la figura de Gladdring detrás de ella, Sawi se adentró en la oscuridad.

Un cielo nublado significaba que Sichi y las estrellas añadían poca luz, haciendo que los primeros momentos lejos del fuego Najahn fueran un ejercicio tentativo. Con los pies descalzos —los zapatos de escalada guardados en su bolsa—, Sawi usó sus dedos de los pies, sus dedos de las manos y su nariz para guiarse. Gladdring la seguía, y Sawi encontró que su estimación del hombre crecía mientras él igualaba su caminata en casi silencio.

Sin tintineos metálicos, sin maldiciones, sin respiraciones fuertes. Solo una tranquila confianza proveniente del Tenet.

No todos los Najahn, entonces, eran iguales. Algo para recordar.

Dejando el fuego atrás, Sawi y Gladdring se aventuraron hacia donde se habían visto por última vez los ojos parpadeantes del hanoko. Los gatos podían moverse ligeramente cuando lo necesitaban, pero Sawi encontró sus huellas fácilmente en el suelo fangoso. Hojas aplastadas, helechos y el olor pegajoso de la orina de hanoko marcaban bien el rastro. Con sus ojos adaptándose, la oscuridad absoluta se convirtió en un mundo sombrío, líneas grises mezclándose entre sí. Algunos insectos se acercaron para investigar a la pareja, su número disminuyendo con el invierno que se aproximaba.

—Aquí —dijo Sawi, reconociendo una hierba a su izquierda y alcanzando para aplastar sus pétalos en sus palmas. Pequeñas pústulas en las hojas se rompieron dejando un pequeño limo—. Frótese esto en la cara y se ahorrará las peores picaduras.

Gladdring no protestó, aceptando la oferta y extendiéndolo.

Otro punto a su favor.

El hombre ganó más puntos al no hablar mientras Sawi los guiaba por el rastro. Ella se mantuvo baja y suave, Gladdring la imitó, y los dos acecharon a los gatos por más tiempo del que Sawi pretendía, las pistas demasiado claras para dejarlas pasar.

—La guarida —susurró Sawi, casi respiró, cuando

llegaron al enorme árbol caído. Se había estrellado contra otro, los dos derrumbándose juntos para formar un refugio que duraría varias temporadas o más—. Estarán esperando ahí dentro.

—¿Esperando?   —preguntó   Gladdring—.   ¿No durmiendo?

—Los hanokos cazan tan a menudo de noche como durante el día —respondió Sawi—. La madre podría estar detrás de nosotros ya, esperando para ver si hacemos un movimiento hacia sus crías.

—Pero usted no tiene miedo.

Sawi se enderezó.

—Si no los atacamos, el hanoko nos dejará en paz. De nuevo, hay presas más fáciles.

—Lamentable —dijo Gladdring—. Me hubiera gustado ver uno de cerca.

Ahora Sawi se dio la vuelta.

—¿Por qué?

En la oscuridad, no podía distinguir los contornos más finos del rostro de Gladdring, pero leyó la reprimenda en su tono.

—Mis razones son mías, Sawi. Aprecio sus esfuerzos por traerme aquí, pero me temo que no son suficientes.

—No entiendo...

—Las Islas están en peligro. Se ha convocado una Renovación, y los Najahn tienen la tarea de mantenernos a todos con vida hasta que se gane un nuevo Aegis. —Gladdring puso una mano en el hombro de Sawi. Le dio el más ligero empujón hacia la guarida del hanoko—. Para hacer mi parte, debo ver uno de estos gatos suyos de cerca. Ahora, si fuera tan amable.

Los argumentos contra la idea de Gladdring eran muchos. Se desarrollaron, una letanía frenética, mientras

Sawi daba el primer paso hacia la guarida del hanoko. Si los gatos la consideraban una amenaza, se lanzarían sobre la pareja, atacarían y los despedazarían a ella y a Gladdring.

Sin embargo, Gladdring había sugerido que una sola provocación, un solo hanoko de cerca podría ayudar a salvar las islas. Podría darle a Wax una mejor oportunidad de éxito.

¿Cómo podría Sawi decir que no?

Con su segundo paso, abrió la boca, dio un bajo aullido de cazador, el llamado clásico cuando se había encontrado una presa. Un sonido que estos hanoko habrían escuchado, habrían aprendido a temer.

Así que Sawi no se sorprendió en absoluto cuando las sombras frente a ella se movieron, rápidas y silenciosas, salvo por un gruñido, fuerte y retumbante, desde los árboles de arriba.

9
JUEGOS DE LANZA

Cuando Bliss falló el tercer tiro seguido, Quik supo que algo andaba mal. Su hermana, que ayer se había quemado con él en la popa del rodillo convirtiéndose en expertos con el lanzaarpones, no fallaba así la puntería.

Desde que ella pudo levantar ese bastón, soplar en una cerbatana y enviar su aguja al árbol, el propio padre de Quik lo provocaba diciendo que Bliss estaba destinada a ser la verdadera cazadora de la familia.

—Con todos esos músculos —decía su padre—, te tendría de espaldas y fuera en cuestión de segundos.

Como todo hermano debe hacer, Quik aprendió a lidiar con las pullas, generalmente uniéndose a la partida de caza más cercana y desahogando su frustración con su próxima cena. Pronto, empezó a reírse junto con su padre, ambos admirando el progreso de ella cuando regresaba a Kitaye primero con alimañas, luego con aves de caza y finalmente con las codiciadas bestias pesadas cada vez más difíciles de encontrar en Vis.

—Ya lo tengo —señaló Bliss cuando Quik se movió para

ayudarla a recargar el lanzaarpones. La irritación se notaba en sus dedos—. Es lo que merezco.

Sin embargo, esa irritación no se reflejaba en su rostro ni en sus ojos. La mirada de Bliss se desviaba constantemente hacia su izquierda, cruzando la plataforma de popa hacia las redes de pesca manejadas por Wax y la Reina Kance. Uno de sus guardias estaba cerca, observando a la pareja con lo que parecía un ceño permanente.

Los Najahn nunca se veían tan enfadados. Quik tenía que preguntarse si la Reina simplemente elegía a los matones más difíciles para el trabajo. Aunque, por otro lado, ¿quién querría navegar por todas Las Siete Islas con este grupo de imbéciles?

A Wax no parecía importarle, su hermano hacía lo que siempre hacía: meterse en las cosas con valiente aplomo. Si los padres de Quik declaraban a Bliss la verdadera asesina del grupo, no sabían qué hacer con Wax. Lo habían dejado libre, para que se las arreglara solo mientras pasaba los días columpiándose de una liana a otra.

Quik le dio espacio a Bliss y echó una mirada más larga a sus dos hermanos. Una sonrisa silenciosa se dibujó en su rostro. No hace mucho tiempo, ambos eran tan pequeños que Quik los llevaba por la casa del árbol, hasta la ensenada para bañarlos. Y ahora estaban aquí, aventurándose juntos.

¿Cuánta suerte podía tener una familia?

—¿Vas a bloquear todo el barco?

La sonrisa de Quik se desvaneció cuando Torny pasó rozándolo, con un refrigerio de media mañana en sus brazos. Una bandeja repleta de pequeños cuencos de arroz, hervidos con el mismo calor que impulsaba el rodillo en su viaje agitado hacia el norte.

—La capitana dice que a cada uno le toca uno, y que se supone que deben estar contentos por ello —continuó

Torny, ofreciendo la bandeja a cada persona por turno. Incluso el malhumorado guardia tomó uno, murmurando un seco gracias. Cucharas de madera, cada una no más grande que los dedos de Quik, bastaban para llevarse los suaves granos marrones a la boca.

El arroz combinaba con el sabor del día: insípido e inofensivo. Nubes grises que podrían haber soltado nieve con un clima más duro ocultaban el sol, pero por una vez el viento no parecía inclinado a alejarlas. Quik lo atribuyó a los amplios arrozales que se elevaban a ambos lados y más allá.

Los productores del mismo arroz que comían ahora, y el principal cultivo de Rana, según contaba la capitana. El último tramo de buen territorio por el que atravesarían antes de llegar a la extensión norte de Rana, sus ríos más salvajes y, finalmente, el Remolino.

—¿Te gusta? —preguntó Wax, y Quik pensó que era el objetivo, pero en su lugar escuchó la voz de la Reina en respuesta.

—Aceptable —respondió la Reina—. Aunque no diré nada en contra de la comida del barco que necesito.

—¿Tienes miedo de que la capitana te tire por la borda? —se rio Wax.

—No lo hará —la intervención del guardia cayó sin humor, sin duda. El hombre se llevó más arroz a la boca, triturándolo entre los dientes—. Se le ha pagado. Cumplirá.

La Reina pareció congelarse ante las palabras, con una mirada fija hacia su propio hombre, que solo se rompió después de que Wax hiciera una mala broma sobre llevar a un Renovador como él al Remolino.

—Un verdadero comediante, ese tipo —dijo Torny, terminando su propio cuenco cerca de Quik—. ¿Siempre ha sido así?

—Tan pronto como tuvo boca, la usó para hacernos reír —dijo Quik.

—O gemir —señaló Bliss. Terminado con el lanzaarpones, lo apoyó contra la parte trasera del barco—. ¿Tenéis un momento?

—¿A dónde más vamos a ir? —preguntó Torny, y Quik tuvo que estar de acuerdo.

El tamaño del rodillo seguía siendo un misterio, ya que la Reina prohibía al grupo de Vis, y a Torny, descender al interior. Solo la suerte había mantenido el clima lo suficientemente agradable como para no forzar la situación, y las hermosas vistas mantenían a raya el ansia de aventura de Quik, pero aun así, a menudo se demoraba junto a la escalera. El viejo impulso de aventurarse, de explorar. Lo único que tenía en común con Wax.

Bliss lanzó otra mirada al guardia, que masticaba su arroz. El hombre comía lentamente, dadas sus constantes miradas hacia la Reina. Protector, pero entonces, los rumores siempre decían que la realeza Kance tenía tendencias violentas.

—Anoche, estuvieron aquí arriba —señaló Bliss, apuntando hacia la Reina, Wax y el guardia.

—¿Wax? —dijo Quik, solo para recibir una mirada fulminante de su hermana.

—Creo que quiere que esto sea un secreto —murmuró Torny—. Aunque tendremos que mantener cierta farsa.

—Hablad sobre Foti —señaló Bliss—. El tolkat y el demonio.

Para ser una historia no tan antigua, Torny le dio bastante dramatismo, adentrándose en el descubrimiento, el pozo de lava, la pelea subsiguiente y la reunión entre hermano y hermana. Torny ya entretejía fragmentos de leyenda, con descripciones que doblaban la realidad e introducían magia y deleite. Un embellecimiento natural.

Durante todo ese tiempo, Quik observaba los dedos de Bliss moverse rápidamente, y él le correspondía con preguntas propias. Torny, aún novata en la lengua de señas, se concentraba principalmente en su historia, ocasionalmente haciendo señas a Quik para que este riera.

El relato de Bliss carecía de la imaginación de Torny, del monstruo y del triunfo asesino, pero tenía la absoluta ventaja de ser importante para su situación inmediata.

—¿Crees que la Reina está siendo retenida contra su voluntad? —signó Quik—. ¿Estás segura?

—De ninguna manera. Solo escuché una discusión, eso es todo.

De vuelta en Foti, cuando Quik había acudido al comandante Najahn con su difícil situación, el de púrpura y negro no había dudado ni un momento antes de declarar su intención de rescatar a Wax. Esa misma noche, el balandro había sido cargado, zarpando y arriesgándose a una pobre iluminación para salvar la vida de su hermano.

No porque Wax fuera un Vis que necesitaba ayuda, sino porque era un Renovación, y el mundo necesitaba su oportunidad.

Si Bliss tenía razón, entonces la Reina podría ser una rehén, por increíble que pareciera.

¿Y qué harían exactamente con esa información?

—Ella sigue aquí —signó Quik—. No está intentando escapar.

—Porque esos guardias la tienen rodeada —respondió Bliss—. ¿Qué haría, luchar contra ellos?

Eso sería un error. Quik supuso que las túnicas de la Reina podrían ocultar un cuchillo o dos, y Kance tenía reputación con las hojas pequeñas, pero ¿contra sus tres guardias? ¿Sin apoyo?

Quik se enderezó. La historia de Torny se acercaba a su fin, y tendrían que tomar una decisión.

—No sabemos lo suficiente —signó Quik—. Los Najahn no querrían que ningún Renovación se viera involucrado en esto.

Torny resopló a mitad de frase. —A los Najahn no les importa un carajo ninguno de nosotros —murmuró, antes de elevar su voz de nuevo hacia el clímax de la danza con el monstruo parecido a una almeja.

Quik frunció el ceño a la bandida, luego lo dejó pasar. Torny no importaba, era insignificante salvo por cómo podía ayudar a Wax. Y Bliss parecía disfrutar de su compañía, así que Quik la toleraría.

Por ahora.

—¿Podemos preguntarle? —signó Bliss—. ¿Encontrar una forma de estar seguros?

Quik miró al guardia, a la Reina y a Wax, que habían vuelto a sus redes de pesca. La mirada del guardia ya no parecía tan protectora. En su lugar, parecía estar esperando que la Reina diera un salto, listo para lanzarse y atraparla.

—Distracción —dijo Torny, poniendo los cuencos de vuelta en la bandeja—. Eso es lo que necesita este barco. Una buena y vieja distracción.

La bandida le guiñó un ojo a Quik mientras se iba, con los platos en mano para lavarlos.

—¿Una distracción? —preguntó Bliss—. ¿Cómo?

Quik, sin embargo, tenía una idea. —Tengo un plan. Cuando suceda, haz que Wax le pregunte. No tendrás mucho tiempo.

—¿Qué vas a hacer?

Quik, sin embargo, solo sonrió. Le dijo a Bliss que se

hiciera a un lado, tomó el arpón. Lo sostuvo con una mano. Más ligero que las lanzas completas que empuñaba en casa.

Fácil.

—Mira, Bliss, lo estás sosteniendo mal —anunció Quik—. Tienes que poner ambas manos en el cañón, apuntar por la mira, y luego, sin importar a dónde apuntes... —Quik barrió con el arpón alrededor, Bliss agachándose mientras el dardo pasaba sobre ella.

El barco no era inestable, pero se mecía y balanceaba con el curso del río. Rápidos, rocas y el simple oleaje inherente a toda vía fluvial mantenían el barco en un ligero vaivén, que Quik aprovechó ahora para desequilibrarse.

Se inclinó hacia atrás, gritando, y apretó el gatillo. El arpón se disparó, rozó la armadura Kance del guardia y salió volando por el lado opuesto del barco.

—Cuida tu maldita puntería —gruñó el guardia mientras Quik se ponía de pie—. No soy un pez, besaflores Vis.

El cazador contuvo su ira. Mal tiro o no, el insulto no era necesario. Sin embargo, las palabras le dieron ánimo a Quik mientras corría hacia el guardia, acercándose mucho e inspeccionando donde el arpón había rozado.

No había nada allí salvo una ligera abolladura en la hombrera de plata del guardia, pero Quik puso su mejor cara de preocupación de todos modos.

—Parece grave —dijo Quik—. Será mejor que consultemos con la capitana para ver si tiene algo para ayudarte.

El guardia intentó resistirse mientras Quik le ponía su brazo derecho sobre el izquierdo, girando al hombre hacia el pasillo del barco.

—No tomará más de un minuto o dos, estoy seguro —dijo Quik—. Y por supuesto, yo lo pagaré. Es mi culpa.

—Absolutamente lo es —dijo el guardia, tratando de

quitarse el brazo de Quik de encima—. Si has dañado mi cota de malla, yo...

El guardia seguía hablando, Quik seguía empujando, y Bliss pasó justo a su lado mientras Quik guiaba al guardia alrededor de la esquina.

Con suerte, su hermana podría obtener algunas respuestas.

Quik sonrió. Por supuesto que podría. Bliss era la mejor. Todos lo habían sabido durante tanto tiempo ya.

10

PIEDRAS SALVAJES

Una buena capitana conoce las mentes de su tripulación sin que una palabra pase entre sus labios. Una sola mirada, como la que Maena lanzó a través de la arena a Rasslebeck, le dijo que el hombre no planeaba empalarla. Le dijo que el ferrite que estaba entre ellos también era lo suficientemente seguro. Sin duda, Rasslebeck vería lo mismo en los ojos de Maena.

No es que a Barten le importara. El guardia continuaba gritando sus burdas alabanzas, presentando a Kivi como un monstruo devorador de hombres, tan propenso a saltar del foso y engullir a la multitud como a comerse a los dos combatientes. Con solo el viejo cuchillo de Barten en el centro del foso, ¿qué oportunidad tenían realmente estos dos?

Se omitió la posibilidad de que el propio Barten, paseando por los bordes de la arena con los brazos ondeando, pudiera convertirse en un aperitivo.

Si eso lo callara, estaría a favor.

Maena se lanzó hacia adelante, corriendo a través de la arena hacia el cuchillo caído. El polvo se levantó cuando se deslizó hasta detenerse cerca de la hoja. Kivi no parecía en absoluto perturbada, resoplando una vez y dando un mordisco a una de las bolas de piedra que quedaban en el centro de la arena. Rasslebeck permaneció donde estaba, cerca de la única salida de la arena, con los brazos a los costados, el rostro fruncido y haciendo muecas.

—Un riesgo audaz, dejar el arma a tu enemigo —gritó Barten cuando Maena recogió el cuchillo y lo volteó para sujetarlo con la mano derecha—. ¿Quizás piensa que el lagarto podría comérsela ahora?

—Quédate conmigo —murmuró Maena a Kivi—. Tengo un plan.

Kivi resopló. Rasslebeck leyó su cuchillo oscilante y se acercó más a la puerta de la arena.

—El lagarto parece plácido —dijo Barten—. ¡Quizás ahora sea la oportunidad para un golpe mortal!

—Persígueme —murmuró Maena.

Kivi ladeó la cabeza y sacó su lengua bífida para saborear el aire.

—Ahora. —Maena se lanzó hacia adelante de nuevo, corriendo hacia Rasslebeck y poniendo el ceño más furioso que pudo.

Kivi leyó correctamente las intenciones, se lanzó tras Maena, correteando por el suelo de tierra. Rasslebeck demostró que no era tonto, dio un paso lateral hacia la derecha contra la puerta.

Barten, demostrando que sí lo era, gritó que no habría escape, que la puerta no se abriría salvo para dejar salir al vencedor.

¿Ya lo estás destripando? Parece cruel, con toda la ayuda que nos dio.

No sabes de lo que estás hablando.

Oye, solo he estado viva unas semanas.

Maena se abalanzó sobre Rasslebeck, cuyos ojos se abrieron de par en par al darse cuenta de que no iba a detenerse. Los dos cayeron al suelo, apoyándose contra esa salida enrejada. Kivi los alcanzó, deteniéndose justo antes del montón.

—Rompe los barrotes —le espetó Maena al ferrite.

—¿Eso es lo que estás pensando? —susurró Rasslebeck mientras Bergan gritaba sobre una puñalada imaginaria, una lucha por sus vidas—. Los ferrites comen rocas, no hierro.

Kivi, sin embargo, parecía decidida a demostrar que Rasslebeck se equivocaba. Rodeó sus pies, hacia la esquina de la puerta enrejada, abrió las fauces y dio un mordisco al metal negro forjado. Sus dientes de roca lanzaron chispas al chocar, y la puerta se sacudió.

—Tenemos que mantenerlos distraídos —dijo Maena, girando y lanzando a Rasslebeck fuera de ella, de vuelta a la arena—. Ven por mí.

—Capitana, hubo un tiempo en que habría estado dispuesto a pelear —Rasslebeck se levantó, alzando los puños—. Ahora no me apetece.

—Al diablo con tus sentimientos. —Maena levantó el cuchillo, apuntándolo hacia Rasslebeck. Barten aulló que una muerte por apuñalamiento estaba cerca—. Hazlo real, o ambos moriremos hoy.

Detrás de ella, otro crujido. Algo duro se rompió. Una oportunidad, entonces.

Se lanzó contra Rasslebeck, guiando con el cuchillo, enviando su punta justo al lado de la cintura del hombre mientras Rasslebeck agarraba sus hombros, empujándola de vuelta contra la puerta.

El hierro se clavó, los tornillos ásperos arañando la espalda de Maena. Kivi dio otro mordisco, una mirada rápida confirmó que la esquina se estaba desmoronando. Se necesitaba mucho más trabajo para hacer suficiente espacio para un escape, a menos que alguno de los dos planeara arrastrarse para salir.

Rasslebeck aflojó su agarre al impactar, tal vez preguntándose si realmente había lastimado a su capitana. En cambio, Maena aprovechó la oportunidad, hundió su puño izquierdo libre en el estómago de Rasslebeck, doblándolo.

—Finge que te han apuñalado —dijo Maena, deslizando el cuchillo en la túnica andrajosa de Rasslebeck, cortando la tela y quizás, solo quizás, raspando su piel.

El asaltante Rana conocía su papel, sin embargo, y lo interpretó bien, sujetando la hoja a su costado y tropezando un paso atrás.

Kivi crujió a través de otra reja.

—¿Qué es esto? ¿Un golpe mortal para el final? —cacareó Barten—. ¡Un giro sorprendente, la puñalada no de la criatura, sino de su antiguo amigo! —Barten hizo señas a Maena para que avanzara, y la capitana aceptó la oferta de un lento paseo—. Sí, me habéis oído bien. Ella era la líder de su víctima, una capitana Rana, ahora una vil asesina para vuestro entretenimiento. Sin embargo, en tales cosas debemos convertirnos si queremos ganar la libertad en los Fosos.

Maena se detuvo ante la biografía improvisada de Barten. Sus captores Whent les habían sacado conversaciones superficiales a todos durante las noches de camino a los Fosos, fragmentos de sus historias que parecían bastante inocuos. Casi agradable, el interés que aquellos escribas habían mostrado por los sucios prisioneros.

Por supuesto, todo se reducía al beneficio, al espectáculo.

—Vamos, vamos —continuó Barten suplicando a

Maena—. Acepta tu gloria, capitana, pues te la has ganado. Aunque sea agridulce, seguramente es mejor que yacer en el polvo, ¿con las tripas desangrándose en la tierra?

Otro crujido, otro chasquido. Kivi seguía masticando. Barten, por primera vez, frunció el ceño al ferrita.

—Parece que al lagarto le gusta nuestro metal —dijo Barten, y luego hizo un gesto más brusco a los guardias en el borde de la arena—. Será mejor que metáis al ferrita en su jaula, amigos míos, no sea que tengamos que cerrar este foso para reparaciones. —Barten le guiñó un ojo al público de manera teatral, y estos rieron—. Como si fuéramos a hacerlo alguna vez. Una puerta se puede sustituir fácilmente por lanzas. Tenemos suficientes guardias para empuñarlas, y si alguna vez nos quedáramos sin ellos, ¡seguro que cualquiera de vosotros saltaría ante la oportunidad!

Maena llegó a su lado y aceptó la mano de Barten mientras este le levantaba la muñeca. El público respondió con una mezcla de aplausos, gruñidos, insultos y cumplidos. Volaban saliva y cerveza, algunas gotas cayendo sobre la pareja. Barten lo recibía todo con una sonrisa. Maena cerró los ojos y apartó la mirada.

Volviste por todo esto. ¿No estás contenta?

No elegí volver.

El otro lado de Maena no tuvo respuesta para eso. En su lugar, otro chasquido hizo que Maena apartara la mirada de la lluvia de despojos y volviera hacia la puerta. Otra ranura había desaparecido, y la abertura era ahora lo suficientemente grande como para pasar agachado. Rasslebeck seguía inmóvil.

Muévete. Maena intentó enviar la orden, transmitirla a través de algún vínculo etéreo con Rasslebeck, pero el hombre no se movió. Esperando alguna señal, entonces. Algún permiso para abandonar a su capitana y huir.

Ella podía darle eso.

Reuniendo aire, Maena se llevó los dedos a la boca y silbó. Agudo y fuerte, el comando se elevó por encima del ruido. Para el público, parecía una señal de victoria. Para Rasslebeck, tendido en el suelo, el silbido significaría una cosa: ataque.

El asaltante rodó hacia adelante, se levantó del suelo y se lanzó a través de la abertura de Kivi. Maena observó cómo Kivi le lanzaba una última mirada antes de salir tras Rasslebeck, desapareciendo ambos en los pasillos bajo los Fosos.

El público estalló entonces en diferentes gritos, y Barten se giró para seguir sus señalamientos, alcanzando a ver los últimos momentos de la huida de Rasslebeck.

—¡Un hombre fuerte, ese! —gritó Barten—. Fingiendo la muerte solo para escapar. —Una carcajada sonora y forzada, mientras su agarre en la muñeca de Maena seguía siendo firme—. No es que importe. Nadie escapa de los Fosos. —Un profundo suspiro—. Eso será todo por esta sesión, y por el día en esta arena. Disfrutad de vuestro tiempo en los Fosos, ¡y que la sangre sea siempre espesa!

Con un último saludo, mientras la multitud se apresuraba a buscar nuevos eventos, nuevas bebidas y nuevas piedras que arrojar, Barten arrastró a Maena a un lado.

De cerca, Maena contó los dientes torcidos y astillados del hombre. Su nariz rota. Un aliento capaz de matar a alguien solo con su hedor. Sin embargo, los ojos secos de Barten mostraban una amenaza cautelosa.

—No creas que no sabemos lo que hiciste ahí, capitana —dijo Barten, sin el tono burlón de antes—. Tu amigo va a acabar empalado, ya sea por la lanza de un guardia o por el cuchillo de otro prisionero. Intentar escapar te pone en un camino del que no hay vuelta atrás.

—De todos modos íbamos a morir. Al menos ahora tiene una oportunidad.

—¿Una oportunidad? —Barten negó con la cabeza, con un falso lamento en el gesto—. Teníais una oportunidad. Ambos la teníais aquí mismo. Los Fosos no son una mazmorra donde la muerte espera a todos, capitana. Hay esperanza aquí. Una oportunidad real de liberarte y darte otra vida. —Barten empujó a Maena hacia atrás, de vuelta a la puerta. La siguió, sin dejar de hablar—. No soy un monstruo que busca condenar a otros a la miseria. Esto es justicia, pura y simple. Aquellos que quieren probar su inocencia pueden hacerlo. Ahora, le has cavado a tu amigo un agujero del que nunca escapará.

Buen trabajo.

No te oí proponer ninguna idea.

Tengo una ahora. ¿Tienes las agallas para hacerlo?

—¿Y yo, Barten? ¿Obtengo el premio del ganador? —preguntó Maena, volviéndose de nuevo para enfrentar al hombre.

—¿El premio del ganador? Para eso, tendrías que haber ganado. Ni la bestia ni tu oponente están muertos. —Barten alargó la mano y empujó a Maena hacia atrás. La capitana no tropezó, dejó que los pasos llegaran. Se quedó quieta—. Lo que obtienes es la sentencia de un fracasado. El castigo más duro que puedo dar. El que reservamos para aquellos que no lo intentarán, que ya han renunciado a tanto de sí mismos que ni siquiera intentarán recuperarse.

Barten se acercó de nuevo, con la intención de dar otro empujón a Maena. Maena esperó a que los brazos se cerraran, luego se lanzó hacia adelante, por debajo del alcance. Levantó la cabeza bruscamente, golpeando con la coronilla el mentón de Barten. Su mandíbula se cerró con fuerza, y el hombre se tambaleó hacia atrás. Maena lanzó una patada con el pie derecho, alcanzando el tobillo de Barten y haciéndolo caer al suelo.

Ni un alma gritó, ni una lanza ni una flecha volaron en su dirección. Los guardias que vigilaban se habían ido con la multitud.

Barten balbuceó algo mientras Maena se acercaba y le propinaba otra patada, dejándolo hecho un ovillo. A varios pasos de él, Maena se inclinó y recogió una bola de piedra.

Hazlo. Ahora.

Maena se dio la vuelta, sosteniendo la bola con ambas manos. Pesada. Barten gimió.

Cállate. No sabes nada.

Lo único que sé es que dejar vivir a tus enemigos te costará caro.

Levantó la piedra. Barten rodó, puso las manos en el suelo, movió las rodillas bajo él. En otro momento, estaría de pie.

No seas misericordiosa ahora. No lo fuiste conmigo. Termínalo, por una vez.

Cuando Maena se fue, agachándose por el mismo agujero que Kivi había masticado minutos antes, dejó atrás una arena silenciosa. Sus manos polvorientas, sus pies rojos y húmedos.

Miró a la derecha, miró a la izquierda. Escuchó, oyó pasos y maldiciones que venían del lado izquierdo. Así que Maena, desarmada, sin más ropa que unos jirones de lino, se dirigió hacia la derecha, escuchando solo a su instinto.

Por una vez, la voz en su cabeza se había quedado en silencio.

11

LOS SUSURROS DE LA NOCHE

La Reina agarró el brazo de Wax cuando se disparó el arpón. Menos mal: el repentino sonido, el destello brillante mientras la lanza pasaba volando, rebotando en el hombro del guardia, hizo que Wax retrocediera hacia el borde de popa del rodillo. Perdió el equilibrio y se habría caído de no ser por la rápida mano de la Reina, con su sorprendente fuerza al tirar de él de vuelta a la embarcación.

—Mantén la calma —dijo mientras Wax recuperaba el equilibrio, con el movimiento estallando detrás de ellos—. No soy tu niñera.

—¿Mi niñera?

Quik interrumpió la pregunta con una absurda frase al guardia sobre su hombro, alguna posible herida. En todos sus años, Wax sabía que Quik era un hombre atento, pero en un sentido distante y brusco. No había manera de que se preocupara por algún guardia Kance al azar.

Tampoco había manera, mientras Wax repasaba lo que acababa de suceder, de que Quik fallara tan estrepitosamente.

—No estás escuchando, ¿verdad? —dijo la Reina, afilando su tono lo suficiente como para penetrar.

—Lo siento —dijo Wax, aún observando cómo su hermano se llevaba al guardia refunfuñante—. Estoy tratando de entender...

Bliss apareció entre los dos, sus dedos destellando. Wax se enfocó, captó los símbolos mientras la Reina, finalmente perdiendo la compostura, entrecerró los ojos y frunció la boca.

"Anoche escuché a un guardia, su guardia, amenazándola", señaló Bliss hacia Wax. "Tienes que preguntarle si está bien".

Una pregunta. Toda la mañana, Wax había estado lanzando preguntas a la Reina y recibiendo poco más que evasivas a cambio. O bien guardaba silencio o respondía con una pregunta propia, evitando una respuesta y reemplazándola con alguna leve indagación sobre Vis, sobre el hogar de Wax, qué comida le gustaba más. Wax las esquivaba con respuestas amables, siempre intentando dirigir la conversación de vuelta a su sondeo, pero hasta ahora la Reina había demostrado ser mejor en el juego de palabras, dejando que Wax viera la instrucción de Bliss menos como una opción y más como una apertura desesperada.

Sin el guardia aquí, con algo tan directo, tal vez la Reina no pudiera esconderse.

—¿Es usted una rehén? —preguntó Wax, bajando la voz.

Las aguas, el viento nublado de la mañana lleno de cantos de pájaros y el motor del rodillo proporcionaban suficiente ruido burbujeante para desalentar a los curiosos, pero Wax no veía sentido en ser estridente.

Después de Sledge, después de Foti, el grupo había

adoptado una nueva filosofía: los enemigos estaban en todas partes.

La Reina tomó la pregunta como Wax tomaba su cuarta cerveza de la noche, con una especie de estupor suave, como si ser confrontada con esta realidad no tuviera una réplica lista, ninguna hábil respuesta ingeniosa.

No dijo nada.

Bliss, frunciendo el ceño, volvió a hacer señas a Wax.

—Mi hermana dice que la escuchó anoche —dijo Wax, y luego parpadeó—. Espera, Bliss, ¿eso es lo que estabas haciendo cuando tropecé contigo?

Bliss puso los ojos en blanco. "Deja de ser un idiota, Wax, y concéntrate".

—No soy una rehén —respondió la Reina, descongelándose de su célula aturdida—. Soy una Reina Kance. Mis guardias simplemente están cuidando de mí. Eso es todo.

Wax miró a Bliss, cuyo ceño solo se profundizó. "Está mintiendo".

—No pretendo insultarla, eh...

—Su majestad bastará —dijo la Reina, retrocediendo un paso, con un sólido ceño fruncido rompiendo sobre su rostro—. Y aceptaré un comentario desagradable, pero no dos. Guárdense sus sospechas. Los polizones, no importa quiénes sean, no tienen derecho a perturbar mi barco. Pregunten de nuevo, y haré que mis guardias los arrojen por la borda.

Con un giro rígido, no obstante perfecto a pesar del balanceo del barco en el oleaje del río, la Reina se alejó pisando fuerte, desapareciendo por la esquina del barco.

"Bueno, eso no salió tan bien", señaló Bliss, frunciendo los labios. "Quik interpretó su papel a la perfección, además".

—Me impresionó —murmuró Wax, mirando donde

había estado la Reina, tratando de armar su rompecabezas y fallando.

Durante toda la mañana, mientras esquivaba sus preguntas, había estado lanzando las cañas y redes como una pescadora que hubiera pasado una vida en los botes. Sin su túnica puesta, reemplazada por pantalones Kance limpios y una camisa de trabajo, había mostrado músculos forjados no en ninguna corte real de la que Wax hubiera oído hablar.

Como decían los refranes de Vis, cuanto más inflado tu título, más aire hay dentro. La Reina desafiaba todo eso.

Y más aún, había mostrado sonrisas genuinas mientras recogía la captura, tirando fuerte de las líneas y viendo sus recompensas. Como si la Reina disfrutara de la simple tarea, a pesar de los muchos refunfuños de su guardia de que debería volver abajo, dejar las tareas a quienes estaban destinados a realizarlas.

"¿Estás perdiendo la cabeza, hermano?", señaló Bliss, y luego chasqueó los dedos frente a su cara. "¿El sol te está afectando?"

—Está nublado —dijo Wax, apartándose bruscamente.

"Sí, pero conociéndote, no me sorprendería".

Wax sacudió la cabeza. Sintió el tirón cuando una caña anunció que había encontrado otra captura. No importaba cuánto deseara, el rodillo daba poco tiempo para reflexionar.

La tarde marcó un cambio. No en el clima, que seguía siendo un frío sombrío, y no en las aguas, que continuaban su incesante flujo. La tierra a su alrededor, sin embargo, rompió sus cuidadosos arrozales. Las colinas se aplanaron en un pantano obstruido, con árboles cortos sobresaliendo y extendiendo vastas ramas delgadas en todas direcciones. Como hongos con barba. Esas ramas daban refugio a todo tipo de plantas extrañas, sus tallos secos y bulbos dando pistas de lo salvaje que podría ser este lugar en primavera y verano.

—Mejor ahora —murmuró la capitana, uniéndose a Wax y Torny cerca de la rueda delantera del rodador.

Una vez más, dos personas debían permanecer en todo momento cerca de la bestia giratoria, limpiando la suciedad mientras avanzaba. La capitana parecía tan nerviosa como siempre, aunque Wax notó que había cambiado su equipo. Ya no llevaba solo ropa abrigada, sino cueros de Rana. Un sable descansaba en su cinturón.

—Si hubieras venido aquí hace unos meses, tendrías la cabeza nublada de insectos y acosada por los pájaros que los persiguen —continuó la capitana, sin dirigirse específicamente ni a Wax ni a Torny, simplemente hablando al viento—. También había más tráfico de barcos. Pescadores, buzos, recolectores haciendo sus recorridos. Todo eso se acabó, no volverá a empezar hasta que tengamos un nuevo Aegis, sea verano o no.

—¿Demasiado asustados? —sugirió Torny, y la pregunta provocó una mueca en su destinataria.

—Más bien demasiado sensatos. El Remolino es una puerta. Llega tan abajo como cualquier lugar de Las Siete Islas, y recoge tanto como ahoga. Cuando los demonios empiecen a llegar, será alrededor del Remolino donde estarán.

—Espera —dijo Wax—. ¿No es el Remolino donde están los skars?

La capitana asintió.

—Cada isla tiene su desafío, o eso he oído. En Rana, tienes que meterte en esa bestia y salir con tu joya. La más difícil, me apuesto.

—¿No lo mantienen protegido los Najahn?

—Ahí es donde vamos, Vis —La capitana señaló hacia el horizonte—. Un día más y estaremos allí. Aunque no nos moveremos durante la noche, no aquí. Hay demasiados obstáculos.

—¿Entonces los Najahn están aquí?

La capitana se rio, dándole como siempre su toque sombrío a la carcajada.

—Más vale que esperes que no estén todos muertos ya.

El ambiente lúgubre pareció envolver el rodador mientras el sol, siempre oculto, dejaba que el mundo se desvaneciera en la oscuridad. Se soltó un ancla, se apagó el motor, y por primera vez en días, Wax no sintió ni escuchó el rumor del rodador. Todos parecieron quedarse en silencio como respuesta. La Reina y sus guardias no hicieron acto de presencia, encerrados abajo. La capitana solo abrió las puertas interiores para repartir la cena.

—Mantened vuestras armas a mano esta noche —advirtió la capitana—. Y estableced una guardia.

—¿Usted no va a ayudar? —preguntó Quik.

—Si dejáis que este barco se hunda, tampoco llegaréis a donde queréis. No dejéis que le pase nada, y saldréis vivos mañana.

Wax se ofreció a hacer el primer turno, acomodándose con su espada de Foti. Echaba de menos el cuchillo, no visto desde la batalla con los ferritas en las coladas de lava de Foti. Las dos armas se habían complementado. Ahora, bajo el resplandor de la linterna del barco, Wax giraba su hoja azul y observaba la luz.

Apenas había usado la espada desde que la cambió de vuelta en Vis. Menuda idea había sido aquella. Protección. Había logrado un solo golpe con ella, al escarabajo en el tubo de lava de Foti. Todo lo demás, fracasos.

Wax sonrió. No fracasos, no, solo oportunidades perdidas. Tal vez Rana le daría una oportunidad. Aunque, ¿cómo podría uno apuñalar un remolino?

El pantano no ofrecía respuestas. Sin el rumor, los pocos insectos no podían compensar, dejando a Wax mayormente en silencio. Las nubes también persistían, dando a la noche una sensación de encierro. Si Wax fuera de los que creen en fantasmas, podría haber jurado verlos flotando en la oscuridad.

En su lugar, dejó colgar las piernas por el borde del rodador, con la espada descansando en su regazo. Dirigió su atención a los dos skars, escuchó sus susurros. Crecían a medida que Wax se concentraba, como una conversación que se ampliaba para incluirlo. El skar de Vis hablaba en tonos tranquilos y calmados, mientras que el de Foti, de una manera similar a su lugar de nacimiento, declaraba sus pensamientos en líneas duras y cortas.

Qué pensamientos eran esos, Wax no lo sabía. Pero tal vez, esta noche, podría intentar desentrañarlos.

Empezar por casa primero.

Si Wax esperaba un discurso, el skar de Vis no se lo dio. En su lugar, hablaba en líneas repetidas, las mismas dos o tres frases una y otra vez en un idioma que Wax no conocía. Al principio, Wax asumió que las palabras eran aleatorias, sus manos descansando sobre la hoja de Foti. Escuchó, sin encontrar nada a lo que aferrarse.

Hasta que algún insecto encontró su cena en su oreja. Cuando Wax movió su mano izquierda hacia arriba, espantando al bicho, el skar cambió su canción, iluminándose. El skar se volvió más ruidoso, más emocionado, como Sawi diciéndole a Wax que había encontrado un nuevo sana para trepar.

Y con su emoción, el skar pareció hacer su extraña

magia, disipando el dolor de la picadura, aunque la marca en sí tardaría en desaparecer.

Palabras diferentes, emociones cuando el skar encontraba su propósito. Tenía cierto sentido, aunque Wax no estaba seguro de qué podía hacer con ese conocimiento.

Guardarlo para más tarde. Tal vez si alguna vez se convertía en el Aegis, alguien podría usarlo.

Hasta entonces, escucharía el parloteo de los skars, observaría las nubes y esperaría la oportunidad de soñar en la dura cubierta del rodador.

12

CUCHILLOS ENTRE AMIGOS

Sawi extendió los brazos y lanzó un grito, no un chillido. Decidida, confiada a pesar de la idiotez de Gladdring. No dio ni un solo paso más cerca de la guarida de los hanoko, y los grandes felinos tampoco se acercaron a ella. Aquellos ojos brillantes permanecieron en su refugio cubierto de árboles, y la madre también mantuvo su distancia.

No proyectar debilidad, no provocar una amenaza, y los hanokos la dejarían en paz.

—Calma ante el desastre —murmuró Gladdring—. ¿Todos los Vis son como tú?

—Si no das la vuelta y vuelves al campamento, te dejaré aquí —dijo Sawi sin volverse.

—Y dispuesta a amenazarme. Bueno, esto no era lo que intentaba aprender, pero me iré feliz de todos modos. Disculpas por la emboscada, Sawi, pero tenía que saberlo.

—¿Tenías que saber qué? —preguntó Sawi, retrocediendo un paso cuando oyó el crujido de Gladdring entre los helechos y el barro.

—Si eras una espía.

Sawi intentó que Gladdring se explicara, pero el Tenet se negó, diciendo solo que Sawi había pasado la prueba. La respuesta no hizo nada para aplacar la creciente ira de Sawi, maldita sea justificada después de haber sido arrojada a merced de los felinos. Se consumió en ella durante todo el camino de vuelta al campamento, donde escaló el árbol que había elegido, hasta una rama alta y robusta.

¿Tan cómodo como el suelo blando? Probablemente no, pero aquí arriba Sawi no encontraría un cuchillo en la espalda.

La rama tenía otra ventaja: sus nudos carecían de la comodidad suficiente para despertar a Sawi antes que la mayoría de los Najahn, dándole la oportunidad de hacer exactamente lo que Gladdring decía que no era: espiar.

El Tenet, a pesar de la temprana luz del sol, tenía a sus eruditos levantados y en círculo. Parecía estar dirigiendo una animada discusión, con sus brazos moviéndose ampliamente, señalando aquí y allá. En un momento, un erudito alzó la voz —Sawi captó la palabra "skar"— solo para que Gladdring lo callara con una negación violenta.

—Este viaje es solo para investigación —dijo Gladdring, alzando la voz lo suficiente para que Sawi lo oyera—. Queremos saber si los demonios se están congregando en Vis, si se dirigen hacia el Gran Sana. Todos tenéis vuestros estudios asignados. Más allá de eso, no os preocupéis por nada salvo vuestra propia supervivencia.

Al terminar, Gladdring miró hacia arriba, se dio cuenta de la presencia de Sawi y curvó la mano en un gesto de llamada.

—Me alegro de verte despierta, Sawi. ¿Otro día de viaje y creo que llegaremos, verdad?

—Si mantenéis un buen ritmo —gritó Sawi mientras desenredaba su cuerda.

—Entonces confío en que tú lo mantengas —respondió Gladdring—. Guíanos.

A pesar de las palabras de Gladdring, los Najahn no miraron ni escucharon a Sawi mientras continuaban por el camino que conducía hacia el Gran Sana. Las estimaciones de Gladdring sobre su progreso también resultaron equivocadas, y probablemente pasarían otra noche en el camino a pesar del ritmo forzado. A Wax y Pan les había llevado un par de días balancearse por la jungla, y ningún grupo en marcha podía igualar la velocidad de un par de Vis.

Sin embargo, Sawi se guardó esa opinión para sí misma. También guardó sus palabras y sus pensamientos, y el grupo de Gladdring pareció conforme con dejarla rumiar. Al menos hasta la pausa del almuerzo, cuando de nuevo Gladdring abandonó a sus seguidores para encontrar a Sawi sentada sola en el soleado claro junto al camino.

—¿No te apetece unirte a nosotros? ¿Contarnos más sobre tu isla? —preguntó Gladdring antes de sacar una extraña galleta y ofrecérsela—. Una galleta de canela. Horneada en Noctia, pero, te lo juro, la receta es de casa.

Sawi examinó la galleta. De un blanco duro, cubierta de polvo marrón. Canela no era una palabra que conociera, pero Gladdring no la pillaría asustada, no la pillaría vacilante. La cogió, le dio un gran mordisco y tuvo que lanzarse a por su odre de agua para no toser.

La canela se mezclaba con la galleta de una manera dulce y ardiente, floreciendo un calor a nueces mientras la galleta se disolvía en su boca.

—Admito —dijo Gladdring, leyendo la expresión de Sawi y llegando a la conclusión equivocada— que estas son más adecuadas para climas más fríos.

—La galleta está bien —dijo Sawi, con el agua que

había bebido apresuradamente goteando de su barbilla—. Lo que no está bien es que intentes matarme.

—Como ya dije...

—No eres la primera persona que conozco con secretos —dijo Sawi, recordando a Svarde y las muchas respuestas a medias del hombre Foti—. No eres el primero en mirarme a mí, a mis amigos, y pensar que somos gente simple sin nada que ofrecer salvo algo de fruta y un sol cálido. —Sawi se puso de pie y se sacudió las migas de la galleta—. No tengo que demostrarte nada. Vine porque tenía curiosidad, y me quedo porque dije que ayudaría a guiaros, pero no soy tu juguete. No soy tu ejemplo, ni tu sujeto de estudio.

Gladdring pareció encogerse mientras Sawi hablaba, el calor del hombre se desvaneció hasta convertirse en una mirada rígida. Ella pasó de ser un insecto a ser un enemigo, y por un momento Sawi se preguntó si Gladdring ordenaría a los Najahn que la despedazaran.

En su lugar, Gladdring extendió la mano y tomó la de Sawi con una rapidez que ella no esperaba. El agarre no era agresivo, sino suave, el apretón de un amigo.

—Mi mundo es uno de agendas, motivos y maldiciones, Sawi —dijo Gladdring, inclinando la cabeza lo suficiente para añadir sinceridad—. Inmerso en tales cosas durante tanto tiempo, uno comienza a ver conspiraciones en todas partes, incluso en lugares donde no tienen ningún sentido. —Gladdring señaló con la cabeza el extremo opuesto del claro, aún más lejos de los Najahn—. Por favor, me gustaría compartir algo contigo.

Sawi frunció el ceño, estaba a punto de preguntar qué requería ese pequeño paseo, pero los ojos de Gladdring contaban una historia diferente. No hables, decían, y sígueme.

Por lo que Sawi sabía, Kitaye y Vis no se prestaban al

engaño. Las intrigas, los planes, el sabotaje y el abrumar a tus enemigos con mentiras y sorpresas simplemente... no ocurrían. Los ancianos dirigían los pueblos y ciudades de la isla mediante la experiencia y la voluntad. Sin elecciones, solo el deseo de presentarse y ayudar. Sin gobernantes, solo personas razonables. Así que cuando Gladdring insinuó que algo secreto estaba ocurriendo, Sawi lo tomó con la ingenuidad de una neófita.

Pasó el trayecto cruzando el claro mirando hacia atrás al grupo de Najahn, tratando de identificar... ¿qué, exactamente? ¿Un enemigo? Pero, ¿no era Gladdring quien había intentado que la mataran?

Lo que no daría por estar de vuelta entre sus sanas, las frutas y los pastos.

—¿Alguna vez has emprendido un viaje? —preguntó Gladdring cuando se acomodaron contra otro árbol, su corteza de un marrón terroso, las grietas atestadas de hormigas en movimiento.

—No del tipo al que te refieres.

Gladdring esbozó una sonrisa y dijo:

—Estoy aquí por una razón específica, y elegí traer conmigo a varios de esos eruditos. Sin embargo, después de invitarlos, encontré el doble de su número esperando en el bote para zarpar. Y más soldados de Najahn además.

Gladdring esperó y Sawi sintió que se suponía que debía inferir algo de sus palabras.

—¿Qué, eso no se supone que pase? —preguntó ella.

Lo obvio, e incluso la reciente exposición de Sawi al espionaje lo hacía evidente, era que algunos de estos acompañantes tenían objetivos contrarios a los de Gladdring. Lo que Sawi debía hacer al respecto seguía sin estar claro.

—Los Najahn, incluso los eruditos, pero especialmente los soldados, no viajan por nada —dijo Gladdring—. Sus voulges, su lealtad, están a la venta. Y hay algunos que desearían mucho verme eliminado.

Se le presentaron varias opciones. Sawi no eligió ninguna, en su lugar fue al grano. Había tenido que hacer eso tan a menudo con Wax, un hombre propenso a divagar salvajemente de sus objetivos. Si querías terminar de hablar con Wax antes del anochecer, tenías que guiarlo directamente.

Gladdring, al parecer, no era diferente, aunque quizás menos inocente en sus motivos.

—¿Por qué me cuentas esto? —preguntó Sawi—. Dijiste que tienes amigos allí.

Gladdring se encogió de hombros.

—¿Amigos? Por un tiempo, en un momento dado, quizás. Noctia está construida sobre piedras movedizas, Sawi. Ahora, creo que es hora de dejarlos atrás.

—¿Qué quieres decir?

Cuando Gladdring se lo contó, sus ojos adquirieron un brillo familiar. El hombre se cernía sobre ella, pero no de manera amenazante, su entusiasmo y sentido de la aventura brotando de sus palabras, posibilidades y potencial resonando en sus promesas.

Hacer estas cosas y Sawi podría ver su vida transformada. Hacerlas bien, y una vez más se encontraría en conflicto con sus obligaciones: ¿elegir Vis o un camino más peligroso?

Cuando acamparon de nuevo, Sawi dirigió a los Najahn fuera del camino hacia un bosquecillo más denso. Tocones y árboles caídos marcaban este lugar, suficiente follaje dañado para mostrar que algo violento había sucedido aquí no hace mucho tiempo.

Sawi vio las marcas rojas, las salpicaduras ocultas bajo las hojas y los helechos. Un rastro que había encontrado hace algún tiempo, seguido a lo largo del camino hasta aquí.

Un viajero o algún animal, capturado, arrastrado y devorado. Los Najahn, sin un cazador entre ellos, no vieron las señales. Notaron, sí, la corteza raspada, las hojas pisoteadas, pero cuando Sawi dijo que este era un punto de parada frecuente, la tropa no lo cuestionó. Encendieron fogatas, extendieron sus rollos y espantaron a los insectos curiosos.

Gladdring no la miró ni una sola vez.

Sichi salió temprano, el resplandor rosado esparciéndose entre ellos cuando podía esquivar las hojas del dosel. Mientras los Najahn cenaban, Sawi se escabulló, siguiendo aún más marcas, sabiendo lo que rastreaba y suprimiendo sus temores.

Ningún depredador nativo de Vis dejaría tal rastro.

Gladdring pidió una distracción, y la obtendría. De lo contrario, según dijo, según Sawi dedujo, los Najahn los perseguirían.

Mientras caminaba, serpenteando entre árboles y helechos, Sawi jugueteó con otra idea, una posibilidad al principio repugnante en su brutalidad, pero atractiva a medida que se adentraba más y más en el bosque: si la trampa terminaba matando a Gladdring, entonces Sawi podría cosechar una recompensa diferente al devolver sus pertenencias, prueba de lo que le sucedió al puesto avanzado de Najahn. Más favor para Kitaye, para ella, y sin necesidad de arriesgar su vida.

¿Demasiado oscuro? Sawi miró hacia el sombrío dosel. Las Islas no permitían la inocencia en estos días. No desde Pan. No desde que Wax y Bliss se fueron, con pocas probabilidades de volver.

Había tomado una decisión al venir por este camino, al

seguir a Gladdring. Lo que sucediera después, bueno, vería cómo Vis quería que fuera.

La Isla no hizo esperar mucho a Sawi. Más allá de la música nocturna de la jungla, un duro rechinar interrumpió el fluir de Sawi. Se agachó, cada pisada era un movimiento delicado, sus dedos apartando hojas y ramas sin hacer el menor ruido. Su respiración era lenta, los parpadeos escasos hasta que lo vio.

El monstruo ofrecía brazos en abundancia, bocas a juego en un cuerpo largo y delgado. Un ciempiés, salvo que con dedos y pulgares en lugar de patas prensiles. Ojos bulbosos colgaban a lo largo de su cuerpo desde antenas flexibles, cada uno brillando cuando captaba la luz de Sichi. El monstruo yacía en la charca, sus manos recogiendo agua hacia las bocas que se alineaban en su parte inferior. Tan grande como dos hombres puestos lado a lado, el monstruo no era tan aterrador como algunos que Sawi había visto — ese honor quedaría para siempre con la bestia gigante que había asaltado Kitaye—, pero debería, daría a Gladdring lo que quería.

Con su mano derecha, Sawi tanteó alrededor, encontró una piedra. Las vidas se equilibraban en momentos cruciales. Ella había dejado caer la suya de una manera cuando le dijo que no a Wax y lo dejó irse.

Esta vez, Sawi eligió la persecución.

13

MORDEDURA DE ENREDADERA

El pantano tuvo la gentileza de esperar hasta que Wax hubiera terminado su turno y caído en un sueño profundo y placentero sobre enredaderas y columpios. En ese momento, o al menos así lo supuso Wax en los primeros instantes de pánico cuando los gritos y alaridos lo despertaron bruscamente, el pantano decidió que ya había tenido suficiente descanso.

La voz de Torny fue la primera en romper el caparazón del sueño de Wax, una verdadera letanía de maldiciones abrasadoras que hizo que Wax se levantara de golpe preguntándose, y compadeciendo, a quién podría haber merecido semejante reprimenda.

El objetivo no fue difícil de encontrar. La pregunta, sin embargo, era si se trataba de un solo objetivo en absoluto.

—¿Las malezas nos están atacando? —dijo Wax, su pregunta inmediatamente perdida en la refriega.

A su izquierda, Torny y Bliss, que se habían adelantado a Wax por varios segundos, cortaban y golpeaban hebras de un verde intenso que se partían. Gruesas como ramas y pareciendo desafiar la fuerza común que atrae las cosas en el aire hacia el suelo, los zarcillos se elevaban sobre el borde del barco y se deslizaban, aparentemente suspendidos, hacia ellos. Una telaraña que se formaba en tiempo real, cada hilo cubierto de finas cerdas.

Que lo condenaran si dejaba que uno lo tocara. Puede que Wax no fuera un espadachín, pero podía cortar algunas plantas.

Wax dio un tajo a través del grupo más cercano, cayendo los pedazos a la cubierta del barco mientras el resto, extendiéndose lejos de Wax y sobre la proa del barco, comenzaba a regenerarse.

—Esta cosa es terca —gruñó Quik a la izquierda de Wax, con los guanteletes puestos y cortando de un lado a otro.

Cada golpe retrasaba el crecimiento solo un momento o dos.

—No es una pelea que vayamos a ganar —dijo Wax, mirando a la izquierda mientras cortaba más plantas—. ¿Dónde está la capitana?

—Le preguntas al tipo equivocado —respondió Quik.

Torny y Bliss se replegaron detrás de Wax, apoyando sus espaldas contra la cabina central del barco. El monstruo invasor se enredaba por los costados, el suelo, amenazando con empujar a Quik y Wax junto a la pareja. Una vez allí, quedarían atrapados, tal vez capaces de mantener a raya los brotes hasta agotar sus energías.

No era la forma en que Wax quería morir.

—Cúbreme —dijo Wax, moviéndose rápidamente hacia la izquierda detrás de Quik, a lo largo de la barandilla cubierta de vegetación del barco.

—¿Cubrirte cómo? —gritó Quik—. ¡Ni siquiera puedo cubrirme a mí mismo!

Wax no respondió, su atención ocupada en amplios

cortes a través de las plantas frente a él. Dos golpes con la hoja Foti llevaron a Wax hasta la puerta que conducía abajo. Adelante, la popa del barco parecía perdida, ya cubierta de zarcillos. Detrás de Wax, muy pronto, su camino de regreso estaría igual.

No habría forma de salvar el barco. ¿Escapar, sin embargo?

Ahí yacía la posibilidad.

—Quik —llamó Wax, los guanteletes de su hermano visibles mientras trabajaba—. Saca a Torny y a Bliss del barco. Dirígete a las aguas poco profundas del lado de babor.

—¿Y tú qué?

—Me reuniré con ustedes allí.

Wax quería idear algo más inspirador, pero las enredaderas que se acercaban no le daban mucho tiempo. Más apremiante, en realidad, era por qué nadie había subido corriendo por las escaleras del barco. Seguramente, con todo el ruido, todos los gritos, la capitana, su par de tripulantes y el grupo de Kance sabrían que el desastre los había alcanzado.

Entonces, ¿por qué seguían todos bajo cubierta?

Aunque, por otro lado, ¿por qué le importaría a Wax? Podría dar media vuelta, salir corriendo por encima de las plantas con sus Guardianes. Dejar que este monstruo se llevara una Renovación de la lista de Wax, especialmente una que le estaba ganando en la carrera de colección de skars.

Ah, claro. Ser el Aegis era un premio de mierda. Dejar que la Reina ganara significaba mantenerse alejado de ese horrible trono de piedra.

—¡Despierten! —gritó Wax mientras atravesaba la estrecha puerta.

A su izquierda, el camarote de la capitana estaba vacío. Su lámpara de globo estaba apagada, pero el resplandor del exterior mostraba un catre desordenado. El motor del barco apagado, el timón quieto. A la derecha de Wax, los camarotes de la tripulación parecían igualmente vacíos, dos literas desiertas, pero con mochilas y equipo aún metidos en los cubículos.

Así que se habían despertado y decidido bajar, ¿no?

Las escaleras estaban frente a Wax, peldaños de madera pulida que descendían hacia la oscuridad total. Ninguna lámpara brillaba allí abajo, pocos sonidos también. Solo crujidos ominosos, chasquidos de tablones que intentaban mantenerse enteros.

Wax, manteniendo su hoja frente a él, bajó lentamente, dando tiempo a sus ojos para adaptarse, para absorber tanto como pudieran de la valiente luz que llegaba hasta allí. Al final, la escalera terminaba contra el costado de estribor del barco, en una bifurcación en forma de T.

Los pies descalzos le dieron a Wax la primera pista cuando sus dedos tocaron algo que definitivamente no era madera. Solo veía sombras, solo oía crujidos, pero los zarcillos se estremecieron al contacto de Wax. Nuevos brotes surgieron, probando los pies de Wax en busca de una superficie adecuada.

Eligiendo una dirección rápidamente para evitar ser tragado, Wax se lanzó a la derecha, hacia la popa. El estrecho pasillo giró bruscamente después de una zancada, la hoja Foti de Wax barriendo frente a él en cortes tentativos. Los zarcillos colgaban del techo, se extendían desde las paredes, tiraban de sus dedos de los pies. Wax gritó, no obtuvo respuesta.

Sin embargo, no podía cortar con abandono, por temor a golpear a algún guardia extraviado o a algún tripulante.

Una señal, si así podía llamarse, vino de la primera habitación que Wax pasó a su izquierda. Wax no podía distinguir un carajo dónde estaba, salvo que la hoja Foti no golpeó una pared en un corte transversal, dándole a Wax una pista sobre la puerta. Un giro, un momento de escucha, y surgió una lucha ahogada, mezclándose con los crujidos del barco mientras se apagaba.

—¿Quién está ahí? —preguntó Wax, dando un paso adelante.

Sus pies aterrizaron en más zarcillos, pero también en agua, el pantano salobre frío y viscoso al tacto.

Así que el monstruo había atravesado el casco del barco. Maravilloso.

La lucha se intensificó, y Wax siguió los zarcillos hasta el centro de la habitación, cerca de la delgada cama.

—No puedo ver, así que disculpa si te corto —murmuró Wax, manteniendo sus pies en movimiento mientras tanteaba la primera forma.

Las piernas, los brazos y la armadura indicaban que el cautivo era uno de los guardias de la Reina, y Wax podría haber dejado al hombre allí de no ser porque la situación requería aliados, requería desesperación.

La hoja Foti cortó limpia y cerca, dando un tajo en ángulo por la pierna del guardia, cerca del pecho del hombre, y Wax habría cortado más de no ser por más movimiento a su derecha. Un segundo, tal vez un tercer cuerpo, todos juntos, agrupados alrededor de la cama.

¿Guardias protegiendo a su Reina o matándola?

El hombre que había cortado aprovechó la ayuda, levantándose con la fuerza suficiente para romper los zarcillos que lo envolvían.

—Libéralos —jadeó el guardia mientras Wax se disponía a hacer precisamente eso—. No hay tiempo.

—Soy consciente —dijo Wax—. ¿No tienes una luz, por casualidad?

—Todas las linternas están rotas.

No obstante, trabajando a ciegas, el par liberó a un segundo guardia, seguido por, sí, la Reina, la última entre ellos. Los zarcillos se cerraban desde fuera, desde abajo, pero los guardias encontraron su forma, cambiando sus estocadas por cuchillos más precisos y usándolos para mantener una abertura, abriéndose camino hacia la salida de la habitación.

—Quédate con la Reina detrás de nosotros —dijo Akido, el segundo guardia liberado—. Tenemos que salvar a otro de los nuestros.

—Iremos a la salida, muchas gracias —respondió Wax mientras el cuarteto se abría paso a golpes, tropezones y tanteos fuera de la habitación.

—Vendrás con nosotros... —comenzó el guardia.

—Él hará lo que le plazca, y yo iré con él —dijo la Reina—. Salven a la tripulación y sígannos.

En otra situación, sin los oscuros zarcillos agarrando y atrapando, sin las tablas rompiéndose bajo sus pies, Wax apostaba a que Akido habría anulado a la Reina. Su respiración aguda lo decía todo, pero cualquier réplica murió cuando el otro guardia maldijo el creciente avance de los zarcillos, su grosor.

—Vamos —dijo Wax, tirando de la Reina de vuelta hacia la escalera. Apenas suficiente luz, un solo rayo rosa de Sichi, les daba la dirección—. Estarán bien.

—De eso no tengo ninguna duda.

Llegar a la escalera resultó bastante fácil. Subirla, sin embargo, no sería posible. Los zarcillos habían escalado los peldaños por dentro y por fuera, las enredaderas irrumpiendo y rompiendo la madera, dejando nada más que un bosque de zarcillos fracturados ante ellos.

—Estamos atrapados —murmuró la Reina.

—No con un Vis —rebatió Wax, y luego volteó el mango de la hoja Foti hacia la Reina. Ambos se balanceaban allí, manteniendo sus pies en movimiento para que los zarcillos no pudieran agarrarlos—. Tú cortas, yo corro.

Wax deseó que hubiera habido suficiente luz para ver la cara de la Reina ante su comentario, pero las sombras no le dieron tanto. Sin embargo, sintió que ella tomaba la espada.

—¿Y después? —preguntó la Reina.

—Solo sigue cortando. Ahora.

La Reina blandió la hoja ante ellos, cortando los zarcillos lejos de sus rostros, abriendo un camino desesperado hacia adelante. Wax alcanzó a la Reina y la levantó. No una carga completa —la escalera no tenía espacio para eso, ni siquiera sin plantas obstruyendo el camino—, pero Wax mantuvo sus pies lejos del suelo, la Reina ligeramente inclinada hacia adelante para poder seguir trabajando con la hoja.

—Allá vamos —dijo Wax, y el Vis comenzó a subir.

La Reina cortaba los zarcillos colgantes y Wax la seguía, confiando en que sus pies aterrizaran y mantuvieran el equilibrio de un escalón roto al siguiente, justo como saltar de rama en rama en casa. Con cada sacudida, la Reina murmuraba maldiciones, pero subían, un impulso a la vez.

Hasta que el rodillo se partió en dos.

Los lados de popa y proa más cercanos a la pareja que trepaba se desprendieron, inclinándose hacia el cielo y hundiendo su improvisado progreso en el mar pantanoso. Los zarcillos cayeron y se agitaron a su alrededor, enredándose en el cabello de Wax, tirando de su ropa.

—Nada —espetó la Reina cuando golpearon el agua, su frío penetrando hasta los huesos de Wax.

La playa, la playa Foti. La última vez que había sentido un frío tan horrible, un entumecimiento muscular tan gélido. Wax se congeló, su mente retrocediendo a ese momento, esos minutos sufriendo en tal agonía en blanco.

Algo lo golpeó. Lo salpicó. La luz de Sichi se derramó alrededor de Wax, el rodillo había desaparecido. Ante él, con la hoja Foti en una mano y sus ojos como un fuego verde iluminado de rosa, estaba la Reina.

—He dicho que nades, Wax —repitió la Reina, su voz aún más fría que el agua—. Ahora.

Sus piernas encontraron su impulso, pedaleando tras la Reina mientras los zarcillos debajo y alrededor de ellos luchaban por mantener su agarre. La ropa se rasgó, algunas plantas dejaron rasguños y marcas en sus brazos, pero juntos los dos se dirigieron a través del lodo.

Sin palabras, nada salvo respirar, sus brazos y piernas pateando. Adelante, hierba y montículos de barro se alzaban libres del agua. Formas se movían sobre ellos, un trío que Wax reconoció, que le dio más esperanza.

—Aquí —llamó Quik cuando se acercaron, el frío en los huesos de Wax mezclándose con un fuego bajo mientras su cuerpo se esforzaba por mantenerlo en movimiento—. Los tengo.

Salió la cuerda. Rescatada con sus alforjas del rodillo, y tanto Wax como la Reina la montaron los últimos metros antes de subir a las orillas fangosas.

Torny y Bliss, recogiendo hierbas secas, hojas y ramitas en un montón, ya tenían un pequeño fuego creciendo, uno cerca del cual Wax y la Reina se plantaron. Juntos, todo el grupo observó cómo el rodillo terminaba su vida, los zarcillos elevándose, envolviendo toda la nave en un enrejado de plantas. Las linternas encendidas en los costados del barco estallaron en chispas humeantes una por una, antes de que toda la cosa descendiera al agua.

—Tus guardias —dijo Wax—. No los veo.

—Nunca subestimes a un Guardia Real de Kance —respondió la Reina, sus rasgos de acero sin dar pista de duelo—. Es por el capitán y su tripulación por quienes lloraría en su lugar.

Cierto. Wax asintió lentamente. Detrás de ellos, escuchó a Quik, Bliss y Torny planeando sus próximos movimientos. Algo de lo que se preocuparía después de un poco más de tiempo en el calor del fuego. Hasta entonces, Wax se estiró, tomó de vuelta su hoja Foti del lado de la Reina. Ella lo observó.

—Gracias por salvar esto —dijo Wax, luego dudó. ¿Realmente podía llamarla "Reina" después de todo esto? ¿Existía tal cosa como la nobleza cuando estaban empapados en agua fangosa, con poco a su nombre salvo unos pocos skars?

—Puedes llamarme Eujo —dijo la Reina, pareciendo reconocer su lucha.

La sonrisa entonces, por pequeña que fuera, hizo más que sus palabras para hacer a Eujo real.

14

EL PRECIO DEL VENCEDOR

Maena no tenía un objetivo, no tenía un enfoque después de dejar el cuerpo de Barten atrás en la arena vacía. Una parte remota de ella fingía escapar, intentaba huir de estos túneles y, después de mezclarse con los degenerados que apostaban por las miserables vidas aquí, caminar libre hacia la tundra de Whent.

Libre y sola.

Había girado a la derecha. Detrás de ella, alrededor de la curva del túnel, Rasslebeck y Kivi estarían haciendo su propio intento. Los guardias que los perseguían sin duda rodearían a la pareja, los llevarían de vuelta a punta de lanza a la sucia celda que ahora se acercaba a la izquierda de Maena, sus pies llevando a la capitana Rana en un lento caminar hacia adelante. Pennifer y Svarde podrían estar ya allí, acurrucados contra la tierra esperando otra comida, otro desafío. ¿Los otros que habían compartido su viaje en el vagón, que habían sido arrojados al concurso?

Muertos, tal vez, o abandonados en algún juego aún peor.

¿Es eso lo que te tiene tan confundida?

No. Los Pozos de Whent eran conocidos. Nada aquí sorprendía a Maena. Pero...

¿No pensaste que terminarías aquí? Bienvenida a mi pequeña fiesta.

Había pasado tantas temporadas encontrando asaltantes dispuestos, los había sacado de sus barcos, rara vez de sus familias —los tipos que se adentraban en lo Oscuro de Abajo no eran los que tenían conexiones profundas— y terminó sin nada. La mayoría de su tripulación probablemente estaba aquí, metida entre criminales de Whent y otros cautivos, lanzándose barro unos a otros hasta ahogarse en él.

¿Cómo podía Maena haber fracasado tan estrepitosamente?

No todo es malo, ¿verdad? Estoy aquí ahora, y llena de ideas.

Una voz en su cabeza. Ella misma tallada de forma diferente.

Maena se detuvo. A su izquierda, una bifurcación en el túnel ascendía hacia la superficie. Una puerta allí sería la única barrera entre ella y la posible libertad. En sus harapos, Maena no llegaría lejos antes de que alguien se interesara, pero aun así...

Mira. No te dejé volver para que sufrieras toda esta autocompasión.

No tuviste elección.

Podría haber luchado más fuerte. Eres una capitana Rana, Maena. Actúa como tal.

¿Así de simple, verdad? Superar la aspereza en su estómago y seguir adelante, encontrar la empuñadura del sable y blandirlo. Metafóricamente, al menos.

Ahora lo estás entendiendo. Un poco más de sangre derramada y estarás bien.

Para hacer eso, Maena tenía que encontrar un plan dife-

rente. Nada de masas acurrucadas, nada de escapes lasti-
meros. Una fuga, con armas y gente. Derrocar los Pozos.
Habría guardias, pero estarían gordos y perezosos por sus
privilegios, fáciles de derribar, justo como Barten. Ellos—

—Rana —bramó una voz gruesa, derramándose por las
paredes del túnel. Maena se dio media vuelta, tensando las
piernas en caso de que necesitara correr—. Es hora de que
tengamos una charla.

El hombre que solicitaba la reunión estaba de pie con
dos guardias detrás de él. Tras ellos venían Rasslebeck y
Kivi, otro dúo militante con puntas de lanza en sus cuellos.

El señor de la guerra Jochi, el que los había rodeado a su
regreso a la superficie. Maena recordaba el nombre del
discurso grandilocuente del hombre, sus pieles de animales
en capas cubriendo cada superficie de un rostro sombrío y
oscuro. Ojos casi negros, oscilando entre rendijas y círculos.
Un calor emanaba del hombre, del mismo tipo que Maena
había visto en los guerreros más brutales en sus viajes.

Un cuerpo nacido para la conquista.

*Un momento difícil para él, entonces. Con la Renovación, los
Najahn forzando la paz.*

—Mataste a Barten —continuó Jochi, acercándose. Los
guardias que lo flanqueaban levantaron sus lanzas, las
apuntaron hacia Maena, pero sin malicia—. Una jugada
inteligente. Echaré de menos su habilidad en los juegos,
pero nunca debió dejarte acercar tanto.

—No —respondió Maena.

—No cometeré el mismo error. —Jochi cruzó los brazos,
mostrando varios brazaletes incrustados con gemas—. ¿Ves
estos, Rana? ¿Sabes qué son?

Maena escupió a los pies de Jochi. Sabía muy bien qué
eran esos.

—Bien, aún te queda algo de espíritu —dijo Jochi—. Me

habría decepcionado si lo hubieras dejado todo con Barten. Lo necesitarás a donde vas.

—No voy a jugar otro juego —dijo Maena, abandonando su media vuelta y enfrentando a Jochi de frente. Si iban a apuñalarla aquí, entonces moriría con dignidad. Detrás de Jochi, cruzó miradas con Rasslebeck, vio que le habían dado una paliza en la cara. El hombre mayor logró asentir, el desastre hinchado no podía hacer nada más.

—Nada de juegos. En su lugar, redención —dijo Jochi—. Una oportunidad de devolverle a esta isla todo lo que ha sufrido por tus manos.

Oh, esto va a ser horrible, ¿verdad? ¿O delicioso?

—No mereces ninguna recompensa.

—Me la darás de todos modos —respondió Jochi—. Porque conozco a los capitanes Rana. Toda velocidad y finura en sus barcos. Galopando por ahí, costando vidas y riendo todo el camino. Pero cuando se trata del dolor terrible, todos son cobardes.

Los ojos de Maena se estrecharon. —Esos brazaletes.

Jochi no sonrió tanto como le dio a Maena un asentimiento de complicidad. —Otorgados por muertes, capitana. La mayoría de ellas lentas. Agonizantes. —Un suspiro pesado. Esos guardias mantuvieron sus lanzas niveladas—. No porque me guste. No. Eso sería sádico. Sino porque se lo debo a mi gente, protegerlos de ustedes.

—¿Torturándonos? Ningún Rana haría lo mismo—

Jochi levantó un solo dedo. El guardia a su izquierda dio un paso adelante, parecía que iba a apuñalar a Maena hasta que el hombre volteó el asta de la lanza sobre su muñeca, en su lugar empujando el extremo romo en el hombro de Maena y haciéndola retroceder.

Un moretón, nada más. Ella no les dio satisfacción.

—En cambio, te daré lo que querías —dijo Jochi—.

Justo lo que estabas buscando en esas cuevas. —Asintió por encima del hombro de Maena—. De vuelta a tu celda con los demás ahora. Ve, o tendrán que enfrentar estas pruebas sin ti, y eso no sería muy justo, ¿verdad?

—Justo no es un concepto que conozcas, come piedras.

—¿Ven cómo me insulta y yo, en mi humilde contención, no hago nada? —dijo Jochi, su mirada pasando de un guardia a otro, arrancando sonrisas de ambos—. ¿Por qué debería la mosca molestar a la bestia?

Esta vez, cuando el guardia empujó a Maena hacia adelante, tenía la punta contra su piel. Cuando se movió, cuando cedió, la única feliz fue la voz en su cabeza, afirmando que el sacrificio ahora pagaría siniestros dividendos en el futuro.

Svarde y Pennifer esperaban en la celda. Sus compañeros, el grupo que había fallado la prueba, habían desaparecido a algún otro hogar, sin duda tan decrépito y lleno de inmundicia. Les esperaba comida fresca, ya atrayendo moscas, aunque su contenido parecía de un gris verdoso demasiado asqueroso incluso para los insectos.

El Guardián Foti se puso de pie cuando Maena entró tropezando. Echó un lento vistazo a su ropa salpicada de sangre, un cuerpo que empezaba a oler tan rancio como ella se sentía. En lugar de cuestionarlo, Svarde solo le hizo un lento gesto con la cabeza mientras Maena pasaba junto a él y se sentaba en el lado opuesto de la celda. El hombre, sin embargo, mostró algo de afecto por Kivi, un abrazo cercano que el férido correspondió mientras entraba detrás de Rasslebeck.

Los dos asaltantes Rana se sumergieron en su propia conversación, dejando a Maena sentada sola, sin nada más que su otra mitad siempre presente en su cabeza.

¿Soy tan mala? Soy tú, ¿no?

Yo como solía ser, tal vez. Lista con una broma y una palabra cortante. Un corazón vicioso.

¿Ya no más?

Mira dónde estamos. ¿Qué espíritu fomenta eso?

Ganaste. Deberías estar feliz.

Svarde se acercó, sosteniendo una palangana llena de agua. —Le pregunté al guardia antes de que se fueran. Dijo que todos estaríamos vomitando si no te quitábamos esas vísceras de encima.

Maena parpadeó, se examinó a sí misma. Un ejercicio en las artes viscerales, eso era. De vuelta en un asaltante Rana, la habrían arrojado al mar durante una hora para que se lavara.

—Supongo que se puso un poco desordenado. ¿Te dieron un paño?

—Eso no, pero Jochi prometió que vendrían nuevos trapos en camino.

—Qué amable.

Svarde resopló, arrancó parte de su camisa gris. La sumergió en el agua. Maena extendió un brazo. El líquido frío llegó casi como un shock, corriendo contra su piel, desprendiendo suciedad y cosas peores. Svarde podría haber usado un baño, pero el hombre no escatimó ni una gota para sí mismo.

—¿Nunca has visto los Fosos, entonces? —preguntó Svarde, limpiando entre sus dedos.

—Nunca había puesto un pie en Whent hasta nuestra expedición.

—¿Ni con todas tus incursiones?

Maena negó con la cabeza. —Marinera, ¿recuerdas? El agua es mi hogar. Solo cuando no había otra manera.

Con el paño hecho jirones, Svarde arrancó otra manga y pasó al otro brazo de Maena. Gentil, pero minucioso. Una cualidad extraña para un rudo luchador Foti. Svarde notó su pregunta no formulada.

—Ami, Catya y yo recorrimos un camino largo y duro. Más de una vez tuvimos que ayudarnos mutuamente en momentos difíciles. Más de una vez, no pude usar mis hachas para resolver el problema.

—Aunque quisieras.

Svarde se detuvo por un momento, con la manga goteante y sucia en sus manos. Sus ojos se desenfocaron, luego volvió a frotar.

—No, hubo muchas veces en que las hachas abandonaron mi mente —dijo Svarde, más callado ahora.

—No se hace un viaje así sin convertirse en amigos cercanos o enemigos amargos.

Svarde no respondió. Terminó con la manga y la arrojó con el otro trapo. Alcanzó su camisa, pero Maena arrancó su propia manga primero.

—Ya está arruinada, lo sé, pero podrías sacarle más provecho —dijo Maena.

Svarde asintió, la sumergió y pasó a sus piernas. Maena podría haber hecho esto, y hace apenas unas semanas habría empalado a Svarde en su sable por asumir que no podía mantenerse limpia. Pero tal vez, solo tal vez, después de tanto trauma, después de tanta lesión, muerte y suciedad, un poco de cuidado les ayudaría a ambos.

El guardia vino con la ropa prometida no mucho después. A Svarde y Maena apenas les quedaban más que jirones, que intercambiaron de buena gana junto con Rasslebeck y Pennifer. El guardia, después de regresar con otra palangana de agua solicitada, golpeó su lanza en el suelo para llamar su atención.

—Hay una razón por la que Jochi les está dando todos estos favores —dijo el guardia, prácticamente temblando de emoción mientras hablaba—. Cuando el sol esté en su punto más alto mañana, compartirán la arena con otro quinteto. Será una competencia ante nuestra mejor audiencia, una tan digna de su reputación como lo es de aquellos contra quienes competirán. El ganador ganará su libertad. Estén agradecidos, límpiense y coman bien. —El guardia soltó una risita—. Podría ser su última cena.

Rasslebeck le lanzó un insulto Rana al hombre y el guardia solo sonrió en respuesta, antes de marcharse pisoteando para encontrar alguna otra pobre alma a quien acosar.

—¿Otra competencia? —dijo Pennifer, acercándose a la nueva palangana para fregarse—. ¿Qué, más piedras que apilar?

—Apuesto a que nos harán correr carreras —dijo Rasslebeck—. Kivi ganará por nosotros.

El férido resopló, se acercó a la pared de roca y le dio un mordisco.

—Tus piernas rechonchas no nos harán ningún favor si ese es el plan —dijo Maena. El trabajo de limpieza, la continua insistencia de su otra mitad para que se animara, disfrutara de la vida violenta que podía conseguir, estaba sacando a Maena de la oscuridad—. Tal vez Svarde pueda cargarte.

—No cargaré a nadie. —Svarde miraba al suelo, frotándose las manos, aunque no por nervios. Un guerrero afilando sus armas—. El guardia no está diciendo toda la verdad. Lo de mañana no es una competencia por la libertad. Será una lucha por nuestras vidas. La única pregunta es cómo.

15
CAMINATA POR EL PANTANO

El pantano se sentía como su hogar. Bliss se repetía ese pensamiento mientras yacía en el barro, observando a la pequeña criatura moverse torpemente entre los juncos y los charcos.

El pantano de Vis no había sido uno de sus lugares favoritos, con su calor sofocante e infinitos insectos. Pero tenía la misma vida, los aromas terrosos y los sonidos propios de un lugar natural. Algo que Foti seguro no había tenido, y que Rana había evitado hasta ahora, hasta el momento en que los cinco fueron expulsados del rodillo y obligados a dirigirse hacia el norte con solo sus agallas, determinación y buena suerte.

Al menos, así lo llamaba Torny. Todo parecía volver a la suerte con la bandida. Como si la habilidad y la tenacidad fueran meros accidentes, y la fortuna fuera el verdadero árbitro del destino.

Bueno, Torny tendría que pensar diferente después de esta.

La criatura, de una longitud aproximada a los brazos de Bliss puestos uno tras otro y dominada por un hocico peludo, se movía entre las plantas, deteniéndose ocasionalmente para escarbar en el barro aquí y allá, en montones de hierba. Buscando insectos.

Desafortunadamente para la bestia, no parecía sospechar que podría ser el objetivo de una cacería. Tan inocente que, por un momento, Bliss sintió lástima por la criatura.

Pero solo por un momento. Una cazadora, especialmente una que necesitaba una comida para superar el duro trabajo del día siguiente -y una marcha por el pantano tenía una manera de hacer arder las piernas y nublar la mente por el esfuerzo- no podía permitir que la compasión la condenara a un estómago vacío.

Bliss se tensó. Levantó un pie cerca de su cintura y lo presionó en el barro poco profundo, sintiendo cómo se elevaba bajo sus dedos. No había mucho agarre allí, pero suficiente, suficiente para un lanzamiento hacia adelante.

La criatura se acercó al alcance de su bastón y Bliss se lanzó, golpeando con el extremo metálico. Un golpe en la cabeza debería noquear a la bestia, dando un éxito simple a la cacería.

En cambio, el barro le falló. El pie derecho de Bliss se deslizó demasiado en la patada, haciendo que el golpe de su bastón quedara lamentablemente corto de una estocada mortal, desvaneciéndose en cambio en la hierba. La criatura saltó, extendió sus patas y realmente se lanzó al aire. Cuatro patas patearon, reforzadas por pies palmeados, y al volver a tierra, la presa se escabulló lejos de Bliss.

Y directo a los guantes de Quik.

Otra regla de la caza: si podías, preparabas una emboscada.

—Creo que ahora estamos a mano —dijo Quik mientras regresaban al campamento, sucios pero felices con su captura, una bolsa cargada con varios premios.

No solo animales. Todavía crecían setas en el pantano, aunque el invierno había robado cualquier fruta y otros bocadillos de los juncos.

—Solo porque te dejé atrapar ese último.

—¿Dejarme? Lo fallaste.

Bliss se encogió de hombros. —Tal vez lo hice, tal vez no.

Quik se rio. Un buen sonido. Uno que Bliss había estado escuchando más a menudo en los dos días desde el desastre del rodillo. Como si caminar por los lugares salvajes restaurara al grupo, las bromas surgían más que en el barco, y definitivamente más que en Riroca. Las sonrisas aparecían, incluso en el rostro de Eujo, confirmando la sospecha de Bliss de que no sentía ningún amor por sus guardias desaparecidos.

La mañana después del hundimiento del rodillo, Quik había dirigido una breve oración a Vis por la tripulación y el capitán aparentemente ahogados. También había incluido al Kance, solo para que Eujo advirtiera una vez más que probablemente no estaban muertos. Wax la presionó sobre ese punto, pero Eujo no quiso dar más detalles, diciendo solo que se necesitaba mucho para matar a un Guardia Real del Kance.

Pero esas míticas amenazas aún no habían aparecido. En su lugar, habían sido días grises, viento frío y vigorosas caminatas llenando las horas. Hacia el norte, a través de un pantano que afortunadamente estaba en su punto más bajo de la temporada. No tenían a nadie de Rana con ellos para asegurarlo, pero las lluvias en Vis tendían a caer en primavera, así que si Rana coincidía, entonces los lodosos senderos que usaban ahora habrían estado bajo el agua en cualquier otra época.

La tierra también les daba la oportunidad de hacer

fuegos con pedernal. Los montículos ofrecían poco espacio para los sacos de dormir, pero el equipo de Vis podía dormir en suelo blando sin problemas. Torny se adaptó, aunque sus quejas aumentaban cada noche mientras se acurrucaba para dormir entre las hierbas.

Eujo, en opinión de Bliss, apenas había dormido. Siempre se ofrecía voluntaria para la primera guardia, y más de una vez, durante su propio turno, Bliss había sorprendido a la Reina despierta y mirando fijamente al cielo, al horizonte, como si alguna respuesta yaciera en la oscuridad neblinosa.

No es que importara. La Reina era una rival, y aunque a Bliss no le importaría que se librara del acoso de los guardias, deshacerse de Eujo para que lidiara con sus propias crisis en el próximo pueblo parecía el mejor plan.

Por eso Bliss frunció el ceño cuando, una vez más, ella y Quik regresaron al campamento para encontrar a Wax y Eujo, con las cabezas juntas, discutiendo cómo mantener el fuego encendido.

—Vaya, eso se ve bien —dijo Torny, saltando de donde afilaba su largo cuchillo—. ¿Puedo comer algo ahora? Me muero de hambre.

—Mejor cocinarlo primero —respondió Quik, dejando la bolsa—. No sabemos por dónde han andado estas cosas.

—Buen trabajo, ustedes dos —agregó Wax, levantando la mirada mientras Eujo producía unas débiles chispas en el hoyo de la fogata—. Verdaderos Guardianes.

—No pensé que ser un Guardián significara hacerte la cena —dijo Quik.

—Supongo que pensaste mal.

Bliss dejó que Quik preparara la carne para asar y se acercó a Wax y Eujo. La Reina parecía concentrada en perfeccionar su trabajo con el pedernal, así que Wax le prestó atención a Bliss cuando ella lo tocó.

—¿Ahora son mejores amigos? —Bliss hizo señas, asintiendo más allá de Wax hacia Eujo.

—Está tratando de sobrevivir, igual que nosotros —Wax frunció el ceño mientras hacía señas—. ¿Cuál es el problema?

—Ella es tu rival, eso es todo.

—Tú fuiste quien señaló sus problemas con los guardias.

—No quise decir que se uniera a nosotros.

Wax comenzó a responder, pero Eujo tosió, atrayendo su atención.

—Si estás hablando de mí, lo escucharía —dijo Eujo, dejando a un lado el pedernal.

«Buen trabajo», le indicó Wax a Bliss con señas, como si todo esto fuera culpa de ella. —Lo siento, Bliss está tratando de decirme que deberíamos ser rivales acérrimos o algo así.

—¿Los skars? ¿El Aegis? ¿Es eso lo que te preocupa? —preguntó Eujo.

Una vez más, Bliss se encontró a punto de encogerse de hombros, pero se detuvo. No. Este no era el momento, aquí en medio de este pantano, de quedarse a medias. En su lugar, asintió y afiló su mirada.

—Será mío —dijo Eujo, tan plana y segura como si estuviera describiendo el clima—. Tengo la ventaja, según mis informantes...

—¿Informantes? —preguntó Torny desde el otro lado del fuego naciente—. ¿Tienes informantes?

—De tu propio grupo, si no me equivoco —respondió Eujo—. Aunque por qué uno de ustedes está aquí con estos tres merece una respuesta por sí misma.

El cuestionamiento descarado de Torny ardió ante las palabras de Eujo, con un ceño fruncido tan mordaz como Bliss jamás había visto en el rostro de la bandida.

«¿De qué está hablando?», le indicó Bliss a Torny con señas. Quik, al lado de la bandida, mostraba su propio escepticismo, pero el cazador volvió a la comida después de ver las señas de Bliss.

Así es, deja que la hermana hable. Ella podría obtener respuestas de Torny sin ser apuñalada, algo que su hermano no podría hacer.

—Todos tenemos un pasado —respondió Torny, haciendo un corte con tres dedos hacia Bliss. No iba a responder esa pregunta—. Estoy hablando del futuro. ¿Crees que ganarás sin ningún guardián?

—Una vez que Kance se entere de su pérdida, enviarán otro grupo —dijo Eujo, sin tristeza en esas palabras—. Si es que se han ido.

—¿Y luego qué? ¿Podrás seguir tu alegre camino, atrapando skars sin ningún esfuerzo? —preguntó Torny.

—Oye —intervino Wax—. Ella lo está intentando. Está aquí con nosotros.

—Por casualidad —espetó Torny—. Sin ese demonio atacando, simplemente habría tomado el rodillo directamente hasta el skar, habría hecho que uno de sus guardias lo recogiera y habría seguido pavoneándose hacia el siguiente.

—Hablas como si me conocieras —dijo Eujo, su tono helado tornándose acerado—. Tú, ladrona, no me conoces. Escupe más calumnias y me las veré contigo. Aquí mismo.

—¿La realeza contra una rufiana? —Torny sonrió—. Me gustan esas probabilidades.

—Pero a mí no —dijo Wax.

Su hermano siempre era el pacificador. A menudo también era el que iniciaba las disputas, pero Wax parecía evitar la violencia tanto como fuera posible. El tipo siempre bromeaba sobre ser un cazador, pero, a solas, Quik y Bliss imaginaban que los recolectores serían tan propensos a llevárselo.

No es que esas cosas importaran ahora.

—Deberías estar totalmente a favor, Wax —dijo Torny—. Eso es parte del juego de la Renovación. Sacar a los demás de tu camino. Soy tu Guardiana, déjame hacerlo por ti.

Bliss se movió antes de que Wax pudiera reaccionar. Se puso de pie, levantó a Torny con ella y marchó con la bandida, que protestaba, lejos del fuego y hacia las aguas poco profundas más allá. Lo suficientemente lejos como para que los pocos insectos zumbando y el chapoteo del agua brindaran cierta privacidad.

«¿Qué estás haciendo?», señaló Bliss, las dos frente a frente, con el agua fría empapándolas hasta las espinillas.

«Primero, me estaba secando, pero eso se arruinó», dijo Torny.

Bliss miró las manos de Torny. La bandida sabía suficiente lenguaje de señas para usarlo. Torny, sin embargo, no parecía importarle.

—Ella me está provocando —continuó Torny, cruzando los brazos y mirando hacia otro lado—. Como si pudiera hacer lo que su alteza quiera.

«No puede. Estás actuando como una niña».

—Sí, bueno, ¿y qué si lo soy? —preguntó Torny, aún negándose a mirar a Bliss a los ojos—. Esa soy yo. Así soy.

«¿Lo eres?»

Torny titubeó ante la simple respuesta. Bliss quería suspirar. La bandida parecía tan frágil, delgada como el papel, a pesar de sus ideas, sus artilugios, su amplia gama de habilidades que serían casi inútiles de vuelta en Vis.

Espera.

—Mira —dijo Torny, dejando caer las manos a su cintura—. Iré a disculparme. Suavizaré las cosas. Dejaré que Eujo siga siendo ella misma. No más Torny descarada, ¿de acuerdo?

«No me importa Eujo», señaló Bliss. «Te estoy preguntando si estás bien».

Torny dudó, luego esbozó una sonrisa improvisada. —Por supuesto que estoy bien. ¿Hueles lo que Quik está cocinando? Parece mejor que ese tolket.

«¿Entonces qué hay de lo otro, lo que mencionó Eujo?»

Otro titubeo, pero Torny recuperó la compostura después de este. Sus brazos se alzaron, posándose sobre los hombros de Bliss.

—Si quieres saber quién era yo, Bliss, te lo diré. Pero no ahora, no sin algo de cerveza, comida de verdad y zapatos secos.

«¿Lo prometes?»

—Lo prometo —dijo Torny—. Y oye, puede que no falte mucho.

Ante la mirada interrogante de Bliss, Torny señaló hacia el norte, donde el cielo se oscurecía pero no tanto a lo largo de una línea en forma de media luna.

—Ese no es un brillo natural, si no me equivoco —dijo Torny—. Te apuesto una noche entera de rondas a que hay un pueblo y una taberna allí, listos para que los visitemos. ¿Qué tal si convencemos a los demás? Apuesto a que solo es una caminata de unas pocas horas.

En la oscuridad, a través de un pantano conocido por tener al menos un demonio desagradable. Bliss le dijo todo esto a Torny, desanimó a la ladrona, y juntas regresaron a la fogata, a la deliciosa comida de Quik, y no mencionaron nada sobre el pueblo.

Llegarían allí lo suficientemente pronto, y hasta entonces, Bliss escucharía a las ranas, al viento susurrando entre la hierba, y respiraría el olor de la fogata con una sonrisa.

Estaban muy lejos de casa, pero a veces, un pequeño pedazo de Vis podía aparecer de todos modos.

16

VERDAD ENGAÑOSA

Oh, lo que una simple piedra podía hacer.

La roca, pequeña y rugosa, golpeó al demonio mientras salpicaba en el estanque, un impacto insignificante para una criatura tan grande, pero algunos animales no tomaban a la ligera un insulto. Algunos enloquecían, otros hacían ruido, otros cargaban contra su atacante.

Este demonio hizo las tres cosas y más aún.

Su forma de ciempiés estalló fuera del agua cuando la piedra de Sawi lo golpeó, enroscándose hacia ella con sus ojos de antena encontrándola en un instante. Sawi le hizo un leve saludo al monstruo antes de girar sobre sus talones y salir corriendo por la hierba. Esperó hasta oír los característicos chapoteos, salpicaduras y gruñidos detrás de ella antes de lanzar una advertencia.

Palabras simples: demonio en camino, gritadas con fuerza y claridad en la noche.

Con suerte los Najahn estarían escuchando. Con suerte, Gladdring entendería.

La carrera en la cueva volvió a la mente de Sawi mientras se agachaba bajo las ramas, se deslizaba entre los troncos de los árboles, saltaba sobre troncos caídos y zarzas extendidas. En aquel entonces había corrido a la luz de las antorchas, en una apresurada carrera sobre las rocas sin idea de lo que había detrás, el terror apretándole la garganta, las manos y los pies entumecidos con el conocimiento de que su muerte era inminente.

Ahora, ahora Sawi corría con determinación, con la certeza pétrea de que había elegido su camino. No se desviaría ahora, sin importar lo que viniera después. Aunque esperaba que los Najahn pudieran comportarse lo suficientemente bien como para no morir.

¿Y si no lo hacían?

Sawi irrumpió en el claro elegido, vio una muralla de voulges frente a ella mientras los guardias miraban severamente hacia el bosque. Detrás de ellos estaban los eruditos, más de uno con frágiles cuchillos. Uno sostenía una ballesta, jugueteando con el mecanismo de carga. Detrás de todos ellos, la persona que Sawi buscaba, sin miedo en su rostro, solo expectación.

Gladdring estaba listo.

—¡Viene justo detrás de mí! —gritó Sawi, cortando hacia la izquierda hacia el borde exterior de la protección—. ¡Una cosa como una serpiente!

—Simplemente ponte detrás de nosotros —gruñó el capitán Najahn.

Eso, podía hacerlo.

Sin atraer ni una mirada más, Sawi se deslizó detrás de la formación Najahn, pasó junto a los eruditos hasta el lado de Gladdring. Mientras se detenía, recuperando el aliento, el demonio irrumpió en el claro, arrastrando consigo hojas y ramas.

—Ahora —dijo Gladdring, apartándose mientras el capitán Najahn bramaba una orden de ataque.

La ballesta del erudito puntuó la orden con un chasquido. El demonio rugió. Gladdring empujó a Sawi hacia un lado, siguiéndola. Sus alforjas, notó Sawi, estaban justo en su camino, fáciles de agarrar en su huida.

Gladdring volvió a demostrar su agilidad, igualando a Sawi paso a paso, sus túnicas ondeando en la fresca noche mientras alcanzaban el sendero. Detrás de ellos, los rugidos gorgoteantes del demonio continuaban, y aunque Sawi escuchaba atentamente por gritos de dolor, ninguno resonó tras ellos.

—Sus soldados son buenos —dijo Sawi después de un par de respiraciones jadeantes, mientras la luz comenzaba a menguar a su alrededor.

—Los mejores —respondió Gladdring, con el sudor corriendo por las arrugas de su rostro—. Los Najahn merecen su reputación.

—¿Está seguro de que no nos encontrarán?

—Se dirigirán al puesto avanzado y asumirán que he ido allí.

—¿No es allí adonde vamos?

—Ya no.

El engaño, según Gladdring, venía en capas. Cada una destinada a probar al objetivo, ver hasta dónde podían llegar. Primero, Gladdring tenía que saber si Sawi era en absoluto competente, si podía guiarlos, o si solo quería quedarse y ver a una patrulla Najahn en acción.

Luego vino la prueba de reflejos, si Sawi podía sobrevivir en lo salvaje, qué era lo que realmente quería. Sawi no estaba muy segura de cómo Gladdring había llegado a esa última conclusión, pero fuera cual fuese su razonamiento, ella había pasado, lo que la empujó al siguiente paso: la huida.

—¿En quién confiaste —dijo Gladdring mientras se sentaban, sin fuego, para un breve descanso fuera del sendero. La verdadera noche había caído ya, nubes dispersas y un denso dosel haciendo que todo fuera un confuso gris y negro. Gladdring prohibió cualquier antorcha, confiando en cambio en la navegación nocturna de Sawi—. ¿Fui yo, o mis guardias, uno de los eruditos?

—¿Si hubiera ido a ellos, quiere decir?

—Yo habría negado el plan, por supuesto. Te habría acusado de intentar secuestrarme, o algo igualmente absurdo. Te habrían matado en el acto.

El rostro de Gladdring no era más que una mancha mientras decía las palabras, una sombra al alcance de Sawi, pero el hecho frío como el hielo la estremeció de todos modos. Nunca, tuvo que recordarse Sawi, podría realmente confiar en este hombre, sin importar lo que dijera.

Planes dentro de planes, y la mayoría parecían tener su muerte como una salida temprana.

¿Era esto lo que realmente era la aventura? ¿Se habría encontrado Wax similarmente atrapado, caminando por el filo cada segundo desde que dejó su hogar?

—Pero nuevamente te has desempeñado con aplomo. Ese demonio, qué hallazgo tan brillante. Ni uno solo dudará de por qué podríamos haber huido, un escape seguro frente al desastre. —Gladdring se rio entre dientes, un sonido profundo y retumbante—. Y cuando no lleguemos al puesto avanzado antes que ellos, asumirán que hemos muerto o nos hemos perdido.

—Te buscarán.

—Por supuesto, e incluso nos encontrarán, cuando sea el momento adecuado. —Gladdring se estiró, masajeando sus piernas—. Debo admitir que la huida fue una cosa, pero la perspectiva de una marcha durante toda la noche es algo que no espero con ansias.

—Podríamos intentar escalar un árbol para dormir.

—No. —Había una nota definitiva allí. Sin negociación en el tono del hombre—. Un descubrimiento fortuito por parte de mis viejos amigos y todo esto se arruinaría. Si una noche sin dormir es lo que se necesita para que esto funcione, entonces eso es lo que haremos.

—¿Para que funcione qué?

—Ah, Sawi. Por una vez, buscas mejores respuestas, y lamento no poder dártelas. Aún no. Capas, ¿recuerdas? —Gladdring debía estar sonriendo, aunque Sawi no podía verlo—. Sin embargo, puedo darte nuestro próximo objetivo. Mottilan. Tu ciudad oriental. Llévame allí.

Más porqués brotaron, aunque Sawi los acalló antes de que salieran de su boca. Gladdring podría haber navegado directamente a Mottilan. Ir por tierra desde Kitaye tomaría varios días más, y desgastaría su equipo en montañas más frías cerca del inicio del invierno. Mil objeciones más surgieron, pero fueron aniquiladas por las siguientes palabras de Gladdring.

—Si tienes alguna objeción, Sawi, es demasiado tarde —dijo Gladdring—. No dudo que podrías abandonarme aquí en la oscuridad, pero si sobreviviera, enviaría a los Najahn para encontrarte y destruirte. Si encuentran mi cuerpo en su lugar, harán lo mismo. No hay escape, salvo hacer lo que te pido. —Otra respiración—. Todo esto valdrá la pena al final, te lo prometo. Un Teniente Najahn no hace peticiones a la ligera, y no lo hace sin una recompensa adecuada para quienes lo ayudan. Serás recompensada, y generosamente.

—¿Con qué? —preguntó Sawi—. ¿Qué podría querer yo que usted pudiera darme? Yo tengo...

—Ya lo sabes, o al menos tienes una idea, de lo contrario no te habrías unido a nosotros. —Gladdring se puso de pie, al menos una rodilla crujiendo con el esfuerzo. Llegar a Mottilan era una cosa, si Gladdring sobreviviría tanto tiempo era otra—. Vamos, estoy listo para otra etapa.

Continuaron otras dos horas. Una caminata rápida, manteniéndose en el sendero. En el cruce correcto, un claro más grande donde el camino de Kitaye se encontraba con otro, Sawi le preguntó a Gladdring si estaba seguro de lo que quería.

—Vamos a la izquierda aquí, es un largo camino —dijo Sawi—. Solo he ido una vez, cuando era mucho más joven. Un viaje de comercio.

—¿Lo recuerdas lo suficientemente bien?

—Es un camino. No tengo que recordarlo. —Poner un poco de veneno en sus palabras se sintió bien. Las órdenes de Gladdring, su manipulación, habían comenzado a sentirse asfixiantes, como si la hubieran metido en una jaula sin salida—. No será fácil, y no habrá viajeros en esta época del año para ayudarnos.

—Mejor aún. El secreto es nuestro amigo, Sawi.

Ella lo guio, yendo hacia el oeste y dirigiéndose hacia el borde de la selva, una subida constante hacia las montañas orientales de Vis. Más dóciles que el oeste, pero aún un lugar salvaje.

Sawi intentó visualizar el mapa de la isla en su mente, los puntos dispersos que marcaban los pocos pueblos más allá de las dos ciudades de la isla. La mayoría se encontraba al oeste y al sur de Kitaye, donde la selva crecía densa y abundante en frutas, plantas medicinales y más. Algunos dispersos a lo largo de la costa norte, donde el pescado y las pocas llanuras cultivables de la isla hacían posible establecer hogares viables.

¿Pero a lo largo de este camino? Poco que ofrecer. El escurrimiento de las montañas hacía que el suelo fuera blando, no exactamente un pantano, pero no muy lejos de serlo. Los arroyos cruzaban el sendero con frecuencia, secos ahora o la ruta habría sido casi intransitable a pie. Las huellas de hanoko perseguían a presas más pequeñas, y Sawi sentía ojos sobre ellos a menudo, criaturas apostando si la pareja viviría o moriría.

—¿Qué podría valer tanto la pena? —preguntó Sawi en voz alta mientras la noche se convertía en la madrugada. Sichi tenía más influencia ahora, dominando el cielo y proyectando su rosa a lo largo del camino—. ¿Todo este esfuerzo?

—Poder —respondió Gladdring—. Simplemente poder, Sawi. Tanto adquirirlo como evitar que lo tengan aquellos que lo usarían mal.

—¿Poder para hacer qué?

—Dar forma al futuro. Acabar con el azote de los demonios. Traer una época de abundancia, de felicidad, de alegría y paz.

—Usted no parece un hombre que quiera la paz.

—¿Ya me estás juzgando? —Gladdring rio, más fuerte esta vez, aunque teñido con el mismo agotamiento que había ralentizado su paso últimamente—. Espera hasta el final, Sawi, y entonces decide. Hay muchos allá afuera más siniestros que yo, te lo aseguro.

—No estoy segura.

—Entonces eres sabia —dijo Gladdring. Se detuvo, Sawi miró hacia atrás—. ¿Crees que hemos avanzado lo suficiente por esta noche?

—Depende de cuán vigorosos sean sus soldados.

—Primero dejarán a los eruditos. No hay amor perdido entre un soldado y las personas que se supone que deben proteger.

Sawi arrugó el rostro. Gladdring tenía la costumbre de hacer estas declaraciones, decretos como si supiera tales cosas con certeza.

—Entonces tendremos algo de tiempo —dijo Sawi—. Descansemos unas horas a un lado, luego comencemos de nuevo.

—Cuando el día esté en su punto más caluroso, sin duda.

—No en esta época del año. Hará suficiente fresco.

—Para tu sangre caliente, quizás. Algunos de nosotros preferimos el verdadero frío.

—Vino a la isla equivocada, Gladdring.

—No, no, Sawi. Estoy exactamente donde quiero estar. —Gladdring se acomodó cerca de Sawi en una colección desordenada de helechos al lado del camino. Lo suficientemente suave para acostarse, los frondos haciendo un buen trabajo ocultándolos de miradas pasajeras—. Y, a menos que me equivoque, tú también.

Sawi pasó horas después acostada allí, mirando al cielo, sabiendo que Gladdring tenía razón.

17
BALSAS DESTROZADAS

Mantente alejado y sonríe. No hagas preguntas. No te niegues. Respétalos, pero sobre todo, mantente alejado.

Las palabras de una madre a Wax sobre los Najahn. Repetidas cada vez que uno de sus barcos atracaba en las costas de Kitaye. Su armadura púrpura y negra en contraste con la vibrante Vis verde. Sus ceños fruncidos, una pobre comparación con el canto jubiloso en el aire de la isla.

Él y Pan a menudo se reían de las advertencias, descartando a los Najahn como simple arrogancia armada y poco más. Y sin embargo, no se podía eliminar el misterio. Todo ese brillo, todo ese esplendor. Una orden tan alejada de la propia vida de Wax que resultaba tentadora a su manera.

Una versión diferente de la perfección.

Así que Wax sintió que sus piernas flaqueaban un poco, su boca abriéndose de asombro mientras el grupo se acercaba al puesto de avanzada Najahn. Como todos ellos, se suponía que este vigilaba los skars de Rana, proporcionando un refugio para las Renovaciones, asegurando que los skars estarían allí cuando se necesitara nominar a un nuevo Aegis.

Este, si es que vigilaba algo, estaría perdiendo mucho.

Se acercaron al puesto avanzado a media mañana de un día azul y fresco, un clima bastante alegre para un pantano. Wax odiaba despertar y encontrar el fuego menguado y un escalofrío asentándose en sus huesos, pero esas mañanas parecían ser el ritmo en el Norte. Eujo, cerca, adoptó un aire estoico mientras se levantaba y se preparaba, así que Wax hizo lo posible por imitarla.

Las Renovaciones tenían que mantenerse a la par entre sí.

Pero ni siquiera la Reina pudo ocultar su confusión ante la colección de balsas inclinadas, rotas y francamente hundiéndose que conformaban la base Najahn. Enormes cuadrados atados entre sí con gruesas cuerdas y cadenas se balanceaban unos contra otros en el borde norte del pantano, con olas constantes lamiendo sus costados. Más pequeño que el puesto avanzado en Vis, los Najahn le daban a este más vistosidad, decorando sus diversas cabañas con el arte fluido y dorado de Rana. Ondeaban banderas púrpura y negras, aunque algunas tenían postes rotos o parecían faltar por completo. Algunas cabañas de balsas flotaban a la deriva, aferrándose a la base principal con una sola cuerda escasa.

Peor aún, poca gente corría atendiendo el obvio desastre. En su lugar, gritos y maldiciones en diferentes lenguas surgían del centro del pequeño grupo, donde varias balsas atadas entre sí fusionaban sus cabañas en lo que parecía un granero desaliñado.

—Este lugar es un insulto —dijo Quik cuando llegaron a un camino poco profundo que conducía desde el montículo de hierba más cercano hasta las balsas—. Quien sea que lo esté dirigiendo debería ser expulsado. Los Najahn deberían ser mejores.

—Seguro que te dejarán hacerte cargo si lo pides —dijo Torny—. Ciertamente tienes la actitud.

—Quik tiene razón, sin embargo —dijo Eujo mientras el quinteto, con Bliss quedándose atrás, subía por la rampa—. Así no es como debería verse un puesto avanzado Najahn. Están sufriendo.

Nadie necesitaba preguntar qué podría causar este tipo de daño, así que nadie lo hizo. En su lugar, con los gritos continuos, ahora atrayendo a toda una multitud, caminaron en silencio, pisando tablas empapadas con pernos oxidados, pasando por casas maltratadas y herrerías improvisadas, cobertizos de herramientas y cabañas de cultivo. Todas las cosas que necesitarías para hacer un pueblo animado, todas pareciendo estar a un buen empujón de desmoronarse.

Si Wax quisiera relacionar lo que veía con algo, el desastre flotante se parecía a Kitaye después del ataque del demonio. Cuando la ciudad parecía estar a una mala tormenta, a una voluntad rota de colapsar.

—No es exactamente reconfortante —dijo Wax mientras se acercaban al centro, aún sin ver un alma—. ¿Qué pasa si un demonio ataca mientras todos están reunidos?

—Supongo que han decidido que tienen problemas más grandes —murmuró Quik—. De cualquier manera, ¿qué tal si tú y Eujo toman la delantera? Nosotros vigilaremos.

—¿No quieres ensuciarte las manos?

—Está siendo inteligente —dijo Eujo—. El objetivo es el skar. Si esta gente no puede ayudarnos, entonces tomamos lo que podamos y seguimos hacia el Remolino.

Wax se rio.

—Claro, porque todos sabemos qué hacer allí. A menos

que tengas algún conocimiento secreto que yo no tenga, ¿Eujo?

—Tal vez lo tenga.

Wax lanzó una mirada interrogante a la Reina, una que quedó sin respuesta cuando llegaron a la puerta torcida que conducía al edificio central. Una gran estructura de techo redondeado, paredes reforzadas con barro sobre losas flotantes, su techo de paja y cuerda trenzada, el lugar, como el resto del puesto avanzado, aspiraba al glamour brillante de Rana y se quedaba corto.

Una sola y débil bandera Najahn ondeaba en lo alto del techo, el púrpura y negro en pobre contraste con el cielo azul helado.

El calor emanaba de la puerta abierta, no en temperatura sino en conversación, con voces airadas reanudando sus discusiones. Wax y Eujo, siguiendo la guía de Quik, se colocaron al frente del grupo y lideraron los primeros pasos al interior.

Lo que claramente había sido la sala común de una posada había sido reorganizado, mesas y sillas agrupadas hacia el centro donde los escasos ocupantes del puesto avanzado —Wax no contó más de veinte— se sentaban o estaban de pie alrededor de un círculo central. Allí, sobre un horno de metal elevado donde las brasas calientes irradiaban un resplandor naranja, discutían un hombre y una mujer, ambos con la armadura púrpura y negra de los Najahn. Las armas yacían esparcidas por las paredes curvas del edificio, algunas apiladas con cuidado y otras arrojadas sin consideración. En la parte trasera del edificio, estanterías destartaladas estaban llenas, abastecidas con tarros y sacos. Varias líneas colgantes mostraban pescado ahumado.

—Aparentemente no les falta comida —murmuró Eujo.

Wax no estaba seguro si la pareja en el centro había escuchado a Eujo o simplemente había notado a los recién llegados, pero su discusión se interrumpió rápidamente, sus ojos y, siguiéndolos, los de la multitud, miraron primero con miedo y luego con sospecha sostenida hacia el dúo y las sombras detrás de ellos.

—¿Quiénes sois? —gritó el hombre, dejando caer sus manos a la cintura, donde se ocultaba algún tipo de daga simple.

—Renovadores —respondió Eujo antes que Wax, adoptando su tono regio, sin admitir insultos ni réplicas—. Hemos venido a hacer lo que debemos. Conseguir pasaje al Remolino y orientación sobre su navegación, para poder obtener nuestras cicatrices y continuar.

Los dos del centro se miraron antes de que el hombre se volviera hacia ellos.

—¿Y tenéis Guardianes? ¿Cuántos?

Su voz rezumaba una desesperada esperanza, suficiente para poner a Wax en guardia. Había escuchado esa esperanza antes, entre los bandidos de Foti.

—Los suficientes para mantenernos a salvo —respondió Eujo, adentrándose más en el espacio.

—¿Suficientes, quizás, para ayudarnos? —preguntó la mujer—. Si no lo habéis notado, estos son tiempos oscuros.

—Tiempos oscuros en todas partes —replicó Eujo—. ¿No podéis enviar un mensaje a Noctia si necesitáis ayuda?

—Para cuando llegue, si es que llega... —la mujer interrumpió su discurso, señalando a Wax, Eujo y su grupo—. ¿Cómo habéis llegado? Habríamos visto un rodillo entrar en el puerto.

—No si estabais todos sentados aquí dentro —murmuró Quik detrás de Wax.

—Nuestro rodillo se hundió. Un demonio atacó y lo

derribó. Escapamos —Eujo, aunque no era alta, adoptó su mirada imperiosa y la lanzó por toda la sala—. ¿No nos ayudaréis entonces? ¿Aunque nuestro éxito os salvaría de vuestras propias luchas?

—Ni una maldita alma aquí vivirá lo suficiente para que crucéis las otras islas —dijo el hombre—. Mi nombre es Castilan, ella es Reathe. Somos todo lo que queda de los Najahn. Todos los demás que veis son locales de Rana, granjeros y pescadores que vivían aquí o vinieron corriendo en busca de refugio —ahora las miradas se desviaron hacia el suelo, las paredes, las brasas calientes. Todos en sus propios recuerdos—. Habéis llegado en nuestro momento más bajo, es cierto. Pero Reathe y yo mantendremos nuestros juramentos si nos presionáis. Podemos guiaros, aunque eso significará la muerte de todos los que están aquí.

—Vale —interrumpió Wax, mientras Castilan tenía los brazos levantados como si estuviera a punto de seguir parloteando—. El tiempo se nos escapa, todos tenemos hambre. Estoy tan interesado en escuchar la historia como cualquiera, pero ¿qué tal si sacamos el almuerzo y luego nos contáis qué pasa?

Detrás de él, Torny se rio.

El pescado salado resultó tan sabroso como parecía, especialmente mezclado con arroz y deliciosas cañas asadas. El grupo reunido en el edificio pareció algo aliviado por la sugerencia de Wax, la mayoría aprovechando la oportunidad para separarse, agarrar sus cosas y salir. Aún quedaba trabajo por hacer en el día, dijo Castilan, y la reunión de la mañana se había prolongado demasiado.

—Todo el mundo quiere opinar cuando sus vidas están en juego —dijo Reathe, los siete sentados en sillas alrededor de las brasas humeantes—. Estaban bastante contentos dejando que nosotros los Najahn arriesgáramos nuestras vidas para mantenerlos a salvo, pero ahora que les pedimos que hagan lo mismo, protestan.

—¿Les estáis pidiendo que sacrifiquen sus vidas? —dijo Quik—. Yo también protestaría.

—Está hablando con dureza —Castilan puso una mano en el brazo de Reathe, un tierno agarre que provocó un suspiro—. Lo que estamos diciendo es que lo que nos atormenta no parece tener debilidad. El demonio nos acosa y rompe nuestro espíritu, resiste todos nuestros intentos de herirlo, y cuando más cuerpos vuelven flotando boca abajo, podéis imaginar la respuesta.

—¿Durante cuánto tiempo? —preguntó Eujo.

—Casi un mes —respondió Castilan—. La Renovación de Rana pasó, logró su cicatriz sin problemas. La de Foti siguió poco después, apenas salió con vida. Si aún vive, sospecho que no han abandonado nuestra isla —frunció el ceño mirando las brasas—. Desde entonces, el demonio solo se ha vuelto más agresivo. Creo que los Renovadores tomando las cicatrices lo agravaron, y a medida que más de vosotros lleguen, solo se volverá más peligroso.

—Pareces saber mucho sobre este demonio —dijo Wax.

—Por supuesto que lo sabemos —respondió Reathe—. Ha vivido en el Remolino desde la última Renovación, dejándonos en paz en gran medida.

—Entonces es hora de ocuparnos de él —anunció Eujo —. La pregunta es, ¿cómo?

Reathe parpadeó mirando a la Reina.

—¿Crees que no hemos llegado a la misma conclusión?

Eujo, por una vez, no tuvo una respuesta lista. Sonrojada, volvió a su pescado sin decir palabra.

—En cualquier caso, el demonio se ha movido entre aquí y el Remolino. Si queréis la cicatriz, tendréis que pasar por él —dijo Castilan—. Hemos intentado todo tipo de ataques, desde embestidas directas hasta sondeos suaves. Todo lo que hemos ganado es muerte.

—Ya no está esperando —dijo Wax, asintiendo.

—No —dijo Castilan, y mientras hablaba, una campana comenzó a sonar, aguda y clara—. Y ahí está. Alguien ha avistado al demonio. Quizás esta vez nos saque a todos de nuestra miseria —Castilan esbozó una débil sonrisa mirando a su alrededor—. Lo siento, Guardianes, Renovadores, que hayáis venido a este lugar condenado. Pero no negaré que me dais algo de esperanza. Tal vez haya entre vosotros alguien con la habilidad, el genio para ver nuestra salida de este horror —Castilan se levantó, imitando a Reathe—. O nos encontraremos en el fondo del agua, donde ninguna de estas preocupaciones nos afectará de nuevo.

El repique de la campana se hizo más rápido, y una vez más, Wax escuchó gritos y alaridos elevarse en el aire.

18

APLASTANDO BICHOS

Un día frío. Un día de ventisca. No es que Maena y los demás, saciados por un desayuno de torta de avena y leche de cabra caliente, lo supieran hasta que dejaron el calor iluminado por antorchas del túnel por el frío abrasador de su arena.

Al igual que el de las piedras, el amplio círculo quedaba expuesto al aire, sus límites elevados por las gradas compactas que rodeaban sus lados. Una diferencia se manifestaba frente a su puerta de entrada, donde una barrera negra sellada parecía unir dos secciones de muro de tierra alisada. Las gradas cerca del área también interrumpían su construcción curva para extenderse rectas más allá de su línea de visión. El público, a ojos de Maena, miraba de un lado a otro.

Múltiples juegos para ver, entonces.

A su izquierda esperaba una segunda puerta, más pequeña y enrejada como por la que habían pasado. Frente a ella aguardaba un guardia, armado con más capas que Barten y con una sonrisa no menos lasciva. La alegría de la sed de sangre infectaba a todos los que estaban por aquí.

La cerveza salpicó alrededor de la cabeza de Maena mientras ella y Svarde guiaban a su grupo hacia el foso. El calor meloso se pegó a su cabello, evaporándose donde tocaba el suelo cubierto de nieve. Al menos ahora tenían zapatos, en realidad sandalias remendadas, para evitar que sus dedos se entumecieran.

¿No es un poco temprano para beber?

Invierno en Whent. Sin cultivos que atender. Solo entretenimiento desde el amanecer hasta, bueno, hasta el siguiente amanecer.

¿Y asaltaste esta isla en lugar de unirte a ella?

Si aún no has visto por qué, hoy podría convencerte.

El guardia lascivo, a su entrada, con la puerta de salida cerrándose detrás de ellos, comenzó a explicar el evento del día. Al principio, coincidía con la descripción de Jochi.

El señor de la guerra les proponía una competencia, una por la libertad contra otro grupo que se había ganado su lugar hasta este punto. La discordancia comenzó con esa mención, una que parecía sin evidencia, ya que ningún otro grupo estaba frente a los cinco. Sin embargo, el guardia proclamó que estaban allí, y la multitud rugió como si tal enfrentamiento estuviera a punto de ocurrir.

No es que Maena y los demás no estuvieran preparados.

Habían pasado la noche alrededor de su pequeña hoguera discutiendo tácticas, Svarde y Rasslebeck liderando inicialmente el diálogo antes de que Maena se encontrara incapaz de resistirse. La capitana Rana en ella mordió el anzuelo y corrió con él, identificando las fortalezas de su grupo y asignando roles. Svarde y Rasslebeck en la primera línea, manejando a los primeros demonios mientras Maena y Pennifer explorarían, buscando oportunidades para emboscar.

Kivi rondaría, rescatando a cualquiera en problemas

antes de retroceder y repetir lo mismo. Bastante simple, pero sin más detalles, era lo mejor que el grupo podía idear. Después de algunos ajustes —Svarde al frente verdadero, Rasslebeck quedándose atrás para vigilar sorpresas— Maena les instó a todos a dormir lo que pudieran.

De hecho, ella había dormido profundamente, salvo por la repetición ocasional del final de Barten filtrándose a través de los sueños de Maena.

El verdadero costo de la brutalidad.

El foso les ofrecía pocas armas. Piedras en el centro, varios bastones toscos hacía tiempo retirados de un uso más activo. Una honda desgastada y un montón de rocas para acompañarla.

—Tuya —dijo Maena a Pennifer mientras el guardia continuaba, predicando sobre las probabilidades, dónde se podían hacer apuestas y el precio seguramente barato de más cerveza.

—¿Qué tomarás tú, entonces? —preguntó Pennifer.

—Un bastón servirá para empezar —respondió Maena —. Luego tomaré el primer diente que arranque.

—Capitana, es bueno tenerte de vuelta.

¿Has vuelto?

Maena solo sonrió, forzadamente pero lo suficientemente real para que Pennifer se dirigiera al otro lado del foso y agarrara su honda. Svarde y Rasslebeck tomaron cada uno una piedra, el gran Guardián Foti cogiendo una para cada mano. Los agarres del bastón estaban tan helados que Maena casi lo dejó caer al primer toque antes de tragar su dolor y dejar que el entumecimiento cubriera sus palmas.

Un poco de frío no era nada comparado con el largo escalofrío de la muerte.

Ha terminado de hablar.

El guardia, en efecto, había concluido su discurso, retirándose hacia la puerta por la que Maena y los demás habían entrado. La sonrisa del hombre se deslizó ahora hacia un ceño fruncido concentrado, respondido por una campana que sonó en algún lugar cercano. Con su ruido, ambas puertas se abrieron.

El guardia salió por una, su salida reemplazada por varios más que aparecieron en el borde superior del foso, cada uno armado con ballestas. Seguridad, entonces, tanto para los prisioneros como para los demonios.

—Ahí vienen —advirtió Svarde. Kivi resopló, la férrita dirigiéndose hacia el lado izquierdo del foso—. Preparaos.

La multitud, esa gente delirante, borracha y deslumbrada, rugió sobre sus cabezas. Alguien arrojó una pata de cordero a medio masticar al foso, manchando la nieve con su primer rojo.

Los demonios siguieron.

Cuatro, y rápidos. Como avispas sin alas que se deslizaban. Seis patas esqueléticas, de un rojo rubí profundo y conectadas a cuerpos segmentados. Dos aguijones se elevaban desde los extremos posteriores de los monstruos, alzándose hacia el cielo mientras las criaturas salían de su túnel empujadas por algún fuego perseguidor.

Cada uno medía casi la altura de Svarde, y los cuatro fijaron su atención en el hombre Foti, con mandíbulas apiladas rodeadas de ojos pequeños chasqueando hacia el Guardián.

La honda de Pennifer disparó primero, lanzando una piedra que pasó por encima del hombro de Maena y golpeó al primer demonio cuando este saltaba al foso. La roca se estrelló contra el caparazón del bicho, sin hacerle mella, pero desviando su atención de Svarde, quien entonaba algún cántico sobre hierro y piedra.

Primera jugada del día.

¿Desde cuándo estás tan alegre?

Después de morir una vez, hacerlo de nuevo no te asusta.

Maena agarró el bastón con ambas manos mientras la víctima de Pennifer levantaba nieve a su paso alrededor de Svarde. El demonio parecía no notar a Maena, al menos no hasta que la capitana Rana blandió el bastón en un amplio arco golpeador directo a las mandíbulas del enorme bicho.

Si el caparazón de sus patas y cuerpo podía resistir un golpe, las mandíbulas resultaron estar menos fortificadas. El golpe de Maena, una vibración que retumbó por el bastón hasta sus brazos, hombros y piernas, arrancó limpiamente el pico en forma de media luna de la cara del insecto, arrojándolo a la nieve donde se estremeció, negro y rezumante.

El demonio arrulló, un sonido aleteante como el de un pájaro en medio de un ataque al corazón, y se alzó sobre sus patas traseras.

—¡Apunten a la boca! —gritó Maena, mientras la segunda piedra de Pennifer volaba y acertaba en la cara del demonio, justo donde el bastón de Maena había golpeado hacía un segundo.

Tiro asombroso.

Es lo que ella hace.

El demonio se tambaleó, tropezando con sus patas hacia el lado opuesto del foso, un icor desconocido volando desde el impacto de la piedra.

—Kivi, ese es tuyo —dijo Maena, girando a su derecha, viendo la batalla de tres contra dos entre Svarde, Rasslebeck y los otros bichos.

El propio Svarde había visto mejores peleas. El hombre usaba sus piedras para bloquear, golpear y ahuyentar a dos demonios mientras Rasslebeck corría, resbalaba y tropezaba alrededor de un tercero que lo perseguía. El éxito de

Svarde parecía débil, ya que el hombre sangraba por varias picaduras. Mientras Maena se dirigía hacia él, Svarde, lanzándose contra el de su izquierda y propinándole un golpe, recibió otro corte profundo del demonio a su derecha.

Si esas picaduras contenían veneno, Maena no lo sabía. No quería adivinarlo.

Svarde tropezó, y su objetivo, recuperándose del golpe del hombre, se lanzó con las mandíbulas por delante hacia el estómago de Svarde.

Por suerte, los bastones tenían un largo alcance.

Maena se abalanzó, deslizando su agarre hacia el extremo del bastón para darle el mayor impulso hacia adelante. La mordedura del bicho golpeó primero el bastón, lo aplastó en su parte delantera y lo partió, dejando a Maena con una estaca más corta, pero mucho más afilada.

El bicho farfulló, se sacudió los pedazos de madera. Fijó sus demasiados ojos en Maena, y...

—¡Cuidado, capitana! —el grito de Pennifer, y Maena rodó a la izquierda, empapando su atuendo en la nieve.

El demonio de la derecha, el que había atravesado a Svarde hace un momento, clavó ambos aguijones en el suelo donde Maena había estado. Su recompensa, en lugar de una capitana perforada, fue otra piedra lanzada por Pennifer en sus crujientes ojos.

La multitud rugió.

Maena plantó sus manos en el suelo, levantó una rodilla mientras el demonio retiraba sus aguijones y se lanzaba hacia Pennifer. Demasiado rápido para que la honda se recargara. Demasiado rápido para que alguien llegara allí.

Maena arrojó su astilla. Se inclinó en el lanzamiento mientras se levantaba, el extremo astillado volando directo hacia el punto más grande que podía apuntar: los gruesos sacos de aguijones en la espalda del bicho. Los sacos moteados y gordos se elevaban abultados desde el trasero del bicho, formando un objetivo atractivo y fácil de golpear que recibió el dardo de Maena como un queso blando recibiría un palillo de dientes.

El saco del aguijón derecho se rompió, una explosión de presión lo reventó y envió al demonio tambaleándose hacia la izquierda. El aguijón reventado cayó inerte al suelo, mientras Pennifer retrocedía, colocando otra piedra en su honda.

Preocúpate por ti misma por un segundo.

Cierto, Maena no tenía arma. Svarde pasó tambaleándose por su derecha, sangrando por aún más cortes, aunque sus manos todavía sostenían ambas piedras, sus extremos crudos por los golpes ganados. A su izquierda, Rasslebeck parecía estar jugando un juego perdido de las traes con su propio bicho, el insecto arrinconándolo con poco daño para mostrarlo.

El único ganador absoluto parecía ser Kivi, cuyo combate uno a uno parecía estar a favor del ferrite: ambas puntas de aguijón del bicho yacían dobladas y rotas después de intentos fallidos de perforar el caparazón rocoso del ferrite, y ahora el demonio retrocedía, atrapado contra la pared del foso mientras el ferrite usaba sus garras y mandíbulas para llevar la pelea a un final seguro.

—Ve a la izquierda —gruñó Svarde, recuperando el equilibrio y cargando de vuelta hacia Maena, hacia el bicho detrás de ella.

Maena se impulsó en esa dirección, girando mientras lo hacía. Svarde se estrelló contra el bicho, cerrando lo suficientemente rápido para que las picaduras rozaran sus hombros, permitiendo que el bárbaro Foti estrellara las piedras contra una masa de mandíbulas ya aplastada.

De nuevo ese sonido aleteante.

El pie de Maena golpeó otro bastón, uno de los tres restantes. Lo recogió de un movimiento y fue tras Rasslebeck y su bicho ganador.

El gran demonio, de un feo color marrón, rojo y verde musgo, acorralaba a Rasslebeck. Mordía y pateaba con sus patas delanteras, haciendo sangrar los brazos y muslos de Rasslebeck, mientras el asaltante Rana intentaba golpear de vuelta con la roca. Rasslebeck no tenía la fuerza de Svarde ni el coraje ciego del hombre, haciendo que sus golpes fueran una molestia en el mejor de los casos.

Pero mantenían la atención del bicho, y eso era suficiente.

Maena levantó el bastón sobre su hombro mientras cargaba, antes de dejarlo caer con todo su impulso sobre el saco del aguijón izquierdo del bicho. El caparazón se hundió, doblándose con el golpe.

Sin romperse.

El bicho giró, esos aguijones lanzándose hacia Maena mientras ella rebotaba de su golpe. Se lanzó a rodar, resbalando un poco en la nieve y aterrizando de espaldas. El bicho levantó sus patas delanteras, las estampó sobre las de Maena, su peso presionándola contra la nieve. Los aguijones descendieron.

Un dolor blanco y ardiente estalló en el hombro derecho de Maena. El izquierdo debería haber sido igual, pero el aguijón nunca golpeó. En su lugar, al igual que el que perseguía a Pennifer, el saco del aguijón se rompió, la razón clara cuando el bicho cayó.

Detrás de él, cubierto de un líquido verde claro, estaba Rasslebeck, con una piedra afilada en la mano.

—No dejes que se recupere —dijo Maena, apartando el dolor.

Su brazo izquierdo no quería dejarla, una floración ardiente extendiéndose desde el claro agujero donde el aguijón había encontrado su objetivo.

¿Estamos muertos ahora? ¿Estoy muerta de nuevo, tan rápido?

No nos des por vencidos todavía.

La multitud tampoco lo hizo, los vítores crecían en intensidad. Más basura voló hacia la arena, comida a medio terminar, jarras de barro que se hacían añicos al impactar. Arriba, los arqueros permanecían estoicos, observando sin emoción.

Maena logró ponerse de pie, y descubrió que Kivi había terminado su comida, el demonio se retorcía ociosamente en la esquina. El ferrita fue hacia Svarde a continuación, saltando sobre el insecto mientras este se enzarzaba con Svarde en una terrible pelea cuerpo a cuerpo. Mandíbulas y garras volaban rápidamente, pedazos y sangre arruinaban la nevada.

Los sacos del aguijón, sin embargo, parecían ser la clave. Temblando, intentando parpadear para deshacerse del veneno, Maena vio a Pennifer acercarse al insecto herido por el bastón de Maena. El demonio no podía mantenerse erguido, apenas podía hacer más que lanzar un ataque con una o dos patas. Pennifer las esquivó, hizo girar su honda y asestó un golpe fatal casi a quemarropa.

El propio grito de victoria de Rasslebeck sonó detrás de ella. El de Svarde le siguió momentos después, mientras Maena encontraba que respirar se le hacía difícil, el aire incapaz de pasar por una garganta que de repente se cerraba convulsivamente.

Ahora estaba de rodillas, con las manos plantadas en la nieve. Su brazo izquierdo flaqueó, Maena rodó hacia un lado, mirando ahora la gran división negra en la tierra.

Sonó una campana, fuerte y brillante. La multitud rugió, de alguna manera aún más fuerte, o tal vez era un lamento en la propia mente de Maena, su otro yo muriendo por segunda vez.

Dos ballesteros dejaron colgar sus armas, alcanzaron esa gran división y tiraron de unos lazos invisibles. La sábana cayó, una gran cortina, ocultando una segunda arena, y en ella, separada de ellos por otra reja, se desarrollaba otra batalla.

Una que también había concluido.

Maena sintió que unas manos se posaban bajo su cabeza, la levantaban, apartaban sus ojos de los demonios y su comida, aquellos luchadores tan cerca de la libertad.

19
BURBUJA

Aunque Bliss nunca diría que prefería luchar de noche a hacerlo de día, la oscuridad tenía una ventaja lamentablemente ausente bajo el cielo despejado de Rana: mantener las cosas en penumbra significaba que no tenía que ver al monstruo completo de una sola vez.

Bliss, seguida por todos los demás, salió del almacén con su bastón en mano. No fue difícil decidir hacia dónde ir, ya que los gritos provenían de una sola dirección: el norte. Girando hacia allí, tropezando en la balsa que se mecía, Bliss golpeó su bastón contra ambas palmas. Lista para atacar, para defenderse, para hacer lo que fuera necesario.

Lo que era necesario, según lo que veía, era encontrar una manera de traer a unas mil personas más aquí. Preferiblemente armadas y listas para disparar.

El demonio se alzó frente al puesto avanzado de la balsa como una ola, una forma gelatinosa cuya piel, hasta donde Bliss podía distinguir, se asemejaba al brillo de una burbuja a la deriva, radiante a la luz y proyectando sus prismáticos destellos por todas partes. Apartar la mirada rápidamente se convirtió en una mala solución, ya que el demonio viscoso, con el siseo de mil serpientes, lanzaba chorros de agua sobre los edificios con el entusiasmo de un niño de Vis jugando en la espuma de la playa. Las fuentes golpeaban y salpicaban, la película atrapaba la luz del sol y la reflejaba, aparentemente, directo a los ojos de Bliss.

Las coloridas maldiciones de Torny, gritadas mientras la bandida se retiraba al almacén, describían la situación bastante bien. Torny podía huir si quería, sin embargo. Bliss era una Lira, y los Lira no huían, especialmente no de los demonios.

En su lugar, deslizando el bastón en su funda trasera, Bliss se dirigió hacia el monstruo. Usó los edificios como cobertura, agachándose tras paredes endebles y cajas apiladas cada vez que el demonio rociaba algo cerca de ella. Los chorros de agua simplemente se alzaban y estallaban desde la superficie del agua, sin mostrar objetivos claros.

Aunque eso no significaba que la gente de aquí no lo intentara. Flechas y dardos, rocas y escombros aleatorios volaban hacia el demonio desde los defensores y los deses-perados. La mayoría rebotaba. Algunas flechas, lo suficien-temente afiladas, perforaban la película solo para quedarse allí atrapadas, errores marrones que se agitaban en la imagen por lo demás perfecta del demonio.

—¿Cómo lo dañamos? —preguntó Quik, sorprendiendo a Bliss al mantenerse pegado a sus talones.

Ella miró hacia atrás y vio que estaban solos, habiendo dejado atrás a los demás. Wax y Eujo, junto con Torny, parecían haber vuelto adentro. Tenía sentido que los Reno-vales no se arriesgaran, aunque Bliss no estaba segura de qué bien haría esconderse: si este demonio quería destruir el pueblo, definitivamente podría hacerlo.

"Tenemos que verlo más de cerca", señaló Bliss.

—De acuerdo —dijo Quik mientras otra rociada estridente golpeaba la choza tras la que se escondían—, entiendo lo que dices, pero eso no va a funcionar.

"Sé creativo".

Quik le lanzó una mirada de desaprobación. Bliss se alejó rodando, corriendo a lo largo de la choza, con las delgadas tablas terminando en el agua a pocos pasos a su izquierda. Delante, esta balsa terminaba en un muelle saliente, un solitario bote de pesca luchando por mantenerse atado al agitado embarcadero. Más allá, a muchas longitudes de bote, se extendía la inmensa mole del demonio.

¿Podría saltar tan lejos?

El cálculo de Bliss terminó cuando una aleta redondeada de color rojo fangoso asomó por la superficie del agua frente a ella, recogiendo el agua hacia el cuerpo del demonio. Al hacerlo, el líquido se aplastó contra el filamento antes de que, al apretarse la aleta, lanzara un chorro en arco hacia el puesto avanzado.

La película cayó y Bliss escuchó un grito a su izquierda, vio a un arquero cubierto por la sustancia. Derribó al hombre, la película sellándose a su alrededor, abriéndose paso por su garganta, su nariz.

La forma en que este monstruo mataba se volvió demasiado clara.

—Me ocupo de él —gritó Quik cuando Bliss empezó a regresar hacia el hombre caído—. Tú preocúpate por el monstruo.

Oh, lo haría. Ya lo estaba haciendo. Volviendo a la tarea en cuestión, Bliss echó a correr de nuevo, virando a izquierda y derecha con el balanceo de la balsa.

Mientras corría por la última sección, llena de herramientas caídas, cuerdas desperdigadas y otras tonterías que forzaban pasos cuidadosos, el demonio volvió a comprimir el agua en un chorro, este en un arco corto apuntando directamente hacia ella.

Bliss pasó su bastón a la mano izquierda y saltó, su salto llevándola más allá del borde de la balsa y hacia las agitadas y frías aguas verde-azuladas. Golpeó y se sumergió bajo la superficie mientras el rocío del demonio salpicaba el agua sobre ella. Bliss mantuvo los ojos abiertos, vio la película del demonio hundirse, las pesadas burbujas descendiendo hacia el fondo del pantano.

Una corriente atrapó a Bliss y la arrastró con ella, tirando de ella hacia el demonio, un vacío contra el que Bliss no podía competir. Cerró la boca con fuerza, tratando de retener el aire, y miró hacia la cosa que la succionaba.

Más ancho que el edificio principal de la balsa, el enorme demonio tenía un cuerpo que se extendía bien por debajo de la superficie del agua. Las curvas de arriba se prolongaban hacia abajo, excepto por las secciones que se separaban en esas aletas que empujaban el agua. La parte inferior del monstruo se curvaba hacia adentro, pulsando como las medusas que a veces llegaban a la ensenada de Kitaye. Esa pulsación debía generar la corriente, la que continuaba arrastrando a Bliss hacia abajo, abajo y aún más profundo hasta que el soleado día de arriba aparecía como nada más que tenues rayos de luz proyectados a través de una miserable oscuridad arremolinada.

Sus pulmones dolían mientras Bliss sentía que la corriente cambiaba de dirección, enviándola no hacia abajo, ahora, sino hacia arriba. Había cruzado por debajo del bulbo exterior del demonio, y ahora el monstruo la estaba llevando hacia cualquier final que la esperara en su centro.

Por lo que Bliss podía distinguir, con la visión borrosa por el agua ahora turbia mientras el pulso del monstruo succionaba toda la suciedad de abajo, su destino se parecía mucho a un arbusto de bayas comenzando a pudrirse.

Pero dado que sus opciones parecían ser elegir entre ese arbusto de bayas podridas y ahogarse, Bliss pateó con fuerza hacia la superficie. Emergió del agua en una burbuja sofocante, llena de goteos y flotantes rojos. Bolas y hebras del color de las manzanas se agrupaban y rompían, derivando juntas en largos hilos unidos a la cáscara de la burbuja del monstruo, con los extremos extendiéndose como telarañas contra la piel.

A su alrededor, Bliss sintió que el agua se coagulaba, elevándose hacia esas masas atadas. ¿Era así como se alimentaba el monstruo? De alguna manera bebiendo...

La quemazón llegó rápida, repentina y por todas partes. Vis tenía más de unos pocos insectos que picaban, alguna vida silvestre que podía, si se le molestaba, escupir un ácido desagradable sobre tu piel, y Bliss lo sentía ahora. En todas partes.

Divisó la masa roja más cercana, bolas como cerezas agrupadas en un órgano palpitante, y nadó hacia ella. Su cabello comenzó a desintegrarse, su nariz gritaba mientras el agua salpicaba en su interior, espesa y caliente. Bliss mantuvo la boca cerrada, sin saber, sin querer saber qué podría pasar si esa cosa se abría paso por su garganta.

El bastón le dio un camino. Extendió el extremo metálico, lo hundió en la masa roja y sintió cómo la sustancia blanda cedía. El bastón se alojó, el órgano —si es que eso era— doblándose a su alrededor. Con una mano, Bliss se impulsó a lo largo del bastón, alcanzando con la otra para agarrar una cereza. Cálida al tacto, suave y resbaladiza, Bliss afianzó su agarre. Descubrió que el mismo desastre que disolvía su piel funcionaba lo suficientemente bien para pegarla al órgano.

Otro impulso, y Bliss se encontró aferrada a una longitud o dos por encima del agua mortal, goteando su propia muerte.

Un escalofrío cáustico siguió, Bliss aferrándose a su salvación y respirando, solo respirando. Su piel se inflamó con ronchas furiosas y algo peor, cintas venosas corriendo a través de cada parte expuesta y, Bliss supuso, en todas partes debajo también.

Sus ojos, su boca funcionaban. Sus brazos y piernas podían moverse, aunque cada movimiento traía un dolor abrasador. Así era la vida para una Lira.

Sin embargo, tenía vida, y Bliss pretendía usarla.

Dentro del monstruo, el sonido adquirió un eco. El chapoteo del agua, el grito ocasional desde fuera, el burbujeo y el batir de las entrañas de la cosa rebotaban en una mancha sónica. La luz exterior cubría todo con un resplandor extraño.

Si la vida en Vis había sido una agradable calma, sus días desde que dejó la isla competían entre sí por ser los más absurdos. Hasta ahora, este iba ganando.

Bien. Piensa como una cazadora. Necesitar matar a una bestia más grande y fuerte que ella misma significaba encontrar su debilidad. Encontrar ese punto fatal podría acabar con Bliss en el proceso —la gran burbuja colapsando sobre ella provocó un gesto de dolor— pero eso significaría salvar a Wax, salvar a Quik, salvar a Torny.

El rojo tembloroso al que se aferraba ahora parecía enfocado en el agua de abajo, sumergiéndose en ella para succionar las cosas disueltas por el ser ácido del monstruo. Tubos, cosas amarillo-anaranjadas que se ramificaban desde el órgano en el que estaba hacia varios otros, esparcidos en varias direcciones.

Como su propio estómago, enviando sus premios por

todo el cuerpo. Bliss trazó las venas, encontró dos que conducían a piezas pulsantes más pequeñas, que compartían forma, tamaño y color. Destruir una, entonces, podría no ser el golpe mortal que deseaba.

Arriba, sin embargo, esperaba un órgano mucho más grande, casi cúbico. Suspendido en el centro de la burbuja, mantenido allí por venas colgantes, cubierto de extraños crecimientos, como un tronco invadido por hongos y musgo, el órgano parecía ser la pieza central del monstruo. Llegar allí arriba, darle un buen golpe, y el monstruo lo sentiría.

Quién sabía si el monstruo moriría, pero si Bliss tenía solo una opción —y definitivamente la tenía— entonces esta iba a ser la elegida.

La cazadora se movió con su mano y el bastón, clavando este último en el órgano cada vez que quería un mejor punto de apoyo, una oportunidad para recuperar el aliento. Alcanzar la vena ascendente le llevó minutos, llenos de pausas que Bliss tuvo que pasar cerrando los ojos, respirando lentamente, encontrando la fuerza para el siguiente ascenso.

Enganchó el bastón a su espalda, casi lo perdió cuando el arma se deslizó a través de una funda que ya no estaba allí. Solo en débiles hebras sobrevivía el cuero, disuelto por el ácido.

Nueva táctica, entonces.

Bliss intentó clavar el bastón en la vena. A diferencia del órgano, la piel más rígida no cedió, el bastón rebotó. Golpear más fuerte podría hacer que el vaso estallara, y Bliss no quería que su única vía de ascenso se destruyera, y mucho menos que alguna explosión la devolviera al agua mortal.

Si no podía usar ambas manos, entonces, sus pies

tendrían que bastar. Bliss se quitó los zapatos arruinados de una patada, moviendo los dedos de los pies escaldados, e hizo el primer salto. La vena no era lisa, sino que, como todo lo demás en el monstruo, tenía su superficie cubierta de crestas y extraños crecimientos. Los agarres ayudaban, daban a sus dedos algo a lo que aferrarse. Con su mano izquierda, Bliss presionó el bastón contra la vena, usó el punto de apoyo que pudo encontrar, y trepó.

Un pie, una mano tras otra, dirigiéndose hacia el órgano gigante en el centro del monstruo, dirigiéndose hacia la esperanza.

20

ACUERDOS EN EL ACANTILADO

Tanto el paso como el frío amargo se desvanecieron juntos cuando Mottilan apareció a la vista. Acantilados escarpados, boscosos donde Sawi se encontraba y que se deshielaban en enredaderas desordenadas, hierbas y árboles, descendían ante ellos hasta la orilla del océano, una amplia playa rocosa invadida por barcas de pesca varadas en los bajíos, aunque pronto zarparían para la pesca matutina.

Gladdring insistió en moverse temprano, alegando que su propia resistencia disminuía a medida que el sol lo desgastaba, y prefiriendo las tardes y noches para conversar. Esas palabras, compartidas alrededor de fogatas y con la comida que Sawi podía forrajear de los bosques, de los recovecos, de los pueblos dispersos que pasaron en los días que les tomó cruzar las montañas, abarcaron cosas que Sawi nunca supo, nunca cuestionó, nunca se preguntó.

Para cuando llegaron al mirador, Sawi pensó que debía ser tan experta en política de Noctia y Najahn como cualquiera en la isla. Más aún, sabía que Gladdring la consideraba ligada a él, de alguna manera que ella aún no había descubierto.

Esa deuda, ese vínculo lo mantenía cerca de ella, con la forma imponente del Tenet dibujándose en el horizonte, resplandeciendo con el sol naciente.

—Nunca lo había visto desde este ángulo —murmuró Gladdring—. Tu isla es verdaderamente un deleite para los ojos.

—Tienen esto, y poco más —respondió Sawi.

—Todavía con ese desdén casual hacia tu ciudad hermana. ¿Todos en Kitaye son tan despectivos con sus hermanos?

—Son tan despectivos como nosotros lo somos.

—Así que son niños mimados, entonces. ¿No están dispuestos a llegar a un acuerdo?

Sawi contuvo un comentario más mordaz. Wax y sus amigos habrían entendido sin necesidad de decirlo. Gladdring quizás lo entendería, si ella mencionara la muerte de Pan a manos de estos brutos marineros. Sin embargo, hasta ahora, había mantenido esa parte en secreto, permitiendo que Gladdring dominara con sus propias historias. Mejor, según las propias palabras del hombre, escuchar en lugar de dar oportunidades a los demás.

¿Cómo se podría usar la muerte de Pan en su contra? Sawi no estaba segura, pero si había aprendido algo de los paseos con Gladdring, era que todo podía ser utilizado, de alguna manera.

—Aún queda un largo trecho hasta la ciudad —dijo Sawi—. Deberíamos ponernos en marcha.

—Aunque solo sea para estar donde hace más calor —respondió Gladdring—. Los inviernos siempre son mi época menos favorita. Por eso, por supuesto, elegí venir ahora a tu hermosa isla...

Las palabras del hombre fluyeron mientras caminaban, incesantes en su sonido, extendiéndose sobre un tema y otro mientras Sawi miraba sus pies, el camino, y se preguntaba qué quería Gladdring con esta ciudad pesquera.

Al menos era fácil ver lo que la ciudad quería de Gladdring. Mientras que Sawi apenas atraía más que miradas fulminantes —su tejido y tinta dejaban claro que venía de Kitaye—, Gladdring recibía ofertas de comercio, de historias, de oportunidades. El Tenet, al igual que había hecho en Kitaye, rechazaba las peticiones con respuestas educadas, pero aun así atraía seguidores, que se extendían y observaban desde edificios de piedra y palos mientras la pareja llegaba al centro de Mottilan.

—Bueno —dijo Gladdring—, creo que he llamado la atención de todo el pueblo.

—Probablemente —Sawi asintió hacia el hombre—. No pasas desapercibido. Nadie lleva túnicas así, sin importar la temporada.

—La moda es algo que Noctia podría exportar —Gladdring tiró de sus amplios bordes púrpura-negro—. Estas son realmente cómodas, y fáciles de mover en caso de apuro.

—¿Crees que tendremos que correr?

—Sawi, digamos que mis asuntos aquí son de naturaleza delicada. Mantén los ojos abiertos.

Sin embargo, a pesar de todo, lo primero que Gladdring quería hacer era encontrar una comida fresca y un lugar para dejar sus alforjas. Darse un baño. Esos recados consumieron la mañana, después de lo cual Gladdring le dijo a Sawi que se entretuviera hasta más tarde esa noche mientras él iba a buscar ese supuesto negocio.

Con horas por delante, Sawi contempló la perspectiva de quedarse en Motillan y se estremeció. Las miradas hostiles ya le habían dicho que se fuera, así que, al menos por un rato, lo hizo. Fue a esa playa rocosa y vagó por ella costa arriba, sintiendo el ocasional roce cálido del agua.

Qué extraño era pasar del frío de allá arriba a algo tan agradable aquí abajo.

Las gaviotas marcaban su progreso en el aire, mientras cangrejos y otras criaturas huían del acercamiento de Sawi, sus pies, descalzos, atesorando piedras suaves y arena. Más áspera que la ensenada de Kitaye, pero menos concurrida.

En casa, habría muchos niños aquí en un día azul como este. Adultos también, llevando su relajación a la playa. Motillan, sin embargo, resonaba con el ruido del esfuerzo. Pescadores llamándose unos a otros o regresando con capturas que necesitaban ser fileteadas, el puerto zumbando mientras los barcos de Kance iban y venían. Un solo navío de Tamas, con su amplia base y velas teñidas ofreciendo un toque cromático al tráfico, destacaba.

Sawi lo observaba todo. Intentaba encontrar esa chispa, la que debió impulsar a Wax y Quik a embarcarse lejos. Gladdring despertaba algo, con toda su charla, aunque Sawi aún tenía que encontrar una frase, una descripción, una sugerencia que realmente la alejara de Vis.

Todo sonaba más sombrío, más gris, más propenso a terminar boca abajo con un cuchillo en la espalda o en la indigencia, a un mal día de distancia de la cuneta.

Sus ojos se desviaron hacia el paso de montaña. Un largo camino para ir sola, pero podría irse ahora. Estar de vuelta en la última pequeña posada poco después del atardecer, intercambiar sus últimos forrajes por una noche junto al fuego, y luego seguir. De vuelta a casa.

—Es extraño ver a alguien de Kitaye aquí que no esté vendiendo sus mercancías.

La mujer delgada como un raíl, con el cabello adornado

con conchas brillantes, se acercó desde el lado del puerto. Le ofreció a Sawi una sonrisa agradable, revelando dientes entintados de la manera en que Mottilan marcaba a sus ancianos.

—No estaría aquí si no fuera por un trabajo —respondió Sawi.

—El hombre de Noctia.

Sawi dejó que cualquier sorpresa se drenara en el oleaje que le hacía cosquillas en los dedos de los pies. Mottilan tenía tamaño, es cierto, pero no se extendía como Kitaye. Las noticias viajarían rápido aquí, y cualquiera que se preocupara lo suficiente para venir hasta aquí y hablar con ella querría algo, sabría casi todo lo que había que saber.

—¿Entiendes quién es él? —preguntó la mujer después de que Sawi no respondiera.

—Él me lo ha dicho.

La mujer se rió, tan cansada y antigua como las olas que rompían a su alrededor.

—Tan desconfiada de nosotros. Como si Mottilan te hubiera hecho algo.

—Tu gente mató a mi amigo.

Ah. Sawi atesoró esa pequeña satisfacción al ver cómo se agrandaban los ojos de la mujer.

—Ha habido muertes en abundancia con los demonios —dijo la mujer, con cautela en su voz—, pero no recuerdo ninguna pelea entre la gente de Vis. Ni debería haberla.

—Yo habría dicho lo mismo.

—Alguien cercano a tu corazón, entonces.

Sawi asintió, manteniendo la mirada en el mar. El sol estaba ahora detrás de ella, proyectando sombras doradas de la montaña sobre el agua.

—¿Qué quieres? —preguntó Sawi.

—¿Ha hecho un trato contigo? ¿Con Kitaye?

—Soy su guía, nada más.

—¿Guía hasta aquí? ¿No más allá?

—Eso es cosa suya decidirlo.

—Entonces te posee.

Sawi se giró bruscamente, plantando su mano en las rocas.

—Él no me posee.

—Por tu forma de hablar, parece que sí, niña —dijo la mujer, mostrando de nuevo esos dientes—. ¿O tienes algo que decir al respecto?

—¿Por qué te importa?

Un resoplido. —Porque mi ciudad necesita a este hombre, por mucho que me duela decirlo.

Sawi dudó. No eran las palabras que esperaba.

—Los Najahn nos ignoraron. A Noctia no le importábamos —continuó la mujer—, hasta que él apareció. Ahora, nos visitan. No a menudo, pero más, mucho más, y el comercio está trayendo una nueva vida a esta costa.

—Suena genial.

—Es esencial —continuó la mujer—. Pero no todos lo ven así. Hay quienes miran una deuda con los Najahn y se sienten atrapados, sienten que deben ser libres sin importar el costo.

—Cualquier prisionero se sentiría así. Yo lo haría.

—Sin embargo, Gladdring merece ser protegido.

—¿De quién, de esta gente?

Una leve sonrisa. —Nadie vigila a las ancianas, niña. A nadie le importa por dónde caminamos. Te lo digo, Gladdring ha cometido un error al volver aquí. Si quieres que sobreviva, sácalo de la ciudad. Esta noche. Ahora.

Sawi comenzó a encogerse de hombros. La mujer la detuvo con una mano fría en su hombro.

—No es asunto tuyo lo que el hombre elija hacer con su

tiempo, con sus tratos, ¿verdad? —preguntó la mujer—. Eres solo su guía, ¿y así sea?

¿Qué tipo de respuesta podría dar Sawi a eso? En cualquier caso, la mujer no parecía interesada en una, volviendo a tomar aire para hablar.

—Entonces considera tu isla y Kitaye. Considera lo que él significa para ella. No dejes que las acciones precipitadas de unos pocos temerosos nos conviertan en cenizas. Los Najahn no tomarán a la ligera la caída de un Tenet.

—¿Entonces por qué no los detienes tú?

—Porque soy una voz contra muchas. Demasiados que no pueden ver que nuestro único camino está a los pies de Gladdring, por mucho que nos duela estar allí.

Sawi se rió. —¿Así que soy tu única esperanza?

—La única en quien Gladdring confiará.

Gladdring, sin embargo, no se encontraba por ninguna parte. Mottilan iluminaba sus calles con antorchas de aceite cuando caía la noche, pero Sawi no logró encontrar al Tenet Najahn en las sombras alrededor de la posada que habían elegido. Tampoco estaba dentro, cenando y entreteniendo a los huéspedes, una actividad que Gladdring parecía haber disfrutado en los pequeños pueblos a lo largo del camino. Nadie lo había visto tampoco, cuando Sawi hizo correr el rumor discretamente.

Lo que la llevó, con un deslizamiento y una escalada, al techo de la posada. Se posó sobre la madera resistente, un marco que cubría paredes de piedra tallada, y miró.

La primera sorpresa llegó cuando se dio cuenta de que no estaba sola. En el techo de la posada, sí, pero a su alrededor, en los tejados repartidos por todo el pueblo, los residentes de Mottilan subían a sus techos para ver emerger las estrellas. Muchos descansaban sobre mantas, tomaban copas y postres de frutas. Una brisa fresca se llevaba el calor del día, y esas estrellas ciertamente capturaban la noche de una manera que Kitaye y su jungla no permitían.

Sin embargo, era difícil disfrutar de algo hermoso cuando tenías que encontrar a alguien.

La pista de Sawi llegó a través del sonido. Colándose detrás del rugido del oleaje, por encima de algunos instrumentos y por debajo de la conversación agitada de la posada bajo ella, había crujidos, vocales. Una voz que se elevaba y caía, como si estuviera dando un discurso.

Sawi se giró, miró hacia el acantilado. La mayor parte de Mottilan se extendía cerca del puerto, antes de dar paso a viviendas más adineradas más arriba en la ladera del acantilado. Una de ellas parecía más iluminada que las otras, con el camino que subía desde el sendero principal del acantilado bordeado de fuego resplandeciente. Esperando invitados, quizás.

Sawi se deslizó del techo de la posada, se abrió camino a través de un pueblo que se aquietaba y subió por el acantilado. Aún sentía ojos sobre ella durante todo el camino, tanto hostiles como curiosos, pero tratar de sorprenderlos solo la hacía mirar a las sombras.

Tendría que tratarlos como hanokos. Siempre presentes, pero rara vez un peligro a menos que hiciera algo estúpido.

Llegar cerca de la gran casa llevó tiempo, y las voces cambiaban, desaparecían y volvían en diferentes tonos, colores. Algunas acaloradas, otras no. Discusiones, entonces. Debates. Y mezcladas entre ellas, de vez en cuando, pero más claras a medida que Sawi se acercaba y descifraba las palabras melosas, una cierta dicción de Noctia.

Evitó el camino iluminado, en su lugar se lanzó sobre las rocas, dejando que sus manos guiaran cada movimiento con alcances exploratorios, probando con los dedos de los pies. La ruta la llevó por debajo de la casa, y solo subió a su nivel cuando ninguna antorcha parecía lo suficientemente cerca como para romper el manto de la noche.

Sichi, ya sea ausente o bloqueada por el acantilado, hacía todo lo posible por ayudarla.

Todos en Vis aprendían a escabullirse, para atrapar presas desprevenidas o escapar de un depredador irritable. Esos instintos se asentaron en Sawi mientras se acercaba al parche de hierba suelta, apenas a unos pasos de la casa. Las ventanas, abiertas al aire, miraban hacia ella y por un momento Sawi pensó que la habían descubierto.

Pasó un momento en silencio cuando se dio cuenta de que las voces, el interior iluminado, venían del otro extremo de la casa. El lado que daba a la roca, desde donde nadie podía ver hacia adentro.

—Gladdring —gruñó un hombre, sonando lo suficientemente parecido al padre de Sawi, pero no exactamente de su edad—, has pasado horas tratando de librarte con tus palabras. Te hemos escuchado, pero ni uno solo de nosotros está de acuerdo contigo. Tu palabra no significa nada. Tu muerte, o quizás tu vida intercambiada, podría darnos todo.

21

EL REGALO DE FOTI

Quik y Bliss salieron disparados por la puerta del almacén, girando a la derecha hacia el enorme demonio burbuja. Torny iba detrás, arrastrando los pies, con los ojos buscando. Una ladrona en busca de un ataque sorpresa, alguna forma de mantenerse con vida.

Al menos, así lo veía Wax, el cuarto en la fila. Él también se habría movido más rápido, de no ser porque Eujo lo agarró de la ropa desde atrás. Dándole un suave tirón, retrasándolo aún más hasta que Castilan y Reathe pasaron a empujones.

—Eres la Renovación. Deja que tus Guardianes hagan su trabajo —dijo Eujo.

—Son mi familia, no solo mis Guardianes. —Wax se zafó de su agarre y se dirigió a la puerta. Se dio cuenta de que Eujo no lo seguía—. ¿Te vas a quedar aquí? ¿En serio?

—Tú mismo lo dijiste, Wax. ¿Qué es más importante? ¿Nosotros o un solo demonio?

Wax quería alzar las manos, anunciar que era muy probable que ninguno de los dos fuera el Aegis de todos modos. Que no quería sentarse en un trono de piedra durante años lamentando no haber ayudado a salvar una vida ahora, hoy.

En cambio, no dijo nada, porque Eujo no parecía alguien que pudiera ser convencida. Sus manos descansaban a los costados, sus pies firmemente plantados en las tablas de madera, su rostro con esa mirada gélida que hacía tan bien. Incluso su cabello, desordenado y enredado como el de todos, parecía enmarcarla como un muro espinoso.

—Sabes que tengo razón —repitió Eujo.

—No me voy a quedar aquí —respondió Wax, tratando de encontrar una idea—. Tenga razón o no. Voy a salir ahí a ayudar. Al diablo con tu propósito.

Antes de que ella pudiera decir algo más, Wax giró y salió corriendo por la puerta. Se detuvo a apenas un metro afuera cuando un rocío viscoso golpeó el suelo frente a él, alcanzando a la lenta Reathe. El líquido grasiento arrastró a Reathe al suelo, donde pareció plegarse a su alrededor, atrapando a la Najahn.

Por su rostro, la mujer gritaba. Por el sonido, nada escapaba de la burbuja.

Wax desenvainó la hoja de Foti, cruzó la balsa hasta el lado de Reathe y pasó el filo de la espada a través de la burbuja. Como si fuera una fruta pelándose, la burbuja se abrió, desinflándose en un pegajoso desastre que se aferraba a Reathe.

—Me está quemando —jadeó Reathe, cambiando sus gritos por algo más útil—. ¡Quítamelo!

Wax miró alrededor, vio un montón de trapos destinados a las vísceras de pescado y cosas peores. Tomó uno de esos horribles harapos y comenzó a frotarlo sobre Reathe mientras ella se sacudía con las manos enguantadas. Los esfuerzos de Reathe resultaron inútiles, sus guantes desintegrándose mientras se frotaba. El trapo de Wax, tal vez protegido por las mismas vísceras de pescado que había reclamado antes, funcionó mejor, absorbiendo la burbuja.

—Toma —dijo Wax, entregándole el trapo a Reathe y agarrando un segundo.

Juntos continuaron, limpiando a Reathe lo suficiente para que pudiera ponerse de pie. Ella sacudía la cabeza, su piel marcada con quemaduras.

—Debería habernos golpeado de nuevo —dijo Reathe, dirigiendo tanto su mirada como la de Wax hacia el demonio.

La masa burbujeante seguía allí, sus aletas moviéndose para rociar una y otra vez, pero los arcos ahora perseguían a alguien más, una forma más grande que se movía entre coberturas, acercándose cada vez más.

—Quik —murmuró Wax—. Aunque qué va a hacer cuando se acerque...

Aunque buscó, Wax no pudo ver a Bliss por ninguna parte. Castilan había tomado posición en un tejado con una ballesta, disparando ocasionalmente un virote hacia el inmenso demonio. Un movimiento tan inútil como cualquier otro.

—¿Qué más tienes aquí? —preguntó Wax a Reathe mientras se acurrucaban detrás de unas cajas maltrechas —. No tenemos un arma que pueda dañar a esa cosa.

—Somos un puesto de pesca, un punto de paso para las Renovaciones, no una base militar —respondió Reathe—. Noctia apenas recuerda que existimos entre Renovaciones.

—¿Nada? ¿Han tenido al demonio viviendo cerca durante años y nunca han pensado en cómo matarlo?

Reathe suspiró.

—Está bien, no es cierto. Hemos reunido aceite, lo hemos hecho de grasa, y está todo en ese edificio. —Reathe señaló hacia el sur, cerca del borde del pueblo—. Donde no dañará mucho si se incendia. La idea era que lo esparciríamos sobre el demonio, lo atraparíamos bajo el aceite y le arrojaríamos una antorcha.

—¿Y no lo intentaron por qué?

—Porque las personas que seguían queriendo hacerlo ahora están todas muertas, por eso. —Más rocío golpeó cerca, chisporroteando al impactar contra las cajas. Reathe maldijo—. Tomaron un poco e intentaron, hace días después de que la Renovación de Foti resultara herida. Ahora el demonio viene a vengarse.

—Los demonios son tontos. No piensan así —argumentó Wax—. Ahora que está aquí, ¿qué tal si probamos con tu aceite?

Reathe se rio, acurrucándose más contra las cajas.

—Mejor esperar a que se vaya. Vivir un día más.

—Wax —dijo Eujo, de pie en la puerta del almacén—. Estoy contigo.

La pareja llegó rápidamente al edificio elegido por Reathe, empujaron la puerta sin cerrojos para encontrar una habitación austera, vacía excepto por diez u once barriles achaparrados. Alguien había pintado una gota negra, el contorno de un fuego en los costados.

—Así que aquí están —dijo Wax—. ¿Y ahora qué?

—Pensé que tú tenías una idea.

—Bueno, soy más bien un tipo de improvisación —respondió Wax, frunciendo el ceño—. ¿Qué tan pesados son?

Un solo intento de levantarlo, con Eujo mirando escépticamente, mostró que Wax solo se agotaría tratando de llevar uno de estos hasta el demonio, mucho menos todos ellos.

—Vale, nuevo plan —murmuró Wax, volviendo a la

puerta y divisando su solución descansando cerca en el canal. Un bote de pesca, balanceándose en las olas—. Ahí lo tenemos.

—¿Vas a qué? ¿Llenarlo de aceite y embestir al monstruo?

—No es tan complicado. —Wax levantó el primer barril, lo sacó de la casa y lo colocó en el bote—. Ni siquiera los necesitamos todos.

—¿Y cómo vas a prenderle fuego? Suponiendo que siquiera llegues hasta el monstruo.

—Tú le dirás a Castilan que lo haga con su ballesta. Yo saltaré al agua y nadaré lejos. Fácil.

—Tu confianza es surrealista.

—Tu falta de ayuda con los barriles no lo es.

Eujo captó la indirecta, y juntos cargaron cinco barriles en el bote, acomodándolos uno al lado del otro. Mientras trabajaban, Wax no dejaba de mirar hacia atrás al monstruo, observando su rocío y el continuo fuego de Castilian.

Quik y Bliss no se veían por ninguna parte. Algunos pobladores corrían por ahí, llevando trapos y limpiando a otros alcanzados por el rocío. Tal vez Reathe había corrido la voz. Aun así, el puesto avanzado en la balsa seguía temblando con cada embate del chorro. Más de un edificio ya se había derrumbado mientras el limo ácido devoraba la madera, y el monstruo no daba señales de marcharse.

Quizás no se cansaría hasta que todo aquí fuera polvo.

—¿Sabes qué hacer? —preguntó Wax.

—Castilan. Disparar al bote con fuego —dijo Eujo—. Entendido.

—¿Ves? —Wax soltó el bote aceitado de su amarre, empujándolo por el canal hacia el monstruo—. ¿No es esto más divertido?

—Solo no mueras, Wax.

—Eso solo te daría mejores probabilidades.

Eujo solo frunció el ceño ante eso y luego salió corriendo. Wax levantó un solo remo, apoyó la pala contra el borde del canal y empujó. Necesitaría velocidad, cada segundo que pudiera ahorrar para llevar esta cosa hasta el monstruo y sobrevivir.

El monstruo, al menos, parecía preocupado. Wax captó la razón cuando su bote cargado de aceite se acercó al borde norte de la ciudad de balsas. Quik, bailando a lo largo del muelle, levantando y arrojando lo que podía agarrar al monstruo. Alzando cajas y usándolas para desviar el rocío del monstruo. Un juego de distracción, pero uno con un tiempo definitivo: el ancho muelle por el que corría Quik estaba quedándose vacío.

—¡Wax! —gritó Quik—. ¿Qué estás haciendo?

—Plan secreto —respondió Wax—. Mantén su atención.

—¿Has visto a Bliss?

—¿Tú no?

Wax se volvió hacia el monstruo. Empujó el bote desde el extremo del muelle. Ahora libre en el agua, con olas arremolinadas y hierbas dispersas entre él y el gigantesco monstruo burbuja. El monstruo era realmente enorme, alzándose más alto que una casa en los árboles de Kitaye. Y sin embargo, Wax no sentía nada del miedo que se había enroscado dentro de él en Kitaye durante aquel ataque trascendental.

¿Se había vuelto mucho más valiente ahora?

¿O era el skar Foti en su collar, zumbando con energía hambrienta, empujando a Wax hacia adelante con sus palabras sin sentido?

El agua salpicaba los costados del pequeño bote mientras se precipitaba en las aguas turbulentas del monstruo.

Wax, que nunca en su vida había manejado un remo —las almohadillas de lirios de Kitaye se movían con largas pértigas para empujarlas alrededor de la ensenada— se debatía, tratando de mantener el bote en curso.

No era tan difícil cuando el objetivo cubría todo el horizonte.

Una aleta masiva pasó por la derecha de Wax, lanzando el bote hacia la izquierda. Cuando el miembro aplastó el agua contra el costado del monstruo, el rocío se arqueó hacia arriba, alto y corto. Directo hacia él.

—Así que ya me has notado —murmuró Wax, y luego saltó.

Golpear el agua fría trajo una oleada de claridad, una que impulsó a Wax a la superficie. El rocío del monstruo se estrellaba a su alrededor, obligando a Wax a sumergirse bajo las olas. La luz que se filtraba debajo mostraba dónde, en su curva, el rocío del monstruo se adhería a la superficie. Wax se alejó nadando, siguiendo el bote, y esperó, esperó que Castilan no fuera rápido en el gatillo.

Una brazada amplia llevó a Wax de nuevo a la superficie, lo suficientemente cerca como para poner su mano en el bote, que ahora se deslizaba hacia el monstruo por su propia cuenta mientras los movimientos del monstruo arrastraban la corriente hacia adentro.

Wax se arriesgó a mirar hacia atrás al techo donde se suponía que estaba Castilan y no vio a nadie. Ni un alma.

¿Qué estaba haciendo Eujo?

El bote se sacudió, hundiendo a Wax bajo el agua. Pateó, se empujó hacia el lado de babor del bote, subiendo de nuevo y enganchando su brazo sobre un costado. Su cabeza siguió, aunque Wax se encontró lamentando la vista.

La masa burbujeante del monstruo dominaba, tan cerca

ahora que detrás del brillo arcoíris de su piel, Wax podía distinguir un bosque rojo, cosas extrañas que se entrelazaban y se ataban entre sí. Y, en ese bosque, una forma oscura y borrosa en movimiento.

¿Un monstruo dentro de otro?

No importaba. El bote estaba a punto de chocar, y Castilan no había recibido la orden. ¿Era hora de qué, abandonar el plan?

Mientras Wax se debatía, los susurros de los skars en su cabeza se convirtieron en un rugido. El Foti pasó por encima de la mente de Wax, instándolo a ir, a patear hacia adelante, a conducir el bote hacia la criatura. Lo que sucedería después descendió a impulsos animales, un deseo que Wax solo sentía en la cena después de un día balanceándose entre los árboles. Un hambre loca, una que necesitaba ser saciada.

Ahora.

El bote golpeó el costado del monstruo, presionando contra la burbuja en lo que parecía ser un rebote ineficaz. Un rebote perfecto, sin embargo, si la flecha de fuego de Castilian golpeaba ahora, si el bote pudiera incendiarse, si-

El collar ardía, incluso mientras se sumergía y salía del agua. El pecho de Wax se calentó, tan caliente que empezó una maldición solo para cortarla cuando el calor se extendió, atravesando su cuerpo, sus brazos, sus dedos y hacia la madera.

Como un amanecer, el bote estalló en una llama fantástica. La luz era tan brillante, la fuerza que siguió cuando esas llamas encontraron los barriles de aceite, lanzó a Wax a través del agua, revolcándolo sobre la superficie.

Alguien —¿Quik?— gritó, una voz que cortó el rugido del skar, el dolor cegador y la confusión de su cuerpo. El agua lo envolvía por todos lados, haciéndolo girar una y otra vez, la corriente tirando de él hacia abajo.

Patear. Eso era lo que tenía que hacer, patear. Remar con los brazos. Respirar cuando encontrara aire. Wax repitió el mantra, los movimientos simples, conectándolos a través de músculos quemados en acción, rodando mientras encontraba la superficie y miraba un cielo repentino.

Sin monstruo. Sin burbuja. Solo gritos.

No, no gritos. Vítores.

Quik lo encontró, recogió a Wax en sus brazos y comenzó a nadar de vuelta hacia las balsas. Castilan, en un bote de pesca diferente, los recogió a mitad de camino, ayudando a Wax a subir a la dura madera. El demonio, aparentemente muerto, continuaba colapsando sobre sí mismo, el fuego consumiendo el filamento y todo lo que había dentro, como una lámpara perdiendo su cristal.

Wax observaba todo, preguntándose por los susurros en su mente. El skar Foti se había callado ahora, reemplazado por los murmullos activos del Vis. Su skar natal hacía su trabajo, lenta y constantemente reparando la piel rota de Wax, sus manos y cabello chamuscados.

—¿Bliss? —preguntó Wax cuando el bote rozó contra la ciudad de balsas—. ¿Eujo? ¿Dónde están?

Quik, el primero en bajarse y darse la vuelta para ofrecer una mano, tomó una respiración profunda.

—Perdidas, Wax. O muertas.

22

LA PALABRA DEL SEÑOR DE LA GUERRA

La agitación llegó rápido. Las flechas volaron hacia abajo, golpeando a los demonios donde se retorcían, acabando con los insectos. Jochi, con todo su séquito, marchó hacia la arena, tomó el brazo ensangrentado de Svarde y lo levantó en alto para que la multitud pudiera vitorear una vez más.

Durante todo esto, Maena yacía en el suelo. Tenía una armadura para esto, una defensa lista para bloquear todos los horrores bajo el auspicio de un trabajo necesariamente hecho. Un requisito para ser capitana Rana, para entender tu misión de capturar riquezas para tu isla natal, para mantener viva la reputación Rana frente a otras islas con más gente, más tierra. Con malas probabilidades, tenías que ser despiadada, inflexible, un terror.

Tres Rana habían entrado en la arena, y con la ayuda de un Foti y un ferrita, habían ganado, maldita sea. Habían ganado.

Pero no estás feliz.

¿Cómo podría estarlo? Los tontos al otro lado de la puerta, esos pobres prisioneros a quienes les habían dicho que luchaban por su libertad, habían sido masacrados. ¿Habría hecho Jochi lo mismo si Maena hubiera asesinado a Barten?

Esa es una trampa. Incluso yo sé que no debo cavar tan profundo.

Entonces necesitaba otro lugar al que dirigirse. Si no querías quedarte atascada en las aguas poco profundas, tenías que mantener tu velocidad. Izar las velas.

—Levántate —gruñó un guardia, rompiendo la concentración de Maena mientras la tomaba del brazo y la ponía de pie—. Ganaste, ahora actúa como tal.

Maena habría escupido al hombre, pero tenía la boca seca. Así que hizo lo que el guardia le obligó, se quedó allí y aceptó los vítores. La multitud permaneció, aplaudiendo y recogiendo sus ganancias, hasta que una campana distante señaló otro combate. Los bancos se vaciaron rápidamente, entonces. Vidas gastadas olvidadas.

Pero no para Jochi.

El señor de la guerra reunió a los cinco, pareció catalogar sus diversas heridas con los ojos. La barba del hombre lucía recién aceitada, la nieve derritiéndose entre su pelo alisado.

—Felicitaciones por vuestra victoria —dijo Jochi—. Creo que os gustaría un baño, algo de limpieza para esos cortes y un momento de paz. Los tendréis, pero no aquí. —Jochi cruzó los brazos, y por primera vez, Maena vislumbró incertidumbre en el hombre sólido—. Habéis cumplido vuestro tiempo en los Fosos, maldita sea, y tengo una oferta para vosotros.

—¿Qué podría ofrecernos un pedazo de carne como tú? —retumbó Svarde. Kivi resopló en señal de apoyo.

—Un pedazo de carne como yo puede ofrecer mucho —respondió Jochi, sin reírse esta vez—. Se está corriendo la voz sobre un enemigo que se dirige a un lugar que no podemos permitirnos perder. Whent está escaso. Vosotros estáis lo suficientemente gordos como para ayudar.

—¿Por qué Whent está luchando? —preguntó Rasslebeck—. ¿Demasiados emborrachándose aquí, viendo morir a la gente por diversión?

—Hay campesinos y gente destrozada aquí, encontrando su cordura en un frasco o dos —respondió Jochi—. La verdadera razón no es asunto vuestro, Rana. Lo que sí lo es, es que si me ayudáis aquí, os dejaré marchar libres.

Ahora fue el turno de Maena de burlarse.

—¿Solo somos cinco? ¿Qué diferencia haremos?

—Pero no sois cinco cualquiera, ¿verdad? —dijo Jochi—. Campeones, asesinos de demonios. Sostendréis mi bandera y otros lucharán. Pensarán que tienen una maldita oportunidad. Tal vez, con vosotros, la tengan.

—¿Y si decimos que no? —preguntó Svarde.

—Moriréis aquí uno por uno. No más concursos justos. Solo sacrificio sangriento. Lo último que veréis será saliva y cerveza vieja de una multitud demasiado feliz de ver vuestras entrañas caer. —Jochi habló sin sonreír, sin jactarse.

—El hombre habla en serio —dijo Maena—. Deberíamos aceptar.

—Ayudar a nuestros captores parece incorrecto —Rasslebeck pateó la tierra—. Aunque también lo es morir por nada.

—Soy fan de vivir, personalmente —intervino Pennifer. *No es la única.*

—Iremos, entonces —anunció Svarde después de obtener asentimientos del grupo—. Salvaremos tu ciudad. —Cuando Jochi asintió, sin embargo, Svarde continuó—: Tus exploradores dicen que viene un ataque. ¿De qué tipo?

—Demonios. ¿Qué otro mal vale la pena temer?

Viajaron en carreta de nuevo, rodando sobre la tundra. Esta vez, las manos de Maena no estaban atadas y podían moverse libremente por su vehículo cubierto de lona. Cualquiera que intentara escapar por la parte trasera, sin embargo, se encontraría con arqueros dispuestos a derribarlos.

No es que huir te fuera a dar algo más que una muerte lenta y helada en medio de las llanuras escarchadas de la isla.

Más carretas se unieron mientras avanzaban, intersectándose con el tren de pueblos pasajeros, o alcanzando a más conversos de los Fosos. Jochi había tenido razón en eso: sin importar cómo lo expresara, su leyenda atraía más espadas, puños y cuerpos.

En cuanto a su propio cuerpo, Maena sanaba lentamente, al igual que los demás. Los vendajes cambiaron, y las historias de cómo cada uno de ellos se había enfrentado a los insectos comenzaron fuertes y dieron paso a más horrores, la desesperación, el miedo. Rasslebeck afirmaba que ya no podía moverse tan bien, que lo que fuera que hubiera estado en el saco del aguijón del demonio había agotado la fuerza de sus músculos. Las nuevas cicatrices de Svarde se iluminaban en blancos furiosos a lo largo de sus manos y brazos, y el hombre pasaba más tiempo en un silencio estoico.

Nada, entonces, del Foti tranquilo y cariñoso que había ayudado a Maena a limpiar sus propias heridas antes.

Solo Pennifer y Kivi parecían inspiradas a, bueno, inspirar. La francotiradora rana convertía sus palabras en canciones más a menudo que no, lanzando una gama de canciones marineras y tonadas de taberna, mientras Kivi se escurría entre ellos, ventilando sus escamas para mantenerlos calientes. Parecía la más saludable, con piedras en abundancia en el camino.

¿Y qué hay de ti? ¿Ya te estoy volviendo loca, ladrona?

¿De qué parte de mí saliste?

¿Parte? Soy todo tú.

Entonces sabrías cuándo quedarte callada.

Por una vez, la voz lo hizo. Por una vez, Maena pudo cerrar los ojos y dejar pasar los minutos, las horas en paz. O, al menos, tanto como fuera posible, con esos ojos invisibles siempre sobre ella, observando, esperando, juzgando.

El Hogar de Tallwren esperaba en la costa sur de Whent. Anidada entre colinas ondulantes cubiertas de ovejas lanudas, la ciudad bullía de briosidad industrial. No solo las pieles y carnes de los animales, sino también, según Jochi, tecnología.

El señor de la guerra se movía entre los carromatos durante el viaje, tomándose tiempo en cada uno para, según decía, inspirar a los prisioneros para su próxima misión.

—Esto no se trata de salvar a unos granjeros —dijo Jochi—, aunque eso debería ser suficiente. El Hogar de Tallwren es lo mejor de Whent, nuestro corazón, nuestra mente, nuestro poder. Tomen nota.

Maena había oído hablar de la universidad, segunda solo al secreto palacio del Najahn en Noctia en cuanto a verdadera erudición. Rana y las otras islas tenían escuelas de oficios, por supuesto. Lugares para aprender talentos verdaderamente útiles. Solo las islas con demasiada gente y muy pocas oportunidades podían molestarse con algo así, un lugar para reflexionar sobre lo que cualquiera con medio cerebro podría decidir por sí mismo.

Mientras Jochi continuaba, fanfarroneando sobre innovaciones realizadas y honores dudosamente ganados, las ovejas dieron paso a viviendas escalonadas, moradas de tierra construidas en las laderas y reforzadas con rocas. Estas a su vez se transformaron en casas de piedra, apiladas y unidas con cierta habilidad, a medida que su tren llegaba a la ciudad propiamente dicha. Aun así, pocas ofrecían un segundo piso, y las calles, por lo que Maena podía ver, seguían siendo de tierra apisonada.

Al menos, los olores modernos se mezclaban en la brisa. Fuegos que quemaban más que comida. El frío sabor del mar. Una corriente maloliente que solo crecería a medida que el suelo congelado llevara a menos lugares para deshacerse de lo que los humanos dejaban atrás.

Problemas que Rana había resuelto con una fontanería decididamente mejor, arrastrando hacia los océanos profundos lo que no podía usarse como fertilizante.

Whent, al parecer, lo guardaba como combustible para el fuego en caso de que las fuentes más atractivas disminuyeran demasiado en el largo invierno.

Esa admisión al menos hizo fruncir el ceño a Jochi. No había mucho "honor" en eso.

—Lo resolveremos pronto —dijo Jochi—. Pueden verlo ahora. A nuestra izquierda. —El señor de la guerra, de pie en la parte trasera plana del carromato, señaló y todos, incluida Maena, miraron.

El buque insignia del Hogar de Tallwren apenas merecía ese nombre. Rodeada por un muro de piedra apenas más alto que la propia Maena, la Universidad se extendía por una colina y, con techos de paja inclinados, dejaba claro que su masa yacía dentro de la tierra y no sobre ella. Como si los ratones hubieran excavado grandes agujeros en el suelo.

—Es mejor por dentro —gruñó Svarde ante la poco impresionante vista—. Pienses lo que pienses de Jochi, la escuela merece ser salvada.

—Así que no estoy rodeada de idiotas. No del todo.

—Ojalá pudiera decir lo mismo.

Jochi simplemente se rio.

El tren de prisioneros desembarcó no en la universidad, sino en los muelles. Un puerto comercial, pero fortificado. Los muelles vacíos de la mayoría de los barcos, excepto un par de galeones de Whent preparándose para una carrera de fin de temporada a Noctia. Tres torres de piedra vigilaban la carga, sus cimas coronadas con robustas ballestas. Esas ballestas de Whent encontrando a sus gigantescos hermanos aquí.

—Siempre me pregunté por qué nunca asaltamos esta ciudad —dijo Rasslebeck mientras los guardias de Whent alineaban a los pasajeros de los carromatos en una larga fila —. Supongo que ahora lo sé.

—Es más fácil encontrar presas en el mar —coincidió Maena. A su izquierda, Svarde y Kivi se alinearon, mientras Pennifer y Rasslebeck esperaban a su derecha—. Whent siempre está obsesionado con lo grande y fuerte, tienden a pasar por alto lo rápido y astuto.

—Eso me parece bien.

La defensa planeada por Jochi parecía bastante simple. Los soldados de Whent que aún quedaban en la ciudad ocuparían las torres, utilizando la artillería para ralentizar o destruir a los demonios que se acercaran. Cualquiera que lograra llegar a la orilla sería abatido por los prisioneros.

—Si alguno pasa por ustedes, nosotros nos encargaremos —dijo Jochi, recorriendo la fila—. Si alguno de ustedes se acobarda, también nos encargaremos. Esto no es una elección. Es su libertad, por lo que están viviendo. Salven la ciudad y se ganarán un exilio, libres de nuestros látigos, nuestras espadas. Si fallan —Jochi sonrió con su mueca asesina—, estarán demasiado muertos para que les importe.

Los prisioneros no tendrían refugio mientras esperaban, aunque las dunas resultaron ser un baluarte suficiente contra las tormentas exteriores. Los matorrales y los restos de varios barcos destruidos proporcionaban madera para las hogueras, con cordero y zanahorias, patatas y cangrejo suministrados por Whent. Un excelente festín devorado con las manos y dagas mientras el agua chapoteaba cerca.

La línea de Jochi se reforzó más allá de los muelles, arrastrando sacos de arena destinados a contener las inundaciones hacia las calles, bloqueando el paso fácil y asegurando que su pequeño cuerpo de ballesteros pudiera abatir a cualquier tonto que avanzara o huyera.

Una vez que las fortificaciones bloquearon los caminos, Jochi rugió alguna señal y comenzó una lluvia metálica, lanzada desde esas torres para caer entre la arena. Maena no se estremeció como Rasslebeck, como tantos otros. Había captado el brillo en la luz menguante y lo entendió.

—Armas —gritó Rasslebeck, el primero de su grupo en alcanzar el tesoro que sobresalía de los granos ásperos llenos de guijarros—. Parece que no están mintiendo después de todo.

—Así que hacemos su trabajo —dijo Svarde, quedándose junto a Maena, terminando su cordero asado—. Obtenemos la libertad. ¿Un trato justo?

—Es una mentira —replicó Maena—. O lo tergiversarán de alguna manera. Whent no olvida. No nos dejarán ir.

—Cuando pasé por aquí con Catya y Ami, nos trataron con amabilidad.

Maena mordió una pata de cangrejo, chupó la carne blanda y escupió la cáscara en la arena. Rasslebeck rebuscó varias hojas moteadas, que necesitaban una buena limpieza y afilado antes de que fueran de mucha utilidad. No es que Jochi fuera a proporcionar tal cosa.

—Tenían a Noctia detrás de ustedes, y sin el comercio de Noctia, sin la ayuda del Najahn, Whent moriría —respondió Maena—. Ahora no tenemos nada. Somos los juguetes de Jochi, y no nos dejará ir.

—Entonces lo obligaremos —dijo Svarde, aceptando una espada maltrecha—. Cuando termine esta pelea, Maena, volveremos a lo que importa.

—¿Todavía crees que podemos hacerlo, Svarde? ¿Incluso después de todo esto?

—No hay nada más, Maena. O destruimos a los demonios, o este mundo está condenado.

Y sin embargo, mientras Maena observaba la línea desigual que se apresuraba a armarse con los restos de Whent, no era difícil preguntarse si no estaba condenado de todos modos.

Recoge esa espada, cobarde. Recuerda por quién estás luchando.

¿Por ti?

Exacto. No lo olvides.

Maena se rio. Atrajo las miradas de su equipo y las ignoró.

—Vamos —Maena se puso de pie—. Veamos si Jochi nos da algunas piedras de afilar antes de que lleguen los monstruos. No pienso morir aquí.

23
HOJAS FLOTANTES

Bliss no vio el fuego antes de que la encontrara. Un destello repentino, un punto brillante que se iluminó en la piel abovedada del demonio frente a sus ojos, casi fuera de su vista mientras intentaba encontrar un punto débil en la carne roja y cuadrada ante ella. Había hecho la escalada con el bastón, se había aferrado y mirado fijamente la masa, sintiendo su vibración en sus talones, e intentado ver alguna pista obvia, alguna vulnerabilidad clara.

A falta de una, lo golpeó una vez. Clavó el bastón con fuerza, el borde de metal romo empujando la carne, doblándola y deformándola pero sin atravesarla. Una tensión demasiado fuerte para que ella pudiera penetrar.

La luz brillante señaló algo nuevo, al igual que la repentina vibración del demonio, una ráfaga apresurada cuando el aire muerto dentro del demonio hizo un movimiento. El viento arrojó a Bliss de su escalada, la succionó hacia atrás y hacia abajo mientras las llamas estallaban detrás de ella, sobre ella, los fuegos devorando la piel de burbuja del demonio como si fuera hierba seca.

Ella sostuvo el bastón. Lo agarró con fuerza mientras caía porque no había nada más que hacer.

Por qué había explotado el demonio, qué lo había golpeado, estos eran destellos momentáneos y nada más. Cuando Bliss golpeó el agua, lo suficientemente fuerte con la película para expulsar el aire de ella, las primeras cenizas y brasas mientras las entrañas del demonio se incendiaban revolotearon junto con ella. El agua se iluminó donde tocaban, la película grasienta demostrando ser tan inflamable como pegajosa, viscosa y absolutamente horrible.

Tratando de jadear, de aspirar algo, Bliss se revolvió, chapoteó, mientras las llamas crecían a su alrededor en una versión nauseabunda de lo que podría haber sucedido si hubiera dado un paso en falso en la Gran Forja de Foti. No lava, aquí, pero casi tan mala, espesa y caliente y cerca, oh tan cerca.

El bastón, incapaz de atravesar la piel del demonio, encontró un objetivo que sí podía romper. Bliss lo agitó, enviando su extremo de metal a través del líquido a su alrededor. El hierro gris moteado rompió la película, revelando el espeso verdín del lago debajo, y Bliss rodó hacia él, esas llamas lamiéndola mientras se sumergía.

Sumergida, los pulmones de Bliss le recordaron que aún no se había recuperado de la caída. Quedaba muy poco aire, sus piernas y brazos usaban demasiado en un movimiento de pánico de vuelta hacia la ciudad de balsas. ¿O estaba remando más lejos? Las direcciones parecían imposibles, la corriente arrastrada por los giros del demonio era un torbellino rápido e incesante mientras la criatura ondulaba en sus momentos de agonía. Bliss se encontró arrastrada en una dirección, sus dedos de los pies y las manos succionados, solo para ser golpeada en el estómago por una corriente de vuelta por donde había venido. En algún momento, el bastón se fue volando, arrancado de su agarre mientras sus dedos perdían fuerza, sus ojos ardían y su cuerpo comenzaba a convulsionar.

Arriba. Eso, esa dirección la conocía, aunque solo fuera porque florecía como una gloriosa rosa amarilla sobre ella. La obra del fuego, y una hacia la que pateó en su último esfuerzo.

Un respiro, una claridad mientras el agua corría por sus mejillas, sus ojos, su boca. Una bocanada de aire, finalmente, aunque cubierta de humo. Pero no más, no mucho más que aire más allá. A su alrededor, la película ardía, y a medida que se iba, el fuego seguía, muriendo en todas partes poco después de que su dominio lograra el deseo del infierno. Arriba, la piel de burbuja se desprendió hacia el norte, una línea ardiente que despejaba al demonio como el sol persiguiendo el cielo nocturno. A medida que avanzaba, el fuego encontró esas mismas venas que Bliss había escalado, consumiéndolas tanto como todo lo demás, las cenizas negras revoloteando hacia abajo.

Todo lo que Bliss hizo, sin embargo, fue respirar. Respirar, mover los pies y ver morir al demonio.

Torny la encontró primero. Llegó en una simple barca, una canoa para dos personas destinada a transportar mercancías de una parte de la ciudad a otra, propulsada únicamente por los remos tirados por sus brazos.

La bandida gritó el nombre de Bliss una y otra vez, allí en las ruinas flotantes y humeantes, hasta que encontró los chapoteos de Bliss. Sus gritos roncos.

—Maldita idiota —dijo Torny, apoyando a Bliss contra la canoa y ayudándola a entrar—. ¿En qué estabas pensando?

Bliss se recostó contra la canoa, la madera áspera seca y, por una vez, libre del limo del lago, la película del demonio.

Su piel casi brillaba, de un rojo tan furioso, esas líneas entrecruzándose en toda su superficie.

—Te estoy haciendo una pregunta —dijo Torny, inclinándose sobre Bliss, lo suficientemente cerca para que sus ojos afilados y su cabello salvaje y corto cortaran el cielo—. ¿Por. Qué. Fuiste. Sola?

Sintiendo que este era uno de esos momentos que exigían una respuesta, que Bliss no podía fingir librarse con un escabullimiento somnoliento, intentó responder. Fue por una señal temblorosa con su mano izquierda y encontró su brazo muerto. No se había ido, no, pero estaba demasiado cansado, demasiado destrozado para hacer algo.

Así que Bliss optó por una sonrisa confusa y dolorida.

Torny maldijo y se sentó, tomó los remos y comenzó a remar. Bliss escuchó a los pájaros, los gritos que venían de la ciudad.

No eran de ira, ni de pánico, ni de desesperación. Ya no.

El skar los salvó, así dijo Wax, pero su hermano no pudo mantener el enfoque. Una alegría gritada por el regreso de Bliss, seguida de una entrega del skar de Vis a las palmas de Bliss.

—Escúchalo —dijo Wax—. Te ayudará.

Quik recomendó lo mismo, dijo que había pasado las noches después de la puñalada de Eggrad simplemente dejando que el skar le susurrara para dormir. —Sentía como si quisiera contarme sobre cada pequeña lesión que tenía. A medida que lo hacía, las heridas dejaban de doler.

Más allá de eso, mientras Torny ayudaba a Bliss a instalarse en la única posada del puesto avanzado, un lugar en gran parte convertido en refugio a la luz de los crecientes ataques del demonio, Wax y Quik no se molestaron en quedarse.

—Eujo ha desaparecido —explicó Torny cuando Bliss

finalmente logró transmitir la pregunta—. Desapareció durante el ataque del demonio. Al parecer, estaba justo con Wax, pero no lo acompañó en el bote para hacer explotar al monstruo.

Bliss ladeó la cabeza e intentó preguntar más con la mirada.

Torny, con una jarra de cerveza en cada mano —Bliss había hecho un gesto pidiendo una y Torny se negó, declarando que necesitaba ambas. Bliss podría tomar agua, y solo agua.

—¿Que qué estaba haciendo yo? —dijo Torny en respuesta—. Lo único responsable que se podía hacer: ir tras de ti y tu locura. Te vi hundirte y fui a buscar un bote. Para cuando encontré uno y descubrí cómo usar los remos... —Torny miró alrededor, confirmó que aunque había algunas personas desplazadas en la posada, ninguna parecía estar escuchando, y se inclinó—. Bliss, creo que hice girar ese barco en círculos durante unos diez minutos tratando de averiguar cómo funcionaban los remos.

«¿No sabías?», los gestos eran torpes, pero Bliss descubrió que su mano derecha podía hacerlos si se esforzaba. «¿Nunca antes?»

—¿Hola? Soy una bandida, no un barquero. ¿Qué sentido tiene que yo aprenda a usar un remo? —Torny frunció el ceño cuando Bliss intentó sonreír—. Si dices que es para ayudarte, te tiraré esta cerveza encima ahora mismo.

«¿Me equivoco?»

—Mira, esa no es la lección. Que yo aprenda a pilotear un bote de pesca no es lo que debemos sacar de esto. — Torny suspiró, ambas tumbadas en el destartalado catre que habían logrado reclamar. Bliss yacía bajo las mantas, una cálida manta de paja, mientras Torny permanecía encima con sus cervezas—. No, no, la lección aquí es que me lleves contigo cuando te vayas.

«¿Por qué?»

—Para poder protegerte, tonta. —Otro suspiro dramático, largos tragos de ambas jarras—. Eres una Vis, Bliss. No has visto nada. Necesito evitar que cometas errores estúpidos, como ir tras un demonio gigante sin nada más que tu bastón.

Eso también lo habían encontrado, flotando cerca de la ciudad. Lo recogieron y se lo entregaron a Castilan, y ahora descansaba, secándose bajo la cama de Bliss.

«No necesito...»

Torny golpeó la mano de Bliss con una jarra de cerveza. —Déjalo ya. Sí lo necesitas. Claramente. Porque tu propio hermano casi te convierte en una fritanga allá atrás. Así que la próxima vez que se te ocurran estas ideas, me avisas y lo afrontaremos juntas. O, mejor aún, te diré que te sientes y dejes de ser estúpida.

Bliss se recostó en la almohada. Áspera, pero seca. Tanto como podía desear en ese momento. Torny cambió de tema, pasó a hablar de las consecuencias, cómo estarían limpiando, averiguando cómo llegar al Remolino en un par de días. Poner la aventura en marcha de nuevo.

«¿Te refieres a cuando Wax regrese?», señaló Bliss, con los ojos entrecerrados.

—Bueno, sí. Él no se va a ir a ninguna parte —dijo Torny—. Eujo probablemente resbaló, se golpeó la cabeza y cayó en un barril. Aparecerá. —Torny resopló—. Aunque podría ser bueno si no lo hace. Tal vez el demonio acabó con ella. Nos deja con una rival menos, ¿sabes a lo que me refiero?

Bliss abrió los ojos y le dirigió a Torny la mirada que se merecía por un comentario así.

—Oh, no te ablandes conmigo —dijo Torny—. Eujo nos está ganando ahora mismo. No somos sus Guardianes.

«Aun así. Era agradable.»

—¿Lo era?

La respuesta de Torny se vio puntuada desde el otro lado del edificio, con un golpe cuando la puerta de la posada, una cosa destartalada de madera, se abrió de golpe. Castilan entró tambaleándose, con Quik en sus brazos. Bliss se incorporó mientras Torny maldecía, vio cómo el cuerpo magullado y maltratado de Quik era pasado al najahn que actuaba como único sanador del pueblo. El hombre colocó a Quik con cuidado sobre un montón de hierbas secas mientras Bliss y Torny se acercaban, Torny cediendo una jarra de cerveza para que Bliss pudiera agarrarse de su brazo.

Los ojos de Quik revoloteaban, una mejilla hinchada. Sus manos sostenían sus guanteletes, los afilados dedos de madera húmedos de rojo. Rojo que el propio Quik vestía, con cortes a lo largo de sus brazos, pecho y piernas. Cortes demasiado limpios y afilados para provenir de la garra de un demonio.

—Esto no es bueno —murmuró Torny mientras Bliss se arrodillaba junto a su hermano.

Mientras el sanador pedía a gritos ungüentos y vendas, Bliss tomó el skar Vis de su propia mano y lo puso en la de su hermano. Observó cómo su respiración se calmaba rápidamente, el rubor alrededor de sus facciones se enfriaba. Su propio dolor volvió, las líneas desvanecidas en su piel encontrando su ardor.

Podía soportar eso, sin embargo. Podía aguantar.

«Dame eso», señaló Bliss a Torny, que observaba mientras se mordía el labio inferior. «La cerveza.»

Torny le pasó la jarra, probablemente esperando que Bliss bebiera un trago. En su lugar, la Vis colocó la jarra fría contra la sien de su hermano, su frío encontrándose con lo que de otra manera parecía el rápido inicio de una fiebre.

Los ojos de Quik se abrieron de golpe, encontrando rápidamente los de Bliss.

—Wax —dijo Quik—, se lo llevaron. Hacia el este, Bliss. Tienes que encontrarlos.

«¿Encontrar a quién?»

—Los guardias de la Reina —dijo Quik, las palabras un traqueteo—. Han vuelto.

24

CARRERA ENTRE LAS ROCAS

Como cualquier grupo de niños, Sawi, Wax y los demás solían jugar entre los árboles. Se escabullían entre los arbustos, se columpiaban en las lianas dando un toque en el hombro antes de salir corriendo; la diversión hacía que los días pasaran volando. Cada uno tenía su especialidad: la de Sawi era la velocidad. Se movía entre los árboles y las lianas con una agilidad que ninguno de los otros podía igualar. A veces, Wax lograba idear una ruta ingeniosa que le permitía adelantarse y dar un susto inesperado, pero si se trataba de llegar de un punto a otro, Sawi siempre llegaba antes que nadie.

Sin embargo, esa velocidad no le servía de mucho mientras se infiltraba en la gran casa Mottilan, acurrucada contra el acantilado con su césped extendiéndose hacia un precipicio. La velocidad no ayudaba, no, pero el sigilo sí. Colocaba los pies primero con la punta, para que no hicieran el más mínimo ruido al entrar en contacto con los suelos de roca. La piedra fría y áspera, tallada con los instrumentos romos por los que Vis era conocida, tenía suficiente textura para darle estabilidad a Sawi, así que cuando se inclinaba, con los oídos atentos a cualquier señal de que la habían descubierto, mantenía el equilibrio. Plantó ambos pies, sus brazos y su cuerpo dentro de una pequeña habitación.

A su derecha había una cama vacía cubierta de musgo, montada sobre tablas. No eran las hamacas de Kitaye. Quizás aquí había demasiado viento o eran muy difíciles de hacer. Bolsas al azar y pequeñas artesanías llenaban el espacio, incluyendo algunas colgadas en las paredes de bambú trenzado. Piedra para el exterior, materiales más ligeros para el interior. Demasiados proyectos, muy pocos terminados.

Típico de los Mottilan, abandonar el esfuerzo a la mitad.

Las voces se hicieron más fuertes de nuevo. La de Gladdring entre ellas, protestando por la discusión que Sawi había oído. Las réplicas volaban rápido, seguidas de un ruido de arrastre. Algo pesado siendo arrastrado por el suelo. Sawi se acercó a la única salida de la habitación y asomó un ojo por el marco de la puerta. Un pasillo central se extendía a derecha e izquierda, estrecho y atestado de bolsas, cajas sueltas repletas de frutas, verduras y forraje. A la derecha, la puerta principal de la casa estaba casi al alcance de Sawi. Cerrada, la madera encajaba de manera irregular en el marco cuadrado de piedra. Al otro lado, esperaba un resplandor, el único en todo el edificio, de donde provenían los ruidos.

¿Qué estaba haciendo?

El pensamiento detuvo a Sawi en seco, justo cuando un sonido diferente surgió de la habitación contigua. Un golpe seco, duro y rápido, seguido de una maldición escupida por la boca de Gladdring. ¿Qué hacía ella aquí, en esta mansión Mottilan? Arriesgándose a lo que seguramente sería una paliza, posiblemente algo peor si alguna ley Mottilan prohibía el allanamiento. Las costumbres de Vis no eran muy amables con los criminales: era más fácil arrojarlos por un acantilado o dárselos de comer a algún hanoko que molestarse en encarcelarlos. Y nadie de Kitaye recibiría un trato favorable aquí.

Otro puñetazo. Otra maldición de Gladdring. Esta vez más húmeda.

Ella no era una luchadora. No era de las que empuñaban una espada y se lanzaban al ataque, como Wax con esa hoja Foti. Él no sabía qué hacer con esa cosa, pero Sawi veía la confianza que le daba. La posibilidad de defenderse. Aquí, ¿qué tenían? ¿Sus manos? ¿Su cuerda?

Sawi miró a su alrededor, sin encontrar nada entre los trastos cerca de sus pies que pudiera servirle. Lo mejor, entonces, era mantener las manos libres, listas para responder a cualquier cosa que surgiera.

Surgiera como ella, ahora. Valor, Sawi. Por eso estaba aquí. Porque la última vez que Wax y Pan necesitaron su ayuda, ella los había abandonado, y mira lo que había pasado. No otra vez, no otra vez. No ahora.

Cruzó el pasillo rápidamente. No había nadie allí, ni un alma vigilando. Tan seguros de sí mismos y de su seguridad, o de que nadie se atrevería a interrumpir.

Sawi entró en la siguiente habitación, pegándose a la pared más cercana. Se agachó y echó un vistazo alrededor de la esquina, siguiendo el resplandor. La habitación más agradable que había visto hasta ahora la esperaba, por una vez arreglada como si alguien con alma viviera allí. Muebles de madera, más bonitos que cualquier cosa que Sawi hubiera visto en Mottilan, e incluso mejores que la mayoría de lo que había visto en Kitaye, se extendían por la habitación más grande de la casa. Varias sillas, una mesa de teca y una chimenea construida en un nicho de piedra. Cojines rellenos —probablemente hechos en Kance— salpicaban el espacio, proporcionando plataformas para que la multitud en su interior se acomodara.

Al menos seis personas, todas con los ojos fijos en Gladdring. Un séptimo, un hombre corpulento de aspecto curtido, se cernía sobre el Tenet. El hombre tenía un gancho en la mano, el metal curvado destinado a pescar. El fuego encendido rebotaba en él como una estrella en un cielo oscuro. Debajo, los nudillos del hombre tenían un tono sangriento, que coincidía con las manchas en el rostro de Gladdring y sus túnicas enmarañadas. El Tenet parecía haber conocido días mejores, su cuerpo encogido de dolor, su ropa desgarrada. Gotas rojas goteaban de los cortes a lo largo de sus brazos, y los moretones se alzaban alrededor de los ojos del hombre. Unos ojos que podrían haber visto a Sawi si hubieran mirado al otro lado de la habitación, pero en su lugar mantenían su dolorida mirada entrecerrada fija en el hombre.

—...en tu muerte, y nada más, Korrus —decía Gladdring cuando Sawi sintonizó—. A mis amigos en Noctia no les gustaría nada más que saber que estoy muerto, pero como Noctia no puede parecer débil, enviarán a Najahn aquí para destruirte a ti y a tu ciudad.

—Eso dices —dijo Korrus—. Eso es lo que has estado diciendo, Gladdring. Los nudos están por todas partes. Todo lo que hacemos nos ata a ti y a tus planes. Tú te beneficias, nosotros perdemos. —Korrus lanzó una mano hacia atrás señalando a la multitud, la cuerda silbando en el aire. Varios se agacharon o se echaron hacia atrás en sus sillas para esquivar el movimiento—. Se suponía que obtendríamos la Renovación, y terminamos sin nada. Se suponía que obtendríamos el comercio de Noctia, pero fue a parar a

Kitaye en su lugar. Incluso Kance envía barcos a esa maldita ciudad ahora.

—No fue obra mía, Korrus.

—Bueno, es una lástima, porque eso haría esto aún más fácil.

Korrus echó la mano hacia atrás de nuevo. Sawi tosió.

No tenía por qué hacerlo. El aliento no le picaba en la garganta, ni el hollín de la chimenea. No, Sawi lo hizo porque no sabía qué más hacer y vaciló a medio camino entre el silencio de un cobarde y el grito de un mártir.

La tos atrajo la atención equivocada.

Rostros y cuerpos se volvieron como uno solo para mirarla, aún agachada a medio salir de la puerta. Las bocas se abrieron, las cabezas se inclinaron mientras sus mentes intentaban encontrar una explicación, una razón para que alguien que no conocían estuviera allí. Hasta que uno proporcionó una respuesta.

—Es la chica de Kitaye —dijo una mujer morena cerca de la silla de Gladdring—. ¡Entró con él hoy!

—Así que no estás sola —anunció Korrus mientras Sawi se ponía de pie, manteniendo las piernas tensas—. Gladdring, si alguna vez quisiste una mejor prueba de tu traición, una mujer Kitaye es la elección perfecta. —Asintió hacia ella—. Atrápala. Otra mascota de Noctia para pedir rescate.

Sawi giró, se impulsó contra la pared de piedra mientras las sillas crujían y las botas golpeaban el suelo. Atravesó corriendo el dormitorio, atrapando la puerta con una mano libre al pasar y cerrándola de golpe. La ventana se convirtió en un estrecho camino entre los árboles, uno por el que Sawi se lanzó, esquivando las paredes y cayendo sobre la hierba con una voltereta hacia adelante como si fuera una fronda gigante. Mantener el impulso, seguir moviéndose, porque disminuir la velocidad, caer, era morir.

Una ley de la jungla, una ley de Vis.

La hierba fresca le dio tracción a Sawi y se lanzó hacia adelante directamente a través del patio, justo hacia el acantilado. Detrás de ella, los gritos se volvieron más agudos cuando los perseguidores vieron su salida, su camino.

Lo que no esperaban, a juzgar por sus exclamaciones, era que Sawi se lanzara por el acantilado.

La luz de las estrellas cubrió su caída, el aire rugiendo a su alrededor mientras Sawi, con las manos moviéndose antes de llegar al borde del acantilado, desenrollaba su cuerda. Cuando Sawi golpeó el vacío, la cuerda se extendió debajo de ella, esperando un chasquido. Uno que Sawi dio al caer, lanzando la cuerda hacia un árbol estrecho que sobresalía de un saliente inferior, uno que parecía intentar alcanzar el horizonte en lugar del cielo. Un camino trazado en su entrada y ahora tomado, la cuerda atrapándose y haciendo que Sawi girara bruscamente hacia la derecha. Un balanceo que terminaría con ella golpeando de nuevo contra el acantilado si no fuera por su segundo tirón, un ligero jalón hacia arriba de la cuerda que liberó los ganchos de agarre en su extremo.

Ahora realmente volaba, precipitándose hacia abajo a la derecha, una flecha veloz dirigiéndose hacia el centro de Mottilan, edificios amontonados y pocos árboles para lograr un rescate. Sin embargo, Sawi no entró en pánico, no podía paralizarse. Hacer eso era morir, y no de forma apropiada. En cambio, Sawi chasqueó su cuerda nuevamente, esta vez lanzándola contra la pared a su derecha mientras caía. La cuerda mordió la roca, la raspó, sacudiéndola con tanta fuerza que Sawi sintió que su hombro se dislocaba, su dolor mezclándose con la quemadura en su piel por el roce duro de la cuerda. El dolor encontró un compañero cuando el tirón de la cuerda, frenándola, llevó a Sawi a una carrera raspante a lo largo de la pared del acantilado. Su piel se convirtió en fuego, el brazo derecho de Sawi se adormeció, pero golpeó el siguiente techo lo suficientemente lento como para evitar la muerte.

Solo un rebote sobre el tejado de paja, solo un giro entre palos y hojas, solo otra caída a un estrecho saliente más allá. La cuerda de Sawi abandonó sus manos maltratadas mientras caía, yaciendo en tierra polvorienta, un jardín cosechado. Con la cara presionada contra el suelo duro, Sawi trató de respirar, de ver si había alguna parte de sí misma que no estuviera magullada.

Sus pies. Sus piernas. Raspadas, sí, pero no destruidas. Su brazo izquierdo, también, parecía lo suficientemente viable como para empujar a Sawi a ponerse de pie. El movimiento trajo consigo una ola de mareo, la cabeza de Sawi sufriendo su propio golpe en el descenso salvaje. Aun así, divisó su cuerda, su extremo colgando sobre el techo. Su lugar de aterrizaje no era más que una choza, igualando a las casas arbóreas más pequeñas de Kitaye en tamaño, pero no en estilo. Una sola ventana. Sin salida para el fuego. Y oscura por dentro.

Si el dueño no estaba, eso sería al menos una pequeña misericordia.

Sawi tiró de su cuerda para bajarla. Intentó envolverla alrededor de su cintura con la mano derecha, solo para que su hombro estallara en un dolor punzante que le robó el aliento. En su lugar, optó por un tosco envoltorio guiado por la izquierda. Tomó un profundo respiro al final, trató de encontrar una nota de esperanza en su supervivencia. Gladdring, capturado. Probablemente un rehén o algo peor.

¿Qué haría ahora?

La pregunta de Sawi tomó un giro más inmediato rápidamente, cuando las voces se acercaron por el acantilado, unas que se aproximaban. La persecución no había cesado, y estaban cerca. Sawi lanzó una mirada detrás de ella, hacia el saliente. Otra caída empinada con pocas opciones para balancearse. Esto no era Kitaye. Mottilan no estaba construido para sus habilidades. Pero tenía dos pies. Podía correr.

Y Sawi, incluso herida, incluso exhausta y asustada, tenía velocidad.

25
ATRAPADO

El rastro no fue difícil de encontrar. Un paseo de vuelta a donde Wax había dejado a Eujo al abandonar el bote de aceite y allí, adentrándose en los pantanos al sur de la ciudad: juncos doblados y líneas en el barro. Huellas de botas que conducían desde el lugar del secuestro hacia la penumbra. Una pregunta se presentó entonces, con la luz desvaneciéndose rápidamente.

—Ir tras ella ahora va a ser peligroso —dijo Quik, ya deslizando los guanteletes en sus manos.

Wax se dio cuenta, asintió hacia los brazos.

—Pero ya has tomado tu decisión.

—Simplemente sé lo que vas a hacer.

Wax esbozó una sonrisa agradecida.

—¿Crees que no puedo alejarme de una pelea?

—No si crees que eres responsable.

Ah, Quik. Como su hermana, bueno y listo para ir al grano cuando quería. Wax sospechaba, no, sabía que sus hermanos lo entendían mejor que él mismo. Menos mal, entonces, que eran sus guardianes y no sus enemigos.

—Entonces, ¿qué estamos esperando?

Quik señaló, con aquellos guantes de madera mortales puestos y asegurados, hacia el pantano.

—Vamos despacio, en silencio. Una cacería, Wax. Estos guardias no son estúpidos, no serían responsables de la Reina si lo fueran. Lo que significa que dejaron esas huellas a propósito, o no tuvieron tiempo de borrarlas.

Ya fuera que los guardias se estuvieran moviendo rápido o preparando una emboscada, Quik y Wax avanzaron a un ritmo mesurado, deslizándose entre los juncos y manteniéndose agachados. Wax tenía lista su hoja Foti, aún doliendo un poco por el fuego alrededor del demonio, pero lo suficientemente estable gracias al skar Vis. Eso y el impulso eléctrico de seguir moviéndose, seguir atacando tras Eujo. Porque Quik tenía razón: Wax la había dejado allí sola, y aunque Eujo parecía más que capaz, no debería haber sido tan descuidado.

Si es que esa hubiera sido una decisión que le correspondiera tomar en primer lugar.

Maldita sea, esto estaba resultando exactamente como con Pan. Su amigo había tomado la decisión de atrapar el skar después de que Wax lo arrojara, de huir por el Gran Sana con él y arriesgarse a sufrir heridas en la persecución. Eujo había tomado su propia decisión de no ir con Wax, de-

—Allí —susurró Quik, tocando el hombro de Wax—. Puedes ver la armadura.

Esas placas Kance, tan parecidas al cristal y hermosas al moverse, tenían la mala costumbre de atrapar la luz, haciéndola brillar como un diamante. Wax no podía llamarse a sí mismo un experto en guerra, pero como cazador, cualquier cosa que te delatara así no tenía ningún propósito. Bueno, ningún propósito salvo uno: advertir a todo lo demás que se mantuviera alejado.

—¿Los rodeamos? —susurró Wax.

—Primero necesitamos asegurarnos de que estén todos alrededor.

La sugerencia de Quik se hizo evidente momentos después, mientras la pareja se abría paso por el agua que les llegaba a la cintura —cosas extrañas rozaban una y otra vez las piernas de Wax, su cintura, y se negaba a pensar en lo que eran— y se acercaron lo suficiente para ver a Blinth y Silvrin, el comandante de la guardia, arrastrando entre ellos a una Eujo que forcejeaba. La Reina, haciendo florecer una sonrisa salvaje en el rostro de Wax, entorpecía cada uno de sus pasos. Se resbalaba en el barro, luchaba con el par de guardias en cada oportunidad. Los dos soldados Kance le exigían bruscamente que cooperara, que actuara acorde a su posición, solo para ganarse maldiciones de Eujo a cambio. La propia Reina estaba cubierta de barro, con plantas y tierra en su ropa, su cabello y todo lo demás.

En resumen, parecía un cazador Vis después de una semana en la jungla.

—Tiene espíritu —susurró Wax—. Hay que admitirlo.

Quik no respondió. Cuando Wax miró a su derecha, esperando ver a su hermano allí, no vio nada en su lugar. Solo el agua del pantano, siempre en movimiento con criaturas arriba y abajo guiando el flujo.

—¿Quik?

Wax dio una vuelta completa. Aún sin señales. Desenvainó la hoja Foti. Miró de nuevo hacia donde Eujo y sus guardias habían estado luchando. No vio nada. ¿Desaparecidos? No. Ni siquiera un Maestro del Viento Kance podía desaparecer en el aire. Lo que significaba algo peor.

Hundiéndose hasta el pecho en el agua, Wax olfateó, escuchó. Solo oyó los goteos y chapoteos del pantano, algunas ranas distantes croando en una búsqueda fútil de insectos en el aire frío. El agua misma tenía un frío también, aunque nada comparado con el gélido mar Foti. Wax lo ignoró, pisó lentamente la pequeña elevación donde Eujo había estado un momento antes. Empujó a través de varios juncos. Al otro lado yacía Eujo, de espaldas en el barro y aparentemente inconsciente, con los ojos cerrados e inmóvil. Una marca a lo largo de su rostro, cerca de la sien.

Los monstruos.

—Diría que tienes una opción —habló Blinth, haciendo que Wax girara para encontrar al tercer guardia emergiendo del agua del pantano detrás de él. ¿El hombre había estado sumergido allí todo el tiempo? ¿O era simplemente un fantasma?—. Pero no la tienes. Tu resultado es el mismo, al igual que el de tu Guardián.

—¿Qué hiciste con Quik?

En la pálida luz menguante del día, la espada de zafiro de Wax más que igualaba la armadura Kance cubierta de fango, aunque Blinth la llevaba bien y erguido. Las manos enguantadas descansaban cerca de los dos estoques en la cintura del hombre, cada uno colocado en una funda delgada y listo para un desenvaine rápido. El Maestro del Viento le había mostrado a Wax cuán rápido un Kance podía pasar de nada a una amenaza mortal, un tiempo que Wax no podía superar incluso si corría directamente hacia Blinth ahora, con la punta por delante.

—Vivirá —respondió Blinth—. Una advertencia para tus otros amigos de que no nos sigan, ni a ti. —El hombre mantuvo cualquier expresión fuera de su rostro. Sin jactancia, sin irritación. Esto era un deber cumplido. Wax había visto lo mismo en los Najahn en casa—. Suelta la espada, Vis, o te la quitaré.

—¿Sabes qué? He perdido esta espada suficientes veces, gracias.

Blinth asintió ligeramente.

—Valiente, como debe ser un Renewal. Estúpido, como debe ser todo Vis.

Un Wax más joven y tonto podría haber saltado ante el insulto. Podría haber tomado su hoja Foti en un gran golpe de todo o nada hacia la cara de Blinth. En cambio, Wax fue por el barro. Pateó con un pie, lanzó la tierra húmeda hacia el Kance, siguió con un golpe de todo o nada. Un Wax más joven podría haber pensado, también, que tenía una oportunidad de ganar un duelo directo.

El Renewal más sabio y mayor que hacía su jugada sabía que no tenía otra opción.

Blinth retrocedió cuando el fango lo alcanzó, una maniobra para ganar tiempo que habría funcionado mejor en terreno llano. La pendiente del pantano no le hizo ningún favor, haciendo que Blinth resbalara, se deslizara y vacilara. La hoja Foti de Wax cortó cerca, rasgando la armadura Kance del hombre, provocando chispas y abriéndose paso, partiendo la coraza de Blinth. El guardia maldijo mientras Wax, empuñando la hoja Foti con ambas manos, giró la muñeca y la devolvió, continuando su avance.

Hasta que salió volando hacia su izquierda, golpeado por algo que Wax no vio. Rodó, la hoja Foti escapando de sus manos mientras los juncos amortiguaban su caída. El hombro derecho de Wax dolía, la tierra se aplastaba contra su mejilla izquierda, y antes de que Wax pudiera poner sus pies bajo él, la punta de una espada delgada se presionó contra su cuello.

—Mátalo de una vez y terminemos con esto —gruñó Blinth. Wax quería volverse y mirar, ver quién lo sujetaba, pero cada vez que movía el cuello, la punta de la espada se clavaba con más fuerza—. Ha arruinado mi cota de malla.

—Tú la arruinaste, dejando que te golpeara —replicó

Silvrin—. ¿Un guardia real Kance, golpeado por un Vis? Deberías ser despojado de tu rango en este mismo instante.

Si Blinth tenía una respuesta lista, no la dijo.

—¿Qué, no matarán a un Renovación? —dijo Wax, con la voz amortiguada contra la tierra—. ¿Demasiado cruel para ustedes?

—Noctia no lo permitirá —respondió Silvrin, con simplicidad—. Morir por un demonio, morir por un desastre, el mundo lo lamenta. Morir por nuestra mano, y son nuestros cuellos los que pagan el precio. —Wax sintió que la espada se levantaba, comenzó a moverse solo para sentir una mano en su costado, empujándolo y aplastándolo contra el barro—. Muévete de nuevo sin mi permiso y pasarás la noche inconsciente. No es tu muerte lo que queremos. Ni la de ella.

—¿Entonces qué?

La respuesta llegó con un registro. Blinth reemplazó a Silvrin como el principal captor de Wax, manteniendo al Vis presionado contra el suelo. Las manos del hombre, liberadas de sus guanteletes, realizaron un rápido hurto, hurgando en las ropas arruinadas de Wax y sacando el collar con el skar Foti adherido.

—¿Dónde está el otro? —preguntó Blinth, su aliento caliente en la oreja de Wax.

—No lo tengo, imbécil.

El golpe llegó rápido, salpicando el otro lado de Wax en el barro. Frío, pero de alguna manera reconfortante tras las secuelas de su ardiente asalto al demonio burbuja.

—¿Dónde? —preguntó Blinth de nuevo.

—Mi otro Guardián lo tiene —respondió Wax—. ¿No sabes lo que hacen los skars?

Blinth maldijo, puso su mano en la parte posterior de la cabeza de Wax y lo presionó más profundo en el barro.

—Dice que no lo tiene. Dice que está con el otro guardián.

—¿El que tiene Akido?

—Respóndele —siseó Blinth a Wax.

—Él no tiene nada que ustedes quieran —respondió Wax. Mantuvo sus oídos atentos a una oportunidad para mentir, para desviar, pero nada se presentó. Si los guardias querían el skar Vis lo suficiente como para regresar a por Bliss y Torny, bueno, esa sería una gran decisión para la supervivencia de Wax—. Bliss lo necesitaba para sanar.

Blinth repitió las palabras.

—Entonces suéltalo. No hay vuelta atrás a ese puesto avanzado. Tenemos los tres de Eujo, el cuarto nos da nuestra recompensa. Casi está lo suficientemente oscuro para deshacernos de ellos. Akido volverá pronto. Entonces nos iremos.

—¿A dónde van? —preguntó Wax mientras Blinth lo ponía de pie bruscamente—. ¿A una fiesta?

—De cierta forma —respondió Blinth, mostrando unos dientes que de alguna manera seguían perfectamente blancos—. Lástima que no te unirás.

Blinth arrastró a Wax por el pantano mientras la mujer recogía a la inconsciente Eujo. Juntos, el trío marchó a través de los juncos hacia el oeste, alejándose del río principal y en paralelo a la ciudad flotante. El crepúsculo se profundizó en la oscuridad, la luz de las estrellas y Sichi sirviendo como una fortuita guía para la marcha. Wax acribillaba al par con preguntas, pero tanto Blinth como Silvrin guardaron silencio cuando comenzó la caminata, como si cayeran en algún plan largamente diseñado.

—Todo lo que quiero saber —dijo Wax finalmente, habiendo agotado su repertorio de insultos—, es cómo lograron salir del rodillo. Con ese demonio y sus enredaderas.

—Nuestra armadura es lo suficientemente ligera para permitirnos flotar —respondió Blinth—. El barco se rompió y salimos a la superficie. Una lástima que no tendrás el mismo lujo.

—Soy un buen nadador.

Blinth simplemente se rio. La razón se hizo evidente pronto, cuando llegaron a un bote robusto que se balanceaba en el agua. El adorno púrpura y negro hablaba de lealtad Najahn, aunque no había soldados de Noctia esperando. Una pequeña cabina de lona cubría el centro, con espacios para remos en la proa y la popa. Silvrin dejó caer a Eujo en el centro. Blinth puso a Wax con ella. Dejó la hoja Foti de Wax cerca.

Un movimiento audaz, temerario, dejar el arma tan cerca de su portador.

Los guardias Kance sacaron una cuerda gruesa, del tipo usado para amarrar un bote a sus amarres, y ataron las manos de Wax junto con las de Eujo, sus espaldas una contra la otra. Blinth guió a la pareja a la proa del bote, siendo lo suficientemente gentil con la cabeza de Eujo.

—¿Así es como tratan a su Reina? —preguntó Wax—. Apenas honorable.

—Dos Reinas —respondió Blinth, tomando su lugar en los remos detrás de Wax—. Elegimos a cuál servimos.

El hombre volvió a guardar silencio mientras se concentraba en los remos, poniéndolos en las aguas e impulsando el bote hacia adelante. Ambos guardias Kance trabajaron al unísono, propulsando el bote a través de estanques poco profundos hasta que conectaron con otro río, cuya corriente era lo suficientemente lenta como para empujar contra ella hacia el norte. Wax no podía adivinar cuánto tiempo había pasado, excepto por saber que su estómago rugía, su garganta picaba de sed, y todos se habían turnado para aliviarse por el costado del bote. Eujo, que había recuperado la consciencia, no tenía nada más que miradas fulminantes para los guardias.

En algún momento, el bote rozó una orilla fangosa y el tercer Kance, Akido, abordó. Afirmó que no había asegurado el skar, pero que el otro Guardián serviría lo suficientemente bien como advertencia, como distracción. Los remos se reanudaron y el pantano quedó atrás, el lago se hacía cada vez más ancho a medida que avanzaban hacia el norte. Detrás de cada golpe de remo, ahora, crecía un ruido rugiente, constante e interminable.

—Sé a dónde nos llevan —dijo Eujo, suavemente.

—Creo que yo también lo he descubierto —respondió Wax, mirando a Blinth—. Sin asesinatos, ¿verdad? ¿Solo desastres?

—La Renovación es una empresa peligrosa —Blinth sonrió—. Muchos mueren en el camino.

26

EL CEBO EN LA PLAYA

Nada ocurrió la primera noche. Olas tranquilas y poco más, salvo la ciudad detrás de ellos preparando defensas y quedándose dormida. Los prisioneros, abandonados a su suerte, se acurrucaron y durmieron en la arena o se sentaron con los ojos fijos en el horizonte, observando sin importarles si algo aparecía.

Estos prisioneros son inútiles. Mata a unos cuantos y quizás Jochi te recompense.

Maena ignoró la voz. Había estado trabajando en ello durante las horas solitarias, con Svarde roncando cerca. Los demás alrededor del fuego humeante. El viento frío, ocasionalmente salpicado de copos de nieve, mantenía a Maena temblando. Sin embargo, esas incomodidades corporales se convirtieron en un arma contra la voz, embotándola, alejándola junto con su creciente locura.

Podía pedir prestado a su sueño. Una práctica que había perfeccionado durante mucho tiempo en los barcos Rana, cortando el agua con poca ayuda esperando, sin segundas oportunidades si una ola errante o un arrecife tomaba tu embarcación y la despedazaba. El sueño podía llegar con mares en calma, con un muelle y una cama seca.

Para Maena, esa comodidad llegaba durante el día, con un paño sobre los ojos para protegerse del cielo gris. Svarde montaba guardia. Otros prisioneros jugaban, buscaban formas de afilar sus armas. Jochi les lanzó provisiones, palas para cavar letrinas.

Dijo que los demonios debían estar tomándose su tiempo.

Lo hicieron, al menos hasta la segunda noche. Encorvados sobre su fuego de nuevo, esta vez con pescado y más, siempre más, patatas, el grupo iba por la mitad cuando sonó un cuerno desde la torre más cercana. Las ráfagas siguieron desde las otras, rebotando alrededor de las colinas en una cascada sónica.

—Puedes verlo —Svarde asintió más allá del fuego, hacia el océano.

Crestas blancas. Sombras. Formas moviéndose contra el horizonte, nubes invernales oscureciendo la poca luz que habría.

Un fuerte chasquido sonó desde la torre cercana y un dardo ardiente se elevó en la oscuridad. Un resplandor dorado que se hacía más brillante a medida que avanzaba, casi alcanzando las crestas blancas antes de estallar en una lluvia de chispas lo suficientemente amplia como para cubrir toda la playa.

Y mostrar que el enemigo, las cosas que se estrellaban hacia ellos, no eran demonios en absoluto.

Los prisioneros gritaron, se pusieron de pie, Maena entre ellos. Las sombras que se acercaban a toda velocidad no eran monstruos, sino balandras, cúteres, fragatas pertenecientes a una flota Rana. En ese destello, también quedó claro que esos barcos no estaban en perfectas condiciones.

Velas rasgadas, cascos agujereados, algunos avanzando pesadamente en el agua con cuerdas que los unían a embarcaciones más grandes.

—Si ha habido un ataque aquí, ha sido contra ellos —dijo Maena—. Esto es una trampa.

—Y no para nosotros. —Svarde recogió una hoja de metal ancha—. Preparaos.

—No vamos a luchar contra los nuestros —dijo Rasslebeck—. De ninguna manera...

Las palabras de Rasslebeck se interrumpieron cuando otro prisionero, con los brazos en alto y gritando, corrió de vuelta hacia la línea de Jochi, llamando cobarde al señor de la guerra, exigiendo que ayudara a los marineros. Esas palabras terminaron con un solo disparo de ballesta, el virote sobresaliendo del pecho del hombre y derribándolo.

—La oferta —bramó la voz de Jochi, superando las olas y el clamor con su pura fuerza— se mantiene. Destruid al enemigo, ganad vuestra libertad. No lo hagáis, y morid.

Las balistas abrieron fuego cuando terminó, los primeros pernos largos lanzándose hacia los barcos que se acercaban. Dos fallaron, dos dieron en el blanco, explotando en un par de cúteres y enviando madera y cuerpos al mar. Ambas embarcaciones se tambalearon, se escoraron. Quedaban otros quince, todavía acercándose a toda velocidad.

—No pueden pretender luchar —dijo Rasslebeck, con las manos colgando inertes—. No hay victoria para ellos.

—No creo que lo pretendan —respondió Pennifer—. Creo que están huyendo de algo peor.

Maena asintió, el retorcimiento enfermizo en su estómago creciendo a medida que los barcos se acercaban, los heridos en esas cubiertas haciéndose visibles incluso en la tenue luz. Las balistas dispararon de nuevo, tres impactos ahora, el cuarto volando sobre su objetivo hacia el agua. La fragata principal recibió el daño, los gigantescos pernos colgando de ella como un crecimiento espinoso.

La artillería no conseguiría otro disparo: los Rana se acercaron demasiado rápido, navegando con habilidad a pesar del daño y su tripulación herida.

El metal raspó a su alrededor, los prisioneros viendo su elección y tomándola.

—¿Luchamos, Maena? —preguntó Svarde.

—¿Me lo preguntas a mí?

Svarde no respondió, pero le lanzó una mirada firme que servía igual. Esta era su gente, ella era su comandante.

Un sacrificio fácil por tu vida. Svarde debería matarlos igual que me mató a mí.

Svarde le preguntaba por razones de honor, pero eso solo llegaría hasta cierto punto. El hombre tenía un objetivo y haría lo que pudiera para lograrlo. Morir en esta playa no servía para nada.

—Seguidme —dijo Maena—. Saldremos de esta con el alma intacta.

—Gran promesa —murmuró Pennifer, pero los tres, y Kivi, siguieron a Maena mientras se abría paso hacia adelante fuera de la línea, luego a la izquierda cerca de la base de una torre de balista. La robusta puerta había sido cerrada con llave, sellada, pero ese no era su objetivo.

En su lugar, Maena los movió alrededor hasta el frente de la torre, acercándolos más a las olas, los barcos ahora a segundos de tocar tierra, pero bloqueados de la vista de Jochi.

—Mantened los brazos en alto —dijo Maena—, pero no ataquéis. Solo defended, y quizás logremos sobrevivir.

—Y ver morir a nuestros amigos —maldijo Rasslebeck.

—Sabías que eso pasaría en el momento en que te

uniste a mi tripulación. Este es el precio que pagas por una oportunidad de algo mejor.

—No estaba en ningún contrato que yo viera.

Maena levantó su sable oxidado y clavó la punta en el vientre de Rasslebeck. El hombre mayor solo le gruñó, sin moverse, con la torre de piedra a su espalda.

—Entonces haz lo que quieras, Rasslebeck. Tira tu vida por la borda. —Maena retiró el sable. Los primeros barcos Rana encallaron, deslizándose sobre la arena—. No me hagas hacerlo por ti.

Las palabras no apaciguaron al asaltante —Maena supuso que nada salvo un trago fuerte y unos cuantos comepiedras muertos lo harían—, pero Rasslebeck tampoco intentó cortarle la cabeza.

Ni se unió a la carga cuando los desesperados prisioneros corrieron playa abajo hacia los barcos Rana que desembarcaban.

Por su parte, los Rana mantuvieron la compostura tanto como pudieron. Maena reconoció las embarcaciones y a la gente a bordo. Eran saqueadores, sí, pero autorizados, profesionales que surcaban los mares en busca de cargamento que pudieran encontrar de cualquiera con quien Rana tuviera un desacuerdo.

Lo que significaba, principalmente, Whent y Kance.

Los Najahn tenían una armada de mierda, una ocupada en transportar soldados y suministros desde sus puestos avanzados. Sin mucha presencia en los mares, la pequeña isla de Rana podía tomar lo que necesitaba dentro de lo razonable.

Pero el robo tenía una manera de perseguir al ladrón, y esos Rana pagaban ahora esa deuda a manos oxidadas y asustadas de un pueblo atrapado.

Mientras los marineros saltaban de las naves de desembarco, se encontraron presionados por la turba. La nieve se salpicó de rojo cuando las armas encontraron su objetivo. Los ballesteros de Rana dispararon contra la multitud que cargaba, derramando su propia sangre. Los saqueadores bien armados despedazaron a los prisioneros que no atacaron por sorpresa, apartando armas inferiores y usando sus sables con efecto devastador.

El grupo de Maena se mantuvo firme. Ya fuera porque no formaban parte del caos o por pura suerte, la lucha se disipó a su alrededor cuando los profesionales de Rana encontraron su equilibrio y repelieron a los prisioneros. La chusma forzada se dispersó aquí y allá, pobres almas que optaron por correr playa arriba con la esperanza de... qué, Maena no estaba segura. Lo único que encontraron fueron las ballestas de Whent listas para disparar, con saetas negras enterrándose profundamente en harapos y ruina.

Maena ni siquiera necesitaba ver los disparos. Los chasquidos y los gritos eran suficientes.

—Qué desperdicio —dijo Svarde, de pie junto a ella—. Todas estas vidas perdidas cuando deberíamos estar luchando contra los demonios, avanzando hacia el Oscuro Abajo.

—O simplemente viviendo —respondió Maena—. No sabemos qué llevó a esta gente a los Fosos, pero hay una mejor manera.

—¿Qué harían en Rana?

El tono de Svarde decía que sabía muy bien lo que harían en Rana. Los criminales serían exiliados si la ofensa no era demasiado terrible, abandonados en Foti o Noctia. Si era mucho peor, las ejecuciones llegaban rápido, arrojados de un barco con un peso atado a los tobillos.

Robar algo de comida te llevaría a realizar trabajos forzados en los arrozales, limpiando pescado por nada más que una comida. Sin embargo, al terminar tu sentencia, Rana te consideraría libre de culpa.

—Foti no es mejor —replicó Maena.

Todos somos monstruos.

—Foti es una isla miserable y desolada —respondió Svarde—. El asunto es que todas lo son, excepto Vis. Allí, al menos, la gente parece feliz.

—Porque apenas saben que existimos.

Las probabilidades continuaron empeorando para los prisioneros. Los Rana fluyeron hacia la playa, y Maena parpadeó más de una vez para confirmar lo que veía: marineros heridos siendo desembarcados, arrastrados por las rampas de abordaje a toda prisa y subidos a la playa mientras otros Rana despejaban el camino con sables ondulantes y ballestas vibrantes.

Además, las voces de los Rana empezaron a sobreponerse a los gritos de los prisioneros. Los marineros no estaban entonando sus propios cantos de batalla, no, sino que gritaban, suplicando a los prisioneros que retrocedieran, llamando a los arqueros de Whent en la torre —quienes, notó Maena, aún no habían disparado ningún tiro a corta distancia— para que contuvieran sus saetas.

El agua roja corría por la arena, iluminada ahora más por los faroles de los botes y las antorchas en la arena que por el rosa que se colaba entre las nubes nocturnas.

—Entonces esto no es un asalto —murmuró Svarde.

—Es una masacre, eso es lo que es —añadió Rasslebeck.

—¿Por qué eligieron desembarcar aquí? —preguntó Pennifer—. Es lo más estúpido. Tenía que haber otra opción.

Sabes por qué, ¿verdad?

—No estarán lejos —habló Maena en voz baja, afianzando su agarre.

Svarde asintió, suspirando. Maena habría hecho lo mismo, pero no le quedaba emoción alguna. Solo una mirada fría mientras los últimos prisioneros se quebraban, corrían, morían. Los Rana desembarcaban, algunos observando al grupo de Maena, sin molestarse en atacar.

—¡Alto! —Jochi de nuevo. Más cerca esta vez—. Ningún Rana tiene permitido pisar esta isla sin permiso, y yo no os he concedido ninguno.

Maena se deslizó hacia atrás, miró detrás de la torre para ver al señor de la guerra, flanqueado por cuatro soldados con armadura de roca, de pie frente a las fortificaciones. Jochi sostenía un cuerno forjado y dorado en su boca, que amplificaba su voz.

—Regresaréis a vuestros barcos, o haré que os corten donde estáis, heridos y todo.

Los Rana, sin embargo, no se detuvieron. Siguieron descargando, más rápido ahora que la lucha había terminado. Cuerpos arrojados de los barcos, golpeando la tierra donde otros marineros los arrastraban, al menos hasta que uno de los Whent en su torre disparó una saeta en la tierra.

—Cruzad esa marca, y os encontraréis con el mismo final que demasiados de nuestros criminales. La panda de inútiles. —Jochi se rió—. ¿Visteis a vuestros propios amigos mientras los destrozabais? Los Fosos estaban llenos de Rana. Los reunimos a todos y os los trajimos. Espero que hayáis disfrutado del reencuentro.

—El bastardo —murmuró Rasslebeck.

—Los está provocando —dijo Maena—. Están cansados, desesperados. Jochi quiere que eso se convierta en ira, para que puedan morir en esta playa.

—¿Por qué? —preguntó Pennifer—. ¿Cuál es el maldito punto?

—Porque no quiere alimentarlos cuando esto se convierta en un asedio —respondió Svarde.

—Los demonios no asedian.

—Podrían hacerlo ahora.

Maena tragó las palabras de Svarde, volviendo sus ojos al mar. Los Foti lo tenían claro. Ningún demonio ordinario, ni siquiera un grupo, podría derrotar a una flota Rana como esta. Los animales salvajes podían causar daños, causar caos, pero podían ser superados en astucia, destruidos por ese rasgo único humano.

Ningún Rana dio un paso adelante para contrarrestar la exigencia de Jochi. No tenían que hacerlo. El mar lo hizo por ellos.

De vuelta en la oscuridad, una línea silenciosa creció contra el horizonte. Lenta y creciente, avanzando constante hacia la orilla. Los gritos comenzaron en los barcos Rana, las torres Whent, pasando a través de la multitud hacia la ciudad.

Un solo disparo de ballista, la larga lanza rasgando más allá de la luz para golpear la ola con un crujido y un choque metálico. Un ruido antinatural, uno que Maena y Svarde conocían demasiado bien.

Metal.

La ola, casi tan alta como las torres ahora, se partió. Se rompió y salpicó para revelar una proa inclinada cubierta de costras, sin una vela a la vista. Sobre su casco empapado había líneas talladas, diseños que incluso a esta distancia se hacían claros para Maena en sus ondulaciones retorcidas, todas guiando el agua hacia aletas gemelas a ambos lados, que se movían arriba y abajo a una velocidad frenética, impulsando el navío, dos veces más grande que la fragata Rana, hacia la orilla.

Kivi resopló. Svarde asintió.

—Ahora, comienza la verdadera batalla.

27
CAUSA PERDIDA, CAUSA ENCONTRADA

Cuando Bliss y Torny llegaron al borde del puesto avanzado, listas para adentrarse en el barro, el anochecer y el agotamiento inminente frustraron sus esperanzas. Torny fue la primera en actuar, agarró el brazo de Bliss y la retuvo cuando intentó avanzar hacia la ciénaga.

—Entonces tomaremos una antorcha y los seguiremos —dijo Bliss, cuando Torny expresó sus objeciones.

—¿Quieres llevar una pequeña llama allí afuera y ponerte a buscar? —preguntó Torny—. ¿Tú, que estás temblando donde estás? ¿Que estarías profundamente dormida a estas alturas? ¿Qué pasará cuando se te acabe la energía y estemos metidas en ese lodazal?

—No pasará. No me rendiré.

Bliss lo creía de verdad. La horrible aparición de Quik y la desaparición de Wax se mezclaban en un fuerte cóctel, y ella correría hasta los confines de esta isla y la siguiente antes de echarse a dormir.

—¿Y si intentamos algo diferente? —preguntó Torny, retrocediendo aún más, como si invitara a Bliss a recobrar la cordura—. Sabemos que fueron esos guardias de Kance quienes se los llevaron... por cierto, dediquemos una oración al capitán y la tripulación del rodador.

Bliss casi se estremeció. No había pensado en esos cuatro, los que los habían llevado río arriba. No había señales de ellos desde que el demonio atacó. ¿Se había vuelto tan insensible como para simplemente seguir adelante?

¿O se había convertido en una necesidad en un mundo más peligroso?

—Eso es lo que pensaba —continuó Torny, asintiendo ante la expresión de Bliss—. Estamos corriendo tan rápido que estamos perdiendo el hilo.

—¿Nuestro hilo? ¿Qué tiene que ver eso con la tripulación del rodador?

—¿Cuál es la razón por la que estábamos navegando hacia aquí?

—¿El skar?

Torny asintió.

—Exacto. Si esos guardias odiaban a la Reina, lo cual, merecido, pero eso no viene al caso. —Bliss frunció el ceño, Torny se encogió de hombros—. En fin, el punto es que podrían haberla apuñalado en cualquier momento entre Foti y ahora. Tuvieron noches con ella en ese rodador donde podrían haberla matado y nadie lo habría sabido.

Bliss miró de nuevo hacia la ciénaga. Torny tenía la costumbre de hablar largo y tendido, y cada minuto que pasaban escuchando sus teorías era uno que podrían haber usado tanteando el pantano en busca de Wax.

—Quédate conmigo, Bliss, porque estoy desenredando esto mientras hablamos y creo que estoy llegando a algo.

Bliss puso los ojos en blanco, pero volvió a mirar a Torny.

—¿Qué, entonces?

—Estoy diciendo que quieren los skars, igual que nosotras. Lo que significa que, si tienen a Eujo, solo hay un lugar al que se dirigirán. Tal vez se estén llevando a Wax con ellos.

—¿Estás diciendo que van al Remolino?

—Creo que es una mejor suposición que tropezar a ciegas por todo eso.

Una mejor suposición, un mejor plan. Bliss chasqueó los dedos mientras pasaba junto a Torny, dirigiéndose en la dirección opuesta.

—Podrías haber dicho todo eso desde el principio.

—¿Acaso no escuchaste cuando mencioné que lo estaba resolviendo? —replicó Torny.

Aun así, corrió tras Bliss.

Por la noche, el puesto avanzado dañado bullía de actividad mientras aquellos con extremidades y vida luchaban por reconstruir sus hogares, o al menos ponerlos en un estado habitable. Los pocos hogares en funcionamiento ardían, cocinando sopas, y el olor le recordó agradablemente a Bliss mientras corría que, una vez más, estaría renunciando a una noche acogedora por una en lo salvaje.

El pensamiento casi la hizo detenerse. Si los traidores de Kance estaban llevando a la Reina y a su hermano al Remolino, y si Bliss y Torny pretendían seguirlos y atraparlos, necesitaban una cosa: un guía.

—Ni hablar —dijo Castilan, medio dormido en una silla en el almacén central, que ahora servía, como parecía ser el caso de todos los edificios en pie, de enfermería y posada—. Con Reathe preparándose para ir al sur con los heridos más graves, soy el único Najahn que queda. No puedo irme en medio de la noche, ni siquiera por vuestra Renovación.

—¿No es ese tu trabajo? —preguntó Torny, mientras

ambas se paraban frente a Castilan con sus mejores miradas fulminantes—. ¿No es el propósito de los Najahn ayudar a las Renovaciones, o eres un cobarde?

—Trabajamos para el Círculo, no para vuestras Renovaciones —espetó Castilan, luego se suavizó—. No es que no esté agradecido por lo que habéis hecho. Destruir a ese demonio salvó nuestro puesto avanzado. No voy a arriesgarlo ahora yéndome.

—Oh, ¿qué va a pasar, todos tus amigos van a saquear el lugar?

Castilan resopló.

—Tal vez.

Levantó un dedo solitario antes de que Torny pudiera lanzar otra réplica sarcástica.

—Creo que lo que estáis haciendo es estúpido, tratar de ir al lago de noche. Pero hay muchos botes sin dueño ahora, y los cielos están despejados, así que diría que tenéis media oportunidad. —Castilan se incorporó. Se inclinó hacia adelante, como un antiguo narrador a punto de revelar un cuento—. Si queréis encontrar el Remolino, agarrad los remos y id hacia el norte. Lo encontraréis.

—¿Eso es todo? —preguntó Torny.

—Eso es todo.

—¿No hay contraseña secreta? ¿Cueva oculta? ¿Un interruptor que encontrar y accionar antes de que los demonios nos despedacen?

Castilan miró de reojo a Bliss, quien se encogió de hombros.

Obtener una dirección clara solo aumentó la energía de Bliss. Torny rellenó sus odres de agua, sacó a escondidas unos cuencos de sopa al muelle para que ambas devoraran antes de saltar a un bote gris bastante decente. La embarcación que eligieron tenía un par de asientos que atravesaban su ancho, una longitud de aproximadamente el triple de la altura de Bliss, y espacio suficiente para almacenar un par más cuando el rescate, inevitablemente, resultara exitoso.

—Gracias por venir conmigo —gesticuló Bliss mientras dejaban los cuencos y subían al bote bajo la luz rosada de Sichi—. Sé que ha sido un día largo.

—Sí, lo sé. Lo he vivido. —Torny se sentó con los remos—. Aprendí a usar estas cosas hace solo unas horas, así que no esperes mucho, capitana.

—¿Capitana?

—¿Ves a alguien más en este bote? —Torny hizo un gesto exagerado mirando a izquierda y derecha—. Yo desde luego que no, y estoy igualmente segura de que no tengo madera de capitana.

Bliss sonrió. Torny tenía una manera de hacer lo terrible más llevadero, a veces.

—Solo recuerda que, como capitana, si algo sale mal será tu culpa. Yo soy inocente en esta empresa.

—De acuerdo. Ahora zarpa y vamos a rescatar a mi hermano.

Su energía decayó antes de que el puesto de avanzada y su acogedor resplandor anaranjado desaparecieran. Los músculos de Bliss comenzaron a doler casi desde el principio, cada estiramiento y tensión tirando de una piel que solo quería sanar. Su cabeza palpitaba, diciéndole a Bliss que buscara una cama antes de desmayarse.

Incluso Torny se quedó callada rápidamente, concentrándose la bandida en mover los remos para no hacer que el bote girara sin control. Bliss captó el ritmo bastante pronto, no tan diferente de cualquier otra cosa con sus brazos y piernas. Mantenerlos sincronizados para llegar a donde necesitabas ir.

El Remolino, también, no ocultaba su presencia. Si la

luz del puesto de avanzada se atenuaba, un gran ruido crecía hacia el norte. Como alguna bestia monstruosa rugiendo, como un hanoko en su mejor momento. El sonido les daba una dirección. El lago tampoco luchaba contra ellas, una noche por una vez sin vientos azotadores, como si la muerte del demonio hubiera provocado que la naturaleza guardara una solemne vigilia.

—¿Sabes? —dijo Torny, su tono no coincidiendo con las palabras, casi gritando para hacerse oír sobre el rugido del Remolino—, todo esto podría ser bastante interesante, si no fuera por la muerte y todo eso.

Bliss asintió. Con las manos ocupadas por los remos, no tenía otra forma de responder, y con su objetivo tan cerca, no había razón para ralentizar.

—Te hace pensar que, quizás, después de que todo este asunto de la Renovación termine, podría ser agradable hacer un recorrido por las Islas. Ver los lugares sin los skars. Podrías mostrarme por qué Vis no merece las calumnias.

Bliss habría respondido bruscamente a ese comentario, habría cuestionado qué calumnias merecía su hogar, pero el resplandor de Sichi había destacado algo adelante y a babor, una silueta donde el agua comenzaba a acelerarse y a girar en un gran círculo.

Soltando un remo, Bliss señaló, y Torny lo captó rápidamente.

—Por supuesto que están entrando —dijo Torny—. Si son ellos, y ¿quién más sería tan estúpido como nosotras para estar aquí fuera?, entonces tenemos que darnos prisa, Bliss.

Lo intentaron. Los remos golpeaban el agua con fuerza, luchando contra el borde del Remolino y su atracción. Los golpes eran lo suficientemente fuertes como para que el bote tuviera que notarlas, tuviera que ver lo que estaban haciendo. Pero la pareja no podía acercarse más. No podían vencer al Remolino, y los brazos de Bliss estaban casi muertos.

—Oye —dijo Torny entre golpes—, no creo que podamos con esto. —Bliss comenzó a mover sus remos de nuevo, solo para sentir que los de Torny golpeaban en la dirección contraria, frenando el giro del bote—. Tenemos que guardar algunas fuerzas para salir, Bliss, o esa cosa nos hundirá. Ellos deben tener algún ancla para mantenerse tan firmes.

Su objetivo no se había movido, aunque había habido bastante movimiento. Demasiado lejos, demasiado tenue para distinguir exactamente qué, y el estruendo del Remolino, que ahora obligaba a Torny a gritar solo para llegar a Bliss a un par de brazos de distancia, hacía imposible escuchar algo.

Pero Bliss pudo ver lo suficiente cuando dos formas, dos formas que luchaban, se movieron hacia la proa del bote.

—Oh, ¿qué es esto ahora? ¿Es ese tu hermano? —preguntó Torny.

Bliss no podía distinguirlo, pero su corazón, con su repentina opresión, le dijo que lo era. Dos formas, con armaduras brillando en la luz rosada, se levantaron y fueron hacia la pareja, pero la pareja atada se apartó bruscamente, cayendo por el costado al agua.

Torny maldijo. Bliss quería gritar. No de horror, sino de rabia, frustración. Habían estado en lo cierto, habían sabido dónde ir, y aun así, aun así, no habían llegado a tiempo.

Ese había sido Wax. Y ahora estaba perdido en algún lugar allá arriba, sepultado en aguas oscuras.

—¿Quizás lo arrastre hacia aquí? —gritó Torny, pero en sus palabras no había más que lástima.

Bliss no se molestó en escuchar a la bandida, ni en

mirarla. Fijó sus ojos en el bote, uno con remos que surgían de su cuerpo alargado. El ancla se levantó con fuerza, esos remos golpeando el agua cuando el peso se despejó, impulsando el bote hacia ellas.

Hasta ahora, Bliss y Torny habían mantenido sus propios remos en movimiento, retrocediendo su bote lo suficiente hasta el mismo borde del Remolino, donde la corriente arremolinada aún no amenazaba con arrastrarlas al interior. Desde allí observaron el acercamiento, el brillo cuando la luz de la luna encontró armaduras Kance, espadas Kance.

Si Bliss y Torny inclinaban su bote en el momento adecuado, giraban sus remos, podrían conseguir un impulso lo suficientemente largo...

—No —dijo Torny, más bajo, pero las palabras se abrieron paso de todos modos—. No lo haremos, Bliss. Incluso si pudiéramos, solo moriríamos esta noche, y no voy a terminar hoy en la punta de un estoque. Vamos a volver.

Bliss miró fijamente a Torny, intentó reunir algún contraargumento, algún plan ingenioso para vencer a los guardias, robar su bote, su fuerza e ir corriendo tras su hermano.

En su lugar, vio la verdad en los ojos solemnes de la bandida, en sus propios miembros doloridos.

—Giramos ahora —dijo Torny—, podemos irnos antes de que sepan quiénes somos, lo que vimos. Volvemos, descansamos, y mañana, hacemos lo que mejor se me da.

—¿Que es?

—Venganza.

28

UNA CIUDAD DE TRAIDORES

Sawi se pegó a los edificios mientras descendía hacia el centro de Mottilan. Los acantilados ahora tenían escaleras, peldaños toscamente tallados que hacían que sus pies dolieran con cada paso, sus piernas ardiendo por el impacto contra la pared de la montaña arriba. Al menos sus perseguidores también redujeron la velocidad al entrar en la ciudad, aquellos gritos de persecución se apagaron hasta convertirse en murmullos, como si respetaran la noche.

Aunque no necesitaban hacerlo: Mottilan parecía desafiar el sueño. El puerto de abajo bullía con pescadores nocturnos que se lanzaban a las olas o bordeaban la costa. Entregas tardías se apresuraban, su pesca y carga corrían hacia cestas, cajas o fogatas. Esos puntos anaranjados enviaban su dulce humo hacia Sawi, trayendo consigo conversaciones más alegres, flautas y tambores haciendo música.

No muy diferente a Kitaye, entonces, cuyas propias noches a menudo descendían a una suave fiesta. Un día vivo en Las Siete Islas valía la pena celebrarlo.

Una actitud que Sawi habría adoptado si pensara que podría vivir para ver el próximo amanecer.

A su alrededor, acogedoras cabañas formaban un tranquilo laberinto, desorientador sin los doseles a los que Sawi estaba acostumbrada. ¿Cómo podía gustarle a esta gente dormir en el suelo, lejos de los árboles, y aún llamarse Vis?

Aunque, a juzgar por lo que había oído, Mottilan no parecía muy interesada en compartir cultura con las otras ciudades de la isla.

El tropiezo de Sawi la empujó en una dirección general, sus cojeantes carreras a través de estrechas calles se inclinaban en una dirección particular: hacia la posada que ella y Gladdring habían reservado.

Sí, Sawi suponía que probablemente las personas que se habían llevado a Gladdring sabrían dónde se alojaban, pero si iba a encontrar ayuda, la posada parecía un buen lugar para empezar.

Habría viajeros allí, marineros de otras islas. Tal vez incluso uno o dos Najahn. Alguien que no estuviera del lado de aquellos matones, que no estuviera tan dispuesto a entregar a Sawi a la pandilla.

Si no, bueno... Sawi se negó a pensar en eso. El filo del pánico solo permitía un poco de planificación.

La puerta de madera clara de la posada se abrió fácilmente, Sawi casi cayendo dentro cuando se abrió. El cálido crepitar de un fuego y una conversación despreocupada la recibieron. Una mirada rápida captó alrededor de ocho personas deambulando entre las pocas mesas, tazas de madera llenas de vino de frutas. Cuando Sawi dejó que la puerta se cerrara tras ella, más de un par de ojos se volvieron hacia ella, notando lo que debía ser una apariencia desaliñada.

—¿Qué te ha pasado? —preguntó la cocinera, posadera

y señora maternal en general, saliendo de la parte trasera con varias copas de vino más. Dos las dejó en una mesa, la tercera la mantuvo en sus manos, dejando a su destinatario mirándola con una pregunta no formulada en los labios. En su lugar, la posadera empujó el vaso hacia Sawi, quien lo tomó, junto con el brazo de la mujer en el suyo—. Ven por aquí, hay una silla y te atenderemos.

El vino bajó pegajoso y dulce, naranja y perfectamente fresco para combinar con la noche. Sawi se desplomó en la silla, una lo suficientemente cerca de la chimenea de piedra para captar su calor. Un escalofrío la recorrió, una o dos lágrimas amenazaron con caer, pero Sawi las contuvo parpadeando.

Recuerda, le vino a la mente la eterna sospecha de Gladdring, la confianza es tu enemiga.

—Dime qué ha pasado —dijo la posadera, volviendo al lado de Sawi con un paño húmedo, uno que olía a años de absorber derrames de vino. No obstante, Sawi dejó que la áspera tela limpiara la sangre alrededor de sus cortes—. Te estoy preparando un baño mientras hablamos.

—Gracias —respondió Sawi—. Podemos pagarlo.

—Estoy segura de que pueden. Ahora, suéltalo. ¿Qué ha salido mal, y dónde está tu amiga?

Antes de hablar, Sawi notó el silencio. La multitud de la posada había caído casi en silencio, salvada por algunas palabras murmuradas. Estaría contando la historia no solo a la posadera, sino a toda la posada.

Mejor que sea una buena entonces, como diría Wax.

Así que Sawi tejió lo que pudo, manteniéndose tan cerca de la verdad como se atrevió. Un grupo variopinto tras ella y la Najahn. Había huido después de que sus vidas fueran amenazadas, resbalado y caído varias veces al escapar en la oscuridad, los caminos de Mottilan desconocidos.

¿Y dónde estaba la Najahn? En algún lugar por ahí todavía. Había ido a buscar ayuda.

—¿Arriba en el camino, dices? —preguntó la posadera cuando Sawi había terminado.

—Cerca de la cima —respondió Sawi. Lo suficientemente cerca de la casa donde tenían a Gladdring.

—Lugar extraño para que haya bandidos —murmuró la posadera—. Hora extraña, también. Los canallas cuelgan sus cuchillos cuando llegan los demonios. Se vuelve demasiado peligroso estar fuera en la jungla. —La posadera le entregó a Sawi otra copa de vino—. ¿Estás segura de que eso es lo que eran? ¿Ladrones?

—Por lo que pude ver.

La posadera lanzó una mirada y un gesto a una mesa triple, la que había dejado sin vino antes. Los tres hombres allí, todos con aspecto tan cansado como Sawi, sin embargo, se pusieron de pie de un salto y se dirigieron a la salida de la posada.

—Echarán un vistazo, a ver si pueden encontrar a tu amiga —dijo la posadera—. Todos ellos pueden dar un buen puñetazo, y sé que Tok lleva un cuchillo para desollar. —Ante la mirada en blanco de Sawi, la posadera sonrió—. Ahora, ¿qué tal ese baño?

El agua cumplió la promesa de la posadera, su calidez suavizando las heridas de Sawi, la suciedad flotando lejos. La bañera estaba en una gran habitación en la parte trasera de la posada junto con varias otras, particiones de paja dando a los bañistas una pequeña privacidad. Otra copa de vino encontró su camino hacia la pequeña mesa cerca del baño de Sawi, aunque ella la había dejado intacta hasta ahora.

Las dulces bebidas ya estaban confundiendo su cabeza.

¿Estaba diciendo la verdad la posadera? ¿Era su simpatía, este baño, todo un acto para retener a Sawi aquí? ¿O las cosas estaban, como sugirió la mujer en la playa, más divididas en Mottilan?

¿O Sawi iba a encontrar una daga deslizándose entre sus costillas esta noche?

Ese pensamiento le robó al baño el resto de su disfrute, provocando que se levantara rápidamente, se pusiera el vestido y saliera. Sawi fue a su habitación —Gladdring había sido lo suficientemente amable como para pagar habitaciones para ambos, intercambiando más baratijas najahnas— y recogió su cuerda, su odre y su zurrón. Este último aún tenía algo de peso por las frutas, hongos y hierbas que había recolectado en su camino a través de las montañas. Como solía señalar Pan, el tesoro a menudo yace bajo los pies, siempre y cuando uno preste atención.

Con sus cosas reunidas, Sawi miró hacia la única puerta de la pequeña habitación cuadrada. La posadera no había hecho ninguna comprobación y nadie había venido a buscarla. Esperando, quizás, a que regresara el grupo, o tal vez los captores de Gladdring habían hecho su propia aparición, cambiando algunas opiniones sobre el futuro de Mottilan.

La ventana, entonces.

Sawi tiró de la apretada red que cubría la salida en forma de diamante. Lo suficientemente grande para que ella se escurriera, no tanto si Gladdring necesitaba hacer una escapada apresurada. Bien. Tal vez sus enemigos no considerarían esa ruta.

Sawi asomó la cabeza y miró hacia abajo. El techo de la posada se extendía lejos de ella, las habitaciones traseras y el almacén de la estructura se expandían hacia una plaza iluminada por estrellas y antorchas. Mottilan aún zumbaba, pero nadie la señalaba.

Primero fue el zurrón, luego el odre. Sawi los dejó caer con el brazo colgando fuera de la ventana, dejándolos caer sobre el tejado de hierba.

Ya fuera porque alguien oyó esos golpes y lo informó, o porque el tiempo de Sawi se había agotado, un golpe en la puerta de Sawi hizo que la recolectora de Vis se moviera más rápido. Al menos, tan rápido como su cuerpo aún dolorido se lo permitía.

—Amiga mía —preguntó la posadera—, ¿estás ahí? No pude encontrarte en los baños.

Sawi, con una pierna ya casi fuera de la ventana, dudó. Ganar tiempo, eso era lo que necesitaba ahora.

—Solo me estoy aseando —dijo Sawi, proyectando su voz hacia la puerta—. Bajaré pronto.

—No tardes mucho. ¡Tenemos buenas noticias!

—¿Como qué? ¿Lo encontraron?

—¡Ven a verlo por ti misma! No quisiera arruinar la sorpresa.

El tono rompió algo en Sawi. La posadera había parecido tan amable, tan amistosa y dispuesta a ayudar. Ahora, esa misma voz sincera tenía un revestimiento tóxico, cada palabra portando falsedad. ¿Era la posadera tan mala como los que tenían a Gladdring, o simplemente estaba bajo su control?

A Sawi no le importaba, no preguntó. Repitió que tardaría un par de minutos y saltó por la ventana.

El zurrón y el odre aterrizaron con fuerza sobre el tejado, Sawi cayó sobre sus talones, balanceándose hacia atrás hasta quedar sentada, las afiladas ramitas y hojas añadiendo nuevas marcas a su piel maltratada. Mejor, sin embargo, que los acantilados rocosos.

Sawi miró hacia arriba ahora, el camino hacia arriba bordeado de antorchas a pesar de la hora, asegurando que los más poderosos de Mottilan pudieran ir y venir sin riesgo.

Arriba yacía la única opción de Sawi. El tejado confirmaba que no había alboroto en la ciudad, ni secuestradores protestando siendo llevados ante la justicia.

Su esperanza yacía de vuelta en el puesto avanzado najahn. Sawi tendría que llegar allí, convencer a los guardias de que vinieran hacia aquí, y rezar para que Gladdring viviera lo suficiente para un rescate.

O, o Sawi podría simplemente irse. Ponerse en el camino y seguir caminando. Sawi tomó aliento. Una decisión, de todos modos, que podría esperar hasta que llegara al puesto avanzado najahn. Entonces podría ver si Gladdring había comprado su lealtad.

Sawi se deslizó hacia su izquierda, agachándose y caminando a lo largo del techo hasta su borde de la misma manera que caminaría a lo largo de una fronda estrecha. Sin ejercer mucha presión en ningún punto, su brazo derecho agarrándose a la estructura de la posada para mantener el equilibrio.

Una caída más en un callejón tranquilo, una que Sawi logró sin dificultad. Una vez más en fuga. A la izquierda llevaba la vuelta a la plaza de la ciudad, más gente. A la derecha, residencias más tranquilas, menos ojos y una escalera más difícil para reconectar con el camino ascendente.

Mejor tomar la subida más difícil que arriesgarse a otra carrera.

Dio tres pasos antes de que se abriera la puerta trasera de la posada. Se abrió de par en par ante ella, la posadera siguiendo su impulso con una olla de metal Kance en sus brazos. Vertió los desperdicios justo allí en el camino de Sawi, dejando que una falsa sorpresa se dibujara en su rostro al ver a la recolectora.

—Vaya, ¿cómo has llegado hasta aquí?

—Me perdí —Sawi giró sobre un talón, se impulsó en la otra dirección, dirigiéndose hacia la plaza.

Al menos sus pulmones funcionaban bien, y el baño debía haber tenido algún buen efecto, porque Sawi comenzó la carrera a gran velocidad, sus pies apenas tocando el suelo antes de impulsarse en la siguiente zancada. Sus brazos se balanceaban, esquivó a una persona sorprendida tras otra, saltó sobre un carro de pescado y usó una antorcha robusta como punto de giro, su mano agarrando con fuerza mientras giraba alrededor del poste para comenzar el camino hacia arriba.

Los gritos la seguían, llamadas tanto curiosas como depredadoras. Sawi los ignoró. Siguió corriendo. El camino recto, la ruta clara. Antorchas iluminaban ambos lados.

Corrió y las casas pasaron volando, Mottilan quedó atrás. Sawi lo lograría, escaparía.

Hasta que una figura cruzó el camino frente a ella. Desaliñado, feo, apenas capaz de mantenerse en pie, pero sombreado a la luz de las antorchas. Gladdring obligó a Sawi a reducir la velocidad, sus manos extendidas.

—Detente —dijo Gladdring, un sonido quejumbroso sin nada de su astucia habitual—. Detente, o nos matarás a ambos.

—Corre, y tal vez sobrevivamos —replicó Sawi, pero Gladdring ya estaba negando con la cabeza.

Sawi comenzó a correr de nuevo. Si Gladdring no estaba interesado en salvarse a sí mismo, eso hacía su elección mucho más fácil.

—Sawi, por favor.

Gladdring trató de agarrarla cuando Sawi pasó, la Vis esquivando el agarre del najahn sin esfuerzo. Más difícil, sin embargo, fue lo que siguió: un dardo, pequeño y veloz, golpeando el cuello de Sawi. Su tirador estaba de pie en el camino, un tiro fácil entregado.

Sawi se detuvo, la quemazón ya se extendía. Se quitó el zurrón del hombro, dejándolo caer en el polvo.

—Te lo dije —dijo Gladdring a su espalda.

Y tenía razón, también. No había forma de luchar contra un dardo de Mottilan. No había escape de sus músculos deshilachados, su espíritu moribundo.

Sawi se sentó, ahorrándose otra caída cuando llegara la oscuridad, y llegar, llegó.

29
REMOLINO

Wax nunca caía al agua sin lanzar un grito, y esta vez no fue la excepción. El hecho de que el agua en cuestión le sorprendiera con su frío, que las manos y los pies de Wax estuvieran atados no solo entre sí sino también a Eujo, la Reina de Kance, solo le dio más vigor a su aullido.

Luego inhaló todo el aire que pudo, porque las aguas turbulentas del lago se estrellaron sobre su cabeza. Eujo fue la primera en impactar, un movimiento que se debía a su firme negativa a interactuar con sus guardias durante el viaje en bote hacia el Remolino. Wax no fue tan callado, lanzando pullas verbales una tras otra hasta que los soldados dejaron de responder.

Cuando esa diversión se agotó, cuando quedó claro lo que estaba a punto de suceder, Wax intentó estirar sus extremidades, flexionarlas tanto como las ataduras lo permitían, porque ahora, con el agua oscura y espesa arremolinándose a su alrededor, la corriente empujando a Wax y Eujo más profundo, cualquier posibilidad dependía de su capacidad de movimiento.

Lo habían discutido en los últimos segundos, cuando Blinth y Akido anularon la idea de honor de Silvrin de ir por sus espadas. Hacer más fácil el trabajo del Remolino con una puñalada primero. Tal vez no pensaron que Wax los escucharía, pero había pasado una vida escuchando los sonidos más suaves de la selva.

Un rápido susurro con Eujo. Trabajar juntos. Moverse como uno solo. Una idea fácil condenadamente difícil de ejecutar cuando tu mundo daba vueltas, giraba, se sacudía.

Pero sentía a Eujo. Sus piernas pateando, sus manos tratando de moverse con el poco espacio que tenían. Wax respondió, manteniendo los ojos cerrados, sus pulmones ya empezando a arder. Movió sus piernas de todos modos, igualando los aleteos de Eujo, las cuerdas manteniendo sus piernas juntas para que se movieran menos como una persona y más como un pez, abriéndose paso a través de esa oscuridad en la dirección de la corriente.

No habría escapatoria del Remolino. Solo abrazarlo. El skar, según dijo Eujo, estaría dentro. Tenía que haber una manera de sobrevivir a su atracción.

Una esperanza loca. Wax no podría haberla alcanzado, ni siquiera tenía el collar ya, pero mientras su cabeza comenzaba a nublarse, mientras su cuerpo le pedía que abriera la boca, tomara un respiro de esa agua fatal, quería el skar, la oportunidad de abrazar su calidez una vez más.

Quién sabe, tal vez Vis podría convertir el agua en aire si significaba vida.

Los guardias de Eujo los tenían ahora. El skar Foti de Wax, el triple juego de Eujo. Qué iban a hacer con las gemas, Wax no lo sabía. Los guardias no lo explicaron, su única preocupación era matar a Wax y a su Reina de una manera limpia.

Esos pensamientos daban vueltas en un pánico retorcido entre períodos de patada, patada, patada.

No muevas ningún otro músculo. Mantén esos ojos cerrados.

El Remolino tiraba con más fuerza a medida que se acercaban a su centro, el agua furiosa arrastrándolos hacia adentro. Wax sintió que su cabeza, su cuello se estiraban mientras su parte superior se acercaba más que sus dedos de los pies, una sensación surrealista de tirón que amenazaba con partirlo por la mitad.

Y tal vez lo habría hecho, excepto que Wax cayó. Se liberó del agua y se precipitó, con Eujo a su lado, por un embudo. Abrió la boca, tragó aire mientras él y la Reina rodaban sin control. El agua surgía arriba y abajo a su alrededor, oscura y salvaje.

Una respiración, dos, la caída ganando velocidad. Wax intentó empujarse contra Eujo, haciendo lo que había aprendido hace tanto tiempo cuando era niño en Vis: caer con los pies, no con la cabeza.

Eujo demostró ser una aprendiz rápida, volteándose con Wax y apuntando sus dedos de los pies hacia abajo. Golpearon la superficie, un cálido chapoteo elevándose a su alrededor, una sacudida entumecedora recorriendo las piernas de Wax. Pero sabían qué hacer, sabían cómo sobrevivir, sabían cómo patear.

Juntos, Wax y Eujo rompieron la superficie. La más tenue luz gris atravesaba las nubes, filtrándose hacia el gran centro del Remolino. Uno que parecía vaciarse en una amplia caverna bajo un estrecho agujero. El agua ahora brotaba a través de él, lloviendo alrededor de Wax y Eujo como una tormenta temperamental, mientras la pareja pataleaba lo mejor que podía en medio de las gotas.

—Allí —tosió Eujo, aunque no podía señalar y Wax no podía ver hacia dónde.

—Ve, te seguiré —respondió Wax, sus palabras empapadas.

Eujo comenzó, una patada fuerte que la envió sumergiéndose en el agua mientras Wax terminó haciendo un nado de espaldas. Mirar hacia arriba al Remolino, el aterrador nexo, le trajo una extraña calma, una sensación de que o bien había desafiado a la muerte y vivía, ahora, con tiempo prestado, o que ya había muerto y el más allá de Noctia era una broma cruel.

Esos pensamientos terminaron cuando Eujo lo volteó, sumergiendo a Wax mientras seguían pataleando. Aguantó hasta que Eujo dejó de patear, dándole a Wax apenas suficiente advertencia para ralentizar sus propias piernas. En el agua oscura, su cabeza rozó el desembarco rocoso lo suficientemente fuerte como para dejar una marca, lo suficientemente suave como para dejarlo vivo, respirando mientras Eujo se sentaba, dándole a Wax la oportunidad de sacar su cabeza a la superficie.

—Gracias por eso —dijo Wax, haciendo una mueca.

—Es difícil ver. No sé si te diste cuenta.

Eujo tenía razón. El fondo del Remolino resultó ser la única luz en el lugar, sus más tenues restos abriéndose camino hasta este desembarco. Allí, la luz captó una línea plateada, una franja hecha por manos humanas o una veta de mineral muy conveniente. La línea se elevaba hacia un desembarco plano, donde se esparcían los marcadores del progreso humano, o al menos del viaje humano.

—¿Alguna idea de cómo llegamos allá arriba? —dijo Wax, mientras la pareja continuaba pateando—. ¿O vamos a nadar hasta que ya no podamos más?

—¿Nunca te han atado antes?

Wax resopló, el agua goteando de su nariz.

—Eh, ¿no? ¿Eso es algo común en Kance?

—Sigue mi ejemplo.

Eujo pateó hacia la izquierda, luego se inclinó hacia el desembarco. Wax sintió cómo guiaba sus muñecas atadas hacia la piedra, donde comenzó a frotar la cuerda contra la roca áspera.

—Ahora lo entiendo —dijo Wax, haciendo una mueca por lo torpes que sonaban las palabras—. Desgastar la cuerda, liberarnos. Buena idea.

—Buena idea, en efecto.

La cuerda no estaba hecha con materiales baratos, sin embargo, y no se partió rápidamente, dando tiempo a Wax, mientras su mente se adaptaba a su continua presencia entre los vivos, para preguntarle a Eujo qué estaba pasando.

—Has estado esquiva todo este tiempo —dijo Wax—. Desde el rodillo. Sabíamos que los guardias no eran tus amigos.

—Concéntrate en liberarnos. Tus sentimientos pueden esperar.

Muy bien. Wax podía hacer precisamente eso. Si Eujo no quería hablar, entonces él simplemente se dedicaría por completo a mover su muñeca arriba y abajo, sintiendo el lento desgaste que coincidía con el creciente cansancio en sus piernas, músculos que ya habían tenido un largo día. Pero, a diferencia de sus piernas, la cuerda cedió con un repentino crujido, que coincidió con un jadeo de Eujo. Wax cayó hacia adelante en el agua, sus brazos, con las muñecas adoloridas, se extendieron para agarrarse a la roca. Con las piernas aún atadas, Wax se encontró doblado en un ángulo incómodo.

—Trepa, idiota —dijo Eujo.

—Estoy en ello.

El saliente de la roca ofrecía suficiente agarre, aunque estuviera mojado. Wax se apoyó en sus dedos, encontró grietas. Eujo trabajó con sus piernas contra Wax, balanceando sus brazos alrededor para agarrarse a la cintura de Wax mientras el Vis los subía a las piedras. Allí, tumbados sobre la fría roca, con la cara de Wax nuevamente aplastada contra la piedra, Eujo trabajó en sus ataduras hasta que la cuerda se soltó. La Reina se desenrolló de Wax por última vez, poniéndose de pie con un suspiro y una maldición.

Wax pensó que se tomaría un minuto o dos para quedarse allí tumbado. No era un lugar cómodo, pero era mejor que estar de pie o moverse.

Eujo parecía tener la misma idea. Se sentó al borde del agua, balanceando sus piernas en el fresco lago de la cueva y masajeando sus pantorrillas.

—Bueno, eso fue algo, ¿no? —Wax también se incorporó, sentándose en la roca—. Nuestra ropa está completamente empapada, medio destrozada por el remolino y los roces con las rocas afiladas. Wax sentía como si tuviera mil pequeños cortes y moretones—. No todos los días nos arrojan a un lago y nos dejan por muertos.

—Para ti, quizás.

Wax hizo una mueca. Tal vez había malinterpretado a la Reina. El tono de Eujo no tenía ni un ápice de lástima, ni propia ni ajena. Sonaba, a su manera, como sus propios padres cuando Wax era mucho más pequeño, menos sabio en los caminos del mundo.

Si ahora era sabio en absoluto, era una conjetura de cualquiera.

—¿No vas a elaborar sobre eso, entonces? —preguntó Wax después de que el preceptivo silencio, roto solo por el correr del agua, se hubiera prolongado lo suficiente.

—No sé de dónde sacas la idea de que necesito contarte

algo —respondió Eujo—. Lo intenté una vez antes, para advertirte, pero no escuchaste, y ahora estamos aquí abajo. Gracias por la ayuda, pero creo que hemos terminado.

—Oh, ahora, cuando estamos completamente solos en el fondo del remolino, ¿ahora es cuando quieres separarte?

Eujo se puso de pie. Wax sintió la mirada fulminante aunque las sombras ocultaban su rostro, donde habían llegado a la orilla.

—Después, entonces —respondió Eujo, sin ceder ni un ápice—. Sobrevivimos a esto, luego seguimos caminos separados. Dos Renovaciones de nuevo.

Wax se igualó a Eujo poniéndose de pie. Siguió su mirada hacia la fría distancia, la oscuridad goteante donde la cueva continuaba.

—Dos Renovaciones sin esperanza, quieres decir. Tus guardias se llevaron nuestros skars.

—Los recuperaré.

—¿Cómo? —Wax se rio—. Eujo, te vencieron, nos vencieron a Quik y a mí. No diría que tienes buenas probabilidades aquí.

—Tendré el factor sorpresa. Eso es todo lo que necesitaré. —El veneno goteaba de su lengua—. Se separarán, ya sea en la calle o en el baño de una posada. Cuando duerman, o cuando crean que están a salvo, estaré allí. Soy una Reina Kance, Wax, y no me mataron cuando debieron hacerlo.

—Aparentemente no.

Ahora era el turno de Eujo para una risa sombría. Puntuó el sonido caminando hacia adelante, su voz haciendo eco en las paredes a su alrededor. Wax, sin nada mejor que hacer, la siguió, alejándose del resplandor del remolino y adentrándose en la oscuridad.

Solo para detenerse, no tres pasos después, al chocar

con una pared plana. El final de la caverna, y uno suavizado por manos humanas.

Líneas envolvían la piedra, surcos cortados en una espiral obvia.

—El centro, entonces —dijo Eujo, apartando las manos de Wax. Empujó, nada sucedió—. Maldita sea.

—Parece que son más inteligentes que una Reina Kance.

—No veo que se te ocurran ideas a ti, Vis.

—Eso es porque prefiero pensar antes de hablar.

Eujo se rio entre dientes. —Wax, te he conocido solo unos pocos días, y ya sé que eso no es cierto.

Mientras ella hablaba, sin embargo, Wax tenía sus propios dedos recorriendo la piedra, encontrando sus bordes exteriores. Allí la suavidad desaparecía, reemplazada por líneas irregulares. Triángulos sobresalientes, círculos y garabatos. Wax siguió el patrón hasta el suelo, donde la superficie lisa se estrechaba hasta una línea limpia antes de retomarse en el lado derecho. En la parte superior —Wax podía alcanzar, tocar el bajo techo de la caverna— la línea se suavizaba de nuevo.

—¿Qué estás haciendo? —preguntó Eujo, retrocediendo un paso para darle espacio a Wax—. ¿Perdiendo el tiempo?

—Sí, eso es, Eujo. Aquí estoy, atrapado en una cueva sin comida, sin nada más que un montón de harapos encima, y estoy perdiendo el tiempo. Suena a mí.

—En cierto modo, sí.

—Tienes suerte de que esté pensando ahora mismo, o me tomaría estos insultos personalmente.

Mientras Eujo hablaba, Wax había mantenido sus dedos en movimiento, profundizando en una idea creciente. Las líneas circulares corrían hacia el centro, es cierto, pero la línea más externa no era un círculo sólido. Tenía un final, un punto hacia la parte inferior.

El mismo punto por donde alguien que llegara al remolino podría entrar. Wax movió un dedo dentro de la línea, dejándolo caer en el espacio entre el surco más externo y el siguiente. Al hacerlo, Wax sintió que la piedra descendía bajo su punta. No mucho, y no más que el ancho de una huella digital.

Pero esa presión guió su pulgar hacia adelante, y Wax lo pasó a lo largo del remolino de piedra en la oscuridad. Mientras lo hacía, los surcos sin vida adquirieron un brillo azul fosforescente, muy parecido al de algunas medusas que Wax había visto. El resplandor azul trazaba la mano de Wax mientras la pasaba entre los surcos, la pequeña presión continuando hasta que llegó al centro del remolino, bañado en una luz iridiscente, como un cielo líquido azul.

—Parece que me equivoqué —dijo Eujo mientras Wax presionaba el centro del remolino.

—No te lo tendré en cuenta.

Con su presión, la puerta de piedra se estremeció. Algún cerrojo en el lado lejano de la puerta hizo clic, y el portal se deslizó para abrirse.

Ante la vista, Wax quiso dar un grito de alegría, pero la caverna se sentía tan cercana que se conformó con un silbido en su lugar.

30
DEMONIOS DE OBSIDIANA

La embarcación atravesó una balandra Rana en su camino hacia la arena, dispersando la madera con crujidos desgarradores. Nuevas dunas se elevaron cuando el impulso de la nave chocó contra la tierra. Las ballestas habían resultado ineficaces, al menos por lo que Maena podía apreciar, aunque la embarcación, ahora iluminada por las antorchas, mostraba profundos cortes en toda su estructura. Como si alguien la hubiera atacado con una espada gigante.

—La Égida —respondió Svarde a la pregunta no formulada. El hombre tenía sus armas listas mientras los Rana que huían y los pocos otros prisioneros pasaban junto a ellos en dirección a las líneas de Jochi—. Puede que sean diferentes, pero siguen siendo demonios. No los trates como otra cosa.

—Nunca había visto un demonio en un barco —dijo Rasslebeck.

Maena los mantuvo a la sombra de la torre, en parte porque no podía descartar que Jochi decidiera asesinarlos a todos. El fuego de ballestas contra los Rana y los prisioneros se había detenido una vez que apareció la embarcación demoníaca, pero una mirada alrededor de su defensa en la torre mostró que la huida se detenía en las murallas de sacos de arena de Jochi.

Los Rana suplicaban piedad, ayuda, alivio de lo que debía ser un terror. Maena había participado en su parte de persecuciones de barcos, dando caza a presas más lentas, abordando y saqueando sus bodegas. Había estado en el otro lado solo una vez, en su segunda salida, y la fragata Najahn que les perseguía llenó cada momento con una tensión que hacía rechinar los dientes. La muerte a solo unas pocas olas de distancia.

Una tormenta la había salvado entonces. Los cielos nublados ahora, con su nieve cayendo en copos casuales, no harían tal cosa.

—Svarde tiene razón —dijo Maena—. Esperemos a ver qué sale de esa cosa, y luego intentemos usarlo.

¿Usar un demonio? Audaz.

Audaz, quizás, pero mejor que ser el alfiletero de Jochi.

—¿Y si viene a por nosotros? —preguntó Pennifer.

—Entonces haremos lo que vinimos a hacer —respondió Svarde. Kivi resopló en señal de acuerdo—. Esto es solo un preámbulo, nada más.

Más allá del continuo romper de las olas, un silencio gradual cayó sobre la playa. La barricada de Jochi detuvo la huida, y los Rana encontraron su dignidad cuando sus llamadas de auxilio quedaron sin respuesta, organizándose lo mejor que pudieron en las rocas entre la arena y la civilización. Todos los ojos que no vigilaban una herida se centraron en aquella cosa chamuscada y redondeada que esperaba, preguntándose.

¿Habrá alguna señal? ¿Algo que estén esperando?

Rendición, tal vez. O un asalto total que deje a los atacantes vulnerables.

¿Entonces por qué no vas a ver?

Pensé que no querías morir de nuevo.

Tal vez haya otro que te succione y me devuelva mi cuerpo.

O tal vez habría un demonio que se llevaría esta voz, esta persona que no merecía vivir.

No te mientas a ti misma. Me necesitas ahora.

Los demonios interrumpieron. Una serie de chasquidos, mil cerraduras abriéndose una tras otra, resonaron en la noche. La embarcación se sacudió. Nuevos gritos pidiendo dejar pasar a los heridos se escucharon después, dejando su sabor a miedo en el aire.

Cuando los crujidos cesaron, la mitad superior de la embarcación se estremeció, un movimiento que Maena solo pudo ver porque la nieve acumulada se deslizó como polvo brillante. Mientras se agitaba, la parte superior de la embarcación se partió, como Maena podría partir un huevo. Una repentina separación, una línea delgada convirtiéndose en una brecha arqueada.

Un azul brotó, un color etéreo y parpadeante del tono de las flores, de las aguas del Vis en un cálido día tropical. Las manos de Maena aferraron con fuerza su alfanje.

Ninguna extremidad señaló la emergencia, ninguna escalera ni gancho se elevó a la superficie. En su lugar, solo estaba el resplandor azul, y luego el resplandor se movió. Voló. Se disparó en el aire, aunque solo a una corta distancia, antes de volver hacia el suelo.

—Otro —dijo Svarde.

Maena había estado observando el primero, pero vio un segundo destello, luego un tercero. Cada uno medía la mitad de alto que una torre de ballesta, cayendo en la playa con suficiente peso como para lanzar arena en géiseres salvajes.

El trío se alzó, su resplandor azul no era una luz sino el intenso parpadeo del fuego. Aún a varios pasos de distancia, bien fuera del alcance de las armas, Maena sentía el calor que emanaba de las criaturas, vio el chisporroteo cuando los copos de nieve desaparecían antes de tocar su piel.

¿Piel? ¿Crees que estas cosas tienen piel?

No, se dio cuenta Maena, que pudiera ver. La llama que enmarcaba sus cuerpos terminaba en piernas y brazos, cuatro de estos últimos, con un par más corto brotando de los hombros del monstruo. Sus piernas terminaban en amplios muñones, que parecían la mecha ardiente de una vela. Sus cabezas eran de obsidiana hendida, oscuras y chispeantes por el calor del fuego.

—También están armados —murmuró Rasslebeck—. No son demonios normales.

—Malas noticias para las islas si esto es a lo que nos enfrentamos ahora —añadió Pennifer.

Cada uno parecía llevar una especie de látigo fundido, una larga amenaza encadenada que se envolvía alrededor de sus cuerpos, terminando con un gancho que colgaba del extremo de un brazo. Un arma inusual, pero quién sabía qué consideraban normal estos demonios.

Los tres demonios observaron a sus oponentes, ardiendo en la arena. El humo se elevaba alrededor de sus pies, las pocas cosas inflamables en la tierra estallaban en naranja. El azul ardiente se reflejaba en sus cabezas de roca negra, delineando círculos y tajos cada vez que las cabezas se movían antes de desvanecerse.

No se dispararon flechas, ni llegaron gritos de ataque desde Jochi. Dos bandos estudiándose mutuamente.

—¿Nos ponemos manos a la obra entonces? —preguntó Svarde.

—Me inclino por dejar que los comerocas peleen primero —dijo Rasslebeck—. Dejemos que prueben el sabor, y luego nos llevamos la gloria.

—No hay gloria en terminar las sobras.

—La gloria no es importante —los interrumpió Maena —. Es la oportunidad.

¿Qué estás tramando?

Durante toda su vida, Maena había visto a los demonios como esa rara molestia, algo que surgía cerca de una Renovación y significaba llevar un sable en todo momento. Bestias violentas que necesitaban ser abatidas y nada más. Estos tres, sin embargo...

—No están luchando, lo que significa que están esperando algo más —dijo Maena.

—Sí, una oportunidad —añadió Pennifer.

—Entonces démosles una. O nos matan, o dicen que vienen en paz. Creo que será lo segundo.

—Entonces no estás prestando atención. Nuestros asaltantes estaban huyendo. Están heridos.

Maena asintió.

—Eso fue en mar abierto. Ahora tenemos la ventaja. Creo que estos demonios lo ven.

Maena avanzó, dando un largo paso sobre la arena. Cómo se comunicaría con estos monstruos parecía una pregunta imposible, pero la idea estaba ahí. Tenía que intentarlo.

¿Por qué?

Simple. Estas criaturas habían venido de Las Profundidades Oscuras. Sabían lo que esperaba en su corazón. Podrían saber, entonces, cómo detener el ataque y poner fin a la terrible cadena que unía las islas.

O tal vez solo están aquí para destruirnos a todos.

Un riesgo que correría.

El demonio más cercano, el del centro, volvió su inmensa mirada sin ojos hacia Maena mientras ella se acercaba. La capitana Rana arrojó su sable a la arena. Hizo una clara demostración de que no portaba armas, ni secretas ni de ningún tipo. Detrás de ella, lejos en la playa y en lo alto de las torres, se escuchaban ruidos metálicos y crujidos mientras las fuerzas de Jochi maniobraban hacia algún otro fin.

—¿Puedes entenderme? —preguntó Maena.

El demonio, con esos contornos vidriosos destellando una y otra vez alrededor de su cabeza, parecía mirar a través de ella. El calor tan cerca hizo que Maena se estremeciera, brotándole el sudor. Y aún estaba a varios pasos de distancia. ¿Cómo podían sobrevivir estos demonios?

Además, ¿cómo podrían siquiera interactuar? Maena pensó que los monstruos incendiarían una casa si entraran en ella, quemarían un barco si subieran a bordo.

Sin embargo, tal vez la respuesta estaba en la nave que los demonios habían pilotado hasta aquí. Un cambio en la sociedad, de una de madera y techos de paja a una de metal.

Te estás dejando llevar.

Un sueño al borde del olvido.

—Por favor, dime —repitió Maena—. ¿Entiendes?

El rostro del demonio brilló con más intensidad, su constelación completa resplandeciendo. Dos columnas de tres círculos a cada lado, divididas por seis pequeños diamantes centelleantes en el medio. El destello desapareció tan rápido como llegó, el demonio elevándose a toda su altura.

Un rugido se formó, el coro gruñente de un fuego alcanzando su punto máximo. Casi al unísono, los demonios levantaron sus garfios con garras. Y se lanzaron.

El demonio del centro, el más cercano a Maena, se abalanzó hacia adelante. La cosa la habría sepultado de no ser por Kivi, el ferrita que se movió más rápido que el demonio para apartar a Maena, cubriéndola con su caparazón de piedra mientras el demonio pasaba pesadamente.

Aunque moverse pesadamente no era su objetivo. Mientras sonaban gritos alarmados, los demonios lanzaron sus garfios hacia las torres de balista, cada uno volando alto y aterrizando en sus objetivos con una fuerza que trituraba la piedra. Las rocas estallaron, los demonios siguiendo sus garfios con saltos para aterrizar en los costados de las torres, usando la piedra para protegerse mientras escalaban los muros.

Debajo de la torre del medio, Svarde, Rasslebeck y Pennifer yacían en la arena, tratando de escapar del terrible calor. Maena se levantó, encontró su sable, aunque quién sabía qué bien haría la pequeña arma contra estos monstruos, y observó a los demonios ascender por las tres torres.

Cuando llegaron a la cima, las almenas de madera, las balistas mismas estallaron en llamas, grandes chorros anaranjados elevándose como piras en la noche nevada.

Los primeros contraataques vinieron de las fuerzas de Jochi, las ballestas lanzando sus saetas hacia las llamas. Si acertaron, si hirieron, Maena no podía saberlo. Los cuerpos ardientes de los Whent lanzándose desde lo alto contaban una historia diferente con suficiente claridad.

La cuarta torre de balista encontró su voluntad, sin embargo. Los guardias rotaron su arma masiva, sonando un fuerte chasquido cuando un proyectil de hierro se lanzó directamente hacia la torre más cercana. Cuando no apareció del otro lado de la torre, cuando, en cambio, el fuego se movió, un demonio ardiendo en azul apareció, cayendo del costado de la torre para aterrizar, con el proyectil sobresaliendo como un marcador de tumba, sin vida en la arena. Sonaron vítores.

Vítores que murieron un momento después cuando la tercera torre envió su propio proyectil ardiente, lanzado por el demonio en su cima, para estrellarse contra la balista restante y destrozarla. Gritos, carreras y llamas llovieron.

El último demonio se sumó a ello, lanzando saetas ardientes de balista hacia las fortificaciones de Jochi. Cada una brillaba naranja mientras silbaba por el aire, golpeando esos sacos de arena y haciéndolos estallar en llamas. Imposible de contrarrestar, imposible de combatir.

Maena miró hacia su torre, el demonio en su cima comenzando su propio asalto ardiente. Echó un vistazo hacia las olas, las balandras Rana descansando en la arena. Una posible escapatoria allí, hacia la noche fría.

—Luchamos —gruñó Svarde, poniéndose de pie—. No huiremos, Maena. No dejaremos que este pueblo muera.

Maena resopló, abriéndose camino sobre la arena hacia la base de la torre. Kivi la siguió.

—¿Preocupándote por otras personas, Svarde? —preguntó Maena—. No es propio de ti.

—Son los demonios los que no me importan. Son los demonios los que me asustan —respondió Svarde—. No dejaré que lo hagan.

—¿Cómo propones que los detengamos, entonces? —preguntó Rasslebeck—. ¿A menos que quieras enfrentarte cuerpo a cuerpo con una de esas cosas?

—Encontraremos una manera —Svarde señaló con un hacha hacia la cima de la torre—. Primero, necesitamos subir allí.

—Kivi —dijo Maena—, abre la puerta. Guía el camino.

Suenas confiada.

Mientras los demonios continuaban su bombardeo, mientras las fuerzas de Jochi comenzaban una retirada desordenada y los primeros edificios se incendiaban, Maena encontró una sonrisa. Tenía una idea y, por primera vez en mucho tiempo, tenía una verdadera esperanza.

31
SIGUIENDO EL RASTRO DEL TIEMPO

Cuando Bliss no podía dormir, se preparaba. El puesto avanzado a su alrededor hacía lo mismo, los Najahn y los Rana aprovechando su repentina seguridad para reconstruir las ruinas devastadas. Bliss se concentraba en su zurrón, su odre y su bastón. Torny también lo hacía, aunque las constantes miradas de la bandida hacia Bliss decían que no tenía la misma urgencia.

Quik, ajeno y agotado, seguía durmiendo.

—No es que crea que no deberíamos ir tras ellos —dijo Torny mientras ambas metían fruta y pescado salado en los toscos sacos tejidos—, es que nos superan en número y, seamos realistas, Bliss, en habilidad.

"¿Cuál es tu alternativa, entonces?", gesticuló Bliss.

—¿Ver si podemos entrar en el Remolino y encontrar a tu hermano?

"Lo viste desaparecer. Se ha ido".

—Bueno, sí, pero quizás no el cuerpo. El skar.

El skar Foti aún estaría con Wax, claro. Pero, ¿qué importaba eso? ¿A quién le importaba, si su oportunidad de...

Bliss se detuvo y miró fijamente a Torny. "¿Qué, quieres el skar para venderlo?"

Torny ni siquiera se molestó en parecer avergonzada. En cambio, su delgada figura adoptó una postura erguida, enfrentándose directamente a Bliss.

—Estoy diciendo que seguimos vivas, Bliss. Si tu hermano no lo está, entonces tampoco somos Guardianas. Lo que nos convierte en dos personas solas en una isla al azar invadida por demonios. No tenemos un rodador, y desde luego no tenemos los bienes para pagar un barco que nos saque de Rana. —Torny escupió a un lado, a través de una estrecha rendija entre las tablas—. No voy a volver a trabajar para otro posadero aprovechado.

"¿Así que tu elección es saquear el cuerpo de mi hermano?"

—¿Qué crees que querría él, Bliss?

"Querría que sus asesinos estuvieran allí abajo con él. Prepara tu bolsa, Torny. Nos vamos al amanecer".

La bandida, al menos, sabía cuándo dejar morir una discusión. Las dos volvieron a sus zurrones y, cuando estos estuvieron llenos, se tumbaron en esteras de paja. A pesar del ruido a su alrededor, la batalla del día, el remar, la ira y la pérdida sumieron a Bliss en un sueño intranquilo, lleno de pesadillas y rabia ardiente.

Esos sueños la llevaron a un sudor frío, a un duro despertar con pescado recién cocinado y setas asadas, algo de lo que Bliss tenía mucho en su hogar en Vis, algo que siempre le daba vida a su estómago.

La gratitud por salvar el puesto avanzado les compró a Bliss, Torny y Quik el desayuno. Su hermano mayor, a pesar del skar de Vis, cojeaba y parecía incapaz de hacer una caminata. Incluso el fuego que se encendió en sus ojos cuando Bliss le relató la historia se apagó ante la idea de partir hacia el sur tras un grupo que ya iba remando por delante.

"Entonces espera", gesticuló Bliss entre bocados. "Busca a Wax. Vis debería poder despedirse".

—No durará tanto —murmuró Torny, y ante las miradas de sus compañeras Guardianas, la bandida se encogió de hombros—. ¿Qué? Ya casi es invierno. No conseguirás un viaje fácil hasta Vis, y su cuerpo no se conservará, aunque lo encuentres allí abajo. Mejor enterrarlo aquí y llevar un recuerdo...

"Si dices el skar, te voy a dejar aquí ahora mismo".

—Iba a decir lo que pudieras encontrar. —Torny desvió la mirada. Hacia el este, donde la marisma se convertía en el gran río por el que habían viajado hace una eternidad—. Estás siendo demasiado sensible. Esto es todo. Así es la vida ahora. Es sombría, es dura. El sentimentalismo solo la hace más difícil.

El día parecía compartir la perspectiva de Torny. Soplaba un viento cortante y las nubes mantenían su cobertura. Los copos de nieve flotaban en el aire, como si no estuvieran seguros de dónde aterrizar. El agua golpeaba gris y fría contra el puesto avanzado.

—Por una vez, estoy de acuerdo con Torny —dijo Quik—. El skar podría ser útil y podría comprarnos un billete a casa. —Puso una mano sobre Bliss—. Y no des por perdido a tu hermano. Es astuto.

"Estaba atado y cayó por la borda".

—Pero si hubieran querido muertos a Wax y Eujo, podrían haberlos matado, Bliss. Podrían haberles atado un bloque a los pies, o haber hecho una docena de cosas para asegurarse de que se ahogaran. —Quik miró hacia el norte, en dirección al Remolino—. Hay algo que se nos escapa, y no voy a dar por perdido a Wax todavía.

"Ojalá pudiera tener tu esperanza".

—Entonces gánatela. Encuentra a esos bastardos y haz que te lo cuenten todo. —Quik mostró una mueca sombría—. Y cuando hayan terminado, haz lo que ellos no pudieron. Asegúrate de que lo paguen, Bliss.

Torny resopló.

—Grandes palabras. Dos chicas jóvenes contra tres Guardia Real de Kance.

Bliss, sin embargo, se puso en pie sin ningún temor. La calma, quizás reforzada por la sombría mañana y su frío propósito, la mantuvo firme.

"No estamos en Kance, Torny. Están en tierras salvajes, y ese es mi hogar".

Bueno, no exactamente. La marisma no se parecía a la jungla de Vis. Los árboles delgados no ofrecían oportunidades para columpiarse. No había lianas ni grandes frondas listas para impulsarla. Sin embargo, Bliss rechazó un bote ofrecido por los agradecidos Najahn, dejando a Torny confundida pero comprensiva mientras emprendían el camino hacia el sur.

Los guardias de Kance habían tomado el río occidental, un ramal, según dijeron los Najahn, tanto descuidado como de avance lento, especialmente al inicio del invierno, con menos lluvia y el bajo nivel del agua forzando un camino más sinuoso.

Si se dirigían directamente hacia el sur a toda velocidad, las dos podrían ganar terreno. El pantano parecía entender su propósito también, con el clima frío endureciendo el barro y facilitando su caminata. Su ropa era, en cierto modo, el mayor obstáculo: los gruesos linos, mejorados de las versiones ligeras de Foti en Riroca, demostraron ser capaces de engancharse en cualquier espina o arbusto. Si la tierra sostenía sus pasos, el viento atacaba su caminar con vigor, empujando a Bliss y Torny de un lado a otro y haciéndolas tropezar en estanques sin congelar. En poco tiempo, sus pies estaban empapados y aparecieron las ampollas.

Torny expresaba sus quejas con el típico lenguaje soez, lanzando maldiciones al clima, a los Rana por no construir un camino a través del pantano y, finalmente, a los traidores Kance por imponerles esta terrible situación.

Una cadencia reconfortante, a su manera.

La primera noche llegó y pasó en una roca cubierta de musgo inclinada sobre un pequeño montículo. Mientras el río occidental fluía cerca, Bliss y Torny se acomodaron en sus pieles, acercándose lo suficiente para compartir el calor corporal, ya que Bliss no quería hacer una fogata.

Quién sabía si los Kance estaban prestando mucha atención, o qué más podría atraer la luz de una fogata. Las frutas y el pescado seco fueron suficientes, y Torny masticó algunas hierbas particulares después de la comida.

—¿Estas? —dijo Torny cuando Bliss señaló las hojas dentadas—. Prueba una.

El estallido llegó con el primer mordisco. Brillante y fresco, lo suficiente para hacer que los ojos de Bliss se abrieran de par en par. Masticó la hoja, tratando de identificar su sabor y sin encontrar comparación.

—¿Nunca habías probado la menta? —preguntó Torny —. Puedes encontrarla en todas partes en Rana. Y en algunos otros lugares también.

'No existe en Vis.'

—Sí, me estoy dando cuenta de eso. —Torny se rio, se apoyó contra la roca y agitó las hojas de menta en el aire—. ¿Ves, Bliss? Hay tantas cosas interesantes ahí fuera que no has visto.

'Podría mostrarte algo igual de genial en casa.'

Torny asintió. —Me gustaría eso. Si, ya sabes, sobrevivimos a esta misión asesina tuya.

'Lo haremos.'

Una ligera sonrisa. —Ojalá tuviera tu confianza.

El día siguiente reforzó aún más esa confianza. El río occidental seguía negándose a trazar un camino recto hacia el sur, serpenteando entre islas y alrededor de grupos de árboles. Bliss y Torny cortaron camino directamente, el pantano disminuyendo a medida que se mezclaba con un terreno más firme y fértil. Aparecieron los primeros arrozales, cosechados hace tiempo para el invierno, con solitarias casas de campo con techos de paja salpicadas entre ellos.

Los caminos reales aumentaron aún más su velocidad, aunque Bliss se preguntaba por la total ausencia de personas. Una pregunta que Torny intentó responder señalando que la cosecha había terminado y que había bestias sueltas.

—¿Te quedarías aquí sola todo el invierno, sin saber cuándo algún monstruo podría atravesar tu puerta? —preguntó Torny mientras pasaban junto a un granero destartalado—. Yo sé que no lo haría.

De vuelta en Vis, los pueblos exteriores se habían vaciado, o habían sido masacrados, como el que Bliss encontró con Deshiva. Ir hacia las ciudades fortificadas tenía cierto sentido, aunque Torny encontró su propia ventaja en ello.

—Mira —dijo la bandida mientras trabajaba en la cerradura simple de la puerta de una casa achaparrada cerca del final del día—. Estoy segura de que quienquiera que sea el dueño de esta casa no le importará que un par de Guardianas la usen por la noche.

'¿Así que somos Guardianas otra vez?'

—Cuando necesitamos serlo. —Torny levantó un dedo cuando Bliss comenzó a hacer señas—. Ni se te ocurra renunciar a una ventaja cuando no lo necesitas. No existe tal cosa como el honor, Bliss. Es supervivencia, eso es todo. Eso es lo único que importa.

Bliss no podía decir que estuviera de acuerdo con eso, pero tenía que admitir que el plan de Torny tenía méritos: la casa tenía camas de verdad, provisiones de comida mucho más allá de lo que las dos podían comer, consistentes en arroz, vegetales de raíz y el omnipresente pescado en escabeche en gruesos barriles. Una estufa permitió comida caliente y una noche cálida, que Bliss llenó contando leyendas de Vis a Torny con señas hasta que el cansancio de la caminata del día las venció.

La tarde del tercer día trajo la vista que Bliss estaba buscando. Después del pantano, Rana se volvía montañosa, con arrozales que subían y bajaban por las laderas. El río occidental corría alrededor de las elevaciones, un cenagal ineficiente hacia el sur. Desde la cima de una de ellas, Bliss divisó el bote, los Kance haciendo su lento camino río abajo.

—No tienen los remos fuera —observó Torny, de pie junto a Bliss. Un día despejado, por una vez, aunque el sol apenas parecía tocar su piel—. Realmente están a la deriva.

'¿Por qué?'

—Le estás preguntando a la bandida equivocada. —Torny chasqueó los dedos—. Espera, ya lo tengo. Quieren que sea fácil para nosotras.

'Eso no tiene sentido.'

—Claro, pero si no tenemos otras ideas, ¿por qué no quedarnos con esa?

La lógica de Torny parecía defectuosa, pero por una vez la bandida no actuaba como si estuvieran a punto de ser empaladas, así que Bliss la dejó estar.

Aceleraron el paso, con el vigor renovado ante la vista. Un pequeño pueblo de Rana se encontraba más adelante, los edificios asomándose por encima y alrededor de los árboles. Un lugar, quizás, para que los Kance se detuvieran por la noche. Necesitarían comida, agua. Vulnerabilidades que Bliss esperaba poder explotar.

El pensamiento le trajo una sonrisa. Mírenla, pensando como la cazadora, buscando debilidades, haciendo planes para atrapar a su presa. Deshiva estaría orgullosa.

Mantuvieron su persecución cerca del río, asomándose de vez en cuando para ver el bote, asegurándose de que los Kance efectivamente se dirigían a un muelle en el pequeño pueblo. Sus objetivos eran predecibles, el trío amarrando su balsa y adentrándose, todo mientras Bliss y Torny observaban desde un bosquecillo cercano.

—¿Les cortamos el cuello por la noche, entonces? —preguntó Torny mientras se demoraban bajo las hojas.

'Necesitamos a uno vivo para que nos diga qué hicieron con Wax. Y por qué.'

Torny asintió, evaluándola. —Eres fría, Bliss. ¿Lo sabes?

'Como dijiste, Torny. Se trata de sobrevivir. No creo que las Islas te dejen vivir de otra manera.'

—Solo... no te pierdas por completo, ¿sabes? No seas como Sledge. O Eggrad.

Bliss miró fijamente a Torny. 'Cuando todo esto termine, tal vez piense en quién soy. Hasta entonces, averigüemos qué le pasó a mi hermano y hagamos daño a los que se lo hicieron.'

32
EL GIRO DE TAMAS

El frío despertó a Sawi más que la luz, y qué despertar tan reacio y lento fue. Como si cada hueso y músculo necesitara atención para volver a la vida. No es que levantarse sirviera de mucho: una cuerda ataba sus manos y piernas, dejándola sentir la hierba bajo sus muslos y la áspera piedra en su espalda.

La vista tenía más que ofrecer. Un paisaje imponente, la altura casi mareante para Sawi, quien prefería sus altillos con doseles alrededor en lugar de la clara y abrupta caída hacia el oleaje y la naturaleza salvaje. Pero el acantilado más alto de Mottilan no participaba en fantasías selváticas, ofreciendo poco más que arbustos delgados y un grupo de personas ocupadas construyendo algo cerca.

—Se levanta —dijo Gladdring, el hombre sentado a su lado, igualmente atado—. Me alegra el corazón verte viva, Sawi.

—Qué extraño, porque el mío sigue frío.

Gladdring llevaba sus moretones, rasguños y el maltrato general como alguien que, de alguna manera, estaba acostumbrado a ello. Ninguna lágrima se escapaba de sus ojos hinchados, no se encorvaba ni se estremecía, y su labio ensangrentado permanecía firme. Sus túnicas, asimismo, mantenían cierta dignidad a pesar de sus rasgaduras y desgarros.

Menos dignos, murmurando entre ellos, con abundantes muecas, estaban los cinco hombres y mujeres de Mottilan erigiendo lo que parecía ser una grúa. Una gran jaula de bambú descansaba cerca, su propósito no era difícil de adivinar.

Ciertas historias, ciertas leyendas que Sawi no había escuchado desde sus primeros días, sugerían que las guerras entre Kitaye y Mottilan exigían castigos, y los de Mottilan eran de una variedad distintivamente aterradora.

—¿Qué les hiciste? —preguntó Sawi, manteniendo la voz baja. Gladdring podría no saber lo que ella había oído, y Sawi quería escuchar su versión, quería saber cuánto la había puesto en peligro—. ¿Por qué te odian tanto?

—Malentendidos y errores, de mi parte y de la suya. —Gladdring suspiró, un suspiro pesado que recorrió todo su cuerpo—. La paciencia es siempre la primera en volar cuando los demonios regresan.

Sin embargo, la paciencia mantuvo a Sawi en silencio mientras el trabajo de los mottilanos continuaba. Gladdring también calló, negándose a elaborar sobre su única frase. Observaron, Sawi tratando de ignorar su hambre, su sed, sus necesidades físicas. Fue fácil hacerlo cuando la tarea de los mottilanos concluyó, mucho antes de que el sol alcanzara el mediodía.

Levantaron su construcción, de unos dos metros de altura y hecha de una base de madera gruesa, seguida de una tabla que se extendía sobre el borde del acantilado. En su extremo, pasada por un anillo de metal robado de algún barco pesquero, estaba la gruesa cuerda conectada a la jaula.

El líder mottilano, Korrus, dirigió su mirada funesta hacia sus prisioneros.

—No veo ninguna sorpresa, así que deben saber qué es esto —dijo Korrus, dándoles un momento para interrumpir.

—Esto es guerra —dijo Sawi—. Solo soy una guía. Cuando Kitaye se entere...

—¿Se entere de que has estado ayudando a un traidor najahn? Ninguna ciudad vis arriesgará la ayuda de Noctia ahora, no por ti. —Korrus se suavizó—. No es que quisiéramos que esto sucediera. Si te hubieras mantenido al margen, no estarías aquí. Ya he tenido suficiente de entrometidos de Kitaye apareciendo donde no deben.

—Lo siento mucho por ti.

El mordisco de Sawi no le ganó nada. En su lugar, Korrus se acercó, agarró a Sawi por los hombros y la levantó. Con las piernas atadas, la mujer vis no pudo hacer nada mientras Korrus la llevaba a la jaula de bambú y la depositaba dentro de su puerta abierta.

—Puedo caminar yo solo —dijo Gladdring cuando Korrus se volvió hacia él.

El najahn se puso de pie, revelando que sus propias piernas y brazos no estaban atados como los de Sawi, y marchó por su cuenta hacia la jaula. Con un tamaño similar al de una cama grande, los dos podían sentarse, pero no podían ponerse de pie sin golpear la parte superior de bambú, aunque era espacio suficiente.

Sawi quería preguntar por qué Gladdring no estaba atado, pero la pregunta no tuvo oportunidad de lanzarse, ya que Korrus hizo un gesto para que el equipo mottilano pusiera la jaula en movimiento.

—Colgarán aquí hasta que nuestras demandas sean respondidas —dijo Korrus mientras los mottilanos tensaban la cuerda y levantaban la jaula del suelo. Se balanceó desde el primer tirón—. Dos veces al día, les pasaremos comida y agua. El frío les robará su comodidad, el sol quemará sus hombros, y si viene una tormenta, sus muertes están prácticamente aseguradas. Espero que sus najahn lo tomen en serio.

—Y yo espero que te des cuenta del error que estás cometiendo —respondió Gladdring, sin ceder nada a sus captores.

Sawi alejó su propio miedo, su propia perplejidad. De alguna manera, había pasado de recoger fruta bajo custodia segura a, mientras la jaula se balanceaba sobre el acantilado, colgar en el aire sobre una ciudad rival sin ayuda, sin defensa.

—Estoy seguro de que lo haré —respondió Korrus mientras la jaula salía del acantilado, hacia el aire libre—. Pero tú, traidor, no estarás vivo para entonces.

La jaula se sacudió con la brisa mientras Korrus y su equipo terminaban de clavar estacas pesadas, fijando la cuerda en su posición, un punto tenso a un brazo de distancia del rocoso acantilado.

Luego, sin más palabras, los mottilanos se fueron, dejando a Sawi y Gladdring solos con los pájaros, el viento y el mordisco del invierno.

El plan, como Gladdring lo describió en esas primeras horas, era simple. Persuadir al mottilano que viniera a darles comida y agua para que terminara la tortura y los liberara. A partir de ahí, una carrera montaña abajo y una desaparición en la selva.

—¿Así de fácil, eh? —preguntó Sawi, acurrucada en la esquina, con los brazos y las piernas pegados al cuerpo. Su tejido no estaba hecho para este clima, y había estado temblando toda la mañana—. ¿Solo decir unas palabras y somos libres?

—Será como digo.

—Entonces, ¿por qué pasar por todo esto en primer lugar, si tu lengua de miel puede conseguirnos lo que necesitamos?

—Porque tenían números. Uno, tal vez dos, puedo convertirlos. Más está más allá de mí.

—¿Convertirlos?

Gladdring, con las manos dentro de sus túnicas y los ojos observando el mar, sacudió la cabeza.

—Aprenderás más cuando llegue el momento. Lo que importa, sin embargo, es lo que sucederá después.

—¿Qué es eso?

—Cuando abran la jaula, tú los someterás.

—¿Con qué?

Gladdring asintió hacia sus manos.

—Usa lo que tu dios te ha dado, Sawi. Sabes cómo.

—Soy recolectora, no cazadora.

—Falso. Eres lo que necesito que seas.

La negativa de Sawi murió antes de que pudiera siquiera encontrar las palabras para expresarla. En su lugar, la confianza brotó. Gladdring no se equivocaba: ella había hecho mucho más que simplemente recolectar en este viaje, sin mencionar todas las expediciones con Wax y Pan. Podía encargarse de golpear una o dos cabezas mottilanas.

—No respondiste realmente a mi pregunta anterior —dijo Sawi—. ¿Por qué están tan enojados? En palabras reales, por favor.

—Porque hicimos un trato. Uno que no salió como ellos esperaban, a pesar de que no les prometí que lo haría.

—Suena como un mal trato.

—Les di una oportunidad. No la aprovecharon. Ahora me culpan a mí. —Gladdring cerró los ojos—. Qué fácil es culpar a otros de tus propios errores.

—¿Pero los Najahn no se vengarán por ti?

—Como te dije en nuestro camino hacia aquí, Sawi, los Najahn no son un todo unificado. Somos individuos, sedientos de poder o luchando por mantenerlo. Si vengar mi muerte ayudara a alguien, entonces las tropas podrían arrasar Mottilan. Lo más probable es que se haga otro trato, muy similar al mío, a cambio de presentar mi muerte como un desafortunado accidente.

—Noctia suena como un lugar terrible para vivir.

Gladdring resopló.

—Todos los lugares tienen sus reglas, Sawi. O juegas con ellas, aprendes a romperlas, o fracasas por culpa de ellas. Noctia no es diferente, ni mejor ni peor, que cualquier otro lugar.

Sawi se rio. Gladdring podía decir lo que quisiera, pero Kitaye aún no había hecho nada tan brutal.

Tal vez eso era lo que significaba aventurarse: descubrir que el hogar del que partiste realmente era el mejor lugar después de todo.

El plan de Gladdring tuvo su primera prueba por la tarde, cuando un par de mottilanos, Korrus entre ellos, escalaron el acantilado con algunos mangos mohosos y un pequeño odre de agua. El compañero de Korrus hizo girar la grúa de vuelta a tierra, asentando su mole sobre la hierba. A través de las rendijas, Sawi, desatada por Gladdring, podía sentir esos pequeños tallos, podía imaginar rompiéndose sobre ellos.

Korrus se inclinó sobre la parte superior de la caja, abrió una pequeña sección cortada para ese propósito y dejó caer la comida dentro. El odre de agua siguió. Gladdring tomó un sorbo, se lo pasó a Sawi. No tocó el mango.

—No te mueras de hambre, Gladdring —dijo Korrus—. Va a hacer frío esta noche. Necesitarás toda la comida que puedas conseguir.

—Algunos de nosotros podemos cuidarnos solos, Korrus.

—Como obviamente estás haciendo.

Korrus hizo un gesto, la grúa se movió de vuelta sobre el abismo, y los mottilanos se fueron.

Sawi no siguió el ejemplo de Gladdring, devorando el mango sin deleite, con necesidad. Después, con las manos pegajosas, lanzó una mirada fulminante a Gladdring.

—¿Querías mantenernos aquí un poco más, verdad? —preguntó Sawi.

—Korrus no es nuestro objetivo. Está demasiado involucrado en el éxito. Necesitamos un par más débil.

—¿Y si viene cada vez?

Gladdring frunció el ceño.

—Entonces realmente me han superado, pero es un largo camino hasta aquí. Korrus tiene que hacer sus amenazas a los Najahn, a Kitaye ahora si quiere obtener su recompensa. Eso llevará tiempo. Tendremos nuestra oportunidad.

—Ojalá tuviera tu fe.

—La tendrás.

La paciencia de Gladdring dio frutos cuando el sol descendía por el horizonte, sumiendo su mundo en un duro crepúsculo púrpura-naranja. De nuevo, un par de mottilanos emergió por el acantilado, llevando pescado y más agua.

Korrus no estaba entre ellos.

—Prepárate —dijo Gladdring—. La oportunidad será breve.

Sawi, cuyo cuerpo entero parecía estar al borde de entumecerse, se acercó no obstante a la puerta de la jaula. La grúa se movió, balanceando al par de vuelta a tierra. Mientras lo hacía, el segundo mottilano, llevando comida y agua, se dirigió hacia la caja y extendió la mano hacia la abertura superior.

—No quieres morir, ¿verdad? —le dijo Gladdring al hombre, quien detuvo su movimiento y lanzó una mirada suspicaz hacia Gladdring—. Korrus juega con una fuerza más allá de su imaginación. Los Najahn arrasarán Mottilan, destruirán a tu familia. Tu hogar. Tu ciudad. Todo esto, porque Korrus se siente ofendido.

—¿Estás bien? —preguntó el otro mottilano, de vuelta en la base de la grúa.

—Bien —respondió el objetivo de Gladdring, sin apartar la mirada del Tenet.

—La salida es simple. Abre la puerta. Yo aseguraré tu supervivencia. Tu recompensa. Mottilan vivirá. Tu familia prosperará.

La mano del hombre vaciló. Su compañero preguntó de nuevo qué estaba pasando.

—Hazlo —ordenó Gladdring—. Sálvate a ti mismo y a los que amas.

Como un reflejo, la mano del hombre se dirigió a la puerta de la jaula. Abrió el candado en su poste exterior, liberando la ancha puerta. Sawi, con las piernas y los brazos apenas funcionando, tropezó ante la oportunidad, pero se sostuvo sobre sus palmas y dedos de los pies, y se impulsó hacia adelante.

El miedo, la esperanza y la ira hicieron el resto. El hombre mottilano parecía aturdido por lo que acababa de hacer, ni siquiera levantó una mano antes de que Sawi lo derribara, empujándolo hacia atrás en un duro golpe contra la piedra.

Gritando, el segundo mottilano vino corriendo detrás, con un garrote en la mano. El hombre no alcanzó a Sawi: Gladdring, saliendo de la jaula, estiró una larga pierna y hizo tropezar al enemigo que cargaba, enviándolo al suelo. Sawi arrancó el garrote de las manos del mottilano y, ante el asentimiento de Gladdring, propinó lo que esperaba no fuera un golpe fatal.

Ambos captores gimieron. Sawi y Gladdring recogieron los odres de agua y la comida. Sawi estaba a punto de echar a correr, pero Gladdring la detuvo.

—Ponlos dentro —dijo Gladdring—. Los colgaremos sobre el acantilado. Desde la distancia, se verán lo suficientemente parecidos a nosotros como para ganar algo de tiempo.

Mover los cuerpos debería haber sido más difícil, pero la libertad le dio a Sawi energía, una ráfaga que no se agotó ni siquiera cuando la grúa balanceó nuevamente la jaula sobre el aire abierto, ni cuando ella y Gladdring corrieron acantilado abajo, más allá de la hierba y de vuelta a la oscuridad más cálida y acogedora de la jungla.

33
EL RÍO SKAR

Como si anticipara que la mayoría de los viajeros no tendrían antorchas más allá del poder de succión del Remolino, la habitación al otro lado de la puerta en espiral ofrecía el mismo musgo brillante que Wax había visto en las cuevas de Vis. La flora azul púrpura corría a lo largo de un estrecho sendero que se expandía, tras varios pasos dados en silencio asombrado, hasta una escalera tallada. Por esos escalones, en líneas excavadas, corría agua, un líquido reluciente que al principio dejó a Wax desconcertado.

—Venas de plata —dijo Eujo, arrodillándose junto al suave charco cerca de la base de la escalera para inspeccionar los depósitos, un círculo resplandeciente cuyos derrames se escurrían hacia los lados y desaparecían en agujeros invisibles—. Wax, mira.

Siguiendo la mirada de Eujo, Wax recorrió la cámara, más alta que su casa del árbol en su hogar, y captó las paredes centelleantes. Entre el musgo y la roca, serpenteaban líneas plateadas errantes. Una fortuna para los mineros de Foti o los comerciantes de Rana, pero nadie se había aprovechado.

—Porque los Najahn no los dejan —murmuró Wax.

—Es lo mismo en Kance. Nuestros skars están cerca de todo un nido de diamantes celestes, pero no se nos permite acercarnos —Eujo no parecía muy feliz al respecto—. Si pudiéramos, se podría ayudar a tantos de nuestros rezagados.

—No pensé que la realeza se preocupara por los plebeyos —Wax hizo una mueca al hablar—. Lo siento, eso sonó más duro de lo que pretendía. No tenemos gente como tú en Vis.

Eujo, si se ofendió, no lo demostró.

—¿Sabes cómo Kance elige a sus reinas, Wax?

—¿Sabes cómo Vis elige a sus ancianos?

Eujo se rió, el sonido haciendo eco en el agua burbujeante y el rugido distante del Remolino.

—No lo sé —dijo la Reina—. Pero, antes de que nos enredemos en la tragedia de nuestras vidas separadas, déjame decir esto. En Kance, una reina viene por herencia. La hija, si existe, de cualquiera de las reinas actuales, es elegida cuando una muere o renuncia a su trono. La otra, siempre, es elegida de las calles.

—¿Y tú eras esa?

Un asentimiento.

—Por eso también Kance tiene una historia de matar a sus reinas. No nos entendemos, la otra Reina y yo, y aparentemente ella piensa que su suerte podría ser mejor con alguien nuevo.

Eujo pronunció las palabras con una apatía desafiante, como si así fuera la forma en que eran las cosas, así que no tenía sentido luchar contra ellas. Wax, sin embargo, percibió una rigidez, una ira y decepción en su postura. Algo que había aprendido a medir el estado de ánimo de Bliss basándose únicamente en gestos durante tanto tiempo.

—Tú harías lo mismo con ella —dijo Wax—, si tuvieras la oportunidad.

Una mirada afilada, un giro de vuelta a la escalera acuática. Eujo señaló hacia arriba.

—Sigamos avanzando.

Los escalones no guardaban secretos. Un simple ascenso hasta la cima, sus pies atrapando la plata corriente de vez en cuando. Mientras el polvo se filtraba alrededor de sus dedos, Wax sintió la suave arenilla, fría y pura. Quién sabe, tal vez si atrapaba suficiente podría vender los zapatos Rana por una buena comida. El cuero en sí sería inútil, tan empapado, destruido y enlodado por el río, el pantano y el remolino, pero ¿la plata?

Tal vez más que una comida. Tal vez un pasaje en barco a Whent.

Los delirios de grandeza mantuvieron ocupado a Wax hasta que alcanzaron la cima de la escalera, un rellano plano abarrotado con solo ellos dos. El estrechamiento gradual de la habitación llegaba a su fin no muy por encima de sus cabezas, un punto impregnado de plata y casi cegador de mirar. La dirección, en cambio, parecía ser un túnel adelante, uno que descendía bruscamente. El agua se vertía en él, con suficiente salpicadura para correr a lo largo de la escalera a sus pies.

—¿Quién diseñó estas cosas? —preguntó Wax, mirando fijamente el agujero—. Cada skar, es como, ¿por qué?

—Noctia afirma que estos son los corazones de los dioses —respondió Eujo—. Que estamos viajando al lugar más sagrado de cada isla, donde permanece la última esencia del dios.

—Me suena a patrañas místicas.

Otra risa.

—De cualquier manera, solo tenemos una opción.

—¿Qué, no crees que podamos nadar de vuelta por el Remolino?

Eujo sonrió.

—Es bueno que estés bromeando de nuevo. Te prefiero así.

—Me alegro de cumplir con tus expectativas, Reina.

Un suspiro, luego una repentina carrera. Eujo levantó las manos, se agarró del techo del túnel y se lanzó hacia la oscuridad. Wax se quedó boquiabierto, se maldijo por ser lento y la siguió.

El agua fría le robó el aliento. El suelo alisado del túnel no podía igualar sus lados ásperos, asegurando que Wax se ganara nuevos rasguños con cada rebote, cada giro brusco. Las caídas iban y venían a una velocidad que no podía comprender, su estómago saltando y golpeando más veces en meros segundos de lo que Wax había sentido jamás.

Todo en total oscuridad.

Ya fuera que se precipitara por esas vueltas y giros durante unos segundos o unos minutos, Wax no lo sabía, no podía adivinarlo. Encontró su aliento por fin, dejó escapar un grito de júbilo en la cueva, con los brazos y las piernas recogidos cerca. ¿Su último grito?

No. El Renovador de Vis salió disparado al espacio abierto, una amplia caída en una cámara oscura seguida de un chapoteo en la piscina profunda. Sus pies golpearon algo blando y Wax se alejó nadando, solo para escuchar a una Eujo maldiciendo y escupiendo en su estela.

—Podrías haber esperado un minuto —dijo Eujo en la oscuridad.

—¿Cómo iba a saber qué era esto? ¿Y si hubiera habido un demonio al final y necesitaras ayuda?

Los dos volvieron a nadar, de nuevo solo podían seguir sus voces para encontrarse. Wax, aún cansado, aún funcionando con poco más que emoción, sintió que el ardor regresaba rápidamente. Necesitarían encontrar tierra, o una salida pronto.

—Supongo que esperar que seas paciente es irrazonable —dijo Eujo—. ¿Alguna idea?

—Una. Mira hacia abajo.

Bajo sus pies, en lo profundo de la oscuridad, otro destello plateado. La única luz en el lugar, y Wax no podía juzgar cuán profundo estaba. Eujo sugirió que registraran primero la cámara, que, aparte del agua del túnel, resultó estar en silencio. También parecía no tener salida, solo paredes de roca por todos lados, cubiertas de un espeso limo. Aquí no había plantas luminosas.

—Entonces nos sumergimos —dijo Eujo una vez que terminaron su búsqueda, después de que Wax se quejara, no por primera vez, de que solo podía nadar por un tiempo limitado—. Vamos por la plata. Tan profundo como puedas.

—Agarrarlo y luego volver a subir.

—A menos que veas una salida.

—No —Wax negó con la cabeza—. Así no es como lo hacemos, Eujo. Juntos. Agarramos la plata, volvemos a subir. Si ves una salida, la compartes. Luego, vamos juntos.

—Eres terco.

—Es una regla. No dejas atrás a tus amigos en la jungla, y tampoco los dejas atrás en un lugar como este.

—Qué pintoresco, Wax.

—No es pintoresco. Es necesario.

—Hablas en serio sobre esto —el tono burlón de Eujo desapareció—. ¿Por qué?

—Porque ha significado que mis Guardianes no quieran atarme y arrojarme al agua.

—Un buen punto, Vis.

Contaron, tomaron una gran bocanada de aire en el cuatro y se sumergieron en el cinco. Wax mantuvo los ojos abiertos, pateando sus piernas hacia las profundidades. Abajo, la plata brillaba. Eujo era invisible salvo por el movimiento creado por sus brazadas, los dos empujando hacia abajo, más profundo hacia las gemas.

Los oídos de Wax se tensaron, el agua presionando contra él. Sus patadas parecían perderse en el infinito, sin dirección mientras el mundo se difuminaba. Solo la plata, todo lo demás era oscuridad. Pero siguió moviéndose, siguió empujando.

Vis no exigía menos, y Wax no dejaría que su isla perdiera ante Kance. No ahora, no aquí.

La plata se dividió a medida que se acercaban, pasando de una sola masa gris y blanca a piedras separadas, todas anidadas en un pozo festoneado.

Los skars. Tenían que serlo.

La visión le dio energía a Wax, el impulso que necesitaba para llegar hasta el fondo, para alcanzar y agarrar una piedra plateada. El calor, los susurros lo inundaron, exigiendo que Wax volviera a la superficie. Giró su cuerpo, tratando de averiguar qué dirección era arriba.

Se le acabó el aliento. No le quedaba nada. Esas piernas que lo habían traído hasta aquí se encontraron agitándose, sus patadas carecían de vigor. Wax había oído hablar de personas ahogándose, generalmente nadadores que se habían alejado demasiado, atrapados en la corriente equivocada. Arrastrados mar adentro hasta que ninguna fuerza podía traerlos de vuelta.

Esto podría no ser el océano, pero la muerte llegaría de la misma manera.

El skar, sin embargo, declaró lo contrario. Sus susurros aumentaron hasta convertirse en un grito, uno que Wax no entendía, pero que lo impulsó hacia adelante de todos modos. Sus piernas dejaron de patear por sí solas, en su lugar alineándose con sus brazos, su espalda, su cabeza para moverse en un movimiento singular hacia la superficie. El agua se juntó debajo de él, empujando a Wax hacia arriba como una mano gigante.

Wax rompió la superficie y salió volando, aterrizando de nuevo en la piscina con un fuerte chapoteo. Los susurros del skar disminuyeron a un suave murmullo, la mano de Wax aferrando con fuerza la piedra. Tomó aire, flotó, miró fijamente en la oscuridad. Trató de reconstruir lo que acababa de suceder.

Los skars eran mucho más de lo que le habían dicho, de lo que cualquiera en Vis parecía hablar. Todos parecían tener algún poder, alguna fuerza otorgada por los dioses. Cómo extraer esa fuerza, cómo usarla de una manera menos aleatoria de lo que Wax había visto, esa parecía ser la pregunta.

¿Una pregunta que nadie había hecho, o una que había sido respondida y mantenida en secreto?

Si alguien lo sabía, sería el Najahn. El Círculo. Esos maestros sentados en Noctia con el mundo en sus manos.

Wax se sobresaltó ante el pensamiento. Maestros. Gobernantes. Reinas. ¿Dónde estaba Eujo?

Giró alrededor, incapaz de ver nada en la oscuridad. La Reina no había salido a la superficie. El pánico estalló. El skar se agitó en su mano ante el pensamiento, la necesidad de volver abajo y encontrarla. Wax se encogió, se sumergió de nuevo en las profundidades negras.

La oscuridad murió cuando sostuvo el skar de Rana, su luz plateada brillando y haciendo retroceder la penumbra. Los destellos respondieron desde lo profundo, sí, pero también a su izquierda, una luz solitaria flotando en medio de las profundidades.

Wax nadó en esa dirección, el skar urgiéndole nuevamente a velocidades cada vez mayores. Esta vez, Wax se resistió, mantuvo sus brazos y piernas bajo su propio control. Algo que podría haber encontrado más difícil de no ser por el Foti, los propios susurros urgentes de los skars de Vis en el pasado. Tenía que tener eso en mente: los skars no eran inteligentes, eran instinto, listos para estallar por voluntad propia.

Eujo flotaba, mirando el skar en sus manos. Sus ojos abiertos, su boca cerrada. Sin pánico en ella, sin lucha. Wax nadó hasta ella, vio sus ojos mirar de reojo al skar. Ella señaló con un dedo su boca y sonrió.

Luego, abrió los labios. Un brillo translúcido cubrió la boca de Eujo mientras la abría, y Wax vio cómo sus pulmones se expandían sin que una gota se filtrara dentro de su boca.

Respirando, respirando bajo el agua.

Como si estuviera celoso de la habilidad de Eujo, el propio skar de Wax se quejó y refunfuñó. Su objetivo parecía obvio, así que Wax abrió su propia boca. Al principio, entró agua, pero antes de que pudiera dar un trago de pánico, la corriente se detuvo. Solo siguió el aire. Wax tosió una vez, dos veces, el agua saliendo de su garganta pero sin ser reemplazada.

La primera respiración sabía feo, metálica. Sucia. Pero aun así, aire. Eujo lo observó, sonrió mientras Wax encontraba su comodidad. Después de varios minutos pateando bajo el agua, respirando a través de los skars, Wax miró hacia arriba y Eujo asintió.

Juntos rompieron la superficie. Juntos, se miraron y estallaron en exclamaciones sobre lo que acababan de hacer, lo cerca que estuvieron de una muerte segura. La magia de los skars, las posibilidades que los esperaban. Mientras hablaban, tanto Wax como Eujo sostenían sus piedras brillantes, y con su luz, la caverna ya no ocultaba sus secretos.

—La salida —dijo Wax, viéndola primero.

Tallada, por encima del alcance casual del brazo, yacía la primera de muchas ranuras. Una escalera que conducía hacia arriba, hacia un hueco en el techo de la cámara.

La Reina asintió.

—Guía el camino, Renovación.

34
LA CAÍDA DE LA TORRE

Whent conocía la piedra. Los comerocas se ganaban su nombre por más que sus gruesos cráneos, y por mucho que a Maena le costara admitirlo, la torre era una construcción ingeniosa. Svarde usó sus amplios hombros, con la rocosa masa de Kivi proporcionando impacto a la altura de las rodillas. La resistente madera aguantó el primer golpe, se astilló con el segundo y, con Rasslebeck soltando una burla, Svarde gruñó en un tercer embiste para hacerla pedazos.

Todo esto ocurrió con Maena y Pennifer manteniéndose cerca, mientras cenizas y rescoldos se mezclaban con la nieve que caía, y el dúo de demonios de fuego continuaba su andanada. La retirada de Jochi se intensificó, con Rana y los pocos prisioneros uniéndose a la carrera. Trepaban y saltaban sobre sacos de arena apilados, muchos de ellos en llamas mientras los demonios lanzaban flechas y rocas ardientes desde lo alto de sus perchas.

Si los demonios iban a cansarse pronto, Maena no vio señal alguna.

En el interior, la maestría de la torre se reveló en las

muescas sinuosas talladas en los costados, una espiral ascendente que llegaba hasta la cima. Cadenas se entremezclaban con el mecanismo, poleas que funcionarían para deslizar la plataforma de la ballesta desde lo alto de la torre hasta su base. Una forma fácil de reponer munición, reparar una ballesta dañada o cambiar turnos.

—Espera —dijo Pennifer cuando Svarde se movió hacia una gran palanca construida en el suelo de piedra de la torre, cerca de la puerta y dentro de su nicho, más allá del centro de la torre—. ¿Vas a hacer bajar esa cosa?

—El calor nos va a freír vivos —añadió Rasslebeck—. No puedes.

Hazlo. Destruye al demonio.

—Lo hará —replicó Maena—. Hazlo, Svarde.

El Foti, sonriendo, tiró de la palanca. Un crujido pesado puso en marcha los engranajes por toda la torre, sus numerosas cadenas sacudiéndose en movimiento. El edificio retumbó. Los pies de Maena temblaron. En lo alto, el disco oscuro que marcaba la cima de la torre comenzó su descenso.

—Ahora cambiamos las reglas del juego —dijo Maena—. Kivi, vuelve afuera. Trepa por los muros, sube lo más alto que puedas. Llévate a estos dos contigo.

—¿Llevarnos? —preguntó Pennifer—. Kivi no es tan...

—Treparéis —dijo Svarde—. Id.

Aunque todavía parecían confundidos en la escasa luz que se filtraba por la puerta abierta de la torre, Rasslebeck y Pennifer siguieron al lagarto.

Arriba, un resplandor azul-anaranjado sombreaba alrededor del disco descendente.

—¿Crees que esto funcionará? —preguntó Svarde.

—¿Me estás leyendo la mente, Foti?

—Eso espero. De lo contrario, Rasslebeck tenía razón.

Maena y Svarde permanecieron en el nicho de entrada, con sus armas listas. La playa y su fresca brisa detrás de ellos. La plataforma se acercaba. Golpes sordos, un chasquido furioso se unió a las cadenas y sus engranajes rechinantes.

—Quédate cerca de la puerta —murmuró Maena—. Lo mantendremos aquí dentro.

—No le va a gustar mucho eso.

—Cuento con ello.

A pesar de toda la anticipación, la plataforma cayó más rápido de lo que Maena esperaba. El aire se convirtió en una sección transversal, una batalla entre el frío y el fuego, cada respiración mezclando los dos en una combinación abrasadora y helada. Los ojos de Maena se entornaron cuando la forma completa del demonio se hundió a la vista, la plataforma sobre la que estaba inmolándose lentamente por el calor del cuerpo del demonio. Esa forma se erguía alta y silenciosa en la plataforma, la garra encadenada colgando de su mano inferior izquierda mientras las otras sostenían munición incandescente de ballesta.

La cabeza triangular de obsidiana se encontró de lleno con la pareja, esos destellos dorados avivándose al verlos, dándose cuenta de que su nicho sería demasiado pequeño para una salida fácil.

Svarde cruzó sus hachas frente a sí. Maena alzó su oxidado alfanje, un escudo lamentable ante el demonio, pero uno se las arreglaba con lo que tenía.

Con suerte, el demonio no se daría cuenta de lo que estaba pasando hasta que fuera demasiado tarde. Con suerte, Kivi y los demás tendrían su tiempo.

El demonio, sin embargo, no parecía interesado en juegos. En su mano derecha, levantó otro proyectil de ballesta, la flecha masiva aseguraría la muerte si golpeaba a

Svarde o a Maena a esta distancia. Una flecha masiva que el demonio intentó lanzar, echando atrás su mano solo para que la cola del misil golpeara la torre, rompiéndose en medio del intenso calor.

El demonio arrojó los restos de todos modos, las estrechas confines de la torre dándole un ángulo pobre, poca potencia. Maena y Svarde retrocedieron cuando la flecha rozó el costado del nicho, rompiendo la roca y duchando a la pareja con brasas y trozos ardientes. Maena se los sacudió, sintió que el calor del demonio aumentaba.

La cara de obsidiana destelló más rápido, más brillante.

Sí, enfurécelo. Buen movimiento.

Su único movimiento, más bien. Mejor aún: demostraba que estos demonios no eran tácticos fríos. Tenían emociones, tenían orgullo, podían ser manipulados. El demonio, en silencio, comenzó a arrojarles más basura, madera ardiente, trozos de piedra, pedazos de la cadena de la torre que se rompían bajo la presión. Maena y Svarde retrocedieron más, apretándose en el nicho detrás de los restos de la puerta destrozada. Una cobertura pobre, pero Maena mantuvo los arañazos, las quemaduras solo en sus extremidades, su cabello.

—En cualquier momento —bramó Svarde—. Sal de aquí, maldita cosa.

El demonio obedeció. Con un tintineo esquelético, la garra de cadena voló hacia arriba, un largo lanzamiento enviando el arma a la cima de la torre. El brazo del demonio se extendió.

—¡Ahora! —gritó Maena.

¿Podrían oírla? ¿Sabrían qué hacer?

El demonio, al parecer, no veía ningún problema. La cadena se clavó, cayendo piedras a su alrededor, y el demonio comenzó a trepar por su propio garfio. Maena y

Svarde salieron sigilosamente mientras el calor retrocedía, observando cómo el demonio se extendía a lo ancho de la torre para montarla, empujando hacia arriba con sus piernas mientras sus brazos tiraban de la cadena.

—Ahora es nuestro turno —dijo Svarde, y la pareja se movió rápidamente.

No había mucha ciencia ni método en sus acciones. Solo tenían unos segundos disponibles, y los usaron de la forma más simple posible: si era punzante, lo clavaban en la plataforma carbonizada, en la base maltratada, con su extremo afilado hacia arriba.

El sable de Maena, el extremo metálico de la flecha de la ballesta, picos rotos de los engranajes de la plataforma destruida. Todos encontraron oportunidades para colocarse en posición vertical en el burbujeante desastre que el demonio había dejado atrás. Maena clavó su espada en un montón de cenizas y la dejó allí. ¿Resistiría mucha presión antes de derrumbarse?

No, pero ¿acaso necesitaría hacerlo?

—¡Se acabó el tiempo! —gritó Svarde, y Maena no lo cuestionó, regresando rápidamente al nicho y saliendo por la puerta.

Arriba, desde el exterior, Kivi, Rasslebeck y Pennifer se destacaban contra el resplandor de la ciudad en llamas. El otro demonio, por su parte, no parecía notar la situación de su compañero, feliz de seguir lanzando bombas sobre la ciudad.

—¡Córtalo ahora! —gritó Maena.

El grito se elevó por encima del estruendo, agudo y vibrante con un tono de mando. El trío saltó, se dispersó, con Pennifer y Rasslebeck arrojando sus armas al demonio, cualquier cosa para frenarlo. Kivi fue por el garfio, algo que

Maena no podía ver desde el suelo. Las mandíbulas del ferrita necesitarían una mordida, quizás dos.

Si necesitaban tres, el demonio los atraparía.

Una sola mano azul ardiente apareció en el borde de la torre. Se oyó un estruendo, Kivi se echó hacia atrás... Maena y Svarde rotaron alrededor de la base de la torre, manteniendo al ferrita a la vista. La torre retumbó cuando el demonio golpeó sus paredes desde el interior. Aun así, la mano se aferraba. Rasslebeck y Pennifer, sin munición, retrocedieron, sus miradas recorriendo la torre hasta la arena.

Una caída demasiado alta para sobrevivir.

Kivi no tenía tal miedo. El ferrita se deslizó hacia la mano aferrada, abrió sus fauces de nuevo y mordió los dedos azules. Un solo chasquido, con Svarde gritando palabras de aliento, maldiciendo al demonio y alabando al ferrita en rugidos foti, hizo el trabajo. La mano desapareció, la torre se sacudió y la playa tembló cuando el demonio golpeó la tierra.

—¡Suelten la garra! —gritó Maena hacia arriba, mientras Rasslebeck y Pennifer ya se movían hacia el final obvio.

El gran garfio, aún clavado en el borde de la torre donde Kivi lo había dejado después de romper la cadena, resultó difícil de arrancar. No es que Maena y Svarde estuvieran mirando: corrieron de vuelta al nicho, a la puerta en ruinas, sofocándose.

Frente a ellos, una mano y una cabeza intentando abrirse paso a través de la puerta, estaba el demonio.

Donde antes el fuego azul había sido perfecto, ahora aparecían manchas muertas, esparciendo escamas blancas por el cuerpo del demonio, o lo poco que podían ver de él.

—Un humano se magulla, estos demonios se

convierten en ceniza —murmuró Maena mientras Svarde le lanzaba un hacha desechada.

No es que el arma fuera a servir de mucho. Incluso herido, incluso intentando abrirse camino para salir de la torre, el demonio seguía demasiado caliente para acercarse.

En su lugar, la pareja hizo lo que Rasslebeck y Pennifer habían hecho antes: arrojaron sus armas al monstruo. Dejaron que el hierro oxidado volara por el aire para rebotar en la mano, para rozar la cabeza. El demonio se detuvo en cada impacto, esa mirada de obsidiana los observaba con lo que Maena solo podía sentir como un odio absoluto.

—Es condenadamente difícil de matar —dijo Svarde, mientras la pareja retrocedía de nuevo, poniendo distancia entre ellos y el demonio.

El camino elegido por el monstruo para liberarse parecía ser a través de la arena, a través del fuego. Empujando piedras. El nicho se dobló, la torre se estremeció de nuevo. Ya no era un simple temblor, sino los cimientos cuestionando su agarre. La arena se desplazó mientras los brazos y las piernas del demonio cavaban en la tierra debajo de él.

—¡Rápido! —gritó Maena hacia la cima de la torre.

Pennifer y Rasslebeck, con Kivi mordisqueando los agarres del garfio, levantaron la garra, el arma casi tan grande como sus dos cuerpos juntos. Por un momento impactante, los dos la levantaron como si fuera un trofeo, antes de lanzarla hacia abajo, esos dientes dentados apuntando al demonio, hacia el abismo ardiente de la torre.

Si el demonio no había hecho mucho ruido antes, el golpe de la garra le arrancó un siseo marchitante, como el de una fogata alcanzando vapor chisporroteante dentro de un tronco húmedo. La cara del demonio, el brazo extendido cavando hacia ellos, se estremeció. Los dedos se crisparon una vez. La cabeza se inclinó hacia adelante, enterrando su rostro en los escombros del nicho. El blanco ceniza siguió.

Pennifer vitoreó. Rasslebeck y Svarde soltaron maldiciones. Maena se permitió una sonrisa. Un asentimiento de que el plan había funcionado, por una vez, como ella esperaba.

Kivi, entre Pennifer y Rasslebeck en la cima de la torre, abrió sus conductos. El resplandor naranja se elevó en vapor hacia la noche, una luz de victoria.

—Lo tenemos —dijo Svarde—. Uno menos, queda uno.

Se volvieron hacia el último demonio, en lo alto de su torre, esperando ver al monstruo absorto en su bombardeo. En cambio, el demonio de llamas azules parecía haber terminado. Parecía, en su lugar, estar mirándolos fijamente.

Con su mano izquierda, el demonio alcanzó y arrancó una piedra robusta de la cima de su propia torre. Apoyándose, el monstruo se echó hacia atrás.

Y Maena supo lo que estaba a punto de suceder, sus pies comenzando a alejarse incluso mientras gritaba a los demás que se agacharan, que se apartaran.

El demonio lanzó la piedra, su masa girando como una sombra en la noche. La roca golpeó su torre dañada con un golpe amortiguado, ondulando la estructura, haciendo que todas esas líneas bellamente moldeadas se desmoronaran.

Rasslebeck, Pennifer y Kivi se hundieron con su torre, derrumbándose hacia la playa mientras la arena y la nieve volaban.

Detrás de todo, una luz cubierta por una cortina de polvo ascendente, el demonio saltó, golpeó la arena y comenzó a pisotear hacia ellos.

Bueno, capitana. Tu primer plan funcionó. ¿Tienes otro?

35
CRIMINALES COMUNES

Acechaban. Observaban. Esperaban. El pueblo Rana cooperaba. Algunos guardias dispersos, evidentemente reclutados entre los habitantes del pueblo por su manera floja de sostener los sables y sus destartaladas armaduras de cuero grueso, patrullaban la única calle principal mientras la noche avanzaba. Bliss y Torny ni llamaron su atención ni la buscaron, prefiriendo quedarse en un callejón lodoso cerca de la posada.

Torny había elegido el lugar como parte de su estrategia para contener a Bliss, evitando que la Vis tomara un curso de acción más obvio. El lodo provenía de restos de sopa vieja, agua de baño y lluvia que no tenían a dónde escurrir. Piedras irregulares y descuidadas marcaban el centro del callejón, mientras que cajas y barriles viejos esperaban ser utilizados.

Bliss apoyó su barbilla en uno de ellos, una construcción robusta con borde metálico de su misma altura. Desde allí podía ver la entrada de la posada y a las pocas personas que deambulaban por el lugar. Alguien rasgueaba un laúd, un instrumento que Bliss nunca había escuchado antes de llegar a esta isla, pero que había aprendido a apreciar rápidamente después de las noches y días trabajando en las tabernas más al sur.

El Kance había entrado y no había salido. Que se quedarían a pasar la noche parecía obvio ahora, al igual que la imposibilidad de entrar tras ellos. Bliss podría haber sentido el sofocante picor de la venganza, la incapacidad de considerar otra cosa que no fuera la aniquilación de los asesinos de su hermano, pero la cazadora conservaba la cordura suficiente para mantener su rabia a raya.

Habría tiempo, como decía Torny, para atrapar a uno, luego a dos, luego a tres.

Pero la espera del primero estaba resultando más larga de lo esperado.

Un crujido y Bliss se giró, llevando la mano a su bastón. Solo era Torny, escurriéndose de vuelta al callejón con un movimiento negativo de cabeza.

—No fueron tan tontos, entonces —dijo Bliss.

—Nada en el bote salvo lo necesario para moverlo —respondió Torny—. La guardia de aquí es un grupo de ineptos, pero creo que incluso ellos nos atraparían si intentáramos alejarnos remando.

—No iba a huir.

—No huir, Bliss. Llevarlos a una trampa. Se supone que eres una cazadora. Piensa como una.

—¿No estoy esperando una emboscada?

—A regañadientes. —Torny tocó el hombro de Bliss mientras la Vis se volvía hacia la posada—. Toma, conseguí esto de vuelta.

Una galleta de arroz endurecida descansaba en la mano de Torny, que Bliss tomó con un agradecido asentimiento. Su estómago casi igualaba al laúd en volumen. Acechar a una presa podía satisfacer algunas necesidades, seguro, pero dejaba otras lamentablemente ignoradas.

—Déjame adivinar —continuó Torny mientras Bliss comía, alternando bocados con su odre de agua, ya que la galleta de arroz tenía sequedad de sobra—. Estás pensando que nos quedemos toda la noche aquí fuera, vigilando la puerta y esperando, ¿verdad?

—¿Tienes una mejor idea?

—Mira. Sé una cosa: como ladrona, es mucho más fácil tomar lo que quieres cuando tu objetivo está distraído.

—¿Por?

—Todo el pueblo está en vilo. Deben pensar que un demonio va a atacar en cualquier momento. ¿Por qué no hacemos que eso suceda?

—¿Cómo va a hacer eso que el Kance se mueva?

Los ojos de Torny brillaron a la luz de las antorchas del pueblo mientras sonreía. —No pueden perder su bote. Hagamos que lo salven.

El plan de Torny resultó ser más que una simple charla ociosa. Bliss escuchó mientras la ladrona exponía los pasos, uno tras otro en una secuencia estricta, una obra maestra que hizo que Bliss reevaluara a su amiga. Torny tenía sarcasmo, tenía un extraño encanto del que Bliss no parecía poder librarse, ¿pero ahora también astucia?

¿Dónde había estado escondiendo Torny todo esto?

El pensamiento zumbaba en la mente de Bliss mientras se acomodaba cerca de los muelles, agachada entre los juncos. Un conteo silencioso corría en su cabeza, marcando los números junto con los latidos de su corazón. La dulce adrenalina que había sentido justo antes de enfrentarse a los demonios en Vis corría ahora por las venas de Bliss, la anticipación tensando su agarre en el bastón.

Wax. Esto es por ti.

El grito de Torny resonó en el aire. La ladrona vociferaba a la izquierda de Bliss que había un demonio, un monstruo en las aguas.

Bliss se lanzó hacia adelante al oír las palabras, chapoteando y blandiendo el bastón en un amplio arco. Salpicó, golpeó varias cajas pequeñas sobre los tablones de madera a su izquierda mientras mantenía la cabeza baja, abriéndose camino hacia el bote del Kance. En su cintura, con la longitud oculta bajo el agua, llevaba uno de los cuchillos de Torny.

La ladrona aullaba y corría, sin prestar atención a los gritos que la seguían de la guardia frenética. Alguien empezó a tocar una campana de alarma. Pronto, pies y ojos estarían en los muelles, pronto no encontrarían nada allí.

Nada, excepto una embarcación solitaria alejándose a la deriva.

Manteniéndose agachada, pateando sus pies bajo la superficie, Bliss se impulsó hacia el bote del Kance. Con el bastón flotando en su mano izquierda, Bliss sacó el cuchillo y lo trabajó contra la cuerda que ataba el bote del Kance al muelle. Sus hebras se deshilacharon, aunque el agua hacía que los cortes resbalaran, impidiendo que el cuchillo mordiera bien.

Y Torny, siempre despreocupada, no había mantenido la hoja tan afilada como debería.

Bliss pensó en maldiciones mientras los gritos de Torny se apagaban. La ladrona estaría desapareciendo, esfumándose entre los árboles para evitar cualquier interrogatorio cercano. Pasos apresurados se acercaban, los primeros golpeando los tablones.

Su tiempo se-

La cuerda se rompió. Bliss empujó el bote, le dio una patada para alejarlo del muelle antes de hundirse ella misma bajo la superficie. Conteniendo la respiración, se dirigió hacia su derecha, de vuelta a la costa hacia aquellos juncos protectores. La oscuridad ayudaría a ocultarla, aunque la mayor ayuda vendría de la cobardía de sus perseguidores.

Torny juzgó que los habitantes del pueblo eran luchadores reacios, personas presionadas por la desesperación a tomar algunas armas pequeñas contra los horrores. No se esforzarían mucho en encontrar nada.

Esa suposición resultó ser cierta cuando Bliss emergió segundos después, a muchas brazadas de donde se había sumergido. Solo su cabeza asomaba sobre la superficie del río, con lirios y otras hierbas adheridos a su cabello; aunque las dos habían dejado la mayor parte de su equipo en el callejón, el agua helada del río estaba agotando la resistencia de Bliss. Se arrastró hacia la orilla, donde las frías hierbas y juncos hicieron poco para calentarla. Los escalofríos empezaron a subir, agarrotando sus músculos.

Aun así, Bliss miró y vio a la turba al final del muelle agitando sus antorchas sobre el río. Algunos notaron las cajas que ella había derribado, y otros más señalaban el bote del Kance, que se alejaba a la deriva.

Nadie se atrevía a saltar tras él.

Si no estuviera temblando, si no estuviera más preocupada por su propia supervivencia después del helado nado, Bliss podría haber suspirado ante la escena. En Vis, el valor habría surgido. Alguien habría salvado el bote.

En cambio, Torny tenía que desempeñar su segunda parte.

La ladrona, con la cara ya embadurnada de barro antes de su carrera gritando, estaría irrumpiendo en la posada justo ahora, anunciando que el bote de alguien había sido cortado por el demonio y se estaba alejando a la deriva.

La verdadera pregunta no era si el Kance iría tras su bote, sino cuántos irían, y si Torny y Bliss podrían aprovecharse de ello.

Bliss, frotándose los brazos y las piernas, con el agua en su cabello empezando a congelarse, sintió que le castañeteaban los dientes cuando Silvrin, por una vez no con su armadura sino solo con una túnica de lino y unos pantalones gruesos, corrió entre la multitud hasta el final del muelle. Echó un largo vistazo al bote y luego pidió a la multitud que le prestaran uno de los suyos.

Al menos alguien se mostró dispuesto a arriesgar su propio bote de remos, señalando al Kance otra embarcación amarrada. Silvrin, a quien pronto se unió un segundo Kance —Bliss no podía distinguir a distancia, en la borrosa luz de las antorchas, cuál era—, empujó el bote y remó hacia el río tras su embarcación a la deriva.

Lo cual dejaba a uno solo en la posada.

Bliss se obligó a levantarse, sus pies resbalando un poco en el suelo duro. El bastón la ayudó a ponerse en marcha, empujándola hacia los pastos más densos y los árboles junto al río, un camino sinuoso de vuelta al pueblo.

—Eh —susurró Torny, emergiendo de la oscuridad varios minutos después, cuando Bliss se acercaba a la parte trasera de la posada—. Ven aquí.

La bandida tenía su equipo, rescatado del callejón y listo. Bliss se puso el tejido, se secó la humedad de sus ropas raídas. Raídas, sí, pero aún mejores que la piel desnuda en el frío. Dejaron las alforjas atrás, avanzando armadas y listas hacia la parte trasera tenuemente iluminada de la posada.

El sólido edificio de dos pisos, construido sobre ladrillos y barro, daba paso al omnipresente techo de madera y paja de Rana. Estrechas ventanas, llenas de vidrio manchado, señalaban las siete u ocho habitaciones que el lugar ofrecía a sus huéspedes.

Torny y Bliss no tenían tiempo de investigarlas todas —los dos Kance ya estarían remando de vuelta al muelle—, así que empezaron por la parte trasera, y de las cuatro ventanas allí, solo dos tenían faroles encendidos en el interior, como ojos extendidos en la noche.

La puerta trasera de la posada también tenía su propio farol, colgando de la parte superior de la puerta en una línea de metal.

Torny, haciendo girar su garfio y lanzándolo al techo de la posada, usó esa línea como un paso rápido, guiando a Bliss por la parte trasera de la posada, con los pies en la piedra mientras sus manos se aferraban a la larga cuerda del garfio.

Para Bliss, hacer que sus dedos recuperaran la fuerza de agarre requirió un verdadero esfuerzo, lo que provocó un ceño fruncido de Torny tan profundo que la cazadora obligó a sus músculos a funcionar, a sus nervios a sentir de nuevo.

Al menos su bastón, colocado en su funda a lo largo de la espalda de Bliss, la acompañó con bastante facilidad.

Torny tiró del garfio después de que ambas hubieran ascendido, manteniéndose agachadas mientras los habitantes del pueblo volvían a sus casas. Algunos insistían en que habían visto a un demonio, otros afirmaban que era una mentira, y aún más declaraban que su rápida acción había ahuyentado al monstruo.

Bliss resopló ante lo último.

—Sujeta la cuerda —susurró Torny—. Echaré un vistazo.

La ladrona era tan ligera como parecía, aunque Bliss clavó sus talones en el pequeño borde del techo para mantener a Torny nivelada mientras la bandida se dejaba caer, usando el garfio para colgarse justo fuera de las ventanas. La primera le tomó un segundo a Torny para sacudir la cabeza y susurrar que la habitación pertenecía a una pareja mayor. A partir de ahí, Bliss se deslizó por la paja, moviendo sus pies uno tras otro, mientras Torny se impulsaba por el exterior de la posada.

Bastante fácil en la parte trasera de la posada, en la casi oscuridad. Malditamente imposible en el frente.

Pero Vis estaba con ellas. En la segunda ventana, Torny hizo una señal.

—Esta es —dijo Torny—. Cosas del Kance por todas partes. ¡Y está vacía!

Antes de que Bliss pudiera preguntar qué harían ahora, Torny se llevó la manga a la boca, dejando que su mano libre y sus pies la mantuvieran equilibrada contra la posada. Con los dientes, la ladrona se arrancó la manga a la altura del codo. Manteniendo la tela en su boca, Torny envolvió la tela alrededor de su mano, la apretó con los dientes y luego dio un golpe seco con su mano cubierta a la ventana.

Traqueteó. Se mantuvo firme.

—Maldición —maldijo Torny, dejando caer la tela. Sacó su cuchillo—. Adiós al enfoque silencioso.

Esta vez, la ladrona golpeó el mango de la daga contra la ventana, rompiendo el cristal. Impulsándose desde el costado del edificio, Torny se balanceó hacia atrás, levantó las piernas y se retorció dentro de la pequeña ventana.

Bliss sintió que la cuerda se aflojaba. La miró fijamente. Esto no había sido parte del plan. Se suponía que Torny identificaría la habitación del guardia, y luego Bliss abriría el camino hacia el interior. Ahora, bueno, ahora Torny estaba sola.

No, no del todo.

Bliss se giró, encontró el borde del garfio y lo fijó en el techo. Recogió la cuerda. Podría bajarla, trepar y entrar en la...

—¡Eh! ¿Qué estás haciendo ahí arriba?

Bliss miró hacia el grito, vio a varias personas, la posadera y un miembro de la guardia del pueblo de pie abajo. La posadera tenía los ojos fijos en el cristal roto, el guardia tenía la mano en su sable mientras repetía la pregunta.

Y Bliss no tenía respuesta. No tenía idea de qué hacer cuando Torny maldijo abajo, las ardientes palabras de la ladrona saliendo por la ventana, seguidas por el choque de espadas.

Un plan, una obra maestra, un error.

36
PROMESA SOMBRÍA

Medianoche en las montañas de la selva habría sido mágica en mejores circunstancias, como si Sawi hubiera estado agachándose bajo los helechos y rozando las lianas con Wax a su lado en lugar de un Gladdring quejumbroso y tambaleante. Por muy inteligente que fuera el hombre en el terreno político de Noctia, luchaba en el natural, y Sawi pasaba tanto tiempo volviéndose para ayudarlo a superar alguna raíz o montón de hojas como manteniendo el rumbo correcto.

—Siempre hay que tener un punto hacia el que caminar —dijo Sawi cuando Gladdring le preguntó cómo podía orientarse en el denso bosque—. Elige un árbol, una montaña, cualquier cosa que no se mueva y camina hacia ella. Es lo primero que aprendemos.

—¿Por qué?

—Si no lo haces, te encontrarás caminando en círculos durante horas —Sawi trepó por un tronco caído y se volvió para guiar a Gladdring entre sus ramas retorcidas. Ambos estaban sudando a pesar del aire fresco, aunque al menos los insectos no eran tan molestos. Una pequeña bendición —. Todos los jóvenes Vis aprenden eso.

—Una lección difícil para los que viven en una isla más pequeña.

—Quizás necesites salir más.

Gladdring se rió y se sentó en el tronco con las manos en las rodillas.

—Amiga mía, he estado en cada una de nuestras siete islas. Aunque, quizás, no tan lejos del camino.

Esa elección, sin embargo, había sido estratégica. Korrus y sus matones de Mottilan sin duda estarían buscando a los fugitivos, y la forma más fácil de buscar sería a lo largo del único camino que iba desde la ciudad del acantilado, pasando por las montañas y bajando hacia el puesto de avanzada de Najahn y Kitaye. En cambio, Gladdring quería permanecer oculto, al menos todo lo que pudieran.

Tal límite parecía estar acercándose rápidamente. Sawi evaluó su propio cuerpo, devastado tras la noche anterior cayendo por los acantilados, un día colgada en una jaula con poca comida, y ahora una noche impulsada por la prisa de la huida. Las horas se les echaban encima, y Sawi lo sentía cada vez que su pie resbalaba, sus ojos confundían una sombra con un árbol, sus oídos el susurro del viento con las patas acechantes de un hanoko. Gladdring soportaba el peso peor que ella, sus paradas eran más frecuentes, las quejas sobre ampollas y moretones no llegaban como palabras claras sino a través de suspiros, maldiciones murmuradas y cada vez más preguntas sobre dónde estaban, qué había por delante.

—No los superaremos —dijo Sawi mientras Gladdring tomaba un descanso. Ella se alivió un poco apoyándose contra un árbol más pequeño, su tronco frío, cubierto de musgo esponjoso—. Si Korrus quiere atraparnos, lo hará. Nuestra única oportunidad era adelantarlos en el camino.

—Adelantarlos nunca fue el plan, Sawi.

Así lo había dicho, una y otra vez cuando Sawi insistía en volver al camino. En su lugar, retrasar. Moler las horas en un lento progreso para dejar que Korrus y su equipo avanzaran, temieran que habían cometido un error y abandonaran la persecución.

—Te odian. No se detendrán —Sawi se frotó los hombros. Su fino tejido no estaba hecho para esto—. Eventualmente entrarán en la selva.

—Entonces dime, ¿qué tan cerca estamos de la primera posada?

Sawi levantó los ojos al cielo. Nublado. No había ayuda allí, no es que conociera esta ruta lo suficientemente bien como para calcular su posición. Solo podía usar el tiempo que habían estado viajando, la distancia que habían recorrido desde el acantilado de Mottilan.

—Una hora. Tal vez dos si la selva sigue tan espesa.

Gladdring asintió.

—Entonces creo que es hora. Indícame el camino.

—¿Indicar?

—Quiero que te dirijas a la posada lo más rápido que puedas —dijo Gladdring, recuperando un brillo, una vida. El tipo que Sawi notaba cada vez que Gladdring encontraba algo sabroso en lo que sumergir su mente—. Si mis amigos son lo que creo, los encontrarás allí. Ha pasado tiempo suficiente. Me estarán buscando.

—¿Amigos? —Sawi inclinó la cabeza—. Creí que habías dicho que los otros Najahn eran tus enemigos.

—Dependiendo de la situación, pueden ser una cosa u

otra. Eso, sin embargo, no es asunto tuyo. Ve a la posada. Encuéntralos. Tráelos por el camino hacia mí —Gladdring se puso de pie, se sacudió la tierra de su túnica irremediablemente rasgada—. Si evado a Korrus, entonces estamos salvados. Si no, mis amigos efectuarán el rescate.

—¿Por qué?

Gladdring la despidió con un gesto.

—Cuando tenga más aliento, una jarra de cerveza y un fuego crepitante, te lo explicaré todo. Tengo demasiada tierra en las manos, demasiados bichos en la ropa. Ponte en marcha —Cuando Sawi se apartó del árbol, Gladdring pronunció su nombre—. Recuerda, ayudarme en esto te ayuda a ti también. Ambos estamos juntos en esta aventura ahora.

Si Gladdring tenía razón o no en esa última parte era una pregunta que Sawi se planteó mientras se abría paso por la selva. Por muy cansado que estuviera su cuerpo, saltar a toda velocidad le devolvió algo de vida. Las lianas y los helechos le abrieron paso, permitiendo a Sawi saltar a través de sombras rosadas y grises, agarrándose a plantas gruesas y deslizándose por hojas gigantes. Quería gritar —Wax lo habría hecho—, pero mantuvo su voz en silencio, abrazó la noche de la selva y no reveló nada a oídos atentos.

Llegó a la posada lo suficientemente rápido como para, según calculó Sawi, establecer un tiempo récord si alguien hubiera estado cronometrando. Como si todo el estrés de los últimos días hubiera servido para tensarla, de modo que el vuelo la liberó y llevó a Sawi trotando hasta la puerta principal de la posada. El edificio, en realidad una red de puentes de cuerda y escaleras hacia un árbol enorme justo al lado del camino, ofrecía una casa acogedora no mucho más grande que un hogar de Kitaye. Detrás, esas cuerdas y pasarelas se extendían hacia casas individuales en los árboles. Todas estaban oscuras, aunque eso no significaba que estuvieran desocupadas.

Las mantas y las pieles bastaban para los inviernos de Vis, y encender una llama en una casa del árbol era un riesgo aceptado en un hogar Kitaye, entre familia, pero no uno que se tomara con extraños. En cambio, los posaderos conducían a los huéspedes a sus casas, los instalaban y los dejaban hasta que el amanecer iluminara el camino de regreso.

Hasta entonces, sin embargo, las flautas y los tambores harían música. Las frutas frescas y las sopas servirían de comida, y en la base, un fuego rugiente alimentado por los desechos de la selva daría calor. Sawi lo asimiló ahora, dejándose entrar y cerrando los ojos por un breve momento, disfrutando de la ola de calor que la esperaba.

—¿Sawi?

La advertencia de Gladdring preparó bien a Sawi. No se sobresaltó al oír su nombre, ni se apartó de la persona que lo decía: el capitán de la guardia Najahn. El hombre, con otros dos Najahn a su lado, estaba sentado en una pequeña mesa redonda. Sus chakrams y voulges descansaban cerca, aunque el trío parecía demasiado exhausto para levantarlos. Unas tazas de madera que habrían contenido vino de frutas estaban apiladas una sobre otra al final de la mesa, esperando otra ronda.

Un estado prometedor para los posibles rescatadores de Gladdring.

Sawi soltó la historia rápidamente, reduciéndola a una simple traición y posterior huida. Los Skars y los tratos planeados quedaron bien ocultos, y cuando Sawi llegó al peligro inminente de Gladdring, el trío se tambaleó hasta ponerse en pie.

—Apenas parecen estar listos para un rescate —dijo Sawi, viéndolos luchar por ponerse los chakrams en la espalda.

—Los Najahn siempre están listos —respondió el capitán de la guardia, esbozando una sonrisa a medias—. Nada en Vis puede con nosotros, incluso después de unas cuantas rondas.

Sawi parpadeó. Pensó en rebatir ese comentario. En su lugar, se mordió la lengua. Ya estaba aprendiendo las lecciones de Gladdring.

Los Najahn dejaron algo de cecina curada para pagar sus bebidas, una delicadeza que el posadero aceptó sin quejarse, y el cuarteto se aventuró de nuevo en el camino. Los párpados de Sawi se sentían pesados, sus piernas aún más, pero el fuego le dio lo suficiente para seguir adelante. Solo un poco más, y después de que la pandilla de Mottilan fuera ahuyentada por los Najahn, podría desplomarse en una de esas casas del árbol y encontrar algo de sueño.

Y Sawi tenía pocas dudas de que Korrus y sus bromistas serían ahuyentados. Incluso un poco tambaleantes, los Najahn aún mantenían una majestuosa amenaza en su armadura, sus armas relucientes. Tintineaban mientras caminaban, sus pesadas botas pisando la tierra firme del camino. El capitán acosaba a Sawi con más detalles, y Sawi se los daba, sugiriendo que los Mottilans no eran guerreros, sino pescadores y carpinteros frustrados porque no consiguieron la Renovación. Queriendo desquitarse con Gladdring.

—Como tantos otros —se rio el capitán—. Gladdring tiene una manera de hacerse enemigos.

—Ya lo veo.

—No dejes que su lengua dorada te engañe, Sawi. El

hombre siempre está tramando algo. Te usará todo lo que pueda, y luego te dejará atrás.

Como si esas palabras pudieran sorprenderla ahora.

—Él mismo lo dijo.

—La araña contándote sobre su telaraña mientras te teje en ella —respondió el capitán—. Mantén la guardia alta, eso es todo. Asegúrate de tener una salida.

—Entonces, ¿por qué están tratando de salvarlo, si es tan terrible?

—Deber. Nada más, nada menos. —Los otros dos guardias murmuraron su acuerdo—. Somos Najahn, él es un Tenet. Nuestros trabajos, nuestras familias dependen de mantenerlo vivo y a salvo. Además, los juegos de Gladdring están por encima de nosotros. No somos las moscas que está tratando de atrapar.

¿Debería mencionar las sospechas de Gladdring? La pregunta se quedó en su mente mientras los pasos continuaban, mientras el camino serpenteaba en un paso rocoso. Las nubes se abrieron, los rayos rosados de Sichi bailaban entre las sombras, marcando líneas rosadas en el suelo. Destacando, a mitad del paso, la forma de Gladdring y Korrus de pie sobre él. Flanqueado por otro Mottilan. El par se volvió cuando Sawi y los Najahn se acercaron.

El capitán de la guardia silbó, los chakrams volaron de las espaldas del trío a sus manos. Empujó a Sawi hacia la derecha, despejando su vista.

—Mottilan —anunció el capitán de la guardia, cualquier confusión por el vino ya desaparecida—. Apártense del Tenet. Váyanse, y olvidaremos que los vimos aquí.

Korrus cruzó los brazos. Sawi se quedó boquiabierta ante el gesto. ¿El hombre no huía? ¿Él, de pie allí con poco más que la ropa de un pescador, con un garrote corto en la cintura destinado a golpear una captura vivaz? ¿El Mottilan había perdido la cabeza? Y el compañero de Korrus también, de pie erguido y mostrando los dientes.

¿Estaban pidiendo una masacre?

El desafío también desconcertó al guardia Najahn. La boca del hombre trabajó por un segundo antes de encontrar su deber. Llevó el chakram a su costado, listo para lanzarlo. Los otros dos Najahn se colocaron en los bordes del camino, obligando a Sawi a subir a los lados. Despejando sus carriles.

—Esto no terminará bien para ustedes —dijo el capitán de la guardia—. Última oportunidad. Dejen al Tenet en paz.

Gladdring, por su parte, levantó la mirada. Su rostro, salpicado de rosa, mostraba nuevos golpes. Charcos sangrientos salpicaban la piedra a su alrededor.

—Ayúdenme —dijo Gladdring, su voz un esfuerzo ronco.

—Vengan y llévenselo, si pueden —ladró Korrus.

Llamados, los Najahn hicieron lo que se les había entrenado para hacer. Los tres avanzaron, sus brazos echando hacia atrás sus chakrams. Algo silbó pasando a Sawi, luego otro, y un tercero. Rocas volando desde atrás, golpeando a los Najahn lo suficientemente fuerte como para hacer sonar sus armaduras, haciéndolos girar. Siguieron proyectiles más suaves. Pequeños dardos que Sawi conocía bien, disparados por un cuarteto de Mottilan que había dejado los árboles detrás de ellos para una emboscada.

Los dardos dieron en el blanco, golpeando cuellos y mejillas. Los Najahn se tambalearon, tropezaron, cayeron. Sus músculos temblaban, espuma y saliva corrían de sus labios mientras los Mottilan se apresuraban y despojaban a sus enemigos de sus armas. Sawi observaba, paralizada tanto por el agotamiento como por la conmoción.

Incluso si pudiera recoger una voulge, ¿qué podría hacer con ella aparte de morir?

—El premio es vuestro —dijo Gladdring, su voz elevándose en el aire silencioso—. Aseguraos de que nadie encuentre los cuerpos, y guardaré vuestro secreto.

—¿Y tu parte del trato? —preguntó Korrus, acercando al Tenet mientras los Mottilan despojaban a los Najahn—. ¿Conseguirás el comercio?

—Vuestra ciudad será más rica que nunca —respondió Gladdring. Sawi, sentada en las piedras, solo podía mirar mientras el par hablaba, como si lo que acababa de suceder hubiera sido un mero juego—. Tanto Noctia como Tamas os ofrecerán sus barcos.

—¿Sin mentiras?

Gladdring señaló al trío Najahn, dejados con poco más que su ropa interior. Los Mottilan cargaron su botín en varios sacos grandes, la armadura un ajuste incómodo pero atada de todos modos. Un largo viaje de regreso, pero ninguno parecía cansado ante la perspectiva.

—Hay algunas deudas que siempre pagaré, y esta es una de ellas —Gladdring extendió una mano y Korrus se quitó una pequeña bolsa del cinturón y la puso en la palma de Gladdring—. El momento de Mottilan se acerca, Korrus. Ten paciencia un poco más —Gladdring pateó una vez la cabeza del capitán de la guardia, haciéndola girar hacia un lado—. Y asegúrate de que estos tres nunca sean encontrados.

Los ojos de Korrus brillaron.

—Hanoko se encargará de ello —miró a Sawi—. ¿Y ella?

—Viene conmigo. Parte de nuestro trato.

Korrus asintió.

—Hecho, entonces. No me decepciones, Gladdring.

El Tenet no ofreció nada más a Korrus, en su lugar vino

y se sentó junto a Sawi. Los Mottilan continuaron su trabajo organizando su botín, mientras tres de ellos se separaron para arrastrar a los Najahn drogados hacia la jungla.

—¿Te perturba? —preguntó Gladdring.

Sawi, tragando saliva, intentó encontrar su voz. Salió menos como palabras y más como un susurro ronco, un febril apresuramiento.

—Los mataste.

—Esos tres me habrían matado tan pronto como hubieran terminado con Korrus —respondió Gladdring—. Fassle lo ordenó antes de que saliéramos de Noctia. Korrus ofreció una oportunidad. No exactamente lo que planeé, pero el hombre fue lo suficientemente razonable.

—¿Korrus? ¿Él quería que nos mataran?

—No, él quiere que su ciudad prospere —Gladdring tomó una respiración profunda—. Unos pocos guardias Najahn no pueden ofrecerle lo que yo podía. Solo necesitaba verlo.

—¿Entonces me usaste? ¿Me dijiste que trajera a esos guardias aquí?

—Una oportunidad. Si no hubieran estado en la posada, mi posición se habría debilitado. Habría tenido que ofrecerle a Korrus mucho más de lo que hice —Gladdring esbozó una media sonrisa—. Tal vez el hombre hubiera dejado que su ira lo dominara y me hubiera matado. Pero encontraste a mis potenciales asesinos. Me habría conformado con una masacre mutua, pero este es realmente el mejor resultado.

—¿Tres Najahn muertos es el mejor resultado?

—Para mí, sí —Gladdring puso una mano en el hombro de Sawi—. Para ti también. Ahora, Sawi, pongámonos de pie. Una caminata más hasta un merecido descanso. Dime que no está lejos.

No lo estaba. Aunque mientras caminaba, Sawi se concentró menos en sus músculos adoloridos, sus huesos cansados, y más en dónde se encontraba dentro de la telaraña. ¿Era ella una mosca, esperando que Gladdring la devorara viva?

Una mirada de reojo al Tenet, con los ojos enfocados en la nada mientras caminaban, le dio la respuesta.

37

RESCATE MOJADO

Dormir sobre una roca húmeda y cubierta de musgo resultó ser tan necesario como devastador. Wax y Eujo treparon por la escala tosca desde la caverna skar, subiendo más y más, sus manos acumulando rasguños y ampollas en abundancia para cuando emergieron del pequeño agujero hacia una isleta plana. Eujo calculó que estaban al norte del Remolino y que habían pasado varias horas desde que el Kance los arrojó del barco.

Ningún rescate los esperaba. Hacia el sur —una dirección fácil de estimar con la corriente fluyendo a su alrededor— la gran masa del Remolino se agitaba. Su isla se extendía unos cuantos pasos en todas direcciones, descendiendo hacia las aguas que lamían la orilla. El musgo y algunas escasas hierbas moribundas por el frío invernal eran su única compañía.

Bueno, eso y el agotamiento.

Wax se sentó primero, cuando ninguna otra ruta se presentó. Eujo lo siguió. La caverna había bloqueado el viento exterior, les había dado algo de refugio, y ahora no tenían ni lo uno ni lo otro. La ropa empapada no ofrecía nada, y el agua del río traía aún más frío.

—Moriremos congelados —dijo Eujo, empezando a castañetear los dientes—. No hay salida.

Volver abajo no era una opción. Solo les esperaba la piscina, no un lugar donde pudieran descansar. Nadar tampoco ofrecía opciones fáciles: hacia el sur, en dirección al puesto avanzado, significaba superar al Remolino, una perspectiva tan imposible que Wax quería reír. Cualquier orilla del río estaba fuera de vista en la oscuridad de la noche, y los músculos cansados hacían que un intento desesperado de cruzar en las corrientes heladas fuera realmente una movida desesperada.

Lo cual dejaba una sola opción.

—Nos mantendremos juntos —dijo Wax—. Los cazadores lo hacen en Vis, si te quedas atrapado en las montañas en una noche fría. Calor corporal.

—Como si fuera suficiente.

—Lo será.

Eujo lo miró.

—Tan confiado.

—Nunca me falta. Además, si no funciona, no lo sabremos ni nos importará.

Encontraron el parche más seco de la isla. Usaron sus manos para raspar suficiente musgo y dejar la piedra plana, luego, acostándose, volvieron a amontonar ese mismo musgo sobre ellos. Tierra, insectos muertos y raíces al azar formaron una manta natural, aunque fría. Casi sin palabras, el frío manteniendo las bocas cerradas y las mentes entumecidas, los dos se acurrucaron en su improvisada cama.

—Estamos lejos de tu palacio del Kance, ¿no? —murmuró Wax, con la mejilla sobre la piedra, mirando hacia el constante rumor del río.

—Y de tus selvas también, me atrevería a decir.

—No hay nada como ellas, Eujo. No pensé que las extrañaría, pero aquí, ahora, es difícil no hacerlo.

—Son hermosas. El Gran Sana casi iguala nuestros picos.

Wax soltó una risa seca.

—¿Casi?

—Nuestras lanzas que se elevan están más allá de todo lo que hayas visto, Wax. Se alzan cerca de las nubes, diamantes del cielo atrapando la luz del sol y reflejándola en arcoíris por toda nuestra isla. Por la noche, Sichi cubre los picos de rubí brillante. Párate en cualquier lugar de Kance y serás testigo de una maravilla.

—Suena como si nunca hubieras querido irte.

—Me fui *por* Kance, para protegerla. ¿No hiciste tú lo mismo por Vis?

—Vis puede protegerse sola. Estoy haciendo esto para cumplir una promesa.

—¿A quién?

—A un amigo —comenzó Wax, y cuando Eujo pidió más, se sumergió en la historia, hablando de Pan, sus aventuras entre los helechos y las enredaderas hasta que su voz se volvió ronca, hasta que la suave y constante respiración contra su cuello le dijo que Eujo se había quedado dormida.

No tardó mucho en seguirla.

La mañana llegó con dolor de espalda, músculos adoloridos y un estómago en extrema necesidad de comida, pero al menos llegó la mañana. Wax abrió los ojos parpadeando, encontró el sol alto en un cielo fresco. Eujo estaba de pie cerca, mirando el agua. Su ropa seguía húmeda, pero ya no tan fría. La luz del sol también ayudaba, aunque escasa. Al igual que el skar Rana, aferrado en las manos de Wax y cálido al tacto.

Sacudiéndose el musgo, Wax se unió a Eujo en el borde de la isla. Su mirada se dirigía al sur, hacia el Remolino y, más allá, hacia formas que se movían en el agua.

—¿Barcos? —preguntó Wax, y luego se inclinó para beber un poco del agua del río.

Un poco peligroso beber directamente del río, pero mejor que morir de sed. Wax también pensó que había inhalado suficiente durante el nado forzado de ayer para asegurarse de que contraería cualquier enfermedad que acechara en sus aguas. Tal como estaba, el líquido frío bajó fácilmente, masajeando su garganta de vuelta a la vida.

—Eso o un demonio —dijo Eujo, entrecerrando los ojos, con la mano sombreando la mirada—. Aunque incluso si fuera un monstruo, lo preferiría a pasar otro día aquí.

—¿Tan mala compañía soy?

—No, pero podría comerte en unos minutos si no encontramos otra cosa.

—¿Tan rápido al canibalismo? —preguntó Wax, dirigiendo su propia mirada al agua que corría.

Bastante clara en la superficie, pero el frío que se acercaba y la proximidad del Remolino significaban que cualquier pez había desaparecido. Nada se demoraba lo suficientemente cerca para agarrarlo, las profundidades demasiado turbias para ver al fondo. Nada de caza improvisada.

—Voy por delante de ti en la carrera de la Renovación —dijo Eujo, encogiéndose de hombros—. Creo que eso significa que tienes que darme una pierna. Un brazo, si es necesario.

—¿Reglas oficiales de Noctia?

—Totalmente.

—Bueno, antes de que me des un mordisco, ¿por qué no intentamos saludar, gritar? Tal vez no nos ven.

—¿No son todos ustedes de Vis expertos en gritos?

Wax se puso de pie, se estiró.

—Solo escucha.

El grito salió fácil, fuerte y feliz. Lo que hizo a Wax aún más feliz fue la respuesta, haciendo eco desde más allá del Remolino.

—Conozco esa voz —dijo Wax cuando Eujo preguntó—. A veces, es bueno tener un hermano.

Quik, Castilan y varios Najahn bordearon el Remolino, turnándose en los remos hasta que llegaron a la isla. Eujo y Wax se deleitaron con el odre de agua y la alforja llena de comida a bordo, contando su historia bajo las mantas mientras los rescatadores los llevaban de vuelta al bullicioso puesto avanzado. En su primer día completo libre de demonios, el pueblo zumbaba con reparaciones, con los medios de vida regresando. El humo se elevaba hacia el cielo, el aire pasando de la limpia humedad del río al sabor caliente e industrial del puesto avanzado. Pescado fresco y plantas de pantano cosechadas se asaban sobre fuegos de barril, haciendo del regreso uno suculento.

Al menos para Wax, quien encontró su apetito insaciable. Tanto nadar había dejado su cuerpo en carne viva, y trató de compensarlo en unas pocas horas, un impulso que solo se desvaneció cuando preguntó por Bliss, por Torny, y captó el ceño fruncido y dañado de su hermano. Quik dijo que la pareja se había ido no hacía mucho, con las primeras luces de la mañana.

—Pensaron que estabas muerto y querían venganza.

—Me conmueve —respondió Wax, comenzando a levantarse de su lugar alrededor del fuego en el mismo centro donde el grupo había ido primero al llegar a la ciudad de balsas. Ya se había despejado el desorden destartalado, devuelto a sus hogares legítimos. Un centro más limpio ahora, uno con estandartes púrpura de Najahn desplegados—. Tenemos que ir tras ellos.

—Aún no. —Quik asintió hacia Eujo. La reina Kance, envuelta en esas mantas, se había quedado dormida de nuevo después de su propio almuerzo—. Todos necesitamos descansar, Wax. Estoy herido. Tú estás exhausto. También ella.

—¿Me estás diciendo que deje que Bliss, nuestra Bliss, la de la cabeza más caliente, vaya sola contra tres Guardias Reales Kance? ¿Esos terribles idiotas que nos dieron una paliza ayer?

Quik frunció aún más el ceño, dirigiendo su mirada al fuego. —¿Qué te hace pensar que será diferente la próxima vez, Wax?

—¿Así que no intentarlo?

—¿Intentar qué? Bliss y Torny van a fracasar. Se rendirán o las golpearán como a nosotros, y las encontraremos en el sur. Entonces todos podremos volver a casa.

Wax se sentó de nuevo, parpadeando. —Quik, no suenas como el hermano que conozco.

—Estoy siendo práctico, Wax. Como siempre lo he sido. Se llevaron los skars, dijiste. No podemos ganar la Renovación sin ellos, así que ¿por qué someternos a esto? ¿Por qué arriesgar nuestras vidas una y otra vez cuando podemos ir a casa? —Quik tocó un corte en costra a lo largo de su hombro donde un estoque Kance había dejado su marca—. ¿No extrañas los árboles? ¿Las canciones? ¿A Sawi?

—Claro. También extraño a mamá y papá. Los mangos, el canto de los pájaros cada mañana. —Wax extendió las manos, levantando una ceja—. Sabíamos que no los íbamos a ver por mucho tiempo cuando nos fuimos, hermano. ¿No ha sido tanto tiempo, verdad?

—Semanas.

—Y si me convierto en el Aegis, ¿entonces qué, Quik? Nunca volvería a ver mi hogar. Nunca dejaría Noctia. Eso no me detuvo. Cuando tomé ese skar de la mano de Pan, hice una promesa, y la estoy cumpliendo. Al menos hasta que ya no pueda más. —Wax señaló a Quik—. Tú hiciste la misma promesa cuando pediste ser mi Guardián. ¿Te estás rindiendo?

Un movimiento cruel, tal vez, presionar a Quik así. Llamarlo la atención. Wax podría haber perdonado a su hermano excepto que, maldita sea, acababa de ser empujado al Remolino, acababa de sobrevivir una noche helada en una roca del río. Pasar por todo eso solo para levantar las manos y rendirse no era, bueno, no era algo que Wax pudiera hacer.

Aún no.

—Entonces ¿qué, Wax? ¿Qué hacemos? —preguntó Quik—. Tienen los skars.

Una manta cayó al suelo. Eujo se puso de pie, con los ojos ardientes. —Los recuperaremos.

—Fácil decirlo, difícil hacerlo.

—Se dirigen al sur. Necesitarán un barco, y mi capitán no les dará el mío —dijo Eujo—. No si los adelantamos. —Lanzó una mirada de Quik a Wax y de vuelta—. Cuando estén atrapados, tomaremos lo que es nuestro.

—¿Cómo? —Quik se miró a sí mismo, las heridas—. Nos matarán.

—Pelean como soldados —dijo Eujo—. Por lo que veo, aquí no hay soldados. No jugaremos según sus reglas.

Wax asintió, e incluso Quik no parecía tan sombrío. —También tenemos que encontrar a Bliss y Torny.

—Eso lo haremos en la ciudad. Si nos movemos rápido, llegaremos antes que mis guardias. Solo tienen un bote pequeño y no conocen las aguas. Tu hermana y la bandida aparecerán más tarde. Nuestros refuerzos.

—Si no las atrapan primero —dijo Quik.

—Si las atrapan, entonces haremos lo que ustedes hicieron por mí y las salvaremos. —La Reina tomó un largo y profundo respiro—. Vamos. Aún quedan unas horas de luz. Busquemos una balsa y pongámonos en marcha.

38
FABRICANDO VIDRIO

Svarde lanzó un hacha oxidada al demonio, el frágil metal se desvaneció en una explosión verde sin hacer que el monstruo siquiera se inmutara. Bajo sus pies, la arena se derretía convirtiéndose en vidrio, el resplandor reflejaba las llamas, ampliando su brillo, hasta que Maena pareció no ver nada más que una inmensa vela avanzando hacia ella.

—¿Corremos? —preguntó Svarde, ambos retrocediendo sobre las dunas, la arena volviéndose más suelta a medida que las olas aplanadas se alejaban.

—¿Hacia dónde? —respondió Maena.

Un muro de fuego rugía a sus espaldas, las fortificaciones de Jochi convirtiéndose en yesca. Un incendio que probablemente quemaría la mitad del pueblo detrás. Delante, aparte del mar, se encontraba la torre en ruinas y, dentro de ella, Rasslebeck, Pennifer y Kivi.

No se ofrecía ningún rescate.

El demonio dejó claro su destino, liberando su cadena con garras y haciéndola girar en perezosos arcos sobre su cabeza. En otro momento, tal vez dos, y el arma estaría a su alcance.

A Maena no le gustaban sus posibilidades de sobrevivir a un golpe.

—Entonces mantendremos nuestra posición —respondió Svarde, el estoico Guardián aplanando su postura, aferrándose con ambas manos al hacha restante, como si eso fuera a ayudar.

Le da valor. Algo que tú podrías usar.

Tal vez, pero Maena no tenía nada que agarrar. Nada que sostener. Sus manos atrapaban copos de nieve y nada más.

El demonio aplastó su pie contra la duna más cercana, hundiendo su bola de fuego en el montículo y esparciendo el vidrio fundido. Con el paso, el demonio lanzó su hombro izquierdo hacia adelante, azotando la cadena hacia Maena. Rápido para algunos, quizás, pero el golpe tenía distancia, tenía volumen.

No era nada comparado con el veloz swing de un sable.

Maena saltó a su derecha, el gancho con garras se estrelló contra la arena y la erró por un amplio margen. Mientras Maena rodaba con la caída, manos y pies intentando obtener suficiente impulso para ponerse de pie, el demonio tiró de su arma hacia atrás, cavando un profundo surco.

—¿Estás viva? —gritó Svarde.

—Y bien —respondió Maena.

Encontró apoyo, se puso de pie y echó a correr, lanzándose hacia adelante mientras el demonio, satisfecho con su posición, blandía su arma nuevamente. Maena se lanzó en picada, el mayal pasó volando sobre su cabeza. Una pobre demostración.

Bueno, nunca antes habían intentado golpearte.

Esta vez, Maena tenía la medida de la arena. Se acurrucó en el costado de una pequeña duna tras el salto, usando su pendiente ascendente para detener su impulso y volver a ponerse de pie.

Y sintió una idea.

El fragmento le cortó la muñeca, un pequeño corte, pero útil. Fresco y caliente, recién salido de la presencia del demonio.

—¡Derecha! —el grito de Svarde, a su izquierda, y Maena obedeció con la velocidad de un soldado.

La cabeza con garras del mayal barrió de vuelta por donde ella había estado, recogiendo su destrucción a lo largo de la arena.

Maena recogió arena con la mano en el paso lateral, agarrando un montón suelto. Corrió hacia la cima de la duna, Svarde gritándole que se mantuviera agachada, y sintió el calor del demonio golpearla. A varios pasos de distancia, la obsidiana sin ojos la contemplaba con sus implacables fuegos dorados.

—Come tierra —murmuró Maena, a la vez molesta consigo misma por la falta de ingenio de la frase y exuberante por la idea.

Lanzó, la arena perdió cohesión mientras volaba para golpear al demonio más como una nube que como una bola. La tierra chispeó, crepitó y se derritió, el vidrio negro adhiriéndose al demonio entre sus llamas. El monstruo se detuvo, el giro de su mayal cayendo al suelo mientras se observaba a sí mismo, o al menos parecía apuntar ese rostro de roca oscura hacia abajo.

—¿Qué hiciste? —preguntó Svarde, acercándose apresuradamente, aunque no tanto como para que un solo golpe de suerte pudiera alcanzarlos a ambos.

Siempre pragmático, el guerrero Foti.

—La arena —Maena recogió más y la arrojó.

La segunda nube siguió a la primera, rociándose sobre la piel del demonio y adhiriéndose. Suficiente, ahora, para atravesar la cáscara ardiente del demonio, manchas negras en su hermoso y horripilante cuerpo.

—En vidrio —murmuró Svarde—. Podría funcionar...

—¡Sepárate! —gritó Maena, moviéndose a la derecha. Dirigiéndose hacia el océano.

Y alejándote de cualquier refuerzo, debo añadir.

Si Jochi quisiera ayudar, ya lo habría hecho. El señor de la guerra estaría esperando que cualquier remanente que aún viviera fuera de su muro en llamas debilitara a los demonios, los distrajera, le comprara tiempo.

Maena lo destruiría en su lugar, y compraría su salvación.

El demonio crepitó, levantando su mayal nuevamente y siguiendo a Maena. Ella miró hacia atrás mientras corría, tratando de calcular el momento de su esquive, y cayó en el agujero de un cangrejo. Se desplomó hacia adelante, atrapada en la arena. Arena húmeda y espesa.

El demonio avanzó, el mayal se balanceó. Maena rodó, vio otra nube golpear al demonio desde su lado derecho. Vio surgir un chorro verde cuando el demonio se sacudió la tierra, el vidrio. El mayal cayendo de nuevo mientras Svarde lanzaba su otra hacha al brazo armado del monstruo.

Distracciones. Vitales.

Esta vez, cuando Maena hundió su mano en la arena, se adhirió. Una bola gruesa, y una que voló cuando la lanzó. El proyectil colisionó con el pecho del demonio, rompiéndose y ennegreciéndose, una grieta oscura en su armadura de fuego. Svarde atacó con otra nube, luego una segunda, ambas manos lanzando tierra, y no al pecho del monstruo, sino a sus pies.

La pierna azul se oscureció en el tobillo, alrededor de la parte superior, el vidrio encontrando material similar donde el pie tocaba la playa. Una trampa, pero el demonio no era simple. Con su mano derecha, alcanzó y golpeó, destrozando el sello de arena.

Y encontró otra bola de tierra golpeando la mano que atacaba, pegando los dedos entre sí. Svarde continuó con más nubes, y Maena veía a su amigo menos como un cuerpo y más como una sombra revoloteante.

El vidrio ataba más nudos, uniendo el puño al pie. El demonio intentó liberarlos, un movimiento difícil con más tierra golpeando sus piernas, su pecho, sus brazos. Maena mantenía sus brazos en movimiento, recogiendo y lanzando tan rápido como podía.

La precisión importaba, pero no tanto como simplemente golpear a la cosa. Cada trozo de vidrio pesaba al monstruo, desequilibraba su balance y parecía causarle dolor. Tanto así que cuando tensó su puño atrapado, el vidrio se hizo añicos y el demonio perdió el equilibrio, cayendo hacia atrás para aterrizar profundamente en la arena.

Los granos volaron, mezclándose con los copos de nieve, y cayeron sobre el demonio, cubriéndolo de repentino vidrio. Svarde dejó de lanzar por completo, simplemente recogiendo toda la arena que podía encontrar y arrojándola sobre el demonio.

Maena se unió a él, corriendo hacia el lado derecho, pateando y lanzando arena en el camino. Se sentía ridículo, demente, salvaje y absurdo.

Bienvenida a mi vida.

El demonio crujió, su propio cuerpo trabajando en su contra, derritiendo la arena y fusionando sus extremidades al suelo. En segundos, solo la cabeza de la bestia podía moverse, la mirada funesta de obsidiana siguiendo a Svarde y Maena mientras enterraban al monstruo en una tumba brillante y cristalina.

Incluso con el vidrio de por medio, acercarse lo suficiente al demonio para ducharlo con arena golpeó a Maena con más calor del que jamás había sentido, el aire mismo parecía azotar su piel, robarle el aliento y forzarla a cerrar los ojos para evitar que hirvieran. El único punto con algo de alivio era la cabeza de la cosa, la obsidiana bloqueando la llama, una barricada solitaria cada vez que el demonio miraba en su dirección.

—Detente —dijo Maena tras un último lanzamiento, fusionando el cuello del monstruo en el profundo vidrio marrón brillante—. No todo.

—¿No? —preguntó Svarde, al otro lado del monstruo, su cuerpo un brillo sudoroso. Ambos tenían puntas cenicientas donde su cabello se había acercado demasiado, atrapando una chispa. Sus ropas, lo poco que tenían, crepitaban en los bordes. La propia piel de Maena se estremecía con un dolor rojo, pero estaban vivos.

—Esta cosa vino de lo Oscuro Profundo, Svarde. Lo tenemos atrapado —Maena tropezó hacia atrás, sus piernas cediendo mientras la emoción de la batalla se desvanecía—. Podríamos aprender de él.

O, como los Rana podrían decir de otra manera, usarlo. Un mandamiento clave de la isla era precisamente ese: un asaltante debe apoderarse de cualquier cosa de valor, no perder oportunidad de reclamar un recurso.

Svarde aceptó su lógica, dio un amplio rodeo al demonio mientras se acercaba a su lado. El demonio los observaba, las chispas retorciéndose en la obsidiana en una danza deslumbrante y furiosa. La prisión de vidrio crujía, derritiéndose y endureciéndose una y otra vez. Al menos, por ahora, el monstruo parecía atrapado.

Una mirada hacia el norte, en dirección a la ciudad, mostró a su gente contraatacando. Brigadas de agua, o los soldados de Jochi obligados al servicio civil, atacaban los sacos de arena y los edificios en llamas, repeliendo los fuegos dispersos. La nieve invernal mantenía también su suave asalto, los copos filtrándose alrededor de la pareja y las dunas.

—Deberíamos buscar a nuestros amigos —gruñó Svarde, poniéndose de pie con dificultad.

—Ve —respondió Maena—. Yo vigilaré a este.

—Grita si se está liberando.

—Lo escucharás, Svarde.

—Dices eso como si mis oídos no se hubieran quemado.

No obstante, con una mano solitaria aterrizando en el hombro de Maena, el guerrero Foti se alejó pisando fuerte hacia la torre en ruinas y los cuerpos que probablemente yacían dentro.

Maena mantuvo su mirada en el demonio, observando esas chispas. Fascinantes en la noche.

¿Qué crees que está diciendo? ¿Libérame?

Armas, un recipiente. Estos demonios estaban lejos de ser irreflexivos. Svarde había luchado contra criaturas de humo cuando llegaron por primera vez a Whent, demonios organizados y, según había dicho el hombre, capaces de hablar de forma vaga. El ladrón de memorias de abajo también trabajaba con más que el instinto de un depredador.

Y ni me hagas empezar con esos horrorosos ojos.

¿Qué era tan diferente esta vez? ¿Por qué había tantos demonios alcanzando más allá del salvajismo gruñón que había sido su estado durante tanto tiempo?

—¿Qué eres? —preguntó Maena al monstruo.

Las chispas se detuvieron. Pura roca negra la miró.

Repitió la pregunta.

Una sola línea ardiente, blanca y dorada, se talló en el centro de la obsidiana. La chispa fue al centro absoluto de la piedra, brilló por un largo segundo, y luego estalló en siete motas. Esas siete giraron alrededor del centro ardiente en un arco perezoso. Mientras se movían, las motas comenzaron a atenuarse, mientras que el centro, nuevamente, se volvía más brillante.

Hasta que, con un destello naranja, solo quedó el centro, caliente y vivo, hasta que también desapareció en la piedra.

Vaya, Maena. Podrías haber sido la primera en hablar con un demonio.

—¿Me entiendes? —preguntó Maena, tratando al mismo tiempo de grabar lo que acababa de ver en su memoria—. ¿Conoces nuestras palabras?

Esta vez, sin embargo, el demonio no ofreció nada. Solo su oscura mirada. Maena, de nuevo, repitió la pregunta. El demonio no respondió. El vidrio crujía, se derretía, se enfriaba en su ciclo interminable.

Maena intentó una pregunta tras otra, una andanada con todo lo que se le ocurría mientras la nieve comenzaba a amontonarse a su alrededor. Los fuegos en la ciudad disminuían, la gente ganando terreno. Detrás de ella, Svarde gritaba cada extracción exitosa. Kivi, Pennifer, Rasslebeck, heridos pero vivos.

El demonio no respondió.

Hasta que el amanecer amenazó, su garganta hacía tiempo reseca, las preguntas solo raspones, Maena preguntó, y aun así el monstruo no respondió. Solo cuando

Svarde, regresando a su lado, señaló que el vidrio ya no se rompía ni crujía, Maena se puso de pie para ver la razón, o al menos una, por la que la obsidiana permanecía oscura: el fuego del demonio se había extinguido, y todo lo que quedaba eran sus enormes huesos carbonizados.

39
PRISIONEROS

En Kitaye, la justicia funcionaba de dos maneras. Si los ancianos te encontraban culpable de un crimen, te ofrecían la oportunidad de trabajar para compensar lo que debías. Cosechar, pescar, cazar o hacer lo que tus habilidades permitieran para beneficiar a la comunidad hasta que la ciudad acordara que habías pagado tu deuda. Cualquier cosa demasiado grave para tales remedios terminaba en el exilio. Destierro a la selva o a través de los mares.

Los Najahn siempre estaban dispuestos a acoger a los rezagados, reformarlos o, según había oído Bliss, enviarlos rápidamente de esta vida a la siguiente.

El pueblo Rana adoptaba una postura más dura. Tanto Bliss como Torny, una vez que Blinth había desarmado a la bandida, fueron arrastradas al centro del pueblo y sometidas a un juicio inmediato en plena noche. Bliss, que solo había presenciado unas pocas sentencias y no tenía forma de responder a las preguntas formuladas por la guardia del pueblo, dejó que Torny presentara su defensa.

—Los únicos ladrones aquí son estos tres —comenzó

Torny, con una declaración firme dirigida a la media docena de civiles que se molestaban en observar, junto con los tres Kance.

Torny relató la historia a toda prisa, añadiendo insultos selectos al llegar a momentos que los merecían, como cuando arrojaron a los Renewals al mar. La bandida difamó el carácter ajeno, concluyó el relato con las graves consecuencias de matar a un aspirante a Aegis y terminó con una nota lastimera, pidiendo al pueblo que entendiera que solo intentaban restaurar el honor, como Guardianes, de su protegido asesinado.

Esto último sacudió a Bliss, un eco hueco avanzó mientras su propio agotamiento se mezclaba con la conmoción de oír que su hermano estaba muerto. Ya era bastante irreal con Pan, con todos los cuerpos en el pueblo asolado por los demonios, pero escuchar que Wax estaba en el mismo estado... Inclinó la cabeza y contuvo las lágrimas. Una emoción que rápidamente se transformó en ira roja, y si sus manos no hubieran estado atadas, Bliss podría haber cargado contra los guardias Kance en ese mismo instante.

—Si vuestra historia es como decís, ¿por qué no acudir a nosotros? —preguntó el líder de la guardia, un hombre robusto con más canas que pelo oscuro en su cabello y barba—. Si estos tres son criminales atroces, ¿por qué acecharlos en la oscuridad? Podríamos haberos ayudado, o al menos ofrecido una audiencia justa para ambas partes.

—Eso es lo que estoy...

El ímpetu de Torny murió cuando el hombre desenvainó su sable y apuntó la curvada punta hacia ella.

—No somos una corte real, equipada con policía y jueces, cárceles y jurados —dijo el hombre—. Aquí tomamos nuestras decisiones rápidamente, ya que hay otros asuntos más urgentes que atender. Habéis roto una ventana, habéis agredido a un huésped que pagó, y algunos sospechan que el demonio que vimos esta noche podría tener su origen en vosotras. —El hombre hizo una pausa, sus ojos taladrando a la pareja. Torny le devolvió la mirada con igual intensidad. Bliss mantuvo su rostro inexpresivo, su atención aún en Wax—. En cualquier caso, no es momento de deliberaciones. La posadera ha tomado lo que se le debía de vuestras alforjas. Os echaría de este pueblo, pero estos tres han accedido a tomaros bajo su custodia. —El hombre señaló a los guardias Kance.

—¿Te refieres a los que acabo de acusar de matar a nuestro Renewal? ¿A nuestros amigos? —preguntó Torny, y hasta la boca de Bliss se abrió ante la idea.

—Solo son acusaciones —suspiró el hombre—. Y han ofrecido pagar por vosotras, un trato que difícilmente podemos rechazar. —Para su lamentable crédito, el hombre no parecía demasiado orgulloso de la dirección que tomaba el juicio—. Han prometido llevaros al sur, al Riroca, donde podréis presentar vuestras reclamaciones en un lugar donde importen.

—Nos degollarán en cuanto os perdamos de vista —replicó Torny.

El trío Kance, durante todo esto, mantuvo sus rostros serios y sus voces calladas. Incluso cuando el líder del pueblo los miró, esperando quizás alguna refutación de las palabras de Torny, no se inmutaron ni un ápice. Firmes como el hierro.

—No lo harán —dijo el líder, irguiéndose—. Tenemos un último comerciante que habría esperado hasta la primavera para hacer el viaje, pero que puede ir con vosotros por la mañana. Su barco seguirá el vuestro, y si vuestros cuerpos caen al agua, al menos la justicia alcanzará a estos tres.

Ante esto, por fin, la resolución de los Kance se resquebrajó. Los tres lanzaron miradas afiladas al líder. Blinth incluso llevó su mano al estoque, aunque Silvrin movió la suya propia y detuvo el gesto.

—De acuerdo —dijo Silvrin—, aunque no olvidaremos estas últimas adiciones.

El cansancio invadió al líder.

—Os aseguro que no me importa. Entre demonios, el invierno y gente como vosotros, Las Siete Islas se están convirtiendo rápidamente en un lugar en el que ya no deseo estar.

Akido y Blinth metieron a Bliss y Torny, con las manos atadas, en la proa de su bote. Ninguna de las dos, presionadas una contra otra espalda con espalda, pudo encontrar mucha comodidad en la dura madera. El aire frío se colaba alrededor y entre ellas, sus temblores al menos les proporcionaban una medida de calor. Sus captores, dejando a uno a bordo para vigilar, regresaron a la posada para dormir lo que pudieran.

Torny ni se molestó. Al igual que Bliss, trabajó en sus ataduras. A diferencia de Bliss, se rindió pronto.

—Están demasiado bien hechas —dijo Torny, con la cabeza apoyada, como la de Bliss, contra la barandilla delantera del barco. La embarcación se mecía en la pequeña bahía destinada a los muelles del pueblo—. No son de las que podamos escapar.

Bliss quería decirle a la bandida que siguiera intentándolo. Que hacer cualquier otra cosa era condenarse a una muerte rápida. No importaba lo que dijera el líder, los guardias Kance podían matarlas a las dos, y a cualquier idiota que las siguiera, sin mucho esfuerzo. Así que lo intentó, frotó las cuerdas entre sí, contra la madera. Los nudos tenían que deshilacharse, tenían que ceder, tenían que...

El golpe despertó a Bliss, su cabeza chocando contra la barandilla de madera mientras los otros dos guardias Kance cargaban el bote con provisiones frescas y sus propias alforjas. Las maldiciones de Torny se alzaron con el canto de los pájaros también, la bandida arremetiendo contra los guardias.

—Cierra la boca —dijo Silvrin, finalmente—. Lo has dicho bien, rata, cuando dijiste que os cortaríamos el cuello más allá del pueblo. Sigue hablando y lo haremos de todos modos.

—Como si no lo fuerais a hacer, asesinos escupevientos.

Silvrin dio una larga zancada hacia ellas, mientras los otros dos soltaban el bote del muelle. Se inclinó, vestida con su reluciente armadura Kance. Una mano enguantada se extendió y agarró la camisa harapienta de Torny. La levantó de su estrecho asiento.

—Di ese insulto una vez más, y te destriparé aquí mismo —la otra mano de Silvrin se dirigió a la garganta de Torny—. No matamos directamente a tu Renovación porque no somos los demonios que crees que somos. Tú y tu amiga no gozan de esa protección. Si te rompiera el cuello y te arrojara por la borda ahora mismo, no pasaría nada. Esa comerciante no dirá una palabra. Vuestros cuerpos serían devorados por los tristes peces que nadan en estas aguas. Al atardecer, solo quedarían vuestros huesos. Así que elige, rata, si quieres vivir un día más.

Torny empezó a mover la boca, preparándose para escupir. Bliss le clavó el codo en el costado a la bandida, un movimiento torpe, pero cualquier cosa para que Torny reconsiderara, por una vez, hacer enojar a sus captores.

Una muerte rápida aquí no vengaría a Wax.

—¿Por qué? —graznó Torny—. ¿Por qué molestarse en dejarnos vivas?

La mujer lanzó una mirada irritada hacia el pueblo—. Porque creo que ese hombre hablaba en serio. Porque somos Kance, de pies a cabeza, y la palabra viajará. La reputación importa, rata, aunque a ti no te importe. Quédate callada, y tal vez incluso te dejemos vivir. Sigue hablando, y no te daré otra advertencia.

Tal vez fue la perspectiva de vivir, tal vez fueron los codazos de Bliss, pero Torny se mordió la lengua. Mantuvo la boca cerrada mientras avanzaba el día, mientras los guardias Kance se turnaban en los remos, acelerando río abajo. La comerciante que les seguía se quedó atrás, casi desapareció.

Sin embargo, los Kance no mataron a su par de rehenes. Las alimentaron, les acercaron odres de agua a los labios, y durante todo ese tiempo Torny mantuvo sus insultos en silencio.

Al menos hasta que cayó la noche, cuando la mayoría de los botes habrían buscado refugio y un campamento en el río. En cambio, los Kance mantuvieron su rotación, el barco navegando por el agua estrecha y sinuosa, siempre hacia el sur.

Bliss había pasado el tiempo alimentando su propia ira, jugando con la venganza, mezclándola con ensoñaciones fugaces de su hogar, de una vida sin espadas y juramentos solemnes.

—Es fácil ser valiente cuando no tienes nada que perder —susurró Torny, con las estrellas brillando arriba y el agua lamiendo los costados del bote—. He pasado tanto tiempo así que se ha vuelto un hábito, ¿sabes?

Bliss se encogió de hombros. Algo que pasaría a través de sus omóplatos en contacto.

—Cuando Wax murió, y tú comenzaste esta pequeña

cruzada, volví a caer en ese hábito. Matar o ser matado. Pero no es así como son las cosas, ¿verdad?

Otro encogimiento de hombros.

—Quiero decir, todavía hay una vida allá afuera. Tal vez no como Guardianas, pero lo que me dijiste. Volver a Vis, mostrarme Kitaye. Eso aún puede suceder. Cuando me tenía por el cuello, eso es en lo que pensé, Bliss. Eso es lo que vi desvanecerse cuando me clavaste tu maldito codo puntiagudo en las costillas.

Un asentimiento esta vez, cabello rozando cabello. Torny tenía razón. La venganza era necesaria, pero si Bliss podía mantenerse con vida en el proceso, bueno, eso sería agradable. Sería lo ideal.

—Así que eso es lo que digo. Tú y yo, vemos cómo termina esto. Tal vez salgamos vivas de este bote, subamos a otro. Volvamos a casa.

Bliss dudó. Esperó a que Torny llegara a lo que realmente importaba. Cuando la bandida no lo hizo, Bliss negó con la cabeza. Oyó la suave risa de Torny.

—Vale, vale. Primero matamos a estos bastardos, luego a casa. ¿De acuerdo?

Un asentimiento. Una promesa.

Empezó a trabajar en las ataduras de nuevo.

40
HACIA EL MAR

Riroca, la metrópolis sureña de Rana, dorada y rebosante de saqueadores que regresaban para resguardarse durante el descanso invernal, recibió el barco najahn con poco más que un murmullo. Los muelles del río, en gran parte vacíos mientras las embarcaciones se retiraban a dique seco, parecían atónitos al ver otra nave llegando del Norte, y más aún una de un puesto avanzado poco visto y poco conocido.

Reathe guió la esbelta embarcación, mientras varios otros a bordo recogían alforjas repletas de bienes para comerciar, y un par más con sus mochilas listas para reubicarse durante la estación fría. La estadía sería breve, pues el camino de regreso al norte se volvía más peligroso cada día.

No es que Wax, Eujo y Quik fueran a volver por ese camino jamás.

—Una vez en el Remolino fue suficiente, gracias —dijo Wax mientras Reathe se despedía.

El trío, sin embargo, obtuvo una pista de su atraque: dos llegadas más recientes, un comerciante que ya se preparaba para partir, y otro grupo que había vendido su barco tan pronto como atracó, una venta que Reathe invalidó cuando reclamó la embarcación como propia. Robada a los najahn, una mancha que ningún comerciante de Rana aceptaría, y que Reathe aplacó con el reembolso.

Los ladrones no parecían tales, desapareciendo en la ciudad con sus armaduras relucientes y dos sirvientas, o eso dijo el capitán del puerto. Cuando lo presionaron, no tuvo más que añadir, alegando que no era ningún espía.

—Con su equipamiento —ofreció el hombre—, y su actitud, yo diría que se dirigían al puerto marítimo, aunque buena suerte consiguiendo un barco de verdad tan tarde en la temporada.

—Obvio —dijo Eujo mientras se alejaban, adentrándose en la ciudad con un objetivo claro—. Mi capitán no les dejará llevarse mi barco sin mí, así que deben tener otro plan.

—¿A dónde irían? —preguntó Quik, el hermano de Wax ya bastante recuperado del skar de Vis y el largo viaje río abajo. Los guanteletes del hombre colgaban de su cintura, listos para derramar sangre de verdad—. ¿De vuelta a Kance?

—¿Con los skars robados? —añadió Wax.

—No lo sé —respondió Eujo—. Silvrin debe tener un comprador, o algún otro plan.

—No te lo cuenta todo, ¿verdad?

Eujo sonrió, maliciosa y fría.

—Si hablamos, es una guerra de palabras, Wax.

Llegaron al puerto cerca del mediodía, el bullicio tan constante como siempre, aunque, como en los muelles del río, se dedicaba menos esfuerzo a descargar y más a enrollar velas, aceitar madera y asegurar los barcos para las turbulentas tormentas invernales. Los marineros, algunos ya varias jarras adentrados en su temporada baja, cantaban y reían. Una escena ruidosa, alegre.

—Celebrando lo que robaron —murmuró Eujo mientras el trío pasaba una taberna abarrotada tras otra—. Rana no son solo saqueadores, pero Noctia debería ponerles freno. Bloquear esta ciudad hasta que dejen las armas.

—¿Por qué permitirlo en absoluto? —preguntó Wax.

—Hasta donde sé, es tradición. Los rumores, sin embargo, sugieren que Fassle y el Círculo reciben tributo en sobornos para permitir que continúe. —Eujo asintió hacia una galera de guerra, esbelta y aún con sus garfios, una ballesta montada en cubierta—. Foti fabrica las armas, Rana y Whent las usan.

—Kance hace las velas, y Tamas elabora las cervezas —añadió Quik—. Es una industria.

—¿Y qué obtiene Vis? —preguntó Wax.

—Que la dejen en paz —respondió Eujo, guiándolos hacia el muelle que conducía a su propia embarcación, la más bonita que quedaba en el puerto—. A nadie le importa lo que hagas, porque no eres una amenaza ni un jugador.

—Gracias, creo.

El capitán de Eujo, un hombre fornido con uniforme plateado y azul que se presentó como Deux, afirmó que sus guardias habían intentado sobornarle el día anterior. Habían llegado con alforjas, con dos mujeres a las que llamaban sirvientas pero que parecían, por sus miradas furiosas y ropas sucias, más bien rehenes. O algo peor.

—¿Entonces qué hiciste? —preguntó Eujo, los cuatro sentados en el comedor del *Filo de la Tormenta*, alrededor de una refinada mesa de haya—. ¿Dejarlos ir?

El *Filo de la Tormenta* tenía belleza desde lejos, pero de cerca su artesanía obligaba a reevaluar todo lo que Wax había visto antes. Las casas del árbol de Kitaye solían parecerle increíbles, anidadas como estaban entre cada rama curva y tronco envolvente. Sin embargo, junto a las líneas limpias del barco, su cuerpo reluciente pintado de plata, la construcción más fina de Vis parecía una locura improvisada.

La cubierta principal honraba su abordaje con suelos lisos, cada tabla encajando perfectamente con la siguiente, los pernos que las unían pintados para parecer estrellas negras sobre la madera casi blanca. Las velas plegadas se acoplaban contra los tres mástiles como si ambos fueran una sola cosa unida, una mariposa esperando abrir sus alas. Los camarotes, también, ofrecían ventanas limpias, camas completas. Espacio de almacenamiento para el equipo.

Los barcos najahn y foti en los que habían viajado, en contraste, apretujaban a los marineros en pequeñas literas, todo lo no esencial metido en grandes casilleros en la bodega. Incluso el cúter de Kance que Wax había tomado de Vis a Foti parecía mediocre comparado con el *Filo de la Tormenta*.

Deux, con la ayuda de un marinero de cubierta, incluso les sirvió su primera comida en platos de cerámica, con copas de cristal de verdad.

—Lo sospechaba —dijo Deux—, pero no pude hacer nada. No soy luchador, y tampoco lo son los pocos miembros de la tripulación a bordo. Ellos, sin embargo, tampoco son marineros. Estábamos en un punto muerto, y en lugar de forzar el problema, se fueron.

—¿A dónde se fueron? —preguntó Quik.

—Otro barco —respondió Deux—. Una embarcación de Noctia. Probablemente algún comerciante aprovechándose de los últimos objetos de valor del saqueo. Los metieron a bordo apretujados. —Deux se anticipó a la siguiente pregunta levantando un dedo—. Zarparon rápidamente por la tarde. Más rápido, diría yo, de lo que los de Noctia hubieran querido. Estarán en movimiento.

—Serán imprudentes —Wax interpretó la expresión de Deux.

—Tan imprudentes como se puede ser en los mares del norte en esta época del año —replicó Deux—. Los primeros témpanos de hielo ya están en el océano. Cualquier viaje ahora conlleva riesgos, y uno rápido los duplica.

—Pero aun así te lo pediremos —afirmó Eujo.

Deux asintió.

—Whent está lo suficientemente cerca, sus puertos occidentales seguirán abiertos durante algunas semanas más. Podemos partir mañana, bien aprovisionados, y...

—Nos vamos hoy. Vamos a ir tras mis hombres, Deux.

—¿Los traidores? Déjalos ir. Podremos encargarnos de ellos cuando regreses a Kance.

Ante la mirada furiosa de Eujo, Deux pidió más información y la reina se la proporcionó. Con los skars robados, no habría victoria, ni necesidad de ir a Whent.

—Y si tú no zarparás —añadió Wax—, encontraremos a alguien que sí lo haga.

—Ningún Noctia puede superarte navegando, ¿verdad? —dijo Eujo, palabras que todos entendieron como un desafío.

Deux respondió a la mirada de la reina con una propia, una mirada que continuó más allá de Eujo y a través de la ventana trasera del comedor, una que miraba más allá del puerto de Rana hacia el mar gris.

—Una persecución ahora no solo arriesga mi vida, sino la de todos en este barco —dijo Deux—. Existe una alta probabilidad de que la embarcación de Noctia ya haya encontrado un final desagradable, uno que nunca veríamos.

—Deux dirigió su mirada hacia Wax y Quik—. Lamento lo

de sus Guardianes y los skars, pero añadir más tragedia no los traerá de vuelta.

—¿Me estás rechazando? —preguntó Eujo.

—Yo...

—Porque si es así, entonces te ordeno que abandones este barco. Iré a una de esas tabernas y encontraré a un marinero lo suficientemente bueno, borracho o tonto para hacer lo que tú no harás, e intentaremos.

Deux resopló.

—Entonces morirías.

—Un problema que pareces bastante capaz de evitar —dijo Wax—. De cualquier manera, el día se acaba. Es tu decisión, capitán.

Una maldición puso fin a la comida y dispuso que el *Filo de la Tormenta* zarpara.

Las últimas horas de luz les dieron un buen comienzo en la persecución, con los vientos invernales atrapando las velas de Kance y enviando al *Filo de la Tormenta* volando sobre las olas, a menudo literalmente, con apenas el fondo del barco rozando aquellas crestas blancas mientras se deslizaba.

Quik, alegando agotamiento, se retiró a su camarote y se desplomó. Eujo se quedó con Deux, discutiendo estrategias o relatando la historia sobre el Norte, lo que dejó a Wax recorriendo el barco solo, admirando la construcción y observando las olas, tratando de no concentrarse tanto en Bliss.

Tanto ella como Quik ya habían sacrificado tanto por Wax, desde el mismo comienzo de este viaje hasta este punto. Habían sido heridos, tomados como rehenes y estuvieron cerca de algo peor. Todo para que Wax pudiera perseguir un sueño probablemente inalcanzable. Con este retraso, y Eujo demostrando que los primeros skars de Wax habían tardado en llegar, ¿cuáles eran las probabilidades de que tuvieran éxito? ¿Y quién realmente quería ser el Aegis de todos modos, atrapado en ese trono de piedra siendo asaltado por demonios?

Wax se encontró en la proa, inclinándose hacia adelante, con un abrigo ofreciendo algo de protección contra el frío, si no contra el ocasional rocío del mar. El agua salpicaba su rostro, se anidaba en su cabello, el sol oculto por las nubes mientras se ponía detrás de él. Una mezcla revitalizante que enterraba sus dudas una por una.

Preguntas, sí, Wax podía tenerlas. Las necesitaba, o de lo contrario estaría dando golpes a ciegas, tan confiado en su próxima liana que caería al suelo. Pero, ¿dudas? ¿Vacilación? Eso te mataría igual de rápido.

Así que no. Wax podía agradecer a sus hermanos, podía amarlos por lo que habían hecho, pero no podía dudar de su decisión. No podía dudar de la suya propia.

Seguiría intentando ser el Aegis, seguiría empujando contra cualquier cosa que se interpusiera en su camino, porque eso era lo que el viaje exigía, eso era lo que le debía a Pan y, maldita sea, eso era lo que Wax quería.

No entró hasta que el barco redujo la velocidad, asentándose en una parte más tranquila del mar. Deux declaró que la noche estaba demasiado nublada para seguir navegando, no cuando podía haber hielo alrededor. Recuperarían más terreno por la mañana.

El viaje desde Rana hasta Noctia tomaría al menos cinco días en buenas condiciones, o eso dijo Deux. Eso, también, con un barco de Kance. La embarcación de Noctia tardaría al menos una semana.

—¿Cuándo los alcanzaremos? —preguntó Wax mientras todo el grupo, incluidos los varios marineros de Deux, el primer oficial y el cocinero, se reunían alrededor de la mesa del comedor para una cena de pescado fresco —siempre pescado fresco por aquí—.

Deux mostró los dientes.

—Con buen tiempo y una navegación simple por su parte, los tendremos para la tarde. A esta hora mañana, todos estaremos muertos o cenando con tu hermana.

41
DOS ALMAS, COSIDAS

Maena se encontraba de nuevo sobre la arena húmeda, con las gélidas olas lamiendo sus botas de vez en cuando. El agotamiento presionaba sus sienes, a pesar del abundante desayuno y el café terroso ofrecidos por la ciudad en agradecimiento. Sus ojos escudriñaban el nevado horizonte, observando cómo miles de copos caían sobre el agua o sobre los barcos Rana, que ahora eran arrastrados desde la rompiente hacia un inevitable dique seco.

Demasiado dañados para volver a hacerse a la mar este invierno, ellos y su tripulación eran ahora prisioneros de Whent. O más bien, su alimento.

Jochi hizo la oferta en torno a sus arruinadas defensas. Mientras la comida aparecía junto con el amanecer, comenzando las primeras reparaciones en una ciudad quemada que se encontraba aún en pie, el señor de la guerra de Whent pronunció una especie de sermón a los supervivientes, entre los que destacaban Svarde, Maena y su trío de heridos.

Pennifer y Rasslebeck no escucharon las palabras, ya

que habían sido subidos a carros que esperaban, transportados al hospital de la ciudad, una venerable rama de la universidad. Allí, según prometió Jochi, recibirían los mejores cuidados, junto con los experimentos más prometedores que los científicos de Whent pudieran concebir.

Cualquier otra pregunta sobre el asunto fue dejada de lado por la creciente multitud, la confusión y la necesidad de Jochi de reafirmar su posición como líder.

Y lo hizo, haciendo lo que Maena había hecho, lo que siempre hacen los buscadores de gloria: hizo una promesa.

—Seguiremos el rastro dejado por estas aberraciones ardientes —había declarado Jochi bajo la fría luz gris, de pie sobre sacos de arena medio quemados, con la barba enmarañada de ceniza—. Encontraremos sus hogares y los borraremos del mapa, cerraremos la puerta por la que vinieron y sellaremos su maldad para siempre.

Los detalles vinieron después, aunque a Maena le costaba prestar atención. Algo sobre un asalto al Oscuro Inferior, liderado por fuerzas tanto de Whent como de Rana. Svarde, recostado sobre sus propios sacos de arena, dormía abiertamente, roncando.

Esa inusual alianza debería haber captado el interés de Maena, pero su forja se produjo por la fuerza, no por compasión. La capitana Rana —Maena recordaría su nombre más tarde— debió haber aceptado los términos con Jochi, términos que dejaban a sus restos con vida. Términos hechos para enviarlos a una muerte más profunda y sombría.

¿Y tú vas con ellos?

La realización empujó a Maena de vuelta a la playa después de la comida. Jochi había declarado una hora y un lugar para reunirse, cerca de la Universidad, esa tarde para planificar. Allí comenzaría de nuevo el trabajo serio, otra inmersión en las profundidades, esta vez con el respaldo de toda una Isla.

¿No solo veteranos sin nada que perder, quieres decir?

Y con provisiones a la altura. Maena presionaría a Jochi para establecer líneas de suministro, crear puestos avanzados en todo el descenso.

¿No una expedición, entonces, sino una invasión? Qué despiadado.

Todas las islas se habían contentado con vivir sobre una bomba durante todos estos años, aceptando e ignorando la detonación que acechaba bajo la superficie. Por fin había impulso para asestar un golpe serio a lo que más importaba.

¿Asesinar a los demonios?

Una Maena más joven y más ingenua podría haber intentado encontrar una palabra mejor para ello. Algo con más brío diplomático, algo más apropiado para la leyenda.

Pero sí, asesinar a los malditos demonios. Eso era lo que necesitaban hacer, y hacerlo lo suficientemente bien para que los monstruos no volvieran.

Ahí está mi capitana. Te he echado de menos.

Maena asintió a las olas. Ella también se había echado de menos a sí misma. Algo allá abajo la había destrozado, había partido a Maena en dos y la había dejado tambaleándose. Había vivido con esa grieta demasiado tiempo ya.

No más.

¿Ya intentando deshacerte de mí?

Maena se arrodilló en la fría arena, sintió el frío filtrarse a través de sus nuevos pantalones de tela. Miró hacia abajo, a una poza de marea a sus pies, el agua remanente ofrecía un reflejo turbio. El semblante de su capitana hacía mucho que se había ido, solo quedaba suciedad y energía desgarrada. Nuevas cicatrices se fundían con las viejas, todas en un brillo rojo ahora gracias al fuego del demonio.

Estás arruinada, igual que yo. Eso nunca se irá.

Maena se quitó el guante de la mano izquierda. La metió en la poza. El hielo atravesó su piel, y con él un consuelo, una presión se elevó en su rostro, contra la misma mejilla que su mano sostenía debajo.

Podría decir que yo soy tú, pero eso ya lo sabes.

Ocurrían cosas mágicas en Las Siete Islas. Los Najahn las explicaban como los restos de los dioses, mientras que los científicos trabajaban para demostrar sus fundamentos en las leyes naturales. Todo lo que Maena sabía era que ahora mismo, aquí, necesitaba enderezarse.

Entonces deja de luchar contra mí, de luchar contra ti misma.

El reflejo frunció el ceño. Tal vez Maena también lo hizo. No es que importara. Se quitó el guante de la mano derecha, lo dejó caer en la tierra y envió sus dedos a la poza para unirse a su izquierda, acunando su reflejo. De nuevo ese frío, esa cálida presión.

Déjame entrar.

Una vida, un cuerpo, un alma. Solo uno. Dividido, quizás, pero como cualquier herida, tal división podía curarse. Tenía que hacerlo, si Maena iba a volver a ese lugar oscuro.

Una ola se estrelló, corrió sobre la poza, enterró el reflejo en espuma. Maena cerró los ojos contra ella, se aferró a esa cálida presión, justo donde sus dedos tocaban, hasta que, con la ola, la presión se desvaneció. La poza de marea se vació con ella, la arena que la contenía se drenó a un lado. Solo quedó tierra húmeda y vacía.

Pero Maena no oyó nada, no sintió susurros en su mente.

Las puertas se abrieron cuando ella se acercó, los guardias de Jochi empujándolas para revelar el despliegue de la cena. Svarde, descansado tras una larga siesta, le hizo señas para que ocupara un asiento vacío cerca de él, el único que quedaba en la mesa. Un grupo aguardaba a Maena, desde capas y colores académicos, hasta los azules de Rana, y las pieles y la brillante sonrisa de Jochi.

—Por fin, nuestro último miembro —tronó Jochi.

La sala hacía juego con su voz, con un techo alto en la cima de la universidad y amplios ventanales divididos por crepitantes fuegos. Abajo, la ciudad trabajaba arduamente reparando los daños. Una comida sustanciosa impregnaba el aire con su denso aroma. Las jarras de cerveza esperaban, llenas.

Sin embargo, a pesar de todo esto, Maena vio pocas sonrisas. Los hombros estaban rígidos, las manos tensas, como si buscaran armas que agarrar.

Un consejo de guerra.

—Ahora —dijo Jochi—, comemos, bebemos y discutimos cómo hacerles a estos monstruos lo que intentaron hacernos a nosotros. —Plantó los codos y se inclinó sobre la mesa—. Noctia no nos ayudará. Las otras islas tienen sus propios problemas. Debemos ser suficientes.

Svarde volvió a señalar el asiento libre, pero Maena lo ignoró. En su lugar, se dirigió al extremo de la mesa, frente a Jochi, y puso las palmas de las manos sobre la gruesa losa de piedra. Recorrió al grupo con una mirada ardiente.

—Svarde y yo lo intentamos una vez y fracasamos. No fallaremos de nuevo. —Extendió la mano. Svarde vio el gesto y le pasó una jarra de cerveza. Maena la tomó y la alzó—. Vamos a matar a esos monstruos.

Vítores, abucheos y gestos, aunque ninguna sonrisa era tan salvaje, tan hambrienta como la de Maena.

42
COMBATE EN LA JAULA

Las ataduras no se soltaron. Cada vez que las cuerdas se deshilachaban, el Kance de guardia las reemplazaba. Ninguno reconocía los esfuerzos de Bliss, simplemente le ponían la punta del estoque en el costado mientras otro ajustaba la cuerda, colocando nuevos hilos en los lugares adecuados.

Después de la tercera vez, Bliss dejó de intentarlo. Aprovechó la oportunidad para dormir, por incómodo que fuera. Al menos el río producía un ruido agradable, al menos sus captores eran silenciosos. Sin palizas, sin amenazas aleatorias. En comparación con Sledge y los bandidos Foti, estos tres eran verdaderos santos.

Torny y Bliss devolvieron esa amabilidad en la ciudad. El trío Kance apiló sus alforjas en las manos de las dos mujeres, ocultando sus ataduras —ahora en la parte delantera— y manteniéndolas lo suficientemente cargadas como para impedir cualquier huida. El peso, las cuerdas y esos relucientes estoques hablaban de lo que sucedería si las dos intentaban escapar, así que se quedaron quietas.

Y los Rana, tan absortos en sus propios preparativos

para el invierno, no parecían interesados de todos modos. Torny, en un momento dado, después de que su grupo de cinco hubiera vendido el bote y se hubiera deshecho del comerciante que los seguía, pareció que iba a gritar pidiendo ayuda, cuando Silvrin se detuvo y se enfrentó directamente a Torny.

—Haz cualquier ruido, causa cualquier problema, y estarás muerta antes de tocar el suelo —dijo Silvrin—. Si alguien pregunta por qué, les diremos la verdad. Son criminales. Ladronas y asesinas frustradas. A nadie le importará.

Suficiente para mantener la boca de Torny cerrada, suficiente para que Bliss concentrara sus esfuerzos en lo que realmente importaba: el momento oportuno.

Si Foti le había enseñado algo, era que las oportunidades iban y venían. Llegaría un momento en que los Kance relajarían sus reflejos, se presentaría alguna oportunidad, y si estaba preparada, si aprovechaba el sueño que encontraba y robaba la comida que pudiera, entonces Bliss podría sacar ventaja.

Ese momento llegó en su segundo día en el mar, a bordo de una elegante carabela Noctia que se dirigía a su puerto de origen.

La embarcación carecía de la fuerza bruta del galeón Foti o del poder de la fragata Najahn, pero aun así la carabela trazaba una impresionante línea a través de las olas invernales. El mareo normalmente se aferraba a Bliss como un tornillo, pero el barco mantenía su balanceo controlado, dejándola solo con una vaga sensación de malestar en el estómago. Apenas el vómito desenfrenado al que se había acostumbrado.

Esa relativa salud se combinaba con los ojos agudos de Torny y su actitud pegajosa mientras la pareja observaba el agua agitarse desde una jaula achaparrada varios niveles en las profundidades del comerciante. Los Kance las habían puesto allí, las habían metido en un corral destinado al ganado. Paja mohosa yacía esparcida por las esquinas, y el olor a estiércol no del todo limpio impregnaba el ambiente. Aun así, Bliss estaba seca, caliente, y sus músculos doloridos habían recuperado su fuerza después del duro viaje y la ardiente batalla con el demonio.

—Así que estás lista ahora, ¿es lo que estás diciendo? —suspiró Torny, con la espalda pegada a la de Bliss contra el casco del barco—. ¿Todo hasta ahora ha sido solo un divertido paseo?

"Esperaba el momento oportuno".

—Podrías habérmelo dicho.

"Parecías ocupada".

A diferencia de Bliss, Torny había pasado el viaje probando los límites, y se había ganado algunos moretones por sus intentos de fuga. Una vez, durante el último cambio de sus ataduras, Torny se había lanzado por la borda, pateando para tratar de mantenerse a flote. Había llamado a ese comerciante fluvial que los seguía, esperando ayuda y sin conseguir nada.

Los Kance la habían sacado primero tirando del cabello de Torny, el mechón faltante era obvio cerca de la oreja derecha de la bandida. Después de eso, su espíritu se había apagado, encontrando pelea solo en maldiciones murmuradas y poco más.

—No es que vaya a servir de mucho —Torny golpeó su cabeza, lenta y firmemente contra la madera oscura detrás de ellas—. Si salimos de esta, todo lo que ganaremos será un rápido puñetazo en el estómago y un regreso a donde vinimos.

"¿No quieres nadar en el mar?"

—Intenta darte un baño en este océano y te congelarás en un minuto. Esto no es tu paraíso de Vis.

"Entonces los arrojamos a ellos".

Torny esbozó una sonrisa.

—Por mucho que me guste cómo suena eso, no estoy segura de creer en tu confianza.

"Todo lo que necesitamos es una oportunidad".

—¿Y cómo vamos a conseguir eso, Bliss? ¿Pidiéndoselo amablemente?

Bliss se encogió de hombros. La idea estaba ahí. Ahora, solo tenía que esperar.

Bazofia para el almuerzo. Un cuenco delgado lleno de gachas de arroz. Una pequeña manzana Rana. Blinth entró en su jaula, plantó los cuencos y las frágiles cucharas a sus pies. Desenvainó el estoque y, con la otra mano, se acercó y deshizo el nudo que mantenía al par atado al poste. Un paso atrás, manteniendo ese estoque apuntando, y Blinth asintió hacia la bazofia.

—Coman.

Bliss se deshizo de sus ataduras, se inclinó hacia adelante. Tomó el cuenco, la cuchara, levantó la comida a sus labios. La carabela hizo un lento ascenso por otra ola. Blinth compensó, inclinándose hacia la pareja, ese estoque tan nivelado, los ojos serios.

La carabela se movió, el más leve giro al coronar la ola. Bliss lo aprovechó. Cayó hacia adelante, lanzando el cuenco frente a ella. La bazofia se esparció, algo rodando sobre la bota de Blinth. La cuchara rebotó en los barrotes de hierro de la derecha de la jaula. Bliss sintió la punta del estoque en su espalda en un instante.

—No intentes nada —siseó el guardia.

Y maldijo, medio segundo después, cuando el cuenco de Torny golpeó su cara. Bliss sintió la bazofia llover a su alrededor, el estoque aflojando su punta un pelo, lo suficiente para que Bliss alcanzara, agarrara y sacara la bota izquierda de Blinth de su apoyo, ayudada por el suave descenso de la carabela por el otro lado de la ola.

Blinth cayó hacia atrás, la túnica y los pantalones de tela —la armadura, aparentemente, podía dejarse fuera en los confines seguros del barco— haciendo un suave golpe al encontrar obstáculos.

Torny se carcajeó mientras pasaba corriendo junto a Bliss, lanzándose sobre el guardia y clavando el estoque en su estómago. Bliss se levantó en cuclillas cuando Blinth balanceó su puño izquierdo, golpeando a Torny en el costado y lanzándola fuera, justo a tiempo para recibir la patada de Bliss en la cara. El golpe hizo rebotar el cráneo del hombre contra los barrotes de hierro, haciendo que sus ojos se cruzaran.

El estoque vaciló. Torny volvió a atacarlo y, cuando Bliss propinó una segunda patada seca, el agarre de Blinth se aflojó.

—¿Ves? —gesticuló Bliss mientras Torny le quitaba las llaves de la jaula al guardia—. Pan comido.

—Tú no recibiste un puñetazo —se quejó Torny mientras salían de la jaula, cerraban la puerta y la aseguraban tras ellas.

—Podrías haberlo esquivado.

—Si lo hubiera hecho, ahora estarías ensartada.

Las palabras de Torny se desvanecieron mientras miraban a su alrededor; el entorno adquiría un nuevo matiz con la libertad. Varias jaulas similares a la suya las rodeaban, aunque estas estaban repletas de cajas. No había otros animales en el corto trayecto. Arroz rana y telas hiladas, botines del pantano y cosas que Bliss no podía nombrar las rodeaban por todas partes, con un estrecho sendero que marcaba el único camino hacia adelante.

—¿Cuánto tiempo pasará hasta que alguien venga a buscarnos? —murmuró Torny mientras ambas avanzaban, con Torny a la cabeza empuñando el estoque—. ¿Un minuto? ¿Cinco?

Bliss habría respondido con señas, pero los ojos de Torny estaban fijos al frente. En su lugar, miró más allá de la bandida, midió sus pasos y los crujidos de la carabela. Más allá de los suyos, el barco se estremecía con otras botas que golpeaban con fuerza, corriendo alrededor. La calma ordenada del día anterior parecía haberse disipado.

Tocó el hombro de Torny y dirigió la mirada hacia arriba.

—Sí, yo también lo estoy oyendo —respondió Torny—. Apuesto a que por eso Blinth estaba solo hoy. Algo está pasando.

—¿Cerca de Noctia?

—No a menos que este sea el barco más rápido jamás construido —Torny se mordió el labio inferior—. Los rana tampoco asaltarían un barco de Noctia. Apuesto por los demonios.

—Podría ser la única vez que me alegraría de verlos.

—Hasta que te devoren, me juego algo.

Las dos se detuvieron ante la escalera inclinada que conducía al siguiente piso, con peldaños acanalados para facilitar el paso. La puerta abierta arriba ofrecía poca protección. Se filtraban conversaciones urgentes y tensas. Se estaban haciendo preparativos para un combate.

—No son demonios entonces —gesticuló Torny, mejorando su habilidad manual con cada día de práctica—. Ellos no te dan tiempo para planear.

—¿Entonces qué?

—No importa. Lo que importa es cómo vamos a esperar que pase esto —Torny señaló hacia la parte trasera del barco—. Vamos, regresemos con nuestro amigo.

El razonamiento de Torny quedó bastante claro durante el camino de vuelta. Incluso si el dúo de alguna manera luchaba y sorprendía a todos los guardias, la tripulación del barco y el capitán, luego quedarían atrapadas solas en el mar con un barco que ninguna de las dos podía navegar. Cualquier bote salvavidas, si es que la embarcación de Noctia tenía uno, las dejaría en un océano helado. Era mejor, entonces, usar la carta que tenían.

—Mantendremos a Blinth como rehén —dijo Torny, apuntando con el estoque al cuerpo inconsciente en la jaula —. Aguantaremos aquí abajo hasta que atracemos. Negociaremos su vida para que nos dejen libres.

—¿Crees que lo harán? ¿Dejarnos ir?

Torny asintió.

—Somos moneda de cambio, Bliss. No significamos nada para ellos. Apuesto a que somos más molestas. Nos abandonarán a la primera excusa que tengan.

—¿Así que todo lo que logró mi brillante movimiento fue que esperemos fuera de la jaula en lugar de dentro?

Torny levantó un solo dedo.

—Lo que nos diste, Bliss, fue elección —frunció el ceño ante el alimento derramado—. Aunque podrías haber esperado hasta después del almuerzo. Me muero de hambre.

43
LLAMADA Y RESPUESTA

Wax agitó el estoque en el viento helado. La hoja tenía una sensación ágil, como si pudiera lanzarse y moverse con un simple giro de muñeca. Deux, el capitán, había pasado algunas horas durante el último día dándole a Wax algunos consejos, corrigiendo la postura y los movimientos, ambos diferentes a los de la pesada espada Foti.

Wax suponía que esa arma estaba perdida, desaparecida en los pantanos del norte de Rana después de que los guardias de Kance lo atacaran. Si tenía suerte y la Guardia Real la había conservado, tal vez Wax la encontraría a bordo del comerciante de Najahn.

Si tenía suerte, Wax terminaría el día vivo, ileso y victorioso.

Deux esperaba encontrarse con el barco de Noctia esa tarde, y el capitán cumplió su palabra: primero una sombra azul oscuro en el horizonte, el barco mercante se definió contra las olas y el cielo gris a medida que pasaban los minutos. Wax y Quik se pusieron sus ropas de lino, este último aún con sus guanteletes, y se pararon en la proa.

Eujo permaneció con Deux en el puente del barco, hablando de estrategia.

—O decidiendo entregarnos —dijo Quik.

—Porque eso tiene sentido —respondió Wax, reprimiendo un escalofrío. A pesar de la ropa de lino, el invierno llegaba con fuerza en el Norte—. Haría todo esto solo para, ¿qué? ¿Que sus guardias nos destriparan?

—No lo sé, Wax. Después de Foti, y ahora esto, no sé cómo puedes confiar en alguien que no sea parte de nuestra familia.

—Elijo hacerlo, Quik. Así es como.

Su hermano mayor le lanzó una mirada clásica, esa con una ceja levantada que decía que Wax necesitaba controlar su ingenuidad. Un Wax más joven podría haberse enfurecido, propenso a responder bruscamente.

Este, el Renovado a punto de recuperar sus cicatrices, solo sonrió.

—Menos mal que no tienes que preocuparte por eso —dijo Wax, deslizando bravuconería en sus palabras, tal como lo haría si estuvieran de vuelta en Kitaye y Wax estuviera proponiendo una expedición—. Solo sigue mi ejemplo, hermano, y estarás bien.

Quik, al menos, pudo reírse de eso.

El resto de la tripulación de Deux se reunió lo mejor que pudo mientras el comerciante de Noctia se acercaba. Tres marineros, con estoques y garfios listos, se unieron a Wax y Quik. Les informaron, también, que Eujo y Deux permanecerían en el barco de Kance.

—¿Demasiado asustados? —preguntó Quik.

—Demasiado importantes —fue la respuesta de los marineros.

Sin embargo, Eujo sí llegó con un plan. Wax y Quik tenían exactamente cero experiencia en combate de barco a barco, mucho menos en una operación de abordaje. Eujo parecía entender eso, parecía entender, también, que los números no estarían de su lado. Un marinero de Kance no podría manejar a un Guardia Real en una pelea, mucho menos a una tripulación de Noctia.

Así que Eujo optó por un soborno, uno que gritó al comerciante de Noctia mientras los dos barcos se acercaban. La cubierta superior del barco de Noctia estaba llena de trabajadores, fácilmente el doble del número de marineros, la mayoría mirando a la tripulación armada de Kance con algo parecido a estupefacción.

Después de todo, las incursiones no eran el hábito de Kance, particularmente durante el velo de paz de un Renovado.

—Un intercambio —gritó Eujo desde la cubierta superior del barco, con Deux de pie a su lado con un ceño imperioso en su rostro—. Los tres traidores y sus cautivos en su barco, y a cambio, ustedes obtienen su armadura y armas.

Cuando Wax, de pie con los marineros y mirando a través del estrecho abismo entre los barcos, escuchó esa oferta, arrugó la nariz y miró a la reina. Unos cuantos trajes de armadura de Kance apenas parecían valer la pena.

Esa impresión, sin embargo, murió rápidamente cuando escuchó a los marineros silbar y susurrar a su alrededor.

—Supongo que es algo importante —murmuró Quik.

Lo suficientemente importante, de todos modos, para que el comerciante de Noctia aceptara en segundos, solo para declarar que no podía obligar a los guardias de Kance a abandonar su barco. El capitán de Noctia, un hombre nervioso con las manos siempre moviéndose dentro y fuera de sus gruesas túnicas y sus bolsillos, declaró que él y su tripulación no se interpondrían en el camino.

—Qué generoso —dijo Wax.

—El camino de un mercader —añadió Quik—. No hay beneficio en unirse a la pelea, solo en recoger los despojos.

Esos despojos, pensó Wax, podrían ganarse algunos golpes y abolladuras más antes de que terminara la batalla.

El capitán de Noctia permitió que una rampa de abordaje cayera entre los barcos, la pasarela moviéndose con las olas, pero lo suficientemente fácil para que Wax y Quik caminaran. Los marineros los siguieron, con los estoques desenvainados.

—¿Dónde están? —preguntó Wax al capitán de Noctia mientras pisaba la madera negra. Las velas chasqueaban en lo alto, pero por lo demás reinaba tanto silencio como el mar permitía.

—Tenemos tres cubiertas —dijo el capitán de Noctia, su rostro bronceado y seco—. Su premio estará en la segunda, sus cautivos en la tercera.

Wax empezó a dirigirse hacia allí, luego se detuvo. —¿Por qué les permitió el paso? Tenía que saber que llevaban prisioneros en contra de su voluntad.

—Pagaron un buen precio —dijo el capitán de Noctia —. Ustedes están ofreciendo uno mejor.

—Cuanto más veo del mundo, menos me gusta —dijo Quik, detrás de él—. ¿Cuántas formas de bajar hay?

El capitán de Noctia señaló una única escalera abierta que bajaba. Lo suficientemente grande como para izar una jaula masiva, con cuerdas y poleas al lado. —Esa es la única. Esperaría que sepan que vienen.

—Entonces necesitamos encontrar una mejor idea —dijo Wax.

Una cosa era la bravuconería, otra muy distinta lanzarse de cabeza contra espadachines más que capaces de destrozarlo. Wax, mirando el portal hacia abajo, asintió. —Quik, tenemos a la presa acorralada en su agujero. ¿Cómo los sacamos?

Quik sonrió. Miró a través de la cubierta hacia las olas más allá, sus ojos adquiriendo un brillo distante. Un cazador volviendo al juego. —Un par de opciones, pero aquí, yo diría un pequeño descanso, un pequeño temblor.

—No van a hundir... —El capitán de Noctia empezó, solo para que Quik alcanzara y pusiera esas afiladas garras de madera en la garganta del hombre.

Los estoques salieron de sus vainas, y la tripulación de Noctia, aquellos lo suficientemente leales al comerciante como para hacer algo más que retroceder unos pasos, sacaron sus propias dagas, garrotes y sables. Una batalla variopinta a punto de estallar en los mares agitados.

—Espera, espera —dijo Wax, girando lentamente, más difícil de lo esperado en la cubierta de un barco, para levantar las palmas en un gesto conciliador hacia toda la tripulación—. Es una estratagema. Creen que van a hundirse, suben, y nadie sale herido. ¿Veis?

Ahora Wax solo tenía que esperar que los Kance no estuvieran escuchando, pero al menos las armas bajaron y los ceños fruncidos se convirtieron en miradas de sospecha. Sin puñaladas, sin lanzas, sin cráneos aplastados.

—Entonces haced lo que queráis —espetó el comerciante Noctia, apartándose de Quik—. Pero si dañáis mi barco, me aseguraré de que los Najahn vengan a buscaros. Tengo amigos entre ellos, ¿sabéis?

—Estoy seguro de que los tienes —respondió Quik—. Wax, ¿quieres hacer los honores?

—Encantado.

La idea venía de casa, nadando en la ensenada. Si te sumergías cuando alguien se tiraba del muelle, oías un retumbar que atravesaba el agua. Con un salto lo suficientemente grande, los marineros Kitaye en las hojas de nenúfar sentían temblar sus pies. La madera del barco Noctia debería transmitir las mismas sacudidas, incluso podría producir buenos crujidos. La cuestión ahora, con los marineros y la tripulación Noctia mirándose con puñales en los ojos, era cómo conseguir ese trueno rodante.

Deux tenía la respuesta, y estaba en el gran ancla lastrada en la proa del *Storm's Edge*. La profundidad del océano significaba que no tocaría el fondo marino, pero unas cuantas izadas y caídas rápidas producirían el ruido que Wax quería. Con suerte, no golpearía el barco Noctia... Mucho.

El plan se preparó en tiempo récord, ambos barcos permaneciendo firmemente atados el uno al otro, derivando sobre las olas en el día gris y nevado. El comerciante Noctia mantuvo sus quejas murmuradas, ignorado por todos. Quik y Wax tenían los ojos fijos en la escalera que bajaba a la cubierta inferior, escuchando ahora una discusión frustrada entre Akido y Silvrin abajo.

—Están sospechando —dijo Quik cuando Wax se unió a él, mientras el *Storm's Edge* hacía su primera caída.

El ancla se hundió en el océano, salpicando agua con un golpe atronador. Tanto Silvrin como Akido detuvieron su charla durante un largo segundo mientras los marineros de Deux comenzaban a izar el ancla de nuevo.

—Deberían estarlo —dijo Wax—. Necesitan estar asustados.

El ancla cayó de nuevo. Otro golpe. La corriente arrastró la gran cadena del ancla esta vez, rozando el barco Noctia en un crujiente arañazo que Wax oyó y sintió a través de sus pies. El comerciante Noctia chilló, sus marineros maldijeron. Nadie, sin embargo, hizo un movimiento. Wax hizo un gesto a Deux, que estaba de pie cerca de su tripulación y lucía impecable, como siempre, para que dejara caer el ancla de nuevo.

El capitán obedeció, el ancla cayó, el fuerte chapoteo, otro temblor. Silvrin y Akido iniciaron otra charla violenta, sus palabras demasiado bajas para entenderlas. Quik se inclinó más cerca de la escalera, tratando de escuchar, cuando las palabras se interrumpieron. Comenzó un pisoteo, pero en la dirección equivocada, adentrándose más en el barco. Wax se encontró con el ceño fruncido de Quik con el suyo propio, y comenzó a expresar un nuevo plan: capturar a Silvrin, solo, y conseguir a los otros después.

Ese plan murió con el grito de un marinero, con la cadena del ancla tirando en la dirección equivocada. Con un estridente tirón, la cadena se liberó de sus manipuladores. El *Storm's Edge* se inclinó hacia el barco Noctia, las tablas que los unían crujieron. La razón se reveló en el instante siguiente, un tentáculo púrpura profundo y ondulante surgiendo de la superficie y golpeando el *Storm's Edge*.

El barco Noctia saltó, se elevó del agua y se inclinó. Quik cayó, desapareciendo por la abertura hacia la cubierta inferior mientras Wax rodaba más allá por un momento antes de que la embarcación se estabilizara, algo nuevo, algo horrible surgiendo en el repentino espacio entre los dos barcos.

¿Un demonio?

Wax intentó cuadrar la terrible suerte, las bajas probabilidades, hasta que un continuo ruido de trituración atrajo su mirada de vuelta al *Storm's Edge*, al ancla que seguía saliendo, y tuvo su respuesta. Ahora, mientras el aire se llenaba de maldiciones, órdenes y gritos, tenían que sobrevivir.

44
BAJO CUBIERTA

Blinth no le gustaba estar encerrado en la jaula. Cuando el guardia despertó, comenzó a gritar, y el barco hizo poco para suprimir esos sonidos.

—Déjame tomar la delantera —gesticuló Bliss, con el estoque robado en mano mientras ocupaba el estrecho pasillo entre las cajas apiladas.

Había habido una sacudida enorme momentos antes, pero el balanceo del barco parecía haberse calmado por razones que ni Torny ni Bliss se molestaron en especular. Las constantes maldiciones, amenazas y gritos de Blinth pidiendo por Akido y Silvrin ahogaban los ruidos amortiguados de otros lugares, dejándolas en un extraño bolsillo de silencio.

La esperanza de un rescate no era algo con lo que Bliss se atreviera a jugar, no en este punto. Era mejor confiar solo en su agarre de la hoja y en su oportunidad de sorpresa.

Esa oportunidad llegó cuando la primera pierna con armadura golpeó un peldaño visible, y Akido gritó una pregunta a su amigo que vociferaba. ¿Dónde estaba Blinth, dónde estaban las dos prisioneras, qué tan seguro era?

Para nada seguro.

Bliss, cuya habilidad con la espada se situaba en algún punto entre nula y marginal, aprovechó su única ventaja y corrió directamente hacia Akido con el estoque sostenido como una lanza.

El movimiento podría haber funcionado con alguien menos hábil, con alguien atontado por la cerveza o el tiempo, pero Akido, con la espalda hacia Bliss, o bien escuchó o predijo el ataque y se giró, barriendo con su propio estoque en la mano derecha para desviar el movimiento de Bliss y enviarla tropezando hacia la popa del barco.

Akido terminó de bajar mientras Bliss se impulsaba desde una caja blanda, girando para ver el estoque del enemigo acercándose en una estocada que le detuvo el corazón. Ella cayó hacia atrás, su baja estatura combinada con la distancia hizo que el guardia le diera solo un roce y nada más.

No es que Akido le fuera a dar oportunidades. El estoque retrocedió un palmo y luego se lanzó de nuevo, esta vez apuntando a Bliss mientras ella se alejaba a patadas en el suelo. La hoja le atravesó el costado, trayendo consigo un dolor ardiente. Intentó gritar, pero su voz destrozada solo produjo un aullido mutilado.

Bliss agitó su propio estoque, enviando la hoja hacia Akido con suficiente furia salvaje como para que él diera un paso atrás y desviara el golpe. Con su mano izquierda, el hombre desenvainó la daga de su cintura, nivelando de nuevo el estoque.

—Suelta la espada y quizás vivas —dijo Akido.

Bliss solo escupió en respuesta. Presionó su mano izquierda contra su costado, sintió la humedad caliente y pegajosa, el dolor constante ahora, pero no lo suficiente, no lo suficiente como para hacerla rendirse.

Se impulsó hacia atrás, ganó el espacio de un paso y lanzó su hombro contra la caja a su izquierda, apoyándose en ella para mantenerse erguida.

Akido solo suspiró. Volvió a acercarse con esa estocada inicial.

Silvrin gritó desde arriba, una advertencia sobre algo que había salido mal. Que se apresurara. Los ojos de Akido brillaron, una mirada cuerda. Finalidad.

Bliss levantó el estoque, lo lanzó hacia adelante. Una estocada fuerte, que el guardia desvió con su daga, deslizando el golpe lejos y pasando su lado izquierdo. La estocada mortal debería haber seguido, pero en su lugar Akido se puso rígido, su boca se abrió en shock y sorpresa.

No era la muerte.

—Si la mataste, te va a ir muy mal —siseó Torny, su cabeza apareciendo sobre los hombros del guardia. Esos ojos de bandida encontraron a Bliss, se dirigieron a la mano colocada y se oscurecieron—. Oh, tú...

La maldición de Torny murió en un grito ahogado cuando el barco se estremeció una vez, luego viró bruscamente a babor, sonando crujidos a través de las tablas de madera que de repente se elevaban, rompiéndose a su alrededor. La gran caja cerca de Bliss, con sus ataduras de cuerda rompiéndose, surgió hacia adelante mientras el pasillo se inclinaba. Dejando caer su estoque, Bliss intentó por un instante empujar la caja hacia atrás.

No le importó.

Tampoco le importó al barco, que continuó su balanceo y arrojó a Bliss a través del pasillo hacia las cajas que caían en el lado opuesto. Su némesis continuó, rompiendo sus cuerdas y deslizándose hacia ella, a punto de aplastar a Bliss hasta convertirla en poco más que baba.

Pero los Vis viven y mueren por reacción, por instinto, y Bliss rodó hacia su derecha, alejándose aún más de Torny, Akido y la caja que caía. La caja de madera y metal se estrelló detrás de ella, rompiendo su objetivo. La cerámica Rana se hizo añicos, su sonido mezclándose con un crepitar furioso, un ruido que Bliss no habría reconocido de no ser por una terrible noche:

El rodillo Rana, hundiéndose entre las enredaderas del demonio.

Haciendo una mueca, alejando su mano izquierda de la herida, Bliss se incorporó apoyándose, el barco encontrando ahora cierto equilibrio en un ángulo. El agua se agitaba en algún lugar bajo sus pies, helada.

La devastación de la caja dejó, al menos, un camino dañado de vuelta hacia la escalera, hacia donde Torny luchaba con el guardia. La pareja no peleaba tanto como se revolcaba, golpeándose entre sí y contra los escombros que caían con cada puñetazo y patada a corta distancia. Bliss habría esperado que Torny perdiera una pelea así, de no ser por el cuchillo clavado en los omóplatos de Akido, justo en la hendidura entre su armadura. El mismo rojo que manchaba el costado de Bliss goteaba allí, y mientras Bliss cojeaba hacia la pareja enredada, el trabajo del cuchillo ralentizaba los golpes, dejándolos débiles. Akido también lo sabía, aprovechando cualquier oportunidad para buscar otra arma, para alcanzar un estoque.

Conveniente, entonces, que la caja al caer y el barco escorado hubieran dejado la hoja de Bliss sobresaliendo de la carga ahora a sus pies. Tiró de ella una vez, encontró la punta profundamente incrustada. Otro tirón, y aún nada salvo un gemido.

Torny maldijo, atrayendo la mirada de Bliss justo a tiempo para ver al bandido recibir una patada, cayendo hacia atrás por el pasillo hasta el borde de la escalera. Allí, a mitad de camino, brillaba más armadura, moviéndose cautelosamente.

La visión y su seguro final hicieron que la decisión de Bliss fuera fácil: cargar herida y sin arma, incluso mientras Akido recuperaba la suya, sería la peor forma de suicidio.

Torny tendría que resistir.

Agarrando la empuñadura con ambas manos, Bliss no tiró, sino que empujó. Se apoyó en la empuñadura del estoque, empujando con sus piernas. El barco se estremeció, algo distante se rompió. Blinth gritó, un puro terror resonante.

Y la punta del estoque se rompió.

Bliss tropezó hacia adelante, arrastrando la hoja rota. A su derecha, el pasillo inclinado ofrecía asideros astillados, las cajas y la carga formaban una línea maltratada y traicionera. Al final, sin embargo, yacía Torny, atrapada y mirando a los guardias a ambos lados.

El camino hacia su objetivo podría haber sido complicado, pero Bliss se las arregló con el piso inestable como había enfrentado cada fronda espinosa, cada enredadera tan propensa a ceder bajo su peso: con velocidad y pasos seguros.

Un paso adelante, su pie izquierdo aterrizando en el borde del agujero creado por la caja que se desplomaba y estrellaba. Un impulso, inclinándose hacia la izquierda y arriba, dando a su pie derecho la oportunidad de agarrarse al piso inclinado del pasillo. El estoque pasando a su mano izquierda para que Bliss pudiera agarrar las ataduras de cuerda arruinadas, aún atadas al techo del bote y ofreciendo lo justo para mantenerla en movimiento.

Lo justo para lanzar el estoque hacia adelante, más rápido de lo que Akido esquivó.

El golpe rebotó en la espalda de Akido, la punta dentada del estoque deslizándose por la suave armadura Kance y acuñándose bajo su casco. Un golpe inútil, salvo que trajo a Bliss cargando, empujando, volando hacia el guardia, y juntos la pareja se estrelló contra Torny.

O, al menos, eso es lo que Bliss pensó que sucedería. Se dio cuenta en el momento en que el estoque se deslizó por el metal Kance, que lo había arruinado. Costándoles la vida a ambas por fin. Sin embargo, en ese enredo, apuntalada por la pared que sostenía la escalera entre cubiertas, Bliss miró hacia arriba y vio a la siempre ágil bandida apretarse contra el pasillo y mantenerse en pie.

—Justo a tiempo —dijo Torny, arrebatando el estoque roto de Bliss de un Akido gimiente. Blandió la hoja hacia arriba y a la derecha, parando la estocada de Silvrin—. ¿Algún otro truco, tal vez?

Uno. Mientras Silvrin se movía para presionar a Torny, Bliss alcanzó a través de su propio rostro para agarrar la daga que sobresalía del hombro de Akido. La arrancó, haciendo que Akido gritara en el proceso, y la clavó contra el tobillo de Silvrin cuando pisoteaba cerca de su lucha. La daga rebotó en la dura armadura, pero como suelen hacer los ataques sorpresa, la puñalada atrajo la atención de Silvrin.

El tiempo justo para que Torny contraatacara, apuñalando el corazón de Silvrin. El extremo dentado del estoque rebotó de nuevo en la dura armadura, pero el golpe obligó a Silvrin a retroceder, una maniobra que se convirtió en un error cuando Akido, aparentemente adolorido y sin pensar, intentó levantarse. Sus hombros golpearon la rodilla de

Silvrin en retirada, derribándola al suelo con un fuerte golpe.

En un instante, Torny se colocó sobre las dos, con el estoque roto listo para un golpe mortal.

—Ríndanse —anunció Torny, su voz más profunda que antes—, o, ya saben, sufran las consecuencias.

Bliss se liberó de Akido, se puso de pie para ver un rostro pálido, ojos casi cerrados, y otra mirada furiosa.

—Aún no han ganado —respondió Silvrin.

—Se ve bastante bien desde mi punto de vista —replicó Torny.

—Solo porque no están escuchando.

Como si hubiera retirado un velo, las palabras de Silvrin trajeron el ruido exterior. El continuo crujir y chasquido alrededor del barco mientras lo que fuera que había chocado contra él continuaba su avance destructivo. Los marineros se llamaban unos a otros, palabras salpicadas de miedo crudo. También se oían chapoteos, golpes distantes cuando cosas pesadas y vivas golpeaban las aguas heladas.

—Supongo que será mejor que las matemos rápido y salgamos de aquí —dijo Torny.

Bliss tocó el hombro de la bandida, "Necesitamos esos skars".

—Oh, cierto —dijo Torny, acercando el filo del estoque a la boca desprotegida de Silvrin—. ¿Dónde los guardan?

—En nuestro camarote, ¿dónde más? —Silvrin negó con la cabeza antes de que Torny pudiera hacer la siguiente pregunta—. No voy a ayudarlas...

—¡Torny! ¡Bliss! —La voz de Quik siguió a su cabeza mientras el Guardián saltaba por la escalera, con esos grandes guanteletes puestos y sedientos de sangre—. ¡Están vivas!

—No gracias a ti —dijo Torny mientras Silvrin miraba

alternativamente a ambos—. Intenta tardar más la próxima vez. Realmente ayuda.

—Estamos bajo ataque de un enorme monstruo, por si no lo habían notado. —Quik miró a los guardias—. ¿Parece que tienen a estos dos controlados?

Cuando Quik volvió sus ojos a la pareja, examinándolas para ver si estaban heridas, Bliss relató la historia con señas, con Torny interviniendo. Un resumen conciso, que terminó cuando el barco volvió a estremecerse, el agua haciendo notar su presencia en una corriente no muy lejos bajo sus pies.

—Al camarote entonces —dijo Quik, comenzando a girarse—. Este barco no durará mucho.

—Espera —dijo Torny mientras Bliss se disponía a seguirlo—. Dejamos a estos tres para que se ahogaran en un rodillo y sobrevivieron. No vamos a cometer ese error de nuevo.

Torny no esperó una discusión, pero tampoco lo hizo Silvrin, quien barrió su brazo, todo su cuerpo. El movimiento apartó el estoque de Torny, y Silvrin no se detuvo ahí. Lanzó su brazo izquierdo hacia atrás, su mano enguantada agarrando la hoja del estoque de Torny. Un tirón arrancó el arma de la mano de Torny y...

Bliss pateó. Fuerte, recto y directo a la barbilla de la líder Kance. Su cabeza se echó hacia atrás, sus ojos se nublaron. El estoque repiqueteó contra las cajas en el suelo. Bliss levantó la daga, se detuvo. Nunca lo había hecho antes, matar a alguien a sangre fría. Un animal, una presa, un monstruo, era una cosa. ¿Pero una persona?

—Hazlo —dijo Torny—. O dámela a mí y lo haré yo.

El barco crujió. Comenzó a inclinarse de nuevo a estribor. Bliss y Torny se apoyaron la una en la otra, extendiendo los brazos a través de lo que había sido el pasillo. Quik extendió los suyos, los guanteletes clavándose en el costado de la escalera y las cajas que aún se mantenían firmes al otro lado. Ambos guardias rodaron uno sobre el otro, un montón a los pies de Bliss.

Ambos aún vivos, ambos enemigos mortales.

—¡Bliss, tenemos que irnos! —gritó Quik.

Y aún sostenía la daga, tratando de decidir.

45
LOS DIOSES Y SUS REGALOS

Como una pesadilla hecha realidad, el demonio se alzó de las turbulentas olas. El vórtice espumoso del océano anunció la llegada de la criatura antes de que su cuerpo rompiera la superficie cerca de las dos embarcaciones, con la pasarela de abordaje y los garfios tensándose para mantener ambos barcos unidos. Mientras Quik bajaba corriendo por la escalera tras los guardias de Kance, buscando a Torny y Bliss, Wax tropezó hacia la cubierta, oyendo a los marineros maldecir y caer a su alrededor. El estoque rebotó de su mano, perdiéndose mientras Wax se estabilizaba en la barandilla, mirando al monstruo y reconociéndolo.

La bestia gigantesca que había aterrorizado a Kitaye estaba aquí, de nuevo. No, no era el mismo demonio: aunque este tenía cicatrices y daños como el otro, sus colores eran diferentes. Más púrpuras y negros mientras los tentáculos se elevaban de las olas y golpeaban los costados del barco. Un marinero —Wax no podía decir si pertenecía al comerciante Noctia o a la tripulación de Eujo— se cayó por la borda, hundiéndose en el agua y desapareciendo.

Alguien disparó una ballesta contra el monstruo, la miserable flecha se clavó en el costado de la criatura sin provocar reacción alguna, ni siquiera un parpadeo de esos horribles ojos amarillos.

—¡Wax!

Levantó la mirada, con las manos aferradas a la barandilla como hierro. Vio a Eujo en su propia cubierta superior, su rostro una máscara estoica digna de una reina.

—¡No hay forma de ganar esto! ¡Toma a tus Guardianes y vámonos!

Wax quería reír. ¿Cómo, cómo se suponía que iba a sacar a su hermano y hermana de esto? Apenas podía mantenerse en pie. Sin embargo, giró de vuelta hacia la escalera, dio un solo paso y sintió que el barco se elevaba bajo sus pies. La inclinación hizo que el barco se ladeara a babor, dejando la espalda de Wax contra la barandilla. Más marineros volaron por los aires, algunos lo suficientemente rápidos para aferrarse, otros fallando sus agarres y cayendo. La madera bajo sus pies tembló, un violento terremoto acompañado de crujidos y chasquidos. Tablas rompiéndose.

El agua seguiría. Wax no necesitaba ser un experto en navegación para saber que este barco no duraría mucho en la superficie.

La elección de huir o quedarse no esperó por él: el acercamiento del demonio vino con una furia arrolladora, primero doblando la rampa entre ambas embarcaciones, ya agrietada después de la elevación y separación del barco mercante Noctia. El demonio simplemente embistió a través de lo que quedaba, Wax observando todo desde su agarre en la barandilla. Más grande que cualquiera de los barcos, el demonio parecía abrirse paso, sin importarle lo que fuera lo suficientemente desafortunado como para quedar atrapado. Su avance empujó ambas naves separándolas, Wax se tambaleó hacia adelante cuando los tentáculos que inclinaban el barco a babor se deslizaron, dejando que el volumen del demonio moviera la nave en dirección opuesta.

Una vez más, marineros desorientados y desafortunados tripulantes se tambalearon. Esta vez, Wax los siguió. Su agarre, en la posición equivocada para una caída hacia adelante, se deslizó en la barandilla mojada. Movió los pies por instinto, pateándolos hacia adelante para deslizarse con los ojos hacia arriba, justo como Wax lo haría en una enorme fronda de helecho en lo profundo de la jungla de Vis.

A diferencia de esos helechos, el camino de Wax tenía una abertura justo en su trayectoria. Más allá, el barco que se resquebrajaba dejaba un camino despejado directo al mar embravecido.

Después de experimentar el frío en los lagos invernales de Rana, un océano con hielo literal flotando en él prometía un baño incómodo.

Wax se agachó mientras se deslizaba, con la intención de meterse por la escotilla hacia las cubiertas inferiores. Adónde iría después de eso era un problema para otro segundo, un problema que Wax no llegó a resolver cuando el barco se sacudió de nuevo, alejándose aún más del demonio y enviando a Wax a un salto repentino. Agitó los brazos, pateó las piernas y no encontró ninguna liana, ningún árbol firme del que agarrarse. Su estómago se hundió, sus ojos fijos en el agua turbulenta, hasta que su mundo cambió y Wax se balanceó directamente hacia las tablas que se doblaban.

El golpe le sacó el aire, dejó los ojos de Wax nadando. La sangre corría de un labio mordido, y Wax sintió una docena de astillas encontrando nuevos hogares en sus piernas, pero por un momento se quedó colgado allí, justo debajo de la abertura.

—Te tengo —Quik se esforzó, tiró de Wax hacia arriba. Lo dejó caer sobre el borde—. Pero supongo que no iremos por este camino, ¿verdad?

Wax se movió, empujándose casi por completo hacia adentro antes de que Quik lo detuviera. Una mirada a la cubierta inferior reveló a Bliss y Torny esperando detrás, ambas luchando con cuerdas, tablas rotas y carga destrozada para seguir moviéndose hacia la escalera. La hermana de Wax sostenía un cuchillo en una mano, mirando hacia atrás a un oscuro descenso. Como si tomara alguna decisión, Bliss arrojó el cuchillo, usando ambas manos para ayudarse a mantener el equilibrio. Si quedaban guardias de Kance detrás, Wax no los vio. Abajo, lo que debería haber sido el oscuro casco del barco era en su lugar el mar azul-blanco, iluminado por rayos plateados que entraban a través de las grietas en el barco que se hundía.

—Los barcos están separados —jadeó Wax mientras el cuarteto se miraba entre sí, buscando respuestas a su alrededor—. El barco de Eujo se ha ido.

—Bueno, eso es un problema —respondió Torny—. Especialmente porque no me gusta mojarme —Asintió hacia el mar, sus aguas turbulentas acercándose con velocidad alarmante—. Ya me empapé una vez en este viaje, preferiría no repetirlo.

Wax podía estar de acuerdo con ese sentimiento, pero no le gustaban sus posibilidades. Cualquier bote salvavidas, si es que el comerciante Noctia se molestaba en tener uno, ya se habría ido o estaría destruido. Sobrevivir flotando en los restos podría ser posible, pero Wax nunca había visto un naufragio antes, mucho menos había sido parte de uno. ¿Qué tan fácil sería salir de aquí y flotar en una tabla?

Sin embargo, un susurro ofreció una idea diferente.

—¿Recuperaron los skars? —preguntó Wax, lanzando la pregunta a los tres.

Quik dirigió una mirada curiosa a los otros dos. Bliss miró a Torny, quien negó con la cabeza.

—Silvrin insinuó que las piedras estaban en su camarote, pero eso está allá atrás —Torny señaló hacia popa, lejos de su abertura y a través de todo un desastre enmarañado.

—Entonces no esperen, vayan a buscarlas. Todos nosotros.

Los otros tres no se movieron, mirando a Wax con una especie de lástima, como si el compromiso del hombre con la Renovación ahora significara que se condenaría a sí mismo. No tenía tiempo para eso.

—Seguidme, idiotas —espetó Wax, ignorando su cuerpo maltrecho para apartarse de Quik.

El interior del barco tenía poco en común con su selva favorita, pero ese poco era lo más importante: asideros y apoyos se ofrecían con cada movimiento, ya fuera un trozo de cuerda colgante, una tabla agrietada o una hamaca que había perdido la mitad de sus ganchos. Bliss y Torny dejaron pasar a Wax, y este ni se molestó en mirar si lo seguirían.

Solo dijo estas palabras:

—Conseguimos esos skars y salimos vivos de aquí.

Quizás una promesa temeraria, hecha mientras Wax se agachaba bajo un tentáculo que destrozaba el barco sobre él, pero las únicas palabras que se le ocurrieron para poner en movimiento a sus amigos. Con maldiciones mutuas de Torny y Quik, Wax pronto oyó los crujidos y el alboroto mientras el trío lo seguía, encontrándose con él en la popa del barco, donde esperaban dos camarotes. Uno, debajo de Wax, ya había perdido su puerta ante el mar. Entre este y el otro camarote estaba la abertura a la cubierta inferior, donde Wax escuchó más maldiciones y golpes metálicos.

Al parecer, Torny, Bliss y Quik habían dejado a alguien con vida.

La puerta frente a Wax había perdido una bisagra y colgaba torcida, revelando catres y pertenencias. Lo suficiente para considerarlo una buena oportunidad, porque solo tendrían una. Equilibrándose en una tabla rota, Wax intentó arrancar la puerta, pero la bisagra restante se mantuvo firme. Intentar abrir la puerta tampoco funcionaría, el pomo era difícil de alcanzar en ese ángulo sin palanca.

—Apártate —ordenó Quik, y Wax se presionó contra lo que solía ser el suelo de la cubierta.

Su hermano mayor pasó y balanceó su brazo derecho, el pesado guantelete golpeando contra el marco de la puerta. Las astillas volaron, la puerta se rompió y la mitad sin bisagras cayó al agua. Wax lanzó un grito de júbilo, y Quik continuó, golpeando la puerta de nuevo para despejar la parte inferior, salvo por un pequeño cuadrado que se aferraba a esa terca bisagra.

Siguiendo a Quik al interior, Wax se paró en un catre mientras el agua comenzaba a filtrarse por debajo. Ambos, rápidamente acompañados por Bliss y Torny, rasgaron bolsas y forzaron la única caja con cerradura. Abundaron los ceños fruncidos cuando las manos salieron vacías.

—Esto no es cosa de Kance —dijo Torny unos segundos después—. Noctia, todo.

El camarote equivocado.

Todos tuvieron el mismo pensamiento, volviendo los

ojos hacia la salida. Wax llegó primero, escabulléndose de vuelta a la tabla de equilibrio. Abajo, su objetivo desaparecía bajo el mar. El agua fluía hacia la cubierta más baja a través de la abertura, y el hundimiento parecía ir más rápido ahora.

—No hay tiempo —dijo Quik, con voz apagada y derrotada.

—Siempre hay tiempo para algo —respondió Wax, y se lanzó de la tabla.

Al saltar, Wax metió la mano en su bolsillo, agarró el skar Rana cuando empezaba a caerse. Sus susurros habían ido creciendo a medida que el mar se acercaba más y más, atrayendo a Wax hacia el agua, y ahora esos mismos susurros se convirtieron en una cacofonía borboteante, más áspera que Vis, continua, a diferencia de las ráfagas agresivas del skar Foti. Si esos ruidos significaban algo, Wax lo descubriría.

Golpeó el agua, la cabeza, los hombros, el pecho y toda la longitud de Wax se entumecieron casi al instante. El frío le robó el aliento mientras el burbujeo agitado le forzaba a cerrar los ojos. Wax intentó una patada, se empujó hacia la derecha en dirección al camarote y su puerta rota, o al menos donde esperaba que estuviera. Sintió la primera brazada, el zumbido en el agua revuelta, pero no la segunda, cuando el hielo le robó la sensación.

Golpear el camarote fue menos un golpe brusco y más un obstinado freno al progreso de Wax. Forzó sus ojos a abrirse, aceptando el gris borroso y el escozor de la sal que vino con ello: el dolor sería mejor que la muerte.

Sin embargo, tan rápido como vino ese escozor, se desvaneció. La presión en su respiración disminuyó, y Wax se arrastró dentro del camarote, siguiendo el camino de la puerta destrozada hacia un espacio hundido lleno de catres flotantes, con baratijas y bolsas a la deriva. Una en particular llamó su atención, una bolsa gris atada asomando de un zurrón.

Wax había visto al Kance poner los skars en esa bolsa hacía tiempo en el río Rana, y ahora alargó la mano hacia ella. No podía sentir sus dedos cerrarse sobre la bolsa, pero vio su agarre mientras burbujas y espuma arremolinaban. Wax la atrajo hacia sí, hizo ademán de volver hacia la puerta, el skar Rana martilleando en su cráneo.

Las pequeñas piedras eran milagros.

Milagros con límites.

Cuando Wax intentó patear hacia la puerta, no se movió. El agua apenas se agitó. En su lugar, se hundió hacia el fondo de la habitación. El skar Rana evitaba que Wax necesitara respirar, mantenía su corazón retumbando en su pecho, pero Wax no sabía cómo, no podía invocar a la piedra para empujarlo hacia arriba y afuera. Intentó concentrarse en sus piernas mientras se asentaba en el fondo de la habitación y se quedó en blanco, sus órdenes yendo a ninguna parte, como si Wax flotara separado de su propio cuerpo.

La única parte con alguna sensación ahora venía de su mano izquierda, la que sostenía la bolsa de skars. Wax intentó mirar en esa dirección, encontrando incluso ese simple movimiento lento. Aun así, sus dedos en esa mano respondieron cuando los encontró, cuando les dijo a esas puntas que buscaran el calor, abriendo la bolsa lo suficiente para meter la mano, para encontrar lo que Wax esperaba que estuviera allí.

Dos skars Vis, dos skars Foti, y todos saltaron al tacto de Wax, sus voces mezclándose con el rugido de Rana. Inundaron el creciente pánico de Wax, los skars Vis eliminando el entumecedor frío, como si Wax hubiera entrado en un baño caliente. Los skars Foti hicieron de ese baño caliente una realidad, impregnando a Wax con un calor desesperado. Las burbujas se alejaron de él por todos lados, la temperatura lanzando la habitación a un torbellino.

Un susurro más se dejó oír, una voz astuta y serpenteante repitiendo la misma palabra una y otra vez. Parecía jugar con los otros skars, y mientras lo hacía, Wax sintió que su cuerpo se aligeraba. El hundimiento se invirtió, Wax usando su mano izquierda para agarrar tantos skars de esa bolsa como pudo, pero aferrándose sobre todo a este último, extraño. Se elevó en la habitación, pateando con piernas que, de nuevo, tenían sensibilidad. Con el skar Rana en su mano derecha cerrada, Wax nadó con gloria torpe a través de la puerta rota.

Y se elevó.

Como si él también fuera una de las muchas burbujas a su alrededor, Wax subió a través de los restos del barco. Irrumpió en una superficie oscura, con astillas del casco del barco mercante sobre él. A su alrededor, casi ajenos al regreso de Wax, estaban su hermano, su hermana y Torny, todos con las bocas sobre el agua jadeando por aire. Su piel parecía azul, sus movimientos lentos.

Torny ni siquiera tenía maldiciones que proferir.

No las necesitaría. Los skars Foti le dijeron a Wax lo que querían, no en palabras que pudiera entender, sino en tonos que conocía bien. Empujando su puño izquierdo, la bolsa y los skars, contra el casco, Wax sintió que las piedras se precipitaban, un repentino destello quemó su cuerpo y la madera oscura explotó.

46
EL GRAN TRATO

Sawi y Gladdring recogieron a los eruditos en el puesto avanzado de Najahn, bajo la gloria del Gran Sana que se elevaba hacia el cielo. Gladdring hilvanó la narrativa, ayudado por algo de tierra, algunos rasguños y abundante agotamiento real pegado a su piel y ropa. El capitán de la guardia de Najahn y sus dos amigos se habían topado con Sawi y Gladdring bajo el ataque de un demonio en las montañas, mientras la pareja regresaba de Mottilan después de unas negociaciones exitosas. Sin miedo, los guardias se lanzaron contra el demonio, ganando tiempo con un sacrificio fatal.

Una verdadera tragedia.

Si los líderes de Najahn en el puesto avanzado creyeron la historia o la cuestionaron, no lo dijeron. En cambio, celebraron un improvisado servicio conmemorativo por los caídos, alzaron sus jarras y enviaron a Sawi y Gladdring a asearse.

La marcha hacia Kitaye transcurrió entre palabras durante todo el día y hasta bien entrada la noche. Gladdring mantuvo a Sawi cerca, salpicándola con historias de sus viajes, de Noctia y los Najahn. Sus motivos no eran difíciles de adivinar, y el Teniente los expresó con claridad cuando las casas arbóreas del hogar de Sawi aparecieron a la vista.

—Quiero que vuelvas conmigo —dijo Gladdring—. A Noctia.

Hace solo dos meses, Sawi le había dicho que no a Wax ante tal propuesta. Ocho semanas recogiendo fruta y preguntándose si había tomado la decisión correcta. En ese momento, había sido una reflexión ociosa, ya que no tenía otra opción.

Ahora, de nuevo, se le ofrecía la rama. Una escapatoria de una vida que había deseado, pero que luego se dio cuenta de que le faltaba el rugido atronador que anhelaba más.

—¿Porque quieres a alguien leal? —preguntó Sawi.

—Porque quiero a alguien que pueda ver con ojos diferentes —respondió Gladdring.

La emboscada y el asesinato de los guardias se habían asentado en un sutil estado de shock, comenzando rápidamente esa misma noche en el paso de montaña. Las excusas de Gladdring hicieron incursiones en sus opiniones, desgastándolas hasta que la ira, la confusión y la duda se convirtieron en aceptación y comprensión. Si el Teniente veía su mundo como uno de cuchillos y traidores, ¿eran realmente tan sorprendentes sus acciones?

¿Estaban justificadas?

Vis funcionaba con confianza, honor y bondad eficiente. Todas cosas que Gladdring seguía diciendo que eran mercancías en Noctia. Sawi debería sentir que aceptar su invitación sería un veneno, un paseo hacia una prisión peligrosa y extraña.

Pero ella había visto la alternativa. Había escalado el

sana, esperado hasta que sus vigilantes dijeran que Sawi y su alforja podían descender. Noches sola, o con nuevos amigos improvisados, preguntándose si otro demonio podría surgir para aterrorizar el pueblo. Preguntándose qué estarían haciendo sus verdaderos amigos, allá entre las islas.

—Esta oportunidad se presenta una sola vez —continuó Gladdring, mientras los primeros comerciantes de Kitaye anunciaban sus ofertas cuando el grupo de Najahn llegó a la ciudad—. Si dices que no, lo entenderé, pero nunca tendrás la oportunidad de reconsiderarlo.

—Si digo que sí, ¿qué haremos?

Gladdring sacudió la alforja atada a su cadera, oculta bajo su túnica. Dentro, los skars de Vis traquetearon.

—Salvaremos nuestras Siete Islas, Sawi.

47
DESPUÉS DEL IMPACTO

Volver de la muerte requería conmoción, desesperación, ver cómo el oscuro bosque a su alrededor se desmoronaba en una cortina de fuego, dispersando tablas, pernos y todo lo demás en el gélido mar que la engullía por completo. Con el cuerpo entumecido, la respiración entrecortada y los ojos fijos en lo alto, Bliss no estaba en condiciones de hacer nada más que entrar en pánico.

La luz del día, limpia y clara, atravesó su mente congelada. No solo porque el gris contrastaba duramente con la madera oscura, sino porque allí, frente a ella, se encontraba el monstruo viscoso y desgarbado. Su mitad trasera, emergiendo del mar como una piedra empapada, se estremeció ante la lluvia de madera, deslizándose la enorme criatura mientras sus tentáculos la seguían. El agua persiguió, arrastrando a Bliss, Torny, Wax y Quik en su camino.

Un gran ojo verde amarillento, mucho más grande que Bliss, se dirigió hacia ellos y Bliss sintió que podía verse reflejada un número infinito de veces en su iris brillante. Podía ver, también, cómo su mirada se estrechaba.

Los tentáculos del monstruo se acercaron por todos lados. Bliss no podía hacer nada más que patalear y chapotear, incluso eso fallaba en el agua fría, así que cuando un tentáculo la atrapó, elevándola del mar en un amplio arco, Bliss se encontró inmóvil. El viento reemplazó al agua, igualmente efectivo para robarle el aliento y congelar sus músculos. El tentáculo en sí era una presión, las costillas de Bliss dolían mientras la envolvía.

Si la muerte parecía lista para reclamarla, al menos Bliss tenía una buena vista antes de partir. Debajo de sus pies, los tentáculos atrapaban a los demás, llevando no solo a Torny, Quik y Wax, sino también a otras formas que se retorcían y cuerpos sin vida. Los golpeaban entre sí o los lanzaban al aire. No quedaba nada salvo un remolino burbujeante donde antes flotaba el barco Noctia, con restos de naufragio a la deriva sin rumbo.

Sin esperanza, salvo por un cuerno que sonaba a la derecha de Bliss.

Se giró, con el cabello enmarañado como una capa helada pegada a sus mejillas, y vio el barco de Eujo, con las velas desplegadas, dirigiéndose no hacia la huida, no en una escapada sensata, sino cambiando de dirección. Una carga, con la proa Kance apuntando directamente hacia el monstruo, una criatura cuyos ojos, cuyo enfoque, se centraban directamente en Wax. ¿Por qué?

La explosión. Al principio, Bliss la atribuyó a un afortunado golpe de tentáculo, pero eso no explicaría el calor que la había acariciado en ese instante, a la vez demasiado caliente y sin embargo tan bienvenido contra el frío entumecedor. Tampoco explicaría la repentina furia del monstruo.

Wax, siempre con sus trucos.

Aunque este no importaría.

El tentáculo de Bliss pareció recuperar su propósito, darse cuenta de que colgarla sobre las olas ya no valía la pena. Con un chasquido al desenrollarse, que Bliss vio ondular desde la base putrefacta del monstruo, el tentáculo la llevó de nuevo hacia las heladas aguas. No podía hacer nada, no podía mover sus brazos, no podía...

No. Una cazadora, como su presa, tenía que usar todo lo que pudiera. Cada arma posible.

Bliss mordió. Se inclinó hacia adelante y apretó con su boca temblorosa, hundiendo los dientes en la oscura cinta que la sujetaba con fuerza. La piel se separó, gomosa, con poca defensa. Algo caliente brotó en su boca. Bliss tosió, se atragantó, pero el tentáculo se sacudió, deteniendo el impulso descendente y enroscándose, como un reflejo, hacia el cuerpo del monstruo. Los pies de Bliss rozaron las olas, sus botas hacía mucho que se habían caído.

Lo que funcionó una vez podría funcionar de nuevo.

Bliss atacó por segunda vez, dando el mordisco más grande que pudo. De nuevo el tentáculo se estremeció, pero esta vez se liberó de un latigazo, reculando y lanzando a Bliss a través de las olas. Rebotó una vez, un duro golpe contra el agua, rodando, solo para estrellarse contra el cuerpo del monstruo. El limo cubrió a Bliss en un instante, pegándose a sus manos, sus piernas, su cabello. Y sin embargo, el limo trajo consigo un cierto calor muerto, una capa instantánea.

Así, quizás, era como el monstruo podía sobrevivir en aguas tan frías. Así, ahora, Bliss pudo recuperar el aliento por un segundo, pegada allí contra el cuerpo de la gran bestia mientras esta se retorcía. Sus ojos siguieron a Wax, su hermano, el Renovador, volando lejos mientras el tentáculo que lo sujetaba lo lanzaba por los aires. Una velocidad y distancia que debería significar una muerte segura.

Se hundió en el mar con un gran chapoteo, desapareciendo bajo las olas.

La desesperación, sin embargo, tendría que esperar. Antes de que Bliss pudiera reaccionar, pudiera procesar el caos, el monstruo se sacudió, elevándose del agua y girando, llevando el costado de Bliss hacia arriba e inclinándola hacia su espalda, de modo que la cazadora Vis rodó en un lío pegajoso por el cuerpo del monstruo, a lo largo de uno de esos grandes ojos, y hacia la masa pastosa de su cabeza.

Allí Bliss vio la razón de la angustia del monstruo.

El barco de Eujo, ese gran navío Kance con su perfil cortavientos, sobresalía del monstruo como una gigantesca estaca. La propia Eujo, junto con los marineros que aún estaban a bordo, se encontraba en la proa con espadas en mano, apuñalando al monstruo. Pagaban su valentía con icor, con los golpes retorcidos de tentáculos confusos. Más cuerpos caían al agua mientras el monstruo abandonaba su atención, los tentáculos empujando el barco de Eujo, deslizando al monstruo lejos de la lanza. Una huida torpe, lograda más por empujar el barco de Eujo fuera de curso que por una natación veloz.

Prisionera en la monstruosa isla, Bliss intentó moverse. Su cuerpo hormigueaba por todas partes, el limo devolviendo la sensibilidad a sus brazos y piernas. Lo suficiente para intentar levantarse, con el limo pegándose a ella como una manta viviente. El monstruo huía, dejando una estela y, detrás, personas flotando que pedían ayuda. Mientras Bliss se ponía de pie, vio cómo el barco de Eujo bajaba sus dos botes salvavidas al agua, con los marineros extendiendo los remos hacia los desesperados y moribundos.

No es que fueran a alcanzarla. Al menos, no si Bliss se quedaba encima del monstruo.

Dio un paso, resbaló, cayó y se plantó sobre la asquerosa piel del monstruo. Intentó apoyar ambas manos para levantarse de nuevo, resbaló por segunda vez. El monstruo se alejaba cada vez más del rescate. El agua fría, notó Bliss mientras ponía los codos debajo de ella, se acercaba también. El monstruo no solo nadaba lejos, sino que descendía bajo la superficie. Cualquier sueño lejano que Bliss pudiera haber tenido de vivir en una isla monstruo en el mar se desvaneció.

Como si fuera posible.

Bliss se imaginó a Torny maldiciéndola por resbalar y tambalearse, y se obligó a ponerse de pie. Se volvió hacia el barco de Eujo, esperando que la vieran, y dio uno, dos pasos torpes antes de que el limo la hiciera resbalar de nuevo, esta vez rodando y cayendo del costado del monstruo al mar agitado.

El agua la rodeó, pero sin tocarla, excepto alrededor de su rostro, la única parte que no había recibido un golpe directo contra el mucus. Bliss movió sus brazos y piernas, y encontró la superficie rápidamente. El limo parecía mantenerla a flote, haciendo que Bliss flotara sobre las olas. Incluso tan ligera, se atrevió a pensar, que podría nadar lo suficientemente cerca de Eujo para un rescate.

El pensamiento, como un Foti forjando un relámpago en su estómago, impulsó a Bliss a una acción frenética. Golpeó el agua, atacando cada ola como si fuera su enemigo más odiado. Una mirada rápida hacia atrás confirmó la retirada del monstruo, la criatura desapareciendo sin dejar rastro de su destrucción. Solo los restos flotaban alrededor de Bliss, su cuerpo entre tablas, carga y ruinas aleatorias.

Si Quik, Torny, o-

Su mano rozó algo suave pero sólido. El mucus se aferraba al objeto, y Bliss ralentizó su nado lo suficiente para mirar. Una bolsa, con el cordón medio deshecho. Mientras sus dedos agarraban la tela, sintió un pequeño calor a través de la base de la bolsa. Un tipo familiar. Bliss giró la bolsa, metió la mano dentro mientras sus piernas pataleaban contra el mar. Dentro había dos piedras, ambas cálidas, ambas susurrando diferentes cosas en su mente.

Una la reconoció, los sonidos calmantes de Vis. El skar cobró vida cuando lo agarró, encontrando las heridas de Bliss y atacándolas con una ferocidad cosquilleante. La otra, sin embargo, permanecía en espera, tan silenciosa que parecía casi dormida. Cuando Bliss acercó su otra mano, cambió la piedra silenciosa, lo entendió: Foti. Un skar que, según Wax, requería agresión para ser despertado.

Wax.

Bliss se giró, buscando y sin ver nada. El monstruo había lanzado a su hermano en esta dirección, y la bolsa lo confirmaba. No estaría lejos, pero ¿dónde? ¿Cómo podría ella...

Allí. Volteado por una ola y ahora, como guiado por una mano gentil, enderezado. Su nariz y boca apenas rompían la superficie del agua. Bliss se lanzó hacia él, cada hueso maltratado de su cuerpo haciendo lo posible por llevarla a través de una ola tras otra. Ardía con el esfuerzo, a pesar del skar Vis, y alcanzó a Wax solo para caer exhausta a su lado, el limo manteniéndola a flote.

Los ojos de su hermano estaban cerrados, su cabeza un mosaico de moretones. El hombro izquierdo de Wax colgaba en un ángulo agudo, demasiado agudo para ser saludable. La sangre se acumulaba alrededor de sus piernas donde el agua, tan afilada como cualquier piedra a la velocidad del impacto de Wax, había dejado su marca. Con todo eso, además, Bliss encontró su piel casi helada.

Pero sus puños estaban cerrados, ambos, y Bliss creyó

saber lo que había dentro. Un baluarte contra lo peor, pero no una barrera invencible. Necesitaba ayuda, necesitaba una oportunidad para que los skars Vis hicieran su trabajo.

Bliss no podía darle esa oportunidad. No es que no lo intentara, chapoteando en el agua agitada, al principio poniendo sus manos debajo de Wax para tratar de sostenerlo, luego deslizando sus brazos alrededor de él cuando quedó claro que Wax no se hundiría. Era, de hecho, un salvavidas para ella. Lo abrazó fuerte, sintió el frío del agua comenzar a invadirla mientras el limo del monstruo lentamente, muy lentamente, se lavaba.

Eujo y su embarcación se alejaban más con cada segundo. Bliss intentó levantar un brazo, agitarlo, pero ni un alma allí parecía estar mirando hacia el horizonte, buscando manchas en el mar.

Pronto sus piernas cederían. El limo se lavaría y ella se congelaría, o los skars la mantendrían al borde de la vida hasta que alguna criatura marina la devorara a ella y a Wax. O morirían de hambre, a la deriva en el océano.

A la deriva.

El pensamiento, junto con sus propias reflexiones fatalistas sobre los skars Vis, hizo que Bliss mirara más de cerca las manos cerradas de su hermano. ¿Cómo se mantenía a flote? Wax nunca mencionó ese poder dentro de las piedras dadoras de vida. Las revelaciones, y con ellas la esperanza, brillaron una tras otra: que Wax estuviera aquí significaba que debía haber sobrevivido al Remolino, lo que significaba que probablemente tenía un skar Rana.

Y esos guardias de Kance también habían saqueado a Eujo, y ella había tenido una piedra de la isla. Ambas cosas podrían explicar por qué Wax flotaba sobre las olas como si no lo tocaran. Cualquiera de las dos podría ser algo que Bliss pudiera usar.

Se deslizó por el torso de Wax. Encontró su mano izquierda, la levantó del agua con la suya propia y la colocó sobre el estómago de su hermano. Aún pataleando con sus pies, balanceándose en las olas, Bliss abrió la mano de Wax. Tres piedras cayeron, aterrizando sobre su lino empapado. Bliss reconoció los skars Vis y Foti, pero no el tercero plateado brillante. ¿Kance? ¿Rana?

Wax jadeó, un suspiro doloroso mientras su cuerpo se hundía en el mar. Actuando rápido, Bliss recogió las piedras, las metió de vuelta en la mano de Wax justo cuando la primera ola le pasaba por la cara. Para cuando se drenó, él había vuelto a ser una balsa plácida.

Más acertijos resueltos. El skar plateado mantenía a Wax a flote. El skar Vis lo mantenía vivo. Foti sería inútil, o casi inútil en mar abierto. Pero ¿qué hay de su otra mano?

Con sus piernas empezando a entumecerse, Bliss se lanzó sobre su hermano, agarró su brazo derecho y le cruzó la mano sobre el pecho. La abrió como la otra, esta vez haciendo un mejor trabajo para acunar la piedra dentro entre su mano derecha y la de Wax. Más fácil de recogerla si se caía. Excepto que el skar color verde azulado no parecía tener efecto cuando cayó de la palma de Wax a la suya propia.

Pero los susurros, los susurros que llegaron a la cabeza de Bliss al tocar el skar. La instaban a ir, a simplemente patear sus piernas y encontraría el mar a su servicio voluntario. No literalmente, por supuesto —Bliss no podía entender las palabras en sí— pero la emoción ahora era de triunfo, poder y hogar.

Acunó el skar en su mano derecha, usó la izquierda para agarrar el brazo de Wax, y miró hacia la embarcación de Eujo. Todavía buscando sobrevivientes.

Dos más estaban en camino.

48
LA VIDA SALVAJE

Despertó y volvió a dormirse demasiadas veces para contarlas en los días que siguieron, mientras el barco de Eujo continuaba hacia Noctia. Alguien lo ató a una cama, algo necesario, según dijo Eujo, para evitar que Wax se cayera. Se estremecía, sufría espasmos, se revolvía y se agitaba en sueños, o eso decía la Reina cada vez que sus visitas coincidían con los momentos de lucidez de Wax. De vez en cuando, Bliss, Quik y Torny también estaban allí, aunque todos parecían estar tan mal como Wax se sentía.

Los skars, esas piedras milagrosas, parecían estar al límite, aunque Wax escuchaba sus susurros rugiendo en su mente, un furioso ataque sibilante mientras los skars de Vis atacaban sus heridas, uniendo su piel y huesos. Sin embargo, con solo dos skars y tantos heridos, esos ataques solo ocurrían aquí y allá, cuando se podía prescindir de uno.

Wax, al parecer, no estaba tan cerca de la muerte como para calificar por delante de los marineros, por delante de su propio hermano y hermana.

Había perdido el conocimiento cuando el demonio lo

arrojó al agua, lo recuperó en la cama, y dio sus primeros pasos libres en la hora después de que el barco Kance atracara en el puerto de la Ciudad Anillada. Eujo estaba allí para ayudarlo a levantarse, ofreciéndole su brazo y manteniendo cualquier gesto de dolor y preocupación fuera de su rostro. La gratitud de Wax por ese pequeño gesto fue más profunda de lo que ella jamás sabría.

Un sol plano marcó su salida, un lento paseo con ropas limpias de Kance, hacia la cubierta del barco. Eujo, después de confirmar que Wax nunca había visto Noctia antes, lo llevó a la proa del barco, dejando que sus ojos vagaran en silencio por la ciudad gris e inclinada.

—Bastante fea —susurró Wax.

Su voz se sentía quemada. Su pierna izquierda débil, donde algún metal en explosión del barco que se hundía había encontrado hogar. Nadie sabía cómo cortarlo, así que supuraba allí, sellado por los skars. Eujo dijo que tendría que aprender a lidiar con el desequilibrio, que lo haría, con el tiempo.

Si esas dos cosas fueran sus únicos problemas, tal vez Wax podría haber encontrado una palabra astuta que decir, algo ingenioso ante la vista del asiento de piedra de Las Siete Islas. En cambio, no deseaba nada más que darse la vuelta y arrastrarse de vuelta a la cama. Allí, al menos, ningún demonio lo encontraría. Ningún asesino lo ataría y lo arrojaría.

La muerte no estaría tan cerca.

—Hay mucho que ver —dijo Eujo—. Te haría bien dar un paseo.

—Me haría mejor no morir —respondió Wax—. Yo mismo, quiero decir.

—Esas no son palabras para una Renovación.

Wax se encogió de hombros.

—Tienes un barco y más skars. Si quieres la Renovación y lo que sea que haya en esa ciudad, todo es tuyo. Yo he terminado.

—Rendirse no es algo que un Renovador pueda hacer, Wax.

—¿Ah, no? Obsérvame.

Antes de que Eujo pudiera decir otra palabra, Wax giró sobre sus talones y cojeó de vuelta al interior del barco. Caminar era difícil. Cerrar la puerta de su camarote con llave y caer en la cama era fácil.

Quik despertó jadeando en busca de aire, algo que había hecho todos los días desde que el demonio casi lo ahoga. Todavía sentía las hambrientas olas del océano enterrándolo, congelándolo, cerrándose como un tornillo. Su muñeca derecha, vendada y entablillada después de la fractura, responsable de salvarle la vida. Cuando el tentáculo del demonio lo soltó, el cazador había extendido el guantelete, esos extremos puntiagudos arañando la carne del demonio y frenando el descenso de Quik a costa del hueso. El dolor, entonces, debería haberlo dejado inconsciente, pero Quik podía dominar el dolor, podía controlar su cuerpo, y alejó la oscuridad a tiempo para caer del demonio y salpicar en el agua no muy lejos del barco de Eujo.

Pateando, luchando, agarrándose a una tabla flotante para mantenerse vivo mientras su piel se congelaba, sus labios se volvían azules, Quik resistió hasta que un pequeño bote salvavidas lo encontró, lo subió a bordo y lo envolvió en gruesas mantas. La propia Eujo le vendó la muñeca, una técnica que todo pilluelo de Kance aprendía en algún momento u otro, siendo las fracturas de huesos una dolencia común en las ciudades del cielo.

—Caer —dijo Eujo, tan cálida como Quik jamás la

había visto— tiene sus consecuencias, y uno cae mucho creciendo en Kance.

Tomó su turno con los skars de Vis junto con todos los demás, aunque al igual que Wax, Quik se encontró manteniéndose dentro del barco. Cada vez que se acercaba a la barandilla, veía esas olas, su pecho se tensaba, sus músculos temblaban. Una sensación de cobarde, pero no podía encontrar una manera de superarla, sin importar cuánto lo intentara.

Su camarote, al menos, ofrecía algo de alivio. También lo hizo Noctia.

Con una capa plateada de Kance puesta, frescos lienzos grises envolviendo su pecho y piernas, Quik se escabulló del barco de Eujo. Estarían atracados durante días, al menos, para reparaciones por embestir al demonio —decisión de Eujo, esa— y posiblemente más tiempo si el hielo mantenía cerrado el camino entre Noctia y Whent. No es que a Quik le importara: la Ciudad Anillada se sentía sólida bajo sus pies, una sensación que preferiría mantener el mayor tiempo posible.

Bliss y Torny, según lo que contaba Eujo, ya habían bajado del barco y estaban en la ciudad. Quik no se había hecho amigo de ningún marinero, así que se adentró solo en la metrópolis. Su altura, corpulencia y mano curiosa, junto con los guanteletes colgando de su cintura, le aseguraron un amplio espacio mientras navegaba por el puerto, siempre dirigiéndose más profundo en la isla, y más alto.

Tenía un destino en mente, preguntas que podrían ser respondidas y posibilidades por explorar.

Quik había visto a Wax exactamente una vez desde el encuentro con el demonio, y su hermano parecía un hombre descolorido. Sin sonrisas, sin trucos, solo ojos atormentados y un cuerpo roto. Si Quik había perdido algo de amor por el mar, Wax había perdido todo amor por la vida, por la aventura. La Renovación Vis estaba destrozada, y con ese final llegó una elección: volver a las islas, o ir a algún otro lugar, a algo más.

Pavarde, de vuelta en la costa de Foti, le había dejado a Quik una oportunidad. Los Najahn siempre buscaban nuevos reclutas, y las posibilidades eran ilimitadas.

Si Wax había terminado de salvar el mundo, bueno, Quik aún podía luchar por él bajo el púrpura y el negro.

El embestir salvó a Torny. Literalmente la golpeó contra el demonio justo debajo de su tentáculo, cercenando el húmedo miembro y enviándolos a ambos a estrellarse contra la cubierta de Eujo. Claro, el peso rompió la barandilla e hizo una fea abolladura en la madera del barco Kance, pero hey, Eujo se ganó una bandida por sus problemas. Torny, con algunos moretones pero poco más, se quitó de encima el tentáculo y tomó un lugar en la proa, señalando a las personas para que el bote salvavidas las rescatara.

Incluyendo a Bliss, quien había emergido en medio de una creciente desesperación con Wax a cuestas. Las rápidas invectivas de Torny llamaron la atención de todos hacia la Vis que luchaba, y Torny había pasado los siguientes días en el mar asegurándose de que Bliss, Quik y Wax nunca se perdieran una comida.

—Y me debes todo eso —dijo Torny mientras ella y Bliss compartían una cerveza en el Colmillo de Rata. La primera bebida decente que había tomado en mucho tiempo, y el caramelo maltoso la calentaba justo como debía—. No soy tu madre, y no soy tu criada.

'Pero eres mi amiga', respondió Bliss con señas.

La Vis parecía un poco nerviosa al principio, aquí en medio de todo el bullicio de la ciudad más grande de Las

Siete Islas. Torny, sin embargo, calmó los nervios con hechos y frivolidades, señalando todos los lugares en el enorme puerto donde Bliss podía ver o conseguir cosas que nunca encontraría en Vis.

Compañías de teatro de Tamas, céfiros vivos de Kance listos para correr, vestimentas doradas tejidas en Rana y a la venta por comerciantes desesperados tratando de limpiar existencias antes de que el invierno congelara las rutas del norte, todo para ver y tomar. La emoción trajo un color vital de vuelta a las mejillas de Torny, un pulso a su corazón.

Había huido de este maldito lugar, y no lo haría de nuevo.

'¿Vivías aquí?', preguntó Bliss con señas.

—Sí, una vez. Me encantaba también. Pero las cosas cambian, ¿no?

Bliss se miró a sí misma. Torny siguió la mirada y luchó contra un ceño fruncido. A diferencia de Wax, Bliss se había mantenido mayormente ilesa, menos los arañazos, los cortes y los moretones que todos en los barcos llevaban ese día. No, la Vis parecía volverse hacia adentro más a menudo que no, contando las vidas perdidas entre ambos barcos, y cuán cerca estuvo Wax de contarse entre ellas.

Cuando Torny le había preguntado, en el segundo día, por qué Bliss parecía obsesionarse con los muertos, Bliss respondió que había visto a tantos en tan poco tiempo. La vida en Vis no había sido tan dura, tan asesina, y estar tan cerca de tanta pérdida la estaba afectando. Una presión que no parecía poder sacudirse.

En ese entonces, en el barco, Torny no había sabido qué decir. Nadie se apoyaba en su hombro pidiendo consejo, consuelo.

Ahora, con un poco de confianza alcohólica, tenía algunas palabras.

—Esto es todo, Bliss —comenzó Torny, acumulándose como el agua que corre por esos tejados inclinados de Noctia—. Tuviste tu vida encantada, pero Las Siete Islas no funcionan así. Son duras, brutales, manchadas de mierda. —Vaciló. El tiempo, en un discurso como este, lo era todo. Torny había aprendido eso de Sledge—. Pero también es hermoso. Tienes que superar la oscuridad, encontrar lo bueno. Mira lo que hemos hecho, las personas y lugares que hemos salvado. ¿Ese puesto avanzado de Rana? Quemado si no fuera por nosotros. ¿Todos esos skars? Perdidos si no perseguimos a esos imbéciles de Kance y los frenamos. Apuesto a que tus hermanos estarían muertos una docena de veces si no hubieras venido con ellos también.

Bliss se rió. 'Tienes razón en eso'.

—¿Y adivina dónde estaría yo sin ti? —continuó Torny —. De vuelta en Foti, o muerta en esa incursión Najahn, o sudando en una forja, trabajando el hierro. Me salvaste de eso. No es tu culpa lo que pasó allá atrás, así que no dejes que te detenga. Tus hermanos te necesitan, y yo también.

La Vis no era muy dada a sonrojarse, pero Torny vio algo de rojo definitivo en esas mejillas. Antes de que Bliss pudiera encontrar alguna manera de rehuir, de esquivar y desviar, Torny levantó su vaso, empujando a Bliss a un brindis, un vínculo.

—Por esta vida salvaje, y por ganar la Renovación —dijo Torny.

La sonrisa, cuando Bliss tocó su vaso, lo significaba todo.

49
LA PROMESA DE LA RENOVACIÓN

La oscuridad llegaba temprano en invierno y, con ella, el barco cobraba una vida dorada. Los marineros de cubierta, la mayoría aún recuperándose o llorando a los amigos perdidos, encontraban consuelo en el deber y encendían las lámparas. Más allá, la Ciudad Anillada brillaba en la ladera de la montaña. Casi lo suficientemente hermosa como para que Wax ignorara las almenas custodiadas y las fragatas en el mar vigilando la aproximación de los demonios. No es que pudiera ver mucho por la pequeña ventana desde su cama.

Después de hacer el viaje a cubierta, había regresado, se había acomodado bajo una manta que de alguna manera se sentía más ligera que el aire, y se había sumido en un sueño profundo. Un golpe lo había sacudido, dándole a Wax el tiempo justo para observar el espectáculo nocturno antes de que girara la cerradura de la puerta.

—Oye —comenzó Wax cuando Eujo entró, ataviada con cueros y un estoque Kance en la cadera, lo que sugería una noche poco tranquila—. Estaba...

—No estabas haciendo nada importante —lo interrumpió Eujo. Dura como el acero, como siempre—. Te vas. Ahora.

—¿Qué?

—Tú mismo lo dijiste. Has terminado. Mi barco, mi gente, mis recursos están apoyando mi Renovación, no tu autocompasión. Así que vete.

Wax parpadeó y se incorporó. Sintió que mil argumentos acalorados comenzaban a burbujear. Todo el peligro que había enfrentado, las heridas que había sufrido, el miedo teñido de culpa mientras sus hermanos esquivaban la muerte por la búsqueda de Wax, cada uno se alzaba como un cuchillo listo para apuñalar las frías palabras de Eujo.

—A menos que... —dijo Eujo, alargando la palabra, sus ojos adquiriendo un brillo travieso que Wax nunca había notado antes—. A menos que... pero no. No estás listo.

Un truco de tentador. Una vida con bromistas como, bueno, él mismo, hacía fácil reconocer la trampa que Eujo tendía, pero ¿qué esperaba al otro lado? Un hombre perdido podía encontrar consuelo en un camino revelado, y Wax no tenía otro lugar adonde ir, así que dio un paso en el sendero que Eujo ofrecía.

—¿Qué? —preguntó Wax—. ¿Para qué no estoy listo?

—He perdido a mis Guardianes, si es que se les puede llamar así —respondió Eujo, su mano dirigiéndose al brazalete en su antebrazo, donde brillaban cuatro skars—. Deux y la tripulación del barco pueden llevarme de un lado a otro, pero no me van a seguir a los skars. Tu hermano y tu hermana, y el ladrón, parecen bastante capaces. —Volvió a ralentizar, esbozando la más leve de las sonrisas—. Un trato. Puedes quedarte aquí, yacer en tu autocompasión, si les pides a tus Guardianes que se unan a mí en su lugar.

Una oferta que Wax podía rechazar. Un insulto, intentar

robar a sus Guardianes. Wax se deslizó de la cama, se puso de pie, trató de mostrar algo de rabia y recordó que solo llevaba puesto un ligero camisón Kance. Los puños apretados y el ceño fruncido solo podían hacer tanto con ropa de dormir como telón de fondo.

Eujo se rio, aunque su tono burlón no adornó el sonido. —Por fin, algo de emoción de tu parte.

—No estoy muerto —balbuceó Wax.

—Podrías haberme engañado, y a todos los demás en este barco. —Eujo dejó caer la alegría y puso un dedo acusador en el pecho de Wax—. ¿Estás de acuerdo? ¿Tus Guardianes y tu cama de autocompasión? —Un segundo de silencio miserable para dejar que Wax se cociera—. ¿O tienes una idea diferente?

Herido, afligido, asustado. Wax podía ser todas esas cosas, cierto, pero también era la Renovación de Vis. Seguía siendo el hombre que le había prometido a su amigo ver el viaje hasta el final, sin importar cuántas cicatrices y skars tuviera que recolectar en el camino.

Mientras esos pensamientos echaban raíces, los interminables susurros de las piedras Vis, Rana y Foti zumbaban. La mayoría del tiempo estaban calladas, pero ante las púas de Eujo, mientras Wax reunía su voluntad, el skar Foti cobró vida. Se encendió, un impulso empujando a Wax a alcanzar el collar alrededor de su cuello, el metal calentándose. Eujo siguió el movimiento, vio el rubí brillando con el fuego de una forja, y sus ojos se abrieron de par en par.

—Wax, no quemes mi barco.

—No lo haré —dijo Wax, el sudor perlando su piel en la fría habitación, todo su cuerpo ardiendo. ¿Otro misterio del skar? ¿Se inmolaría? ¿Importaba siquiera frente al desafío de Eujo?—. Tampoco renunciaré a mis Guardianes. Soy una Renovación, igual que tú. Si quieres a mis Guardianes, entonces nos quedamos con tu barco. Todo el camino a través de Kance.

Eujo inclinó la cabeza. —Ya tengo mi skar de origen.

—A través de Kance, o nos vamos ahora y tú vas sola.

La Reina le devolvió la mirada dura, luego asintió. —Tienes un trato, Wax. O debería decir, Renovación. Bienvenido de vuelta. —Recorrió con la mirada a Wax de arriba abajo—. Y vístete. Es hora de cenar, y Noctia tiene comida que nunca has visto.

Eujo se dio la vuelta y se fue, y al hacerlo, el skar Foti se calmó. El calor se disipó, el fuego crudo desvaneciéndose de sus dedos, sus pies, su frente. Sin embargo, cuando Wax dio un paso hacia el baúl con la ropa, el suelo detrás de él mostraba dos huellas ennegrecidas.

Los skars le habían salvado la vida. ¿A cuántos más podrían ayudar? ¿Hasta dónde podría llegar su poder?

Mientras Wax miraba por la ventana, hacia las interminables luces de Noctia y los acantilados negros detrás de ellas, se preguntó si la silla de piedra era realmente la respuesta. O si la salvación, en cambio, yacía en los susurros y el poder crudo alrededor de su cuello.

—Tú y yo —murmuró Wax para sí mismo, para los skars—. Salvaremos a todos juntos.

Lo que no sabía, lo que esas tablas ennegrecidas preguntaban, era si lo destruirían todo primero.

———

Mientras el invierno asola Las Siete Islas, un bárbaro se adentra en las profundidades para matar a los demonios o morir en el intento.

Continúa la aventura de Wax con *Los Lazos de Piedra*:

AGRADECIMIENTOS

Existe la idea de que escribir es un acto solitario, pero nada podría estar más lejos de la verdad. Todo escritor depende de amigos, familia y, sí, de los lectores para seguir tejiendo sus historias.

En particular, me gustaría agradecer a mi esposa, Nicole, cuyo amor y aliento infinitos hacen que cada día sea más brillante. A mis hermanos, Jonathan, Justin y Matthew, y a mis padres, Bob y Mary, que me ayudan a mantener una sonrisa en el rostro.

Y, por supuesto, a todos vosotros, lectores, que hacéis posible esta vida.

Gracias.

SOBRE EL AUTOR

A.R. Knight escribe ciencia ficción y fantasía en el gélido norte de Wisconsin. Acompañado por un par de gatos, disfruta sumergiéndose en aventuras que tratan tanto sobre el villano como sobre el héroe.

Después de obtener un título en periodismo y recorrer el país instalando software sanitario, A.R. Knight pensó que sería bueno volver a lo que amaba. Así que ahora tiene una pequeña oficina y madrugadas para hilar las historias que surgen de su imaginación.

Cuando no está escribiendo, A.R. Knight tiende a viajar a cualquier lugar que pueda, ya sea a islas frente a la costa de Ecuador, a la selva tropical, a hacer snowboard en las Montañas Rocosas o a degustar whisky en Edimburgo. Esa es la ventaja de la vida de escritor, puedes llevarla a cualquier parte.

Para contactarlo o ver qué está haciendo, visita www.blackkeybooks.com

Para Art y Val

www.ingramcontent.com/pod-product-compliance
Lightning Source LLC
Chambersburg PA
CBHW020328010826
48973CB00005B/1172